少女音乐盒

［日］北山猛邦　著

Rappa　译

新 星 出 版 社　NEW STAR PRESS

千本櫻文庫

前　言
PREFACE

　　文库，原本是指收纳书物的仓库和书库，也指收纳书与记事簿，以及不常用物品的小箱子。以前者为例，京滨急行线的"金泽文库站"就是以前镰仓时代北条氏用来收藏汉书的，"金泽文库"的由来便是如此。东京都的世田谷区也有一家收集了珍贵汉书的"静嘉堂文库"，它更多地被称为"手文库"。

　　江户时代以来，可以放入袖袂的小开本书籍逐渐流行起来，被称为"袖珍本"。明治三十六年（1903 年），富山房发行了小开本的丛书，起名"袖珍名著文库"。随后，明治四十四年（1911 年），讲述战国时代的猿飞佐助和雾隐才藏系列故事的讲谈社"立川文库"发行出版。讲谈是日本民间艺术，以口语化的方式讲述历史故事的形式。而"立川文库"则是将讲谈收录成册集中出版的丛书，据统计当时刊行量为 200 册左右。从那时起，文库就脱离了原本的意思，逐渐演变成了现在的类书集丛。

　　文库的说法借鉴了日本出版业界的传统界定。而千本樱源自日本奈良县吉野山樱花盛开的奇景，世人皆用"一目千本樱"来形容樱花美景。"千本樱文库"的纳入作品皆为日系作品，题材包括推理、悬疑、幻想、青春、文化等类型，正如千本樱满山盛开的绝景。

现代日本，以"文库"命名刊行的丛书系列有 200 种以上，所谓"文库本"只不过是统称而已。日本传统的"文库本"常用的是 A6 尺寸的 148mm×105mm，也叫"A6 判"。"千本樱文库"的所有书籍将在"文库本"的基础上提升，达到 210mm×148mm 的开本标准。追求还原的前提下，力图带给读者更清晰的阅读体验。

从上世纪 70 年代以来，日系推理小说逐步进入中国读者的视野。随着时代更替，涌现出一大批不同风格的作家。日系推理能够长久不衰的原因之一在于设立的各种新人奖，这些新人奖能为日本文坛输送新鲜血液，不断地创作优秀作品。其中，以自由度著称的梅菲斯特奖独树一帜。梅菲斯特奖是讲谈社旗下的公募新人奖，其特色在于不限题材，不设字数限制，能够充分发挥作者的想象力和创作力。因此，获奖作品都具有鲜明个性。同时，如森博嗣、京极夏彦、辻村深月等人气作家也都出道于梅菲斯特奖。梅菲斯特作家系列的引进出版，会给读者带来更多的经典佳作。

说到现代擅长机械诡计的推理作家，北山猛邦绝对是其中一员。以"城系列"出道以来，北山猛邦不断挑战全新的机械诡计，被誉为"物理的北山"。而与那些机械诡计相匹配的，则是世纪末与末日的异常世界设定。相较本格而言，有人称他的风格为"脱格"。千本樱文库会陆续推介更多的脱格作家。

千本樱文库编辑部

作 家
WRITERS

梅菲斯特奖作家系列

　　——北山猛邦
　　——西尾维新
　　——井上真伪
　　——天祢凉
　　—— 殊能将之
　　——木元哉多

鲇川哲也奖作家系列

　　——相泽沙呼
　　——城平京
　　——芦边拓
　　——柄刀一

其他作家系列

　　——乙一
　　——三津田信三
　　——仓知淳
　　——深木章子
　　——横关大
　　——野崎惑

少女音乐盒

目 录
CONTENTS

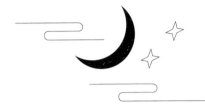

序奏　**在月光海岸将你……**

我隐身于夜雾之中，来到她的房间送上八音盒。在空无一人的阳台窗边打开收藏着十八世纪乐曲的箱子，上了发条的封印随即解除，就连自树梢流泻的月光也随着音梳清新的旋律跃动。我蹑手蹑脚离开窗边，从阳台跳下去。此时紧闭的窗户悄悄开启，她露出了身影。她仿佛是要挥开苍白雾霭似的伸出小手，触摸我的八音盒。来自海洋的风骤然吹过，吹得一缕缕云雾横掩，树叶摩娑二楼的窗户发出声响。她有些惊慌地缩起头，身体一动不动地定在原地，侧耳倾听周围的动静。

　　"你今天也要一声不吭离去吗？"她细声嗫嚅道。

　　我以风吹动杂草的声响掩盖我的脚步声，离开了她的所在之处。她似乎仍在散发苍白光芒的玻璃窗旁询问某个看不见的人，直到浓雾拥掩四周——

　　我出生于城郊一个类似贫民窟的地方，自小为了谋生而踏遍废弃物之山。从都市供给的废弃物之中收集堪用的物品，修复成完好的模样再送回都市，就能产生些许的利润。只是垃圾终归是垃圾，产生的利润也是微乎其微。我过着穷困的生活，却不曾引以为苦。

我有一双巧手，擅长修复损坏的道具或机械。这项特技为我博得赞赏，还能为我挣钱。也因为年少如我没见过世面，我对自己的能力颇为自豪。

然而随着我长大成人知识渐增，我开始认清自己的境遇有多么悲惨。都市有的金钱、教育与安全，在我们这边都不存在。我们的生活建立于都市的渣滓之上。我们无法自行生产，只能在社会的角落拣选可以回收与不能回收的东西。就像是寄生于都市人之上。与我有相同处境的人多不胜数，因此我原本不曾有过这种念头。然而一旦放眼都市，我们这群人是多么不必要的存在，也就不言自明了。

从废弃物山顶上见到的都市，由于急遽的海平面上升而有一半沉入海中。和缓的海浪反复拍打着国道的行车分向线，白亮亮的美丽波光时不时刺激着我的眼睛。倾斜的大楼所有玻璃窗全都破了，从远方看起来就像是昆虫的巢穴。温暖的风吹起混浊出海口的臭气，自西向东流动。大气就是像这样在高空循环。都市取用最优质的空气，维持濒临崩溃的人类生活。就像是被年年月月徐徐上升的海平面追赶似的，都市荣耀地节节败退，以维持人类历史存续。

曾几何时，我开始强烈渴望成为都市的一分子。我认为都市才是抵抗这个污秽世界的最后圣地。束手见证事物逐渐崩溃是错的，而单纯捡拾毁坏的物品也是错的。我们必须从事生产，要不然我们到底是为了什么而活？我们难道只是为了观赏世界被海水淹没而生？不对，绝对不是这样——

只是我也不知道该怎么做才能成为都市的一份子。都市的人与贫民窟的人之间，打从一开始拥有的东西就天差地远。因此我为了尽可能接近都市的人，频繁前往都市，学习许多知识。人类的历史、经济、哲学、礼数。我往往受到都市人的排斥，然而我不曾退缩。我研究从都市送来的废弃物，学习都市的生活方式。此外我也不忘修理还堪用的物品送回都市。这才是我的拿手绝活。

　　其中我最擅长修理乐器。比如吉他、小提琴等弦乐器，或是单簧管、长笛等管乐器，甚至连音箱或喇叭等机械的整修都难不倒我。修理的物品构造越复杂，价值越贵重，要是物品还可以使用更不用说了。因此这一行竞争率也不低，从废弃物之山难得能挖到宝物，但反正连修理都能包办了的也就我一个人。拜此之赐，我成了都市乐器行的熟面孔。

　　那一天我一如往常地扛着修理完的乐器与其他的维修品来到都市。路上行人不太多。宽广的车道在过去应该有许多汽车行驶，如今成了通往海洋的死路，荒废的柏油路之间仅有杂草丛生。海风很强，虽然见不到海，此处总有一天也会没入水中。背着海洋气息顺着斜坡朝都市中心逃离，逐渐能看到零星的行人。每个人都打扮整洁。我匆匆赶往乐器行。

　　乐器行的老板对贫民窟比较没有异样的眼光，他似乎还对我略有好感。只不过无法使用的乐器他照旧会不由分说退回。那一天我也有一半的乐器被他退回，我心情低落地垂着肩正要步出店外。

　　就在此时，老板叫住我。

"先不要走，我有件事想拜托你。"

我停下脚步回过头。

"有东西要修理吗？"

"没错……要修的东西是一位熟客转让给我的，但我实在无计可施。"

老板边说边蹲到柜台底下，窸窸窣窣拿出某个物品，将它放在桌上。

那是个小木盒，大小约可用双手盖住。表面施加了细腻富含艺术性的雕刻，相当精致。盒体温润的抛光想必不是廉价的亮光漆能够展现的效果。

"这是什么？"

"你打开来看看。"

我按照指示打开木盒。

木盒里头的构造很复杂。有不明金属打造的轴心、齿轮，甚至还有铃铛状的零件。盒子中央的黄铜音筒特别吸引我的注意。音筒上立着许多像是荆棘的突刺。我见过这种东西。没错——

"是八音盒啊。"

"这可不是普通的八音盒。这是交响八音盒。普通的音筒八音盒只靠音筒上的突刺来弹奏音梳，这个八音盒里还有两副铃铛、一颗鼓、一对铜钹与一组管钟。这么小的盒子里就塞了这么多乐器，它可是精致到极点的宝贝。但就跟你看到的一样，它到处都有损伤，还缺了几个精密零件。我的熟客看这玩意根本修不好，说想要处理掉。”

"这东西这么精美，丢掉太可惜了。"

"是啊。所以他免费让给我。但这东西没修好也不能卖。据我所知，手巧到能修好这玩意的人，我只想得到一个……怎么样，你觉得修得好吗？"

"我没把握。"我老实回答，"但希望你能让我修修看。"

"这样啊。我就知道你会这么说。就看你的了。"

我把八音盒带回家，立刻着手修理。

我原本对八音盒没有研究，首先必须从了解八音盒的组成结构入手。乐器行的老板借了我普通的八音盒，我研究起它的构造与音色。

我旋转盒子后方突出的把手来上紧发条。发条带动齿轮运转，相连的黄铜音筒跟着缓缓转动起来。音筒上架着无数根小突刺，随着突刺拨动设置于台座的音梳便会发出声音。音梳的长短会从头到尾循序变化，借此产生音阶。而在台座边缘有两片羽状物体，以音筒轴芯及齿轮连接的垂直小轮轴为中心，画着半圆形来回运转。看来是通过羽状物体的开合状态来调整转速的装置。这个构造跟钟表很类似。

突刺拨动音梳产生的声音在木盒中回响形成乐音，更进一步形成乐曲。盒子不单纯是个外壳，它本身就是个共鸣箱。

我感到佩服的同时，也稍微松了口气。八音盒的构造没有我想象得复杂，与电子仪器相比简单许多，材料似乎也没用上特殊的材质。

只不过乐器行老板托付给我的，是复杂度更上一层楼的交响八音盒。一如老板的说明，这不是个仅靠音筒旋转发声的八音盒。这个八音盒除了音筒以外，还有铃铛与鼓等装置会适时作响。音筒的突刺也会接触铃铛与鼓发声的棒槌边缘，可借由拨动棒槌来使其发声。铜钹与管钟的发声构造基本上也差不多。这些装置会发出什么样的音色，要是不实际让它运转看看也无从得知，然而我上再多发条，音筒都无意转动。看来动力装置已经损坏了。

盒盖内侧张贴着记载曲名的卷标。我费心辨识斑驳的文字。

——《月光海岸》

我轻轻将台座从箱子里头取出。仔细一看，不只是发条，其他还有好几处破损。音筒上的突刺折损了好几个。音梳也缺了几根。接续敲响铃铛的棒槌的轴心也折弯了。金属棒并排而成的管钟大多都脱离钢索消失无踪。齿轮也都生锈了。八音盒在构造上大概出了这些问题，最棘手的是各部位零件太过精致。每一根装置在音筒上的突刺都比头发还细微，而这些突刺还有无数根。要将它们恢复原状想必是困难无比。

隔天我在废弃物之山探索，收集能用来修理八音盒的材料。发条、细钢索、薄铁片。只有音筒的突刺找不到替代品，我无计可施前往乐器行，询问有没有其他坏掉的八音盒。乐器行老板从店的深处拿出没有外盒的破损八音盒送给我。我从这个八音盒的音筒上拔下突刺，用来当维修零件。

我试着将拔下的突刺安装在交响八音盒的音筒上，但突刺的直径略大了点。我小心翼翼地将突刺用锉刀削薄，修整成适当的粗细。这种精密作业大概只有我这种巧手才能胜任。当突刺完美地装上音筒时，我感觉自己瘦小的手心仿佛达成了伟大得无可企及的成就。然而所需要修复的突刺一共有两百二十八根，未来还长得很。

突刺以外的作业皆轻松落幕。我削了别的铁片镶嵌进折损的音梳。梳齿似乎必须通过附着的铅片来调音，但这项工作可以摆在后头。我在敲击铃铛的棒槌的轴心上以钢丝补强。缺少的金属棒靠加工黄铜来制造。发条则是从损坏的玩具拔下来的，虽然速度可能跟原本的发条搭不上，这点应该能靠羽状速度调节器来调整。

此后我花了三个月，将两百二十八根的突刺全数安装完毕。

我将完成的音筒回归台座，上紧发条。这是紧张的一刻。音筒缓缓旋转，脱胎换骨的突刺与音梳的尖端久别重逢。高贵而似带寂寥的声响在八音盒内侧孤单交鸣，随即转为优美的乐音。一度死去的音乐重生了。这段旋律肯定就是回荡在小盒子里的月光的浪涛之声。

这是一首清新的乐曲，不过我并不清楚原本的曲调。因此我不太确定八音盒发出的声音是否正确。我郑重其事将突刺的高度削整一致，仔细地调音。Do、Re、Mi、Fa、Sol、La、Si、Do、Do、Si、La、Sol、Fa、Mi、Re、Do、Do、Re、Mi、Fa、Sol、La、Si、Do……我好歹有点音感，本以为调音也能轻松搞定，然而在我把音准调到令人满意的程度为止，到头来也花了好几天。

于是我在八音盒修复完毕后，立刻动身将八音盒归还给乐器行老板。

"哇，你好厉害，修到真的能够发声。"

老板感叹地俯视着八音盒。他紧紧凝视着在盒中平顺回转的音筒。

"我没听过这曲子，旋律正确吗？"

对，完全正确。这音色真是优美。你做得太棒了。"

"谢谢你的夸奖。"

"虽然我很想马上把它上架拿来卖……但其实那位熟客说万一八音盒修好了，要我直接联络他。我想他一定是要把八音盒买回去。如果是这样，我会帮你争取你的报酬。"

"这我怎么好意思？"

"你用不着这么谦虚。精良的技术应该获得相符的报酬，这就是文明社会的规矩。你就正大光明地收下吧。"

老板的话让我心头一热，心情也轻飘飘的。我的技术与我的存在仿佛受到了都市的认同，令我感到纯粹的喜悦。

乐器行老板马上就打电话给交响八音盒的物主，用生意人的口气与另一端的人交谈。我感到很紧张，沉不住气地在店里打转。有几名走进店里的客人对柜台上罕见的交响八音盒感到很好奇。

"小弟弟啊。"老板讲完电话，找我过去，"卡利雍馆馆主明天要来访，听说他想跟你直接谈谈。"

"你说的卡利雍馆，"不认识的客人突然插话，"就是那间八音盒工作室？"

"没错。"老板说，"旁边那个八音盒就是这小子修好的。"

"哇，好厉害。"

"总之你明天上午十点到这里来吧。知道了吗？"

"好的。"

我点头答应，离开乐器行。

我度过了难以成眠的一夜，到了隔天。

这一天，厚厚的云层缝隙之中，偶尔会降下冰冷的阳光。我立刻奔向乐器行。抵达乐器行时，老板正准备要开店。他叫我在店门前等，我乖乖顺从他。空中有一架军用轻型飞机飞过。我望着飞机，胸中有些不安，等待卡利雍馆馆主现身。

十点出头，有辆黑头汽车在乐器行门前停下。沉甸甸的车门缓缓敞开。我与乐器行老板感到有些紧张，为对方的一举一动屏息。有一名年长男性下了汽车。他身材不高，但挺直的背脊很适合西装，整体看起来颇为硬朗。只是他已是一头灰发，从他眉梢的皱纹与嶙峋的指节来看，也不难想见他实际的年龄。他轻瞥了我们一眼，微微地向我们致意，接着从胸口的口袋拿出眼镜。

"早安。"乐器行的老板抓紧机会，连连鞠躬向他问好，"您今天特地远道而来，敝人实在深感惶恐。"

光是看乐器行老板的态度即可得知，很显然眼前这位年长男性便是卡利雍馆馆主。我也学着乐器行的老板一起鞠躬。

"我才得向你道谢。听说你们帮我修好了那个八音盒？"

"没错，是他修好的。"乐器行老板指指我，"我从以前就看重他的技术。"

"能让我见见八音盒吗？"

"这是当然，里面请。"

乐器行老板邀请他进入店内，年长男性打开八音盒。与早晨气息不符——却又莫名适合本日天气的宁静音乐流泻而出。年长男性凝神谛听，专注于音乐之中。

"如何？"

"很好。"

他只回了这句话，接着从西装内侧拿出纱质的袋子。袋子里放着硬币。他一枚枚清点，点了超过十枚便停手，将硬币连同袋子交给乐器行老板。

"太、太多了……"

乐器行老板太过震惊，不禁碎念出声。

"里头有一半是给他的报酬。你就收下吧。"

乐器行老板转手把袋子交给我，我毫不犹豫地推绝了。

"我不能拿这么多。"

"为什么？"

"我没做值得拿这么多钱的事。"

我这么一口咬定，年长男性便露出不满的表情。

"真有这回事？我倒觉得你做得够多了。"

他边说边转头望向乐器行老板，寻求他的意见。

"他其实……是住在都市外头的人。"

"原来如此。"年长男性作势深思，凝视着八音盒。"算了。这个八音盒我就收下了。"

他关上八音盒的盖子，将八音盒夹在腋下，接着用手指向我示意。我想他应该是要叫我跟他来，便追着他的身影出了店门。

一出店门，我们便停下脚步。

"你有资质。"他说，"来我这里工作吧。"

"咦？"

"你只要在我家做八音盒就好。要是你做了不错的八音盒，我会跟你买下来。我还会额外提供你住处与伙食。怎么样？"

"可是我……"

我很犹豫。这是我求之不得的提议，我觉得自己没有理由拒绝。可是我这种人真的有办法顺利待下去吗？我这种出身寒酸的人真的有办法加入他们的行列吗？

"你跟我都还有许多必须完成的任务。在我们的世界真正沉入海底之前，把你的能力借助给我吧。"他露出真挚的眼光说道。

我既不敢点头答应，也不敢摇头回绝。

"我明天再来接你。你趁着今天打包行李吧。"

年长男性留下这句话，搭上汽车离去。

我回到贫民窟，思考自己该何去何从。虽然我总觉得自己有朝一日会离开这里，没想到这一天会这么快来临。肮脏的空气、混浊的河川、漏风不断的住宅、不曾停止哭泣的孩童……我并不憎恨这一切，甚至还感到依恋。一旦要离开这些事物令我感到寂寞。有些朋友只能在这里交到，有个世界只能在这里见到。我要是离开这里，他们还会一直像现在这样在原地等我吗？才不可能。我一定会失去这里的一切。到头来我等于是抛弃了这个地方，就像都市抛弃了这个地方一样。但这真的是我所期盼的吗？

没有人能陪我商量。而我要是找人商量，铁定会更加迷惘。我应该要顺从自己的心意决定道路，一如我以往的作风，而未来我也将会这么做。

要是我消失了，朋友们会怎么想？他们大概会以为我死在路边了吧。这样还比较好。比起被他们视为叛徒，这样在心情上还落得轻松。

不见星光的夜晚越来越深，等我回过神来，东方的天空已泛白。

我趁着天还没亮离家。

贫民窟的街影蒙蒙地垂落地面，我在一片幽光之中挺起身子飞奔而去。

全球规模的海平面上升的起因是气候变暖。南极冰棚受热融解，渐渐增加海水的水量。深层海流的循环被打乱，对海水温度产生影响，气候异常频频出现。我们人类不知道世界的齿轮会在何时何地脱序。有不少学者已死心，认为要是当年世界大战能早点结束或许还有希望。

许多的国家与土地都沉入大海。我祖国的这个岛国也不例外。早在数年前，政府便宣布国土有一成已没入水中。如今沿海的城镇仍一步步遭受海洋蚕食。

海平面上升在我们的身边创造了某种现象。那就是在海拔高低差距之下出现了被淹没与没被淹没的区块，于是出现许多与本土断绝，像是岛屿一样孤立的土地。这些区域称之为岛实在太过凄凉、太过没有未来。这些土地总有一天也会沉没。对于这种逐渐消失的土地，人们取其残留在海洋中的废墟之意，称之为海墟。

卡利雍馆正是建立在远离都市的海墟之上。据说是馆主改建原有建筑物，选为他的终老之地。我无从得知馆主为什么会采取这种行动，不过我总觉得自己可以理解为何他选择在海墟度过余生。都市的烦扰与喧闹，并不存在于海墟。

卡利雍馆是一如我想象的豪宅，建筑自设有宽广门廊的正门玄关朝左右两方大幅拓展，多不胜数的窗户在咖啡色基调的前方壁面并排。微风吹动的白色窗帘，比我至今见过的任何白色都来得鲜明，看上去十分清洁。远望着这栋建筑，它就像是随时会展翅高飞的巨雕。凸窗与阳台都是我所向往的建筑美之一，全都是高级的世界才有的高级造型。这就是卡利雍馆。

宅邸后方有座高塔，塔上设置着一个敲响大钟的装置。此装置据说是以西洋古老教会的钟鸣器为模板打造，卡利雍馆这名称便是出自此处。只不过现在钟被拆下来了，没办法听见它庄严的音色。

卡利雍馆的生活远远超乎我的想象。没有一丝脏污的衣服、温热的食物、舒适的卧室，最重要的是不用自己追求就会自动到来的"未来"。我住在贫民窟的时候，"未来"必须靠自己亲手争取。只要我的手停下动作，死亡就会到来。但是在卡利雍馆，"未来"总会自己送上门来。这让我感到焦躁不安。日常琐事全都有佣人为我打理，三餐也有厨师为我准备。我好几次都不禁感慨起自己从前过的是什么日子。

"你只要待在自己的房间做八音盒就好。"卡利雍馆馆主说。

"我们为什么必须做那么多八音盒？"我曾经如此问道。

"因为有这个必要。"

馆主如此低语，脸上没有透露出一丝情绪。

我按照馆主的指示尽可能放空，将心力投注在制作八音盒上。我关在房间里实践馆主教导我的八音盒制法，接二连三做出八音盒。只要材料齐全，制作八音盒其实并非难事。

在我上手以后，接下来我开始不只是单纯制作，还要追求艺术性。借由在发声或音质上追求自我的坚持，我的心中开始产生一股陶醉。音梳的质地或长短、外盒的厚薄或大小、发条的速度或韧度，这些细微的选择将左右音乐。

随着我逐渐适应卡利雍馆的生活，我制成了几个八音盒。馆主的反应非常好。只不过馆主喜怒极少形于色，我也不确定他实际上到底开不开心。倒是他当成酬劳默默塞给我的钱让我感到很满意。

那一天我一如往常出了天台，浑身沐浴在初冬温和的日光下制作八音盒。我一次次地旋转音筒，边确认旋律边反复为音梳调音。调音是最需专注的作业，哪怕是只有几微米的误差，也会导致令人完全无法满意的音色。我专注地用锉刀打磨音梳黏附的铅片，每削一刀都要确认一次音色。

"好美的音色。"

突然有人在背后出声，害我一不小心让锉刀磨过头了。我略带愠怒转身回望。然而当我一见到她，方才的愠怒瞬间烟消云散。

一名身穿轻浅粉色洋装、肩披黑色针织衫的女性就站在我眼前。她的身体瘦弱得仿佛随时会折断，令人感到担心。因凛冽北风而微微泛红的脸颊，随着她轻轻一笑更显嫣红的模样令我着迷，我忘记了言语，感到非常紧张。她及肩秀发的清爽香气窜入我的鼻腔。

她是这栋卡利雍馆馆主的独生女。

我经常见到她独自在家附近散步，或是在天台上放松，但我还是头一次在近距离下见到她，更别说我不曾听过她的声音。她在我心中是个出生于另一个世界，生长于另一个世界的人。即使我觉得她很美丽，也仅是远观的对象——

"啊，很抱歉打扰到你，请继续你手边的事吧。"她万分抱歉地说。

"不，没关系。我占用天台才不好意思。"我猛然起身，"我马上空出来给你。剩下的回我的房间做。"

"不不不这可不行，你真的不用在意我，请坐吧。"

她慌慌张张地挥着手解释。稍显夸张的口吻与惊慌的模样真是可爱。

　　只不过她的视线并未对着我。浅色的眼眸似若望着远方。

　　她的眼睛大概看不见吧。

　　"你作的这首曲子……"她将耳朵凑近我开口道，"你该不会就是最近来的那位先生？"

　　"对，是我。"

　　"这么说来，就是你修好了我的交响八音盒啊。"

　　"原来那是你的八音盒啊？"

　　"是呀！"她突然兴高采烈谈起八音盒，"我听家父说八音盒修好了，真的非常惊讶……我都乐得冲昏头了。因为那是先母的遗物。可是某个风大的日子我不小心把它放在窗边，它被狠狠弹开的窗户撞翻，摔得很惨。我心里很难过，原本以为再也修不好了……"

　　"那个八音盒的构造真是出奇地精致。"

　　"没错，所以大家都说没有人修得了。但我听说这次来的新人帮我修好了它。我总是想着要找一天道谢，一直在找你。但我毕竟眼睛有问题，所以这么晚才来见你。真的非常感谢你帮我修好了八音盒。"

　　她用仅有出身良好的女性才懂的最高级礼仪向我致意。

　　"我想我才应该跟你道谢。"我说，"托了那个八音盒的福，我才能像这样来到这个地方。说来丢脸，我在此之前住在都市郊外，连正常的生活都成问题。"

我居然自曝这种用不着多提的事。我感到很后悔。

"原来你来自都市郊外！太棒了，烦请你务必跟我多说一点。我这几年都没出过海墟，对于外头现在是什么样子，非常感兴趣。"

"也没什么好聊的。"我麻木地回答。

"都市外的生活是什么样子？海现在是什么状况？是不是更危险了？"

面对她紧接而来的问题，我不知该从何答起。她的个性可能比我想象得还要热情。我一条一条慢慢地回答她的问题。她专注地听我说话。她是个极为出色的谈话对象。我乏味的话语在她耳里似乎成了充满冒险的故事。只不过这也是我与她关键性的差异。

"与你相比，我人生里吃的苦头大概算不上什么吧。"

听到我这么说，她看起来有些讶异。

"怎么会？"

"因为你……眼睛不是看不见吗？我想你这样很辛苦吧。"

"会吗？我还有这只耳朵，不成问题。"她边说边摸摸自己小小的右耳。"不过你的耳朵好像也跟我一样好呢。"

"你怎么知道？"

"我听你打造的音乐就知道了。"她笑咪咪地说。

"你那身打扮不冷吗？还是快进屋子里吧。"

"让我再跟你多聊一下吧。"她赖着不想离开，"那个交响八音盒的曲子对我来说，就等于是月光。请你告诉我，你眼中见到的月光，跟那首曲子是否相同？"

我如此回答了她的问题。

"——没错，我也这么觉得。"

"是吗……太好了。虽然还有很多以月亮为主题的曲子，只是每一首都比我想得还要明亮。相较之下，《月光海岸》的形象是幽暗的光芒。但我觉得双方相比之下，后者与月光比较贴切。"

"月光也不是永远都一个样。有时明亮，有时阴暗。这么说来你想象的黯淡月光，也不算是错的。"

"所以有时候月光的确是阴暗的吗？"

"是，应该没错。"

"真是不可思议……"她感慨地自言自语。

她生活的世界与我截然不同。我猜她应该是天生盲目，或许她还能了解光线的强弱，但恐怕难以理解颜色。这样的她所想象的月光，到底又是什么模样？

"糟糕，我打扰你好久。请你今后也要继续制作美好的八音盒。而要是我的八音盒坏了，我会来请你修。我很高兴认识你。"

"这是我的荣幸。"

我本于素弯腰向她们了个礼。

在下次遇见她之前，我想先把优美的行礼方式练起来，即使她的眼睛看不见。

从那一天起，我会开始跟她搭话。她的眼睛看不见，要是我不主动搭话，她便无法察觉到我的存在。我曾经有一次起了恶作剧的心，默不作声从她面前经过，她果然没发现是我就离去了。只是她偶尔也能发挥敏锐的听觉，通过我打造的八音盒乐声找出我的所在之处。据说视障者除了视觉以外的感觉特别敏锐，她大概也不例外。

我们的对话内容很琐碎。我原本就不是健谈的人，没什么话可以说，但她似乎很喜欢与人交谈，跟我说了很多事。像是雨声的差别、喜欢的乐器的音质、可怕的声音。听她说话的时间，我非常幸福。我感觉自己仿佛受到她的需要。即使我在她眼中只是个打发时间用的存在，这样我也满足了。我只是时不时地附和她的话，悄悄主张自己的存在。这就够了。听了她的话，就能认识她的世界。这是很美妙的经验。我不曾觉得了解他人的人生是一件这么有趣的事。

然而卡利雍馆里有许多不乐见我俩关系的人。他们是除了我以外的八音盒工匠，每个人不约而同都看我不顺眼。他们是卡利雍馆馆主还在本土经营乐器工厂时就跟随他的工匠们，人人皆自许为一流。相较之下我却来自贫民窟。像我这样的异类混进卡利雍馆里，他们当然感到不是滋味。我懂他们的心情。要是纯白的地毯染上一滴黑渍，哪有人不会在意？

他们原本不会直接找上我。他们基本上只会排挤我，坚守自己的领域。但在我开始亲近她之后，他们改变了方针。他们决定要更加直截了当地解决掉我这个问题。尤其是带头的男人，他在年轻的工匠之中是最为年长的人，在八音盒制程上担任督导。他派头无人可及，傲慢也无人可及。他总是以擦得闪闪发亮的皮鞋为傲，每当他注意到脏污，就会命令佣人帮他擦鞋。

"我跟她订婚了。"他跟我说，"这桩婚事也已经过她父亲的认可。我们一出生就注定要结婚。"

他的话语深深刺伤了我的心。说不意外，的确也不意外。最高贵的人总是会凑在一起，这是世间的常理，即使这个世界将要濒临谢幕。

"小子，你为什么要制作八音盒？"

我稍事思考，接着老实回答他："我不知道。"

于是他扭曲嘴唇，露出嘲弄的笑容。

"继承这个家的人要能够制作像样的八音盒，所以她的父亲才会叫我们一直制作八音盒，这是为了培育下个世代的工匠。"他将双手大大地摊开，仿佛正在陈诉幼稚的理想般地咄咄逼人，"你懂了吗？你要是懂了，就赶快把这种粗糙的垃圾箱拿来重做。"

他将放在桌上的八音盒扔到地上摔坏。那是我做到一半的八音盒。

"别再接近她了。"他将我推开。

从那天起，我尽可能避开她。

我绝不是屈服在他们的压力之下。我习惯被排挤了，现在他们瞧不起我，我也不痛不痒。我自己主动选择不接近她，因为这样对她才好。说起来我跟她生活的世界实在是天差地远，我与她之间竖立着一道隐形而严峻的巨壁，这件事我早在一开始就明白了。没错，她与我是不同世界的居民。

我在走廊与拄着白色手杖行走的她巧遇，默不作声经过她身旁。我表现得若无其事，而地球也照旧持续运转。如果我就此不再与她对话，是否就能从她的世界之中消失？

接下来几天，我持续与她无言擦身而过的日子。我将全副心思放在制作八音盒上。乐曲永远是《月光海岸》。我知道的曲子不多，也弄不到乐谱，只能在一首曲子上追求极致。然而这首歌却让我不由得联想起她，想起她幻想月光的模样。她所想象的月光，究竟会是什么颜色？

我开始感到混乱。我到底是为了什么才抛弃自己生长的地方？又是为了什么非得从她身旁离开？

而我又是为了什么才继续制作八音盒？

我再次产生了这个疑问。完工的八音盒未必会销往都市，反而多数不曾有过演奏音乐的机会，就默默地被收进了仓库，仿佛过程本身即是目的。

我烦恼到最后，决定去找卡利雍馆馆主。

"我们为什么必须做八音盒？"

馆主整个人陷在书房的大椅子上，嘴上叼着一根我从来没见过的粗实香烟，香烟没点燃。他合上放在桌上的香烟盒，双手合握搁在腿上正对着我。

"你是不是第二次问这个问题了？"

"是的。上一次馆主您回答我'因为有这个必要'。可是我无法理解八音盒有什么必要性。到底是谁会基于什么理由需要八音盒？"

"继续说。"

"我听某个人说，继承这个家的人需要具备制作八音盒的技术。这是真的吗？如果是的话，为什么连我都必须制作八音盒？"

"原来如此，你把那个男人的话当真了。"馆主笑道。"很遗憾，他说错了。"

"不是这样吗？"

"不是。这个家大概要断送在我这一代了。我也不觉得那家伙有才能可言。再说这年头八音盒也不好卖。"

"那么，我们又是为什么要制作八音盒？"

"这是为了流传后世。"

"流传后世……"

"我想起来了。"馆主将烟收回盒子，轻轻叹了一口气，"你是贫民窟出来的吧。"

"没错。"我羞愧地点头。

"那么你应该也通过亲身经验了解到我们身处的状况有多么危急了吧？你觉得呢？我们的未来看起来像是一片灿烂吗？"

"说不定还有希望。"

"你觉得有什么希望？这里总有一天会沉入海中。这里被淹没以后，下一个海墟也会被淹没，然后出现新的海墟。新的海墟也迟早会被淹没。最后一切都将没入海中，我们人类的时代就宣告终结了。没有人能阻止这件事，未来毫无希望。"

"不过都市里的人应该也都在想对策吧？"

"他们才没想那么多，每个人都只想着该怎么让自己活下去。要是住的地方沉没了，就往比目前海拔还高的地方移动。当然，学者们可能或多或少会为了地球现在发生的状况思考对策。然而以地球的历史来看，人类的存在终究是转瞬即逝的火花。地球本身仅是在重复上演自然现象。冰封、溶解、刮风、燃烧。事情就是这么单纯。"

"也就是说八音盒，"我在思考过后开口，"是我们生存的证明吗？"

"我想留下的不是那么故弄玄虚的东西。我想留下的东西是音乐。"

"音乐……"

"我想在日渐失落的世界中留下音乐。"馆主站起身，从书桌的抽屉拿出厚实的板子，"我把这乐谱借给你。这些都是伟大的音乐家们流传给后世的音乐。接下来就换你把它们放进八音盒流传下去。"

我张开紧握的掌心，从馆主手中接过乐谱。

"我误以为人类还有获救的机会，因此无法领悟八音盒的意义。"

"但你现在也懂了。"

"八音盒的意义是用来在即将灭亡的世界留下乐声。"

我带着新的乐谱离开书房。在我进入书房之前与现在，我眼中的世界是那么截然不同。我真是愚蠢。我明明早就知道，人类不得不放弃一切的那刻正在逼近。

无妨。既然末日将至，那就让它来吧。

在走廊上前往自己房间的途中，我遇见了那位失明的女孩。

我铁了心要无视她，与她擦身而过。

"你怎么突然都不跟我说话了？"她冷不防开口。

她都注意到了。

"你怎么知道是我？"我转身询问。

"果然是你。"她轻声笑道，"你走过我身边的时候，我感觉到你的脚步声有种古怪的迟疑，就觉得一定是你。"

"我不配当你的聊天对象。要是有人见到我们现在这样交谈，对你来说也不是好事。请你快离开吧。"

"这是你自己的想法吗？还是你认为我是这么想的？"

"不管是哪一种情况，都没有差别。"

"你真的这么认为吗？"

她露出困顿无比的表情，将手微微向前伸，朝我也近。

她一脸泫然欲泣。

"请你别露出这么伤心的表情……"我将脸别过去，"你有更适合你的世界。在肮脏的废弃物旁开始的命运之线，与在纯净美丽世界开始的命运之线从来都不会有交集。"

"你口中的命运之线是什么？我看不见什么线。我只知道你是否站在我面前。"

她朝我走进一步，我下意识后退一步。

"再见。我必须走了。"我说。

"请留步。"

虽然听见了她的话语，我仍从现场离去。

回到自己的房间，我拿起手边的八音盒砸向墙壁。

这么做就对了吧？

没错，这么做就对了。

我躺在床上，希望自己能干脆一睡不醒。我出生并成长于见不得光的地方，至今我觉得自己仿佛被世界所遗弃。然而说不定事实上根本相反，或许是我在自卑心作祟之下主动逃避光明的地方。

我真想就此长眠于不见天日的地方。

我原本如此盼望，但在不知不觉间，我无法将失明的女孩从我心头抹灭。每当我与她巧遇，胸口便会作痛。她发现我就在身边，而我也知道她就在我眼前。但我们不曾开口，仅是擦肩而过。

沉默的关系持续了几天。

渐渐地，我们开始不需要交谈，便能互通心意。我要是在擦身而过的瞬间稍微停顿，她便会惊讶地摒住呼吸，接着露出微笑。或是在天台工作时，我会把完成的《月光海岸》八音盒放在一旁播放。受到旋律吸引而来的她则会若无其事地站在窗边。我们通过音乐亲近彼此。

此后我不再犹豫，决定为了她制作八音盒。

我从众多乐谱中寻找适合的乐曲，在十七世纪至二十世纪之间创作的大量乐曲中挑选以月亮为主题的曲目。许多国家的许多作曲家皆曾为月亮作曲。光是名为《月光》的作品就有多首。

我在这些曲子之中，选择了乐谱最为复杂的一首。曲名叫做《月虹》。我将乐谱改编成八音盒专用的特殊乐谱，按照乐谱在音筒植入一根根的突刺。这个过程是最需要劳力的部分，也是制作八音盒的核心作业。这首曲子与其他的曲子相比，在梦幻之中又莫名有些轻狂，想必可以唤起有别于宁静乐曲风味的想象。

我将费时一个月打造的八音盒送到她的房间。在卡利雍馆一片寂静的时刻，我爬上她房间的阳台，放置转动中的八音盒。这个阳台面向的房间只有她这一间，不需要担心其他住户察觉。就算其他住户听见了八音盒的乐声，这里可是卡利雍馆，不会有人起疑。

窗户敞开，身穿丝质睡衣的她睡眼惺忪地走出天台，像是要撷取八音盒乐声似的摸索着周围。

"有人在吗？"她悄悄开口。

我没出声，窝在阳台的角落尽量不发出声响，静止在原地。

她好不容易碰到八音盒，将盖子关上夹在腋下，低着头回到房间

隔天我四处寻找她的踪影，想要看看她的情况。

她站在外头的树阴下，身边还有一个人。那个男人在她身边比手划脚地谈天说地。两人笑得很开心，她的笑容就跟她在我面前露出的笑容一样，两人似乎也聊得开怀。我至今也曾见过几次他们交谈的模样，但像现在这么和乐融融的样子，还是第一次见到。

他们之间有婚约在身，两人也是门当户对。

我居然还为她做八音盒，真是愚蠢透顶。好个天大的一厢情愿，至少我认为自己跟她心意相通，根本是场误会。人与人怎么可能通过无形的音乐或心情来了解彼此？我早该知道这些事，怎么到现在还会因此感到受伤？

她的笑容并不专属于我。

我也知道。

——即使如此我仍无法停止为她制作八音盒。

我只是要为她送上一缕月光。我为自己找了这样的借口，在她的窗边送上播放月色旋律的八音盒。或许我自己就是隐身暗夜散发光芒的月亮。月亮的闪耀并不是它自身的光芒，而是因为耀眼的太阳存在，月亮才得以发光。我正是为追求她散发出的温柔光辉而徘徊的月亮。

某一夜我带着八音盒到阳台时，她正靠在窗边等待我的来临。真正的月光皎洁明亮，将白色的阳台照耀得更加鲜明，照得她的身旁仿佛也散发着朦胧的光辉。和煦的风吹动着她的黑发。

"你来了啊。"

她注意到我。她总是这么敏锐。

"你是来送八音盒给我的吗？"

我不发一语。

"我问我的未婚夫平常总是会送八音盒给我的人是你吗？他说是。"

不对。这家伙在说谎。

"是的，我知道他说谎。那个人做得了的八音盒，顶多就是钢琴练习曲。"她坏心眼地呵呵笑，"以前你曾经说过，我们是不会有交集的两条线。你现在还这么觉得吗？"

没错，我们本来是不会相交的两条线。

"我不久后就要跟他结婚了。这场婚姻我们俩都不情愿。那个人根本不喜欢我，因为我是盲人，而他有很严重的歧视。但我们的婚事早已决定，我们也只好配合演出。现在这种时代，结婚这种仪式又有什么意义？很好笑吧。"

那么你又是怎么看待我的？

我差点就要开口询问了。但我感觉要是现在将这个问题脱口而出，一切就都完了。

"你还是不肯跟我说半句话啊。"她说，"求求你，让我知道你现在就在我前面。"

我将八音盒放在一旁的桌上，打开盒盖。

流泻的音乐是我以月亮为主题自编的曲子。我虽然手艺很好，却缺乏作曲的才能，因此这首曲子与古代作曲家的音乐相比，只是首极为稚嫩的曲子。我很担心她听了会不会笑出来。

"谢谢你。"

她声音颤抖，语带哽咽回应我。

几个月后，她与那男人在分馆的塔举办婚礼。原本取下的钟被特地挂回原位，敲响了一次。以众所期盼的婚礼来看，这场仪式办得不算盛大。但考虑到现状也是理所当然，最重要的是他们自己也不想盛大庆祝。从薄透绵延的云层降下的细雨声响，宛如是献给他们的祝贺掌声。

我没去参加婚礼，见不到她身穿新娘礼服的模样。

我向提早退出婚礼回到卡利雍馆的馆主提出疑问。"这样真的好吗？"

"这样就好。"馆主斜眼看着我回答道。"这是那家伙的份内事。你做好自己的份内事就好。"

"遵命。"

婚礼后我与她的关系仍没有变化。只不过我停止在半夜拜访阳台，也不再送她八音盒了。要是有人见到我每个晚上都待在她的阳台，会损及她的名誉。过去责任还能全都归给我，现在状况不同了。

那个男人一副满面春风。他继承了制作八音盒的世家，成为实至名归的名流，自然会笑逐颜开。他终于成了卡利雍馆的新馆主。有几名八音盒工匠巴结起他，其余的几名则对他表露厌恶。他比从前更加有自信，也更加桀傲不逊。

另一方面，他对她原本好歹还有几分对待馆主女儿的敬意，现在却慢慢消失，一天比一天还不客气。他要我不准靠近她，想来也是单纯不准别人抢走他的东西，是出自一种幼稚的占有欲吧。某种层面来说他实在很不成熟，但在另一种层面上的确也算成熟。

"我们可能有一天就会被赶出去。"

一名八音盒工匠说。他们在没有旁人的工作室里三个人聚在一起聊天。虽然我也在附近，他们倒是没特别在意。

"他居然让女儿跟那种人结婚。年纪明明差那么多。"

"根本是看年资选对象吧。"

"笑死人了。"他一脸毫无笑意说道，"他只是待得比我们久，没有半点才华。我实在不懂馆主在想什么。怎么会这么轻易就把女儿交给那种货色？"

"他大概不在乎女儿的幸福了吧？"

"他怎么可能不在乎？"

"不是，我的意思是馆主可能对未来不再抱有期待了。"

"什么意思？"

"你自己想想看。这世界都要沉入海里了呀？这个家会何去何从，女儿又会嫁给谁，这些事根本无关紧要。因为他深信还有比这些事更重要的任务，那是必须抢在世界沉没之前完成的任务。"

"原来如此……"男人轻敲手边的八音盒。"你是指这玩意吧。"

"没错。"

我不知道他们的说法是否正确。但就算馆主是个为了某种目的甘愿牺牲自己女儿的人，我也不会讶异。馆主在某种程度上是名求道者，我也是被他这种特质所吸引。

然而我却无法牺牲她。我太爱她，以至于无法牺牲她。

那天一如往常，时值冬季却吹着温暖的风。天空撒下的阳光也带着几分春意，天气让人不禁担心起我们是否即将失去冬天这个季节。我打从一早就独自窝在房里制作八音盒。正当我竖起耳朵调音的时候，外头传来吵闹声。我望向窗外，关心发生了什么事。只见卡利雍馆的居民们疾步赶往馆的后方。

我猜想大概不是什么大不了的事，继续埋首制作八音盒。

直到隔天早上，我才得知发生了非同小可的事。送早餐来的佣人通知我这起意外。

"大小姐出事了。"

"什么事？"

"哎呀，你不知道吗？昨天她从阳台摔下来受了伤，被送到海墟外的医院。"

"真的吗！"

"是真的。我见到救护船开过来载她上船。她的状况好像很堪忧，整个人动也不动。"

我冲出房间，奔向卡利雍馆馆主房间。我奋力敲门，但无人回应。馆主大概陪同她前往医院了。

接着我找起那个男人。我去工作室探查，正好见到他霸占了一张大桌子，为拙劣的设计图大伤脑筋。他见到我一脸铁青随即发笑。

"你怎么脸色这么难看？"

"她怎么了？"

"哦，你问她啊。她被送到医院去了。"

"到底发生了什么事？"

"你不知道吗？她从阳台摔下来了。可能她虽然瞎了眼，还想抓小鸟吧。"

他一派镇定地说明。

"所以她到底怎么了？"

"我怎么知道。"

"你什么意思？你好歹也是她的……"

"我是她的丈夫。你有异议吗？"

他伸出双手夸大地一摆。

我将可能知情的人全都盘问过一轮。馆主身边的佣人告诉我，她虽然捡回一条命，伤势仍然严重，现在也还没恢复意识。虽然意识很可能会恢复，即便恢复了，身体也很可能留下严重的障碍。她的头部与颈髓受损，医生判断她的身体损失了大部分的运动功能。

我的心受到了重大的打击，回到了房间。我完全无能为力。我没有船，无法离开海墟。我只能祈祷。可是我又该向谁祈祷？向神明吗？要是世上真有这么贴心的神明，当初就不会让她遭受这种对待——还是说这是上天给予的试炼？在这个污秽的世界中通过上天的试炼，祂又会承诺我们什么样的未来？

她回到卡利雍馆，是事发后一周的事。她回来得比我预期得还快，我很期待这是因为她恢复神速。然而很遗憾的是，我的期待最终转为绝望。在卧病于自己房间的她身旁，设置了一套自动供应氧气的装置。她看起来就像是在睡觉。我询问陪同而来的护理师，对方告诉我她的状况已趋稳定，然而意识仍尚未恢复。

我自告奋勇要看护她。我本以为这项请求一定会被打回，令我惊讶的是他们很干脆地同意了。说穿了就是没有人想插手这档麻烦事吧。可悲啊，她终于被大家抛弃了。

我在这个时候，才第一次握到了一无所知陷入沉眠的她的小手。我的双眼不禁落下泪来。既然会发生这种事情，我应该及早牵起她的手，将她拉到我的身边。她的手实在好冰冷。我不在乎她的手夺走我所有的体温，我只求她能睁开双眼。求求你，求求你。这个末世需要她这种美丽的灵魂。即使要我拿自己的性命交换，我也在所不惜。

护理师们将急救用具与各种药品留在卡利雍馆，当天就全体离开了。医院的诊疗在此实质告终。只不过在这年头光是能接受这些治疗，就算是幸运了。

接着她持续昏迷状态大概持续了三天，到了第四天，她终于恢复意识。

"这里是……"

"是你的房间。"我紧握着她的手告诉她，"你从阳台上摔下来，一直昏迷到现在。"

"这声音是……"

"你还记得我吗？"

"那当然……我也记得你送我的八音盒的旋律。我感觉……自己仿佛一直听着八音盒的旋律。让我多听听你的声音……我差点就要忘了你的声音。”

“我再也不会对你沉默了。”

“谢谢你。”

她直挺挺地盯着天花板说道。

“能跟你再像这样交谈，真是太好了。我可以问一件事吗？”

“请说。”

“我的身体怎么了？”

“你好像伤到了头与颈部，不过……外观没有任何异状。手脚的擦伤也差不多都好了。”

“擦伤？”

她僵起了脸。

“你会痛吗？”

“不会……完全不痛……”

“你感觉得到我的手吗？我的手正握着你的左手。”

“不行。”

“那你右手的感觉呢？”

“我的右手……是不是没了？”

她的右手好端端地存在着。

由于颈髓受损，她现在四肢处于麻痹状态。颈部以下的部位都无法活动，也感觉不到痛楚。虽然她勉强还能自发性地呼吸，大多还是得仰赖人工呼吸器。

“告诉我……我的身体……到底在哪里！”她悲痛地呐喊。

"好端端地在这里。"我触摸她的脸颊，"你感觉得到我的手吧？这就是你存在的证据，也是我存在的证据。你不是一直都很想确认我是不是确实存在于你身边吗？来，这就是证据。"

"我感觉得到你的手。"

她终于哭了出来，整个晚上不曾停止落泪。我一次次地为她擦拭脸颊，抚摸她的头发。在这段期间，她有两次间隔数分钟、剧烈到宛如末期的病状发作。无法动弹的全身阵阵痉挛，呼吸变得急促。我按照护理师的说明，将内含药剂的针筒刺进她的手臂。这对没有打针经验的我来说，是项负担很大的差事。她的状况如此不乐观，怎么没有半个医生陪着她？说不定她能回来不是单纯出院，而是医生认为她已无药可医，让她回到适合她结束生命的地方。这样医院能空出病床，也不需要劳驾医生诊治了。

第二次发病稳定下来以后，她再度陷入昏迷。她的身体到底怎么了？为什么她非得碰上这种遭遇？

到了早上，她苏醒过来。她的头有些微的动作，并露出聆听周遭动静的模样，因此我得以察觉。

"早安。"我说。

"我不是在做梦吧？"她嘶哑地呢喃，"但我仿佛还身处于梦中。"

我什么也说不出口。如果我顺着她的话告诉她这是梦，她会不会比较轻松？

"雨声传进耳里了。"

她将脸面向窗外。在她提起之前我不曾注意，不过外头的确正下着雨。我从椅子上起身，拉开合上的窗帘。窗外是一片滂沱的雨景。

她却一副很开心的样子。

"能帮我打开窗户吗？"

我按照吩咐打开窗户，斜雨立刻打进室内，将高级地毯淋得湿答答。但现在这种事根本无关紧要。

"好舒服。"她露出安稳的笑容，"我曾经觉得雨天听不到其他声音嫌雨声吵，可是现在我莫名感到高兴。打在我脸上的雨冰冰凉凉的好舒服。"

"你还有其他需求吗？我来代替你的眼睛与手脚。为了你，我要代替你的身体为你效劳。"

"你为什么对我这么温柔？"

"因为我爱你——"

"既然如此，你为什么要哭呢？别哭。你不适合发出哭声。"

"我一直以来都好孤单。"

"可是你以前总是陪伴在我身边。"

"……我觉得自己要是继续待在你身边，感觉会污染了你。我打从出生以来就待在废弃物与污染物质之中。相较之下，你实在太纯净了。我要是触碰了你，感觉瞬间就会弄脏了你。"

我出生于这个污秽世界的淤泥之中。而她则在高尚的音乐包围之下长大。我们打从一开始就是无从交会的两条线。

"你一点也不脏。"她告诉我，"你的声音比我听到的任何音色都要悦耳。你做的八音盒也一样。"

"谢谢你。"

我紧紧握着她的手回应。

"你一开始帮我修好的那个先母遗留下来的八音盒，其实是我拜托现在的外子修理的东西。"

"你请那个男的修理？"

"是啊。其实我是故意弄坏八音盒想要试探他。如果他能修好，我就试着相信他。然而你也知道最后发生了什么事。他一发现自己修不好，就决定把它脱手。幸好是乐器行老板愿意收下，但假如你没拜访过那家店，我的八音盒大概再也无法回到我手上了吧。"

"你那个八音盒做工很棒。"

"我很好奇到底是什么样的人帮我修好了八音盒。不过就在我在天台听到你制作的八音盒的旋律时，我马上就明白，那个人一定就是你。我从那个时候开始就喜欢上你了。"

雨水自窗外打落，我轻轻擦拭她湿润的脸颊。

我们到底是在何时做错了选择？

是打从出生开始吗？还是我们相遇那刻？抑或是婚礼那天？

我将掌心贴在她温暖濡湿的脸颊上，吻了她的唇。

"我大概来日不多了。"她说。

她的语气十分肯定，仿佛已做好了心理准备。

"不可以，求求你为了我继续活下去！"

"你愿意答应我的请求吗？"

"我当然愿意，无论是什么请求，我都会为了你达成。"

"那么——请你把我做成八音盒。"

她的请求超乎我的想象。我有好一段时间说不出话，才终于开得了口。

"你这是什么意思？"

"就跟我说的一样。请你把我的身体运用在八音盒上。你要把我做成八音盒。"

她希望能活生生地成为八音盒。

我实在难以理解她的愿望，也实在无法为她实现她的愿望。

"我做不到。"

"拜托你。"她哀求我，"这件事只有你办得到。"

"如果你是因为对未来感到悲观才说出这种话，请你重新考虑。你总有一天会恢复健康。要是开始复健，手脚应该就能活动了。你曾历经死亡，却又像现在这样重生。不可以轻易舍弃这条好不容易捡回来的命。"

"我求求你！"

"你为什么想成为八音盒……你怎么会有这种想法？"

"家父说就算世界毁灭了，音乐也会继续存在。所以我想脱胎换骨成为音乐。请你亲手将我改造成八音盒吧。"

"你应该忘了这种妄想。"

"拜托你，把我——"

说到一半她再次发病昏厥过去。我对她进行急救，在她恢复呼吸之前持续鼓励她。她这次症状严重得仿佛随时会断气。我抱着头在她的床边瑟缩，我觉得无能为力的自己真是没用。明明要是献出自己的生命能拯救她，我还能平心静气地迎接死亡。

我思考起将她改造成八音盒的方法。她可能认为自己的身体要是能被做成八音盒，或许就能转生。大概正因为她活在只有音乐存在的世界中，才会冒出这种想法吧。但在祈求转生之前，不是更应该守护如今存在于当下的生命吗？

下一次她恢复意识，是在太阳下山时的事。雨虽然尚未停歇，但雨势稍微减弱。窗户早已关上，窗帘也拉起来了。反正今晚见不到月亮。

"对不起……"她微微张开了嘴，"请你忘了关于八音盒的事。请你把那个请求，当成是我梦魇时说出来的梦话……"

"你现在什么都别去想，请你相信自己会好起来。"

"不……我累了……"

"千万别灰心。"

"你听说过我从阳台坠落时的情形了吗？"

"我没听过。"

"我只是在阳台吹吹风。直到现在，我都还清清楚楚地记得当时的风，以及从西边传来的海洋气味。"

"你为什么会从阳台摔下来？"

"——我是被人推下去的。"

"什么！"

我站起身子将耳朵凑近她的嘴，以便听清楚她的话。

"留在我身体上最后的感觉，就是一双手推着我后背的触感……"

"麻烦你仔细跟我说说。是谁把你推下去的？那双手是谁的？"

"光靠手的触感，我感觉不出是谁。我也没听到对方说话的声音。"

"所以你不知道是谁把你推下去。"

"不，我知道。因为他的脚步声。他鞋子的声音很特别。那双皮鞋的声音是——"

那个人有一双自豪的皮鞋，总是命令佣人帮他擦鞋。

"你确定就是他吗？"

"……没错。"

不可饶恕。

我或许就是在那一刻，将自己的灵魂卖给了恶魔。

如果我真的卖了，那当然也是为了她。

不管这个世界本来就多么不可理喻，都不可饶恕。

她再度失去意识昏睡过去以后，我动身前往工作室。里头只有几名勤奋的八音盒工匠正在工作，没见到那个男人的身影。我可以选择跟他们问出男人的所在之处，但我没这么做。我拿了放在工作室一角劈柴用的小斧头以及铁锤，将这些工具的握把塞进裤子后头藏起来，离开了工作室。

我敲打男人房间的门。里头传来不甘被打扰的声音，门打开了。开门的人不是那个男人，而是他的狐群狗党之一，平常就与他沆瀣一气。往房内探望，只见那个男人满脸通红地趴在桌上。玻璃桌面上放置的众多酒瓶，道出他们灌进了多少黄汤。

"啥，你是怎么来了？想来跟我学八音盒的做法吗？"

我无视他的话，强行闯入房间。我反手关门并上了锁。

"谁准你露出那种自以为是的表情？你把我当成什么人了？"他的语气带着醉意。

"让我问个问题。视你的回答，我可以立刻回去。"

"什么？"

"你怎么看待她？"

"又在跟我提这个。"他露出轻薄的笑容，"快看这家伙，明明是贫民窟出来的，还癞蛤蟆想吃天鹅肉。"

醉鬼们爆出笑声。我内心有股冲动想打碎眼前的玻璃桌，但我却仍维持冷静不动声色。没错，我很冷静。

"你好歹也掂掂自己的分量。你就是个会走路的有毒物质。你本该安分地待在贫民窟里头化为地球自净作用的一环，把毒物吸收进身体里再赶紧死去。"

"请你回答我的问题。你到底是怎么看待她的？"

"她是有几分姿色。"男人露出冷笑，"但这女的给人的感觉实在很恶心。她就是瞎了眼睛，才会活在自己的幻想世界里。你也是被她拿来幻想的材料，醒醒吧你。是说她手脚都动不了了吧？太惨了。不对，真是可怜。她连一点像样的乐子都还没尝过，可怜啊。你的问题问完了吗？"

"我还有两件事想问你。"

"什么？"

"你最近把你的鞋子借给过别人吗？或者是你的鞋子曾经消失，被其他人偷走过吗？"

"啥？你在说什么？你倒是说说看我每天穿在脚上的鞋子要怎么偷？说起来这栋房子里有谁敢偷我的宝贝鞋子？我想到了，你大概敢吧？"

他放声大笑。那双皮鞋百分之百就是他脚上的那双。原本还有别人穿着他的鞋子的微薄可能性，他也亲自否认了。

"那么我要问最后一个问题，是你把她从阳台推下去的吗？"

他满面的笑意瞬间凝结。

周遭的气氛为之一变，变得紧绷。

站在他身旁的男人显而易见地变了脸色。

"那家伙是自己掉下去的吧？她平常就笨手笨脚的。"

"你以为她眼睛看不见，就不会穿帮吗？"

"你敢继续血口喷人，我就让你再也无法待在这个家里！"

"她清清楚楚地听到了你鞋子的声音。"

就在我说出这句关键性的话语之时，我注意到他们对彼此使了个眼色。

我猛然掀翻玻璃桌，迅速向后退。我将手绕到背后拔出铁锤。

他的狐群狗党从右方迎面扑来。我大肆挥起铁锤，顺势重击男人的下巴。趁他双脚一软，再来从头的侧边来一发追击。一阵闷响传来，血沫直飞。

我用空着的手拿起小斧头，接着堵在那个男人面前。男人在酒精作用下行动迟钝，无法立刻起身，像是某种恶心的节肢动物般一边笨手笨脚地向后退缩，一边抬头望着我。

"你、你疯了！你别以为做了这种事还能全身而退！"

"你才别想全身而退。"我握着小斧头逼近，"你为什么想杀她？她又对你做了什么？"

"我不是故意要推她！我只是想叫她。对，我当时在阳台的地板上跌倒撞到了她，结果她就摔下去了。抱歉我不该隐瞒到现在。我没有恶意。你也知道我有我的为难之处。"

他口齿不清地说明。

我举起小斧头，在他身旁的地板重重扣下。

"少说谎了。"

"我说的是真的！"

我思考片刻，将小斧头从地板拔起，站在一旁压着头哀号的男人同伙面前。

"你应该知道真相吧？告诉我他的话是真的还是假的。"

"是假的，他在说谎。"酒肉朋友不做多想就出卖了他，"那女人挡了他的财路。他财产一到手就要把这个海墟纳为己有的如意算盘，被那女的看穿了……"

"喂，你少胡说八道！"男人嚷嚷起来，"这家伙才在说谎！他就是推了她的凶手。不是我！"

"她只听到了你鞋子的声音。"

"你难不成相信那女人的话？"

"她的话在我心中，是这世上绝无仅有的真实。"

我挥下小斧头。他冷不防后退试图回避斧锋，锁骨到腹部仍被斧头应声划开，血沫横飞。他的血很肮脏。我退开身子以免被血溅到。他痛得满地打滚，不久后便没了动静。

他被我用铁锤痛殴的酒肉朋友还活着，不过我没理由给他一个痛快。我不想杀害没有必要的对象。杀人这行为非常令人作呕，是种沉重的负担。我拉开附近桌子的抽屉找到一把剪刀，将剪刀收进口袋便离开房间。

我边走边剪断卡利雍馆所有的电话线。接着我在雨中出门跑到海边，松开停泊船只上头系着的绳子，让它随波逐流。

这下就断绝了与外界的联络。

我回到她的房间。她的脸色远比我担心得更加恶劣。我将脸贴上她的脸向她呼唤。请你不要死，请你千万不要死。

"你回来啦……刚才上哪去了？"她问。

"我去找药。"

"你的脸好冰……还湿湿的……你去外头了？"

"没有，这是我的泪。"

"这样啊……你别哭……"

怎么办？

就连我也看得出来，她的生命犹如风中残烛。

要是硬把她送上船带去看医生，她是否还有恢复的可能？

要是当时我把护理师留下来，她是否就不会恶化到这种地步？

我难以断定。

无论如何，我早已成了恶魔。我已无退路。

我接下来要做的事到底是正确的，还是错误的？

没有人愿意回答我的问题。

所以——

在她死亡之前——

我必须尽快将她改造成八音盒！

"请你稍等一下，我立刻回来。"

我跑出房间前往工作室，一股脑地收集所有可能派上用场的材料，塞进布袋里，离开工作室。宅邸里头鸦雀无声。看来今晚的凶案还没传开。

我立刻回到她的房间。

"我要来实现你的愿望。"

我对她如此轻语，将她的身体抱了起来。

她身体轻得就像是用布料棉絮制成，触感也很柔软。我将她抱在臂弯之中，一边用身体推着人工呼吸器，走向浴室。接着我让她在浴室躺下。

"这里……是浴室吗？"

"没错。从现在起，你就要变成八音盒了。"

"真的呀？我好高兴……"她沙哑地说完，露出微笑。

我默默脱起她的衣服。比起女性化的曲线，清瘦嶙峋的部分在她的身体上还更为显眼。并不丰满的胸部也随着她沉重的呼吸为之颤抖。我遏制着内心拥抱她的冲动，为她的身体盖上毯子以免着凉。

"为了不妨碍作业，我把你的衣服脱掉了。对不起。"我说。

"真是奇怪……就算是在这种状态，我还是会害羞。"

"你很美。"

她虚弱地笑了。

我扭开水龙头放出热水。浴室逐渐笼罩在蒸气之中。

我可以撒谎骗她。我可以假装正在制作八音盒来让她放心。反正她看不见，身体也失去了感觉，我只要做做样子就能瞒过她。但我总觉得这是一种对她的侮辱。因此我必须将她改造成她所渴求的永恒姿态。

该怎么让她化身为八音盒，我想到一个办法。

那就是将她的生命化为八音盒的动力。

将她所剩的生命脉动，运用为刻划音符的动力。

所以……要是等到她撒手人寰，就来不及了。

我必须加快速度。

“我要开始了。”

“好的……”

我将短刀的刀尖刺向她的左胸。

殷红的鲜血自细微的切口洒落。这是她性命尚存的证明。

“如果……你成功把我做成了八音盒……”她开口，“请把我……放在这海墟的……最高处。在我成为音乐以后……我想远眺这个世界。”

听着她的话语，我不自觉丢下了短刀，使尽全力紧拥着她的身体。

我感受到她的胸口传来微弱的跳动。

“我没办法继续动手。”我的身体不停颤抖，“伤害你竟然是这么痛苦难耐的事……”

“请你继续。你就把我当成八音盒的材料吧……把我当成……一个小小魔法的材料……来，继续吧。”

她胸口的跳动确实一分一秒都在减弱。

那是她的生命，也是一种音乐。我不能让它停歇。

我必须将生命直接改造成音乐。

我的眼泪夺眶而出，却还是再次拿起了短刀。

我要将她——

改造成八音盒。

变成音乐。

“我真的对你很过意不去……硬是要你配合……我的任性。”她断断续续地说，“但有你为我做这些事……我感到好幸福……”

她缓缓闭上双眼。

"你还不能死啊！你要活下去，成为弹奏音乐的力量！"

"啊……月光洒在身上……"她的记忆与时间感开始混乱，"八音盒响起来了呢……"

我把自己原创编曲的音筒安装进从工作室带来的八音盒台座里，启动八音盒。音梳弹奏的声音在浴室里回荡得更为响亮，乐声震动着我们的鼓膜。

"这是我为你所作的音乐。"

"谢谢你……这下我……"

她就此绝口。

我将她抱到浴室的地上让她横躺，用几近粗暴的手劲按压她随时会停止生命活动的娇小胸膛上，试图急救。

然而她没有起死回生。

她死了。

我将短刀慢慢地戳入她的身体。紧绷的薄膜被割裂，鲜红的肌肉三两下就从肌肤探出。暗红色的血液顺势涌出，沾湿了短刀。我拿起莲蓬头用热水冲洗血液。我将短刀戳得更深也更久，沉默地进行在她体内安装八音盒的动作。我已不再哭泣，也不再颤抖。

她的肋骨成了音筒的轴心，同时也是固定音梳的台座。我本来就能不费吹灰之力做出掌心大的八音盒机芯。要我做一个能收进女性胸口的机芯，只是小事一桩。我在靠近心脏的血管上安装齿轮，设置心脏为八音盒的动力来源。

随后我小心翼翼地安装音筒。音筒上的音乐是我自己谱的曲子，这是我献给她最后的祈愿。我将以往未能充分传达的话语，以及此后希望传达的话语，全变换为乐声。

最后我缝合她的胸口，让她以八音盒之姿重生。

但她却没有发出声响。

事到如今早已无可挽回——

我帮她穿上衣服，抱起她直接从窗户走到外头。

我抱着她走在满月高照的海滨。

走向海墟的最高处。

有一栋满是龟裂的混凝土大楼宛如巨大的坟墓，在海岸竖立。大楼长方形的影子在月光照耀下伸长，投射在侵蚀步道的宁静浪涛上。到了满潮，水会淹没大楼的一楼。现在刚好是退潮，大楼的入口是干的。将视线朝海的方向望去，还能见到其他几栋高耸的大楼，只是每一栋的下层都被海淹没，无法徒步进入。海面上星星点点探出头来的电线杆，清楚地显现了沉入海中的道路形状。

我进入大楼爬上楼梯。这栋大楼是这一带最高的大楼。或许是受到地基影响，建筑物整体略为倾斜，倒是不妨碍行走。我逐一攀登空荡荡的灰色楼层。

我踹开生锈的大门来到顶楼。冷风呼啸，是令人怀念的冬季寒风。星空算不上一望无际，倒也还能见到一些星点。最重要的是月光皎洁无比。满月原封不动地倒映在淹没大楼的海洋上。海的另一端还能见到上有灯火的都市。在几年前，这里还与都市那边的海墟相连。在海拔高度的恶作剧下，却成了这种光景。

我让她坐在能一览风景的位置。

这就是你满心期盼、悲哀而美丽的衰亡风景。

我在她身边坐下，仰望月色。

此时某处传来宁静的乐声。

没错——这段乐声是从她的胸口中传出，虽微弱但确实存在，且悄悄地弹奏出声。她苍白的脸面向着月亮，仿佛身处睡梦之中地双眼紧闭，宛如歌唱般地低咏孤独的音乐。

她终于重生为八音盒了。

好了。

你成为音乐了。

以她的生命所弹奏的末日旋律化为月光，将海一点一滴染得惨白。

第一章　我们回归之处

带着烟熏味的风让我明白旅途的目的地已近。我的目的地是一座有大型湖泊的小镇。夕暮之中的浅紫月光在湖面闪耀着破碎的波光。渺无人烟的街道上，灯光开始一盏盏亮起，照耀了石板路。

然而在灯火通明的街景中，仅有一处仍被暗夜垄罩。

那里是个乌黑瓦砾的山堆。只有这栋房子被烧个精光，宛如它的存在已从这世上消灭。距离这栋房子被烧毁，似乎还没过很久。

我踏进瓦砾之中，寻找失落之物的蛛丝马迹。但一切早已为化为烟灰与焦炭。唯一幸存的黄铜时钟指针，正指向今晚最早登场的星星。

听说这里被烧毁之前是一家钟表行。我想应该是一家不起眼的店，说不定商品里还有外头没有的罕见钟表。也可能在这些钟表里头，就藏着我正在寻找的物件。只是一切已付之一炬。

我早就知道这栋房子失守了。这趟旅程一开始就是以绝路为目标。仅在这个月里，我就造访了位于三座城镇里的七栋焚毁建筑物。任一处都是被检阅官下令烧毁的地方。

所有人都不能持有任何图书。

这是我们这时代的规则。要是违反规则，检阅官就会将窝藏书籍的地点连同书籍烧毁。

据说检阅官原本只是审查书籍内容的职位。但到了现代，却承担了纠举有害图书并行使烧毁处分的任务。所有可能催化犯罪的书籍都会被他们烧毁。他们将定义无限上纲，结果所有书籍全都被视为有害图书。

他们主张在自己清除有害图书后犯罪就会遭到扑灭。实际上他们也为在战争与重大灾害之下陷入混乱的世界带来秩序。在这个世界，唯有他们筛选的话语才是真理。主掌真理的人于是成了世界的中心，建立起全新的言论审查社会。

我对被烧毁的物品知道得并不多，因为我出生于这些物品早已消亡的时代。据说多数书籍里记载着人的罪与恶，尤其是其中被称作"推理"的类型书籍。这些热爱谋杀的书籍成了焚书之中的代表性书籍。

假如以"推理"为首的书籍确实应该遭禁，检阅官的行为可能是正确的。至少有许多人都相信如此。

书籍到底是不是应该失传的物品？

如今我仍找寻着答案。

我想书籍上大概记载了我们有所不知道的真相。

要是还有尚未被焚毁的书籍，我愿意踏遍天涯海角追寻。只是没有人会告诉我这种孩子——而且还是个外国人——秘密的所在之处。藏书人当然都是赌上性命私藏书籍。镇上的人也不肯透露关于书籍的情报。

但即使是畏惧检阅官而三缄其口的镇民，对于已经遭到焚毁的地方，口风也相对地松。他们可能觉得事情都落幕了，谈谈也无妨。不少人还是在焚毁处分执行后，才知道那里曾经存在过秘密。

因此我旅程的目的地，总是乌黑瓦砾的山堆。

只要听说哪里有个失守的地方，我就会动身前往。我很明白那个地方也只剩灰烬，但我还是相信跑一趟现场，说不定能多找到一些东西——

我在瓦砾之中蹲下，翻找灰烬的底部。我没翻到半个我渴望的目标。在我起身回望之时，我的视线中仅剩下一幕融入黑夜的虚无光景。太阳不知何时已完全西下，将我抛在这座城镇唯一的黑暗之中。

我在湖畔的小型旅馆寄宿，决定在这里度过一晚。

通过房间的窗能见到在湖泊彼岸并排的民宅。即使到了夜晚，这座镇的灯火也不曾熄灭。我不认识的人们就在那里生活。我感受到一股奇特的安心感，茫然地望着倒映在湖面的灯光。

在一片寂静之中，枯叶掉落的声音传入耳里。晚风吹散了竖立在湖畔的树木所剩无几的叶片。时序已步入冬季。堆积在窗框上的枯叶，想必有天也会变成白雪。

我非常疲惫，一躺上床立刻呼呼大睡。多亏了燃木壁炉，房间里很温暖。这阵子一直都是呼气能吐出白烟的严寒气温。我身陷温暖的被窝，坠入了梦乡。

但就在即将天亮的时候，有人把我摇醒。

"起来，快起来。"

穿着旅馆制服的大姐摇晃我的肩膀。我记得她是大厅的柜台人员。我不懂为什么她会出现在这里，硬是要把我叫醒。

"对不起，我擅自闯进来了。"她向我展示钥匙串，"刚刚楼下大厅有两个检阅官上门，问值班的人有没有外国少年入住。他们好像在找你。"

"咦？"我不禁坐起身子。"检阅官？"

"你有没有头绪？该不会你手上有书吧？"

"没有。"我摇摇头。"我没有书。"

"是吗，那就好。但说起外国少年，我们家就只有你一个人。他们一定是想抓走你。"

"抓走我？"

"钟表行被举报以后，检阅官就在监视这个镇，已经有好几个人被捕了。检阅官说是在找钟表行的同伙，他们似乎认为我们还有所隐瞒。"

"钟表行是指那家……"

"你知道他们家？你该不会认识他们吧？"

我直摇头。虽然我曾在钟表行停留，却也只见过瓦砾的遗迹。

大概有人见到我进入钟表行的瓦砾堆里头闲晃。我想目击者一定不是检阅官。如果是检阅官，当场就会逮捕我。这么看来，镇上的人或许视我为可疑人士。接获可疑人士的情报，检阅官当然会有所行动。

"可能是有哪里搞错了吧。无论如何，他们来到这里就是要把你带走。他们的作风就是先抓人再调查。你最好先逃再说。"

"可是……我要是逃了，他们也会马上追上来。"

"别担心，我们先骗检阅官说你昨晚退房以后马上就离开了。这样他们也会放弃吧。"

她拿起我放在地上的双肩包递给我。我走下床接过双肩包。

"没关系吗？"

"什么没关系？"她歪起了头。

"放我走没关系吗？"

"你没有做什么亏心事吧？"

我犹豫了一下，接着点点头。

"如果你被抓了，我们这里可能也会被烧掉。放走你也是为了我们自己好，所以你用不着介意。来，赶快离开吧。"

我在她的催促下离开房间。

我们在走廊上奔跑，走廊上感觉不到人的动静。她在楼梯前突然停下脚步，将我拉到走廊的深处。

"他们爬上楼梯了。你走紧急逃生梯吧。"

眼前有扇老旧的落地窗，一开门就有干燥的风灌进室内。门外架着铁制的旋转楼梯。黎明的幽光穿透了遥远东方的夜空。

"你有地方可去吗？"

"有的。"

我情急之下撒了谎，走下旋转楼梯。我已无处可去，但我不能再给她添麻烦了。

"小心别被抓了哦。"

"请问……"我回过头来询问。"检阅官只有两个人吗？"

"对，我只见到两个。"

"有没有其中一方是小孩？跟我差不多大……身高比我高一些的。"

"没有，两个都是成年男子。怎么了？"

"我只是在想说不定是我认识的人，看来不是。"

"你认识检阅官？看来背后有些隐情。不管了，你快走吧。他们马上就会过来。"

我点点头，接着向她鞠躬致意。

"非常感谢你对我这么亲切。"

"保重啊。"她挥挥手关上了门。

见不到她的身影，我开始感到害怕。

宛如融化星空而成的深沉湖面，边缘也开始逐渐发白。我跑下旋转楼梯。从天而降的枯叶在空中跃动，将我层层包围，最后飘落在庭院。我压低脚步声，在枯叶堆积的无人步道上直奔，告别这个萍水相逢的小镇。

检阅官没追上来。我不知道他们是放弃了我，还是打从一开始对我就没有多大的兴趣。

此后我游览了不少废墟，延续了一段在废屋生火过夜的日子。我避开城镇，边在废墟打转，边朝海洋前进。之所以要往海的方向走，是因为那里没有人。人们很忌讳吞噬文明的海洋，连检阅官都很少靠近。再说海洋还可以捕鱼，即使在最糟的情况下，我也不缺粮食。我对海洋很熟悉。

在海滨旅行也过了三个星期。冬日渐深，天气变得越来越冷。比起旅行，我更像是在逃难。我总觉得背后随时都听得到检阅官的脚步声。

检阅官并不是每个城镇都存在，而是由中央检阅局派遣，极少停驻在单一城镇里。因此我判断焚毁作业结束的城镇应该不会有检阅官。假如当初旅馆的大姐没跟我通风报信，我现在可能早就被检阅官押送到不知名的地方了。

就算是这样，光是参观瓦砾山堆，或许我也能主张自己是清白的。然而我有不能被检阅官逮捕的理由。

因为我手上有检阅官查禁的戈捷特。

所谓的戈捷特，是指拥有宝石外型的"推理"结晶。据说在检阅官眼中，戈捷特可是比书籍更需要扫荡的对象。

多数的情况下，戈捷特被镶在各式各样的装饰品或用品上来掩人耳目，所以人们才会以英文"Gadget"来称呼这种物品。

我踏上旅途之际从英国带出来的父亲遗物，就是戈捷特。戈捷特被镶在颈链上，我在毫不知情的状况下配戴在身上。

如果检阅官发现我有戈捷特，我应该无法全身而退。按照他们焚毁一切的规则，我本人很可能也会成为焚毁的对象。说不定我会跟猎巫一样成为火刑的牺牲者。

我原本并不知道自己的颈链里头有戈捷特。告诉我这件事的人，是某名检阅官。

在检阅官之中存在着名为少年检阅官的异类，而他正是其中一人。

少年检阅官在检阅官里也与众不同，拥有阅读戈捷特的能力，是从小开始训练的精英。据说少年检阅官在检阅局里也仅有寥寥数人。他们肩负重大的职务，执行任务之际，身边必定会有成年检阅官随行，进行保护与监视。然而乍看之下少年检阅官受到百般呵护，实际上也像是受到了层层束缚。政府大概认为他们过于优秀必须受到彻底的制衡吧。

我第一次遇见少年检阅官，是在距今三个月前的事。

他们为了调查某桩有关书籍的案件，来到了我滞留的小镇。身穿黑衣，从黑色轿车走出来的检阅官，他们的身影在我眼中就像是死神。三人之中仅有少年检阅官穿着貌似军服的深绿色制服。他们充满威严与自信，还透露着一股神秘。

他们登场以后，我们原本以为会成为悬案的凶案轻而易举地落幕了。不过一个晚上，我就见识了他们的实力。

引导案件迈向破案的人，是少年检阅官江野。

他失去了心，取而代之获得了检阅官的能力，是名奇特的少年。

他在临走前发现了我的戈捷特，告诉我这件事。如果出现在我眼前的人不是他，说不定我早就成了被检阅官逮捕的罪犯了。

江野随时都可以逮捕我，但他没这么做。我相信这是因为他所遗失的感情之中，还残存着几分人类的心。

江野没跟检阅局举报我，他说想通过我的心来看世界。

他或许在寻找自己遗失的心吧。

他与我的邂逅只是短暂的交会。但我们共享的秘密，正一步步颠覆我们的人生。在这趟不断失落的旅程中，我第一次觉得自己似乎获得了什么。这个什么东西，足以称为渺小的希望。

……我想成为推理作家。

比起寻找失落的物品，踏上一场仅是走访失落场所的旅途，为创造而出发的旅途是多么迷人。我的目标不是黑暗的地点，我要朝明亮的地点迈开步伐。我想我一定是为了这个理由，才会从英国远道而来这个国家。

但这条路却是与江野这个检阅官无法共存的道路。他为了扫荡书籍而存在，只为了这个使命而生。让新的故事在这世上诞生，无非是跟他作对。

我们步向的未来就在相遇瞬间，朝向不同的方向发展。

但我觉得在我的道路前方，就存在着他失散的心灵碎片。这种想法算是傲慢吗？

那起案件过后，我再也没见到江野。

我无从得知他现在人在哪里在做什么。检阅局是个充满秘密的组织。江野现在大概也在某个无人知晓的地方，等待解读戈捷特的那刻降临吧。

　　我在海边找到了一间仓库，当晚就住在里头。仓库入口是开放式的，因此还能生火。我收集枯草用火柴点燃，生了一座小营火。我蹲在营火旁，因寒冷与不安直打颤。淹没城镇的海涛之声，是孤苦伶仃的我唯一的慰藉。

　　当我说要成为推理作家时，江野脸上是什么表情？

　　没有心的他，理论上表情不会有变化。但在我看来他却露出了有点讶异而困窘的表情，难道是我多心了？

　　在这个世界写作推理究竟是一项多重大的决定，我还不太清楚。实际上又该做什么事，我也毫无头绪。我这个样子又能做些什么？说不定书籍上正记载我追求的答案。但在这个世界，就连寻找书籍本身都是件非同小可的事。

　　我无能为力。

　　盯着仓库昏暗的角落，我感到很挫败。到头来我可能一无所获，再也见不到江野，就结束短暂的旅途魂归大海。那片温暖的大海，终将包覆我逐渐冷去的身体。

　　我望着父亲留给我的戈捷特——它的外观宛如蓝色宝石，镶在颈链上的银饰里——度过了漫漫长夜。凝视着拥有透明海洋色泽的宝石，我的心自然平静下来。接着我再次决心要继续踏上旅途，随后落入梦境。

　　天亮后我再次朝城镇出发。我不能在此结束我的旅程，更重要的是我饿了。到这地步检阅官应该也不会追过来了吧。

往山的方向前进，没多久就见到城镇了。

我来到一间小旅馆，柜台另一端的年轻女性一见到我，就仿佛看到脏东西似的皱起脸孔。这几周的逃亡的确也让我浑身脏兮兮的。

"你赶快去洗澡，顺便把你那奇怪的装扮也洗一洗。"她从墙上拿下一把钥匙丢给我，"你住 101 号房。"

"非常感谢你。"

我低头致意，朝客房走去。

我按照她的要求冲了澡，还洗了身上穿的衣服。这可是正统的英国海军制服。我从父亲手上接收过来，一直以来我的衣服就只有两件这种制服。原本做得坚固耐磨的衣服，现在也都破破烂烂了。

回到柜台，接待的女性正在倾听收音机播放的音乐。墙上的钥匙架还挂着所有客房的钥匙。看来生意很冷清。

"请问……有没有什么食物？"

我战战兢兢地向她搭话，她出乎意料地露出柔和的表情回看了我。

"我有兴致时会烤饼干，要吃吗？"她拿出一篮塞满了饼干的篮子。"里头就是些红萝卜饼干或南瓜饼干。"

"我可以吃吗？"

"可以呀。"

我狼吞虎咽地大嚼起饼干。她笑咪咪地看着我猛吃饼干的模样，接着为我递上了一杯热牛奶。

"我来猜猜你的名字。"

她突然冒出这句话，然后将收音机的音量调小，凝视起我的脸。仿佛是在心中默祷什么似的，露出严肃的眼神望向我。

"你叫克里斯。"

我不禁停下了拿饼干的手。

"你怎么会知道？"

"呵呵，猜对了啊？说起金发蓝眼睛的少年，大概就是你了吧。"她淘气地说，"其实你朋友不久前来过我们家。"

"该不会是检阅官吧？"

"检阅官？不，不是。是个很像骗子，叫做桐井的人。"

"桐井老师！"

"对，你认识他吧？他说要是有个叫克里斯的孩子来了，想请我们帮他传话。"

"他想告诉我什么？"

"'我在跟你邂逅的镇上等你。'这家伙每句话都好装模作样。"

桐井老师是我的恩人，同时也是我的朋友。他是名音乐家，跟我一样正在旅行。

"你认识桐井老师吗？"

"唔，有点复杂啦。"她的眼神飘向远方遥望，"大概一个月前左右，他突然现身，交代了这件事就消失了。他好像去了很多城镇留言。看来他很急着找你。"

"为什么是找我？"

"我怎么会知道他在想什么。"她耸耸肩,"我猜他大概来日不多了吧。"

她说完以后就调大收音机的音量,陶醉地闭上眼睛欣赏受到许多噪声干扰的音乐。

"对了,如果你见到他,帮我跟他打声招呼。然后帮我跟他道谢……不,道谢还是免了。"

此后她就没说话了。

隔天,我开始朝充满回忆的小镇出发。

光是这趟漫无目的的旅程出现了一个目的地,我感觉自己就打起了精神。那座城镇是以前我刚来到这个国家时最早造访的地方,也是桐井老师的故乡。

我很清楚前往这个城镇的方法。

就是通过架在海上的漫长桥墩。

那座桥原本是连接市镇的铁路,起初并不是架在海上的桥。由于海平面骤升,城镇被海水淹没,高架桥好不容易才幸免于难。现在人们利用这座桥来徒步渡海。铁轨则被运到别处当重建资材,几乎都被搬走了。

出发后第三天,我终于抵达这座桥。此时天也黑了。耸立在夜间海洋之中的桥墩上头,有人沿着水泥墙每隔一段距离就装了一颗颗的小灯泡。灯火一路蔓延,不曾绝灭。看来可以直接走到海洋的另一头。

我没等到天亮就开始过桥了。

我必须尽快去见桐井老师。

桐井老师在找我。他一定有非见到我不可的理由。

只有灯泡的灯光不免有些寂寞，于是我打开手电筒陪我一起走。这一晚没有月亮也没有星星。晚间荒凉的桥与昏暗的森林或云雾缭绕的山不同，给人一种人工建设的恐惧感。

在照耀黑暗的手电筒光芒之中，我冷不防见到闪烁的光辉落下。

下雪了。

小小的结晶转眼间就将周遭染成一片银白，连夜色都明亮起来。昏暗的海洋另一端，可见白色的桥墩隐约浮现。

都来到这里了，我不能停下脚步。

我循着灯光，朝桥的终点前进。

我走了整个晚上，才终于清楚见到桥的周围有针叶林。桥下已是陆地，但桥还很长。我小跑起来，以免被雪滑倒。

灯泡的光线还没到尽头，不过我在半路上见到一个标示楼梯的告示，就走下此地来到地面。想要抵达那座城镇，就得找个地方下桥。要是我错过下桥的时机，不知道会走到什么地方？桥看起来像是一路往黑夜的另一端无限延伸。

我在桥下生火，在天亮前稍事休息。我躺在火旁边，试着转动小型收音机的选台旋钮，但没听见任何人的声音。

在山头开始蒙蒙亮的时候，我再次踏上旅程。雪已经停了。冰冷的空气直刺我的皮肤，洁白的积雪十分炫目。

我来到宽敞的车道。虽然在积雪的影响之下我分不出车道与周围草地的界线，汽车的轮胎痕却也让我明白这里的作用。城镇就快到了。

沿着这条车道向上走，应该就能抵达桐井老师所在的城镇。

沿着林道的边缘行走，前方传来汽车接近的声音。这股与黎明格格不入的喧嚣带给我不好的预感。情急之下我藏身在树阴之中。

漆黑光亮的汽车以猛烈的速度呼啸而过。

……是检阅官。

那辆车毋庸置疑是检阅官的驾车。

他们丝毫没注意到我，消失在路的彼端。

该不会检阅官是来追捕我的吧？还是他们知道我的目的地，便先来堵人？可是能靠桐井老师的留言循线来到这座城镇的人，应该也只有我一个。他们无法抢先一步。

这座城镇到底发生了什么重大事件？

说不定桐井老师会特地找我过来，也跟这件事有关。

标明城镇入口的招牌掉到地上，被雪覆盖。我以前拜访这座城镇时，曾经见过这块招牌。擦掉积雪，只见一块生着红色锈斑的铁板。我抬起头凝望着路的另一端。

以缓缓上升的坡道为中心，砖瓦道朝左右延伸。砖瓦道上有以水泥、铁皮、木材与砖头等各种材质建造的民宅随斜坡而建。一大清早还见不到人影，但从这井井有条的街貌来看，也看得出这里不是聚落废墟。

像是避免惊动沉睡中的小镇似的，我压低脚步声静悄悄地行走。在积雪的早晨里，就连一口呼吸声听起来都格外响亮。

放眼望去，城镇并没有异状。但与我一年半以前在此度过的时光相比，这座城镇似乎荣景不再。原本商业区还能见到面包店、花店、鞋店与服饰店显目的招牌四立，现在几乎看不到了。绿叶成荫的行道树与公园的长凳也都不见踪迹。从前在此地见到的人们又都去哪了？让我感到不太舒服的，是尽管雪地上没有任何人走过的迹象，却留下了无数的汽车轮胎痕。这八成是检阅官的车。这座城镇出事的预感，越来越真实了。

桐井老师的住处在哪里？

以前的我曾在这座城镇走投无路。当时我刚来到这个国家不久，别说是目的地，我连食物与投宿之处都没着落。那时候的我看起来就跟迷路的猫一样惨，说不定还更糟糕。镇上居民回避着四处游荡寻找借宿之处的我，让我吃上不少闭门羹。就在夜色渐深，我的体力即将见底之际，我发现了教堂的废墟，暂时栖身在里头。

不知道那座教堂是否还在？我循着记忆踏上幽暗的小径。走着走着，我感觉自己仿佛正在回溯往事。

不久后石墙的另一端逐渐可见到三角屋顶的教堂。这是一座天主教教堂，对生长于英国教会学校的我来说，是再熟悉不过的建筑物。

当时的教堂便已跟废墟没有两样，现在也没什么改变。墙面随处可见坍塌，入口大门的铰链摇摇欲坠，歪歪扭扭地勉强维持了门的外型，当然也没有上锁。

我悄悄往教堂里头一看。

里头是一片冰冷刺骨空荡荡的空间。在清晨神圣的微光之中，自然也不见人影。泛黑的地板上积了一层薄尘。长椅全都被拆除了，祭坛、管风琴的音管与风琴本体这些具有教堂风情的物品全都不见踪影，除了眼前墙上挂着的十字架。

我在孩提时代由于意外与灾害失去父母而成了孤儿，被教会收养。教会不仅是学校，也是我的家。因此即使我现在远离英国，见到教会仍然会因思乡之情而感到心痛。不知道我在英国告别的那些人，现在是否还安好？

我一进入教会，便跪在十字架前合掌祈祷。小时候学习的祷告词不假思索地脱口而出。在祈祷的过程中，我有种宛如缓缓沉入水底的感觉。

好了，我得赶去桐井老师的身边。

我站起身子，将手伸向大门准备出去。

然而门却猛然从外侧打开，我整个人被弹到了地上。

尘埃四散。

有人进入了教堂。这个人似乎没注意到我的存在，一进到里头赶紧关上了门，似乎相当慌张。

一个娇小的人影在飞扬的尘埃之中现身。

那是一名黑衣少女。

她一注意到我的存在，立刻僵在原地停止动作，低头望向我。

我跌坐在地，回望着她圆瞪的双眼。我的视线末端即是她震惊的漆黑眼眸。

正当我努力起身，她猛然向我伸出右手。我困惑地抓住了她的手，那只手穿戴着长至手肘的雪白手套，摸起来比雪还冰冷。她手一抽，我顺势站起身。

"谢谢你，我没事了。"

听见我这么说，她过意不去地低下头，作势向我道歉。接着她张开口仿佛要说什么，却不知该怎么表达，惊慌地低垂长长的睫毛，不发一语。

她看上去跟我差不多年纪，身高也几乎一样，可能比我略高。

她身穿的漆黑公主风连身裙虽然是一件女性化的可爱衣裳，仍有种英气的感觉。我想这一定是因为她纤长的手足带着少年的风韵。连身裙是短袖的，因此手套没遮蔽到的手肘至上臂处暴露在外，因寒冷而显得肤色苍白。

随意修剪的及肩长发上，融雪的水滴宛如饰品闪闪发光。最令人惊讶的是，她的头发全是白的，洁白到即使身在雪中也能清楚辨别。

构成她的一切元素，皆是黑白分明。

"外头怎么了？"

我这么一问，她恍然大悟似的脸色一变，开始东张西望。她似乎非常匆忙，没回答我的疑问就开始寻找起东西。

"你在找东西？"

"呜呜。"

她从喉头发出声响回答，并摇摇头。她露出十分困顿的表情，在教堂里头四处打转。

"请问……你怎么了吗？"

她维持沉默，手指向入口的门扉。

见到我歪起头，她露出迫切的表情朝外头指了好几次。我仍然无法明白她想表达什么。

但我倒是注意到关于她的一件事。

"你是不是不能说话？"

我一问，她有些迟疑地点头肯定。

虽然不清楚是什么原因，总之她无法开口说话。不过她似乎也能用哼的方式震动喉头发声，看来并非完全无法言语。

她再次脸色凝重地指向门口。她伸长手臂，就像是要告诉我危机随时会逼近。

此时我听到远处传来逐渐靠近的汽车引擎声。

我对这个声音有印象。

听见这个声音便脸色发白的人不只有我。

见到她表情瞬间僵硬，我这才发现朝我逼近的东西庐山真面目为何。

"你被检阅官追捕吗？"听了我的问题，她微微地歪起头，"就是穿着黑色西装开黑色轿车的男人们。"

她用力点头肯定我的推测。

"果然……"

我刚才见到的检阅官座车大概也是前来追捕她的车。待在这个镇上的检阅官们的目标或许不是我，而是她。

引擎声在近处打停。

我屏住呼吸靠近门口，悄悄开门，确认外头的情况。

道路前方停靠着一辆黑色汽车。驾驶座与助手座的车门同时打开，有两名身穿黑色西装的男人正要下车。他们还没注意到这里的动静。

我毫不犹豫将头缩回门后，关上了门。

"他们就在外面。"我压低声音告诉她。

她狂乱地来回踱步起来，接着突然打开放置扫具的置物柜，硬是想钻进里头。

她该不会是想躲在里头吧？

"你冷静点。他们一定是循着你留在雪上的脚印追过来的，所以你就算躲起来，也会马上被发现。"

她半边身子还塞在置物柜里，一脸束手无策地回头望着我。

我环视室内。屋内深处有光线射入。屏风的另一端有扇小窗。

"我们说不定可以从窗户出去。"

我们一起移动到窗户前，将手搭在窗框上。然而窗户是封死的，无法开启。

没有其他出入口。我们只剩下正门这条路，但检阅官就要过来了。要是现在出去，就会他们狭路相逢。

"打破窗子吧。"

我从置物柜拿出扫把，用把柄的尖端戳刺窗户，只是玻璃太厚了，无法轻易敲破。

我环视四周寻找可派上用场的道具，女孩突然推开我站到窗户前方。她高举右手，像跳舞似的大幅扭腰，甩动手臂用拳头扣向玻璃窗。她的动作流畅，不带一丝犹豫，仿佛很清楚这么做就能打破窗户。

她的手臂轻易地就戳破了窗户。碎片闪耀地四散，刺向外头的雪地。

她回过头来，露出恶作剧的笑容。

窗户破了虽然也让我惊讶，只是她一派云淡风轻的表情更令我难以置信。就算带着手套，她难道都不会痛吗？她没有哪里割伤吗？

她向我展示自己的右手。手套看起来没有渗血。她从呆若木鸡的我手中抢走扫把，用握把撢落窗框上残留的碎片。向外窥探，确认安全。

"快走吧。"我恢复神智向她说。

她点点头，一脚轻巧地跨过了窗户。漆黑的裙摆飘荡膨起，新的脚印在雪地上烙下。

我也跟着她来到外头。我不能就这样单独留在教堂。就算他们的目标是这个女孩，想必也会对我起疑。我没有自信能强辩过关。

就在我们从窗边消失的同时，我感觉到检阅官们打开教堂的门闯入其中。他们应该立刻就注意到窗户的不对劲了,然而我们快了一步。我们从教堂的侧边钻进小道,这条路汽车没办法开进来。

我带着她穿越宛如迷宫错综复杂的暗巷,穿越建筑物的阴影与破损的围篱,在无人的小镇狂奔。她乖巧地跟着我跑。她或许很疑惑为什么我要跟她一起逃离检阅官的追捕。她之所以会顺从我,是否因为她把我当成自己人?希望如此。

我们朝河流前进。如果我的记忆还可靠,附近应该有一条轻浅的小河。

继续沿普通的路逃下去,检阅官一定会循着脚印跟上来。要消除脚印的话,进入河川移动就好了。我边走边向她说明。

我们跑过草原,在公园旁发现小河。这条河比我印象中的还要更细更浅一些,河宽顶多才十米左右。

她原本还犹豫不想脱鞋,在我的劝说下不满地皱眉,这才终于点头同意。这种气温还是别弄湿鞋子比较好。我们一手拿着脱下来的鞋子,空出来的手紧紧相握,走入河中。河水冷得就像是在我们的脚上千刀万剐似的,只不过这股感觉也立刻麻痹起来。走到河流中央时,水深已达膝头,一个不小心可能就会被水流冲倒。跟她相握的手令我感到安心。

就算是检阅官,也不会追进河里。只要隐匿了一次踪迹,想必可以争取许多时间。

我们在河里往上走一段时间,才上了对岸。我们重新穿上鞋子走上车道。车道上残留着轮胎痕,我们朝轮胎痕的反方向行走。

突然间，她从背后拉住我的衣服。

"怎么了？"

我转过头询问，她指向空无一物的道路前方。接着她强硬地拉着我的手，把我拉进建筑物的暗处。

没多久，有一辆汽车从车道驶过。是检阅官。我们目送他们离去。车上的检阅官与教堂前的两人组是不同的人。

到底有多少检阅官来到这个城镇？

汽车开下坡道。

我们松了一口气，如释重负地跌坐在地。

此处是住宅区一隅，被红砖墙团团围住，犹如城镇遗世孤立的空白角落。地上堆着木柴，我们把它当成椅子，在上面休息。仰望天空，大气宛如冻结似的苍白。

城镇仍处于睡眠之中。虽然能感觉到一般市镇的生活感，却完全没有人的动静或声响。说不定这座城镇的人被下了整个冬天都会持续沉眠的魔法。

我在冻僵的双手上呼气取暖。

她脱下鞋子揉揉发白的脚尖。仔细一看她的鞋子沾满泥巴，非常肮脏。在遇见我之前，她大概就在雪中持续逃了很久。脏污的裙摆诉说了她的苦难。

"你不要紧吗？"

她抬起脸来露出逞强的假笑，对我点头。

"为什么检阅官会追捕你？"

她摇摇头表示自己不清楚，接着重新穿回鞋子，凝视着自己的右手。

看上去她并没有携带任何行李。她看起来并未持有书籍，也不像是身上穿戴着像戈捷特的饰品。而且，她好像还不太清楚检阅官是何许人也，以前可能住在非常封闭的环境吧。

如果她没有违规，可能就是她居住的地方或相关人士触犯某些禁忌。只不过若她只是普通的知情人士，事情怎么会演变到整座城镇都配置了数目如此众多的检阅官呢？

她突然起身，拍掉裙子的脏污。我也跟着她站了起来。

她见状伸出双手作势推绝，接着摇头拒绝我。

"怎么了？"

她仍一个劲地举着手。

"我不能跟你一起走吗？"

她点了两三下头。

"为什么？你有去处吗？"

她别开视线，随后仿佛下定了决心，咬着下唇缓缓点头。

她应该无处可去。我跟她撒过一千个谎，我很清楚。

我冷不防抓住她逃也似的抽开的手。

"我们一起走。之后不管发生什么事，或许靠我们两人的力量都能解决，就像刚才那样。"

她低垂着头，用脚跟轻踹积雪。或许她在借此掩饰想逃离我的脚步动作。

"这座城镇有我的朋友。那个人一定会帮助我们。"

她抬起头望着我，将垂落脸颊的白发拨开，接着又迟疑地歪起头。

"来，跟我走吧。"

听到我这么说，她终于露出笑容，那笑容有些开心却又有些不安。

我发现自己正用力地抓着她的右手，赶紧放开。

"对不起。你不会痛吗？"

她点点头。

"之后要请你多多指教了。我是克里斯提安纳。"我这才第一次报上名字，"叫我克里斯就好。"

克里斯。

她抽动嘴唇仿佛在念出我的名字，但没有发出声音。周围一片鸦雀无声，仿佛在她说出话语的那刻，世界就失去了声音。

"你叫什么？"

"呜——"

她如歌唱般地回应我。这段轻哼不仅是她的名字，听起来也像一段简短的音乐。

她因沟通不良露出心急的表情，又突然恍然大悟地蹲在地面上，用食指在雪地上写字。

"悠悠？"

我读出文字，她点头肯定。

她正准备起身，我顺势抓住了她的手并与之紧握，确认我们彼此是伙伴。她戴着白色手套，在柔软布料底下的手，握起来就像冰冷的机器。我别开视线好隐藏自己的困惑。

"走吧。"

我牵着悠悠的手，在沉眠的城镇中行进。

绕过某个转角时，我似乎听见了孩子们的歌声，便抬头仰望附近的混凝土大楼。那里正是桐井老师的教室。我记得自己刚造访此处时，似乎也是听见了孩子们的歌声。我在歌声的引诱之下从窗户探视里头，桐井老师欢迎我入内。我真怀念他那天温柔的笑容。

然而今非昔比，建筑物的表面到处都是龟裂，部分壁面大规模剥落。有些地方还能见到墙壁内部的钢骨暴露在外。所有窗户都用木板封死，无法窥见里头的模样。以前那块音乐教室的招牌也不复存在。

孩子们的歌声难道是从记忆中召唤而来的幻听？大约一年半以前，桐井老师在此经营音乐教室，教导孩子们乐器的演奏方式与音乐。我在这间教室的一隅借住了几个礼拜。我曾经参加过教会的圣歌队，很擅长歌唱。在音乐教室的孩子们面前献唱，所有人都感到很稀奇，一直要求我重唱。或许他们是生平第一次听见圣歌。说到底他们就算听过音乐，也不曾听过有歌词的歌曲，因为歌曲也是检阅对象。这座城镇没有歌曲。桐井老师赞赏了我的歌。

我再次打量怀念的建筑物。入口用厚厚的木板封死，无法入内。

我们绕到建筑物的后侧，后门虽然也遭到封锁，倒是可以靠小小的通气窗设法进入。我捡起脚边的石子扔向窗户，打破玻璃。我率先进入建筑物内，接着再拉悠悠进去。

遭到封锁的建筑物内的空气，有种潮湿的水泥味。狭窄走廊的墙上能见到被某处渗出的水侵蚀的痕迹。

在积满灰尘的走廊上走一段路，就来到了大教室。以前这里摆放着给孩子们用的桌椅与乐器，如今空无一物，室内飘荡着寒冷的空气，与留在记忆中的热闹光景大相径庭。时光仿佛已过了数十年。

"没人啊。"我沮丧地喃喃自语。

我还以为桐井老师说不定会在。

目前桐井老师跟我一样正在旅行。旅行的目的是寻找丢失的乐器与音乐。在他的旅途中，我们曾数次碰头，每次我都被桐井老师拯救。我完全搞不懂桐井老师什么时候回到的这座城镇，现在又身在何方。

"我们在这里休息一下吧。总比胡乱晃荡好。"

悠悠微微点头听从了我的提议。她似乎很不安，抓着我手臂四处张望。

我们将背贴在墙上坐下，凝视着空荡荡的房间。昏暗宁静的废屋一室内，流逝着的仿佛是我们所不知道的奇特时光。从被木板封起的窗户缝隙中，时不时可见人影掠过。那是一大早醒来的镇民吗？还是检阅官？说不定根本是其他物体的影子……我们害怕地观望着影子来去。

检阅官想必马上就会把我们揪出来。在此之前，我们必须抵达桐井老师的所在之处。

　　"桐井老师应该在这座城镇的某处。我是为了见老师才回到这里的。"

　　我小声地向她道来，悠悠用力眨眼，以眼神同意。

　　"我一定会带你一起去。"

　　悠悠开心地笑着，将下巴贴在抱起的膝头上。

　　我简短地向她说明自己离开英国至今的旅程。悠悠似乎不知道英国在哪里，但她似乎也明白那是个非常遥远的地方。

　　"其实我是在检阅官的追逐下来到这座城镇的。"我压低声音坦白秘密，"因为我手上有他们禁止的物品。"

　　悠悠歪起头，直盯着我的眼睛，仿佛想从其中找出我藏起来的东西。

　　我没向她献上我的眼珠，而是指向自己的颈链。

　　"这是'推理'的结晶。"

　　据说这个国家是"推理"残留的最后土地。贡献出这个事实的人、是推理作家们。本来这个国家的检阅就相对宽松、在最低限度的删改下，作家们一手建立了独特的故事文化。其中"推理"发展出独特的路线，名留青史的作家们纷纷诞生。当然在那个年代也有不少人忌讳杀人的故事，据说读者也只能偷偷摸摸阅读。这么做却没有演变出大规模焚书运动，应该是因为作家与检阅官之间建立了秘密的默契。

都怪战争打破这个状态。这个国家在战争中落败，被大国占领。检阅方向也由大国主导，导致检阅局逐渐揽权，如今实质上控制了整个国家。

在书籍逐渐失传的情况下，"推理"作家施展了最后的诡计。他们将"推理"化为单纯的数据，把这些情报以物理性的方式铭刻在各种物质上。这就是形同"推理"乐谱的物品——戈捷特。

戈捷特的种类五花八门，多数按照"推理"的要素加以分类。比方说有些戈捷特叫"密室"与"暴风雪山庄"。要素则或许也可以称为主题。这些数据在多数情况下，总是被铭刻在透明玻璃质的物体上。

我这个形似蓝色宝石的戈捷特镶嵌在颈链的银饰中，无法拆卸。里头记录了"推理"的数据。

我的戈捷特是"记述者"。也就是说这个戈捷特里网罗了推理小说中"记述者"的任务、以此为题材的书例或是诡计。然而想要读懂里面写的文字需要知道诀窍，用普通方式窥看戈捷特也无法掌握内容。我也没能学会解读方式。朝里头窥看，只能见到水中有无数文字浮浮沉沉，宛如正在舞蹈。

戈捷特自然也是禁止对象，跟书本一样，一旦发现就会惨遭销毁。

所以我很犹豫该不该给悠悠看戈捷特。让她知道这件事，很可能就会害她背上罪嫌。不知道比较好，以前我也是被这样叮嘱的。

不过她说不定在自己不知情的状况下碰过戈捷特，就跟我以前一样。

"很美吧？"

悠悠闭上一边的眼睛，凑近我的脖子窥看那颗石头。她的白发在近处看起来很美丽，我突然感到害臊别开视线。

悠悠盯着我的石头看了很久。

"你对这种宝石有印象吗？"在我的询问下，她摇摇头。看来她真的不懂自己为何会被追捕。

"你是从哪来的？"

听了我的问题，悠悠犹豫了一会，接着指向墙壁。她的意思大概是墙壁另一端某个遥远的地方。

"你什么时候离开的？这一阵子？昨天？"

她点头。

即使无法言语，勉强还是能对话。但想问出详情十分困难。

我灵机一动在地板的灰尘上用指头写出平假名与英文字母。

"你识字吗？"

悠悠面有难色看着地上的字摇摇头。看来她只会写自己的名字，我们不方便用文字沟通。

她到底是什么人？过去都过着怎样的生活？从她的穿着打扮来看，我不认为她在荒郊野外过着自给自足的生活，也不像在都市角落像老鼠一样坚强求生的人。她应该生活在安全且不愁粮食来源的地方，大概还有愿意守护她的人。

但出于某种理由，她被赶出那个安全的地方。

她为什么要逃？

"悠悠原本待的地方离这里很远吗？"

悠悠点头。

"那里还有其他人吗？"

悠悠掰起手指开始清点。她数到第六根指头停下动作，最后指向自己。

"包含你有七个人？"

她点点头。

"那里是孤儿院吗？"

她没什么反应，我说错了。

"有没有什么能指出你以前的家的方法？"

她陷入深思，接着灵光一闪地表情为之一亮。

"怎么了？"

她点点头，鼓动喉头发出轻哼。

这不是普通的回应，每一声都比较长，还有不同的音高。不同的音高组成一小节旋律，而旋律最终又形成了音乐。

她正在唱歌。

她发出的轻哼原本听起来就像是音乐。或许对她来说，音乐与语言具有同样的功用。

我听了一会儿她的歌声，我没听过这首歌。我想这应该是一首夜晚的歌。她的歌声让我眼前浮现一片景象。月亮高挂在夜空之中，冰冷的月光洒落城镇的模样历历在目。

"原来你会唱歌啊。"

我这么一说，她便停下歌声，有点得意地挺起胸膛。

"你以前住的地方也有音乐吗？"

她以轻哼回应我。

据说从前世界上存在着许多歌曲。

就跟多数情报一样，歌曲与音乐也受到检阅局的管理。检阅局的主要禁止为音乐填写歌词的行为，还有表演内含暴力表现的歌舞剧，以及拥有上述的记录物。我们在广播听到的音乐全都经过他们的审查，都是些平静的曲子，当然也不含歌声。

严格来说，目前演奏乐器本身并不是遭到禁止的行为。检阅局管辖的是情报，他们可能认为乐器所演奏出的旋律不违反规制。也可能是因为演奏这项行为不具实体，他们也无从删除。

然而检阅局对音乐家们的监视却愈发严格，许多人被贴上反社会的标签，受到严厉的迫害。音乐好不容易借由音乐家的演奏才得以保有自由，在检阅局的施压下，绝大多数的演奏家也抛弃了乐器。如今音乐本身正随着演奏技术的衰退逐渐流失。

收音机播放着他们遗留的音乐，有许多收听民众。但总有一天音乐也会与歌曲一样失传。

在我们这个年代，歌曲已不复存在。

撰写歌曲的人与歌唱的人都不在了。我所知道的只有英国人在日常生活中会传唱的圣歌。所以在我想象起歌曲是什么的时候，我联想到的是祈祷。歌曲就是祈祷。

悠悠又是怎么想的？

她靠着自己的声音唱奏出来的是音乐，是歌曲，还是祈祷……

她的存在衍生出越来越多谜团。

在我陷入深思之时，她唱起了与方才截然不同的曲子。她歌颂出的乐声悦耳动听，而她的唱腔就像是在绘于空中的五线谱上，一丝不苟地排列着透明的音符。唱着歌的她看起来打从心底快乐。

"你的声音真好听。"

听见我这么一说，她害羞地停下了歌声。

"你不唱了吗？"

她将脸埋在合抱的膝头之间点点头，我感到有点可惜。

室内慢慢暗了下来。现在离太阳下山时间还早，大概是厚重的雪云开始笼罩天空了。

"我去看看外面的情况。"

我站起身走进窗边，通过木板的缝隙窥探室外。天色看起来还会再下雪。不知何时雪道上留下了无数的脚印，赤红的砖瓦路暴露在外。在我们不知不觉间，镇上的人已展开了日常生活。然而从废屋的窗户窥探出去的世界，就像是个久远往事的梦境，笼罩在朦胧的暧昧之中。

现在移动似乎还很危险……

我离开窗户回到悠悠身边。她的皮肤苍白得仿佛冻僵了。

"对了，这给你用。"

我从包里拿出平常睡觉时用的毯子递给她。她迟疑地接过毯子，披在身上包覆全身。

"呜呜。"

"不客气。"

我们抱着腿互相依偎，消解寒意，度过了一段宛如置身海底、昏暗而静默的时光。回过神来，悠悠正将脸埋在腿中开始打盹。她想必很疲倦。

现阶段我只能倚靠桐井老师。这栋大楼是他从前待过的地方，说不定哪里还残留着显示他目前所在处的线索。

我耐不住性子站起身来，决定将呼呼大睡的悠悠留在这里，自己在建筑物里头寻找线索。

查看隔壁房间，里头有简易床架，床垫还留在上头。我记得这房间原本是用来小睡一番的休息室。我从床架上拉出床垫搬到刚才的房间。在我拍掉上头的灰尘把床垫放在悠悠身边以后，她的身体仿佛自然做出反应，自己就滚到床垫上躺下了。她缩着身子的睡姿就像只小猫咪。

接着我爬楼梯来到最高层，一间一间地查看每个房间。

四楼与三楼里只摆放着沾满灰尘的木制书桌，坏掉的电话以及翻倒的书柜。雾茫茫的飞舞尘埃显示出人们早已从这栋大楼撤出。

多数房间都空无一物，也没有电力。电热炉不堪使用，也没有暖炉。要是在这种地方生火，马上就会烟雾弥漫。晚上可能得挨冷受冻了。

我移动到二楼。

二楼有我以前借住的房间，那是个用来充做仓库的小房间。打开来看，果然跟当年没什么两样。深处的架子积了厚厚的灰尘，放置着工具箱与人字梯。我在睡梦中翻身，常常会一头撞上工具。工具箱里头有铁锤与扳手等工具，我选择了较轻的工具装进背包携带。尽管擅自取用令我感到过意不去，但这些物品未来说不定会派上用场。

我瞧瞧大房间。迎面的墙上有块黑板。这是以前桐井老师教孩子音乐时使用的黑板。

黑板上用白色粉笔画了大大的东西。仔细一看，是地图。

地图上头涂成白色的方形似乎是目前所在地，也就是这栋大楼。沿着从此处拉出来的箭头走，就能见到一个注记着星号的地点。

这很可能是桐井老师用来表示自己所在地的地图。

桐井老师早就料到我会来这里，才会在黑板上留下地图，告诉我他的所在地。一定是这么一回事。

我为这个大发现感到振奋，直奔回悠悠身边。

"悠悠，我知道我们该去哪了！"

但悠悠从床垫上消失了。

我惊讶地环视房间，发现她正蹲在窗前窥视着外头。

"悠悠，怎么了？"

我从她身后搭话，她神色凝重地转过头来，将手指贴在嘴上，示意我保持沉默。

我这才发现异状，来到悠悠的旁边观察外头动静。

眼前停了一辆黑色轿车，正是我们看到腻的检阅官座车。车上没有人，街上也没见到检阅官。

"他们大概在搜查这一带。"我对悠悠嗫嚅道。

说时迟那时快，大楼入口处传来了动静，一种粗暴摇晃门板的声音。我们吓得差点叫出声来，赶紧压住嘴。

正门封死了，没有人进得来。声音没多久便停歇，寂静再次来临。

我跟悠悠专注聆听，只不过门仅发出一次声响，没有第二次。刻意抑制的呼吸在一片沉默中吐着白烟。

检阅官们有没有死了心打道回府呢？

他们应该还不知道我们躲在这里。我不认为他们会特地突破封锁进来。

但要是检阅官绕到后门呢？

要是他们发现后门的窗破了，应该也会起疑。后门附近也还留着我们的脚印。再怎么后知后觉的人，也会发现我们躲在这里。

我们到底该照旧按兵不动，等待检阅官离开，还是该趁现在抓住机会逃跑？

我跟悠悠赶往后门查看外头的情况。冰冷的空气自敲破的窗流入走廊。

我小心翼翼地靠近窗边朝外头望去。

就在此时也有个黑影从外面探头进来，想查看里头的情形。

"哇！"我忍不住大叫一声跳开。

身穿黑西装的男子瞪大双眼，隔着窗户盯着我看。

"你是哪来的？"男人说，"在这种地方做什么……"

他的视线从我身上移开，停留在躲在我身后的悠悠身上。霎时间他脸色突变，变成了检阅官铁面无私的表情。

"找到了。"他对着手边的小机器开口，"还有个外国少年同行。"

男人想要闯入，但窗户太小，他的身体似乎无法穿过。

我情急之下抓起悠悠的手，朝建筑物内部狂奔。

男人的呼叫声令我们备感压力，我们无视他的声音朝楼梯前进。

我们跑进二楼的房间，从窗户向下望。太高了。正门的道路是砖瓦路面，我们不可能平安着地，积雪也没厚到可以为我们缓冲的地步。而且还有另一名检阅官在建筑物前方道路徘徊，想围堵我们。我们根本不可能逃出这栋大楼。

楼下传来声响，是窗户连同封锁的木板一起被砸破的声音。检阅官想必打破别扇窗闯进来了。

悠悠拉着我的袖子催促我。

该怎么办？

我拼命思考。刚才见过的东西里是否能给我答案？

……有了！

我跑进仓库带走人字梯，一个人搬运实在很吃力。我费力扛起人字梯，吩咐悠悠往上爬。

这栋大楼顶楼是开放的。

我们的逃脱路线只剩这里。

我们在楼梯往上爬，打开通往屋顶的门。冰寒刺骨的风灌进来，吹乱了我们的头发。灰蒙蒙的云直逼头顶，零星的雪花自仿佛伸手即可触摸的云海之中降下。

从没有围篱的屋顶，可以一览宛如模型的街景。眼前全是逃离海洋的人们紧急打造、粗糙而惹人怜爱的住家。烟囱喷出的烟随风飘摇，消失在雪云满布的天空。

我移动到屋顶的边缘。另一栋大楼紧邻而建。只不过虽说紧邻，大概也隔了三米。另一栋大楼略低，使得大楼之间的深谷显得更为宽广。楼顶上的风吹得雪花四处飘扬。

我拉开人字梯，弄成垂直梯的形状。长度很充裕。我将梯子垂直立于深谷的边缘，直接把梯子一头推向另一端。

两栋大楼之间形成了一座桥。

我与悠悠面面相觑。路虽然出现了，但踏上去需要勇气。

"没事的。"我安抚悠悠。

~~一定不会有事。~~

不能继续磨磨蹭蹭。检阅官已经闯进大楼里了。

我必须先过桥，向悠悠展现桥有多安全。

我摇晃了好几次梯子，确认不会滑动。另一栋楼的顶楼架着不锈钢栅栏，梯子的尾端正好卡在栅栏上。

梯子朝对面大楼倾斜而下。我转过身来踩上了梯子。这个姿势很不稳固，悠悠忧心忡忡地俯视着我。

　　只要踩空一步，我的身体就会陷入无依无靠的空中。从大楼底端向上吹拂的风势很大。踏在梯子上的感觉比我预期得还要稳固。正下方的地面是一片白雪，看来就算坠楼也不打紧。雪地甚至让我都想跳下去了。

　　我终于爬到了另一端的大楼。实际上两楼之间的距离构不成多大的阻碍。跨过围篱踏上顶楼，我才终于如释重负。

　　"接下来换你了，悠悠！"我朝对面大楼向她高声呼喊，免得被风声盖掉，"快趁他们追上来之前爬过来！"

　　悠悠点点头，把肩披的毯子在脖子前打结，以免毯子被风吹走。接着她毫不迟疑地转过身来踏上了梯子，出乎我意料地很快下了梯子。这么说来，她的身段的确异常轻盈。

　　就在只剩几阶的时候强风吹过，梯子剧烈摇晃。她在原地停步等待风停。她身上披的那件宛如披风的毯子啪哒啪哒地拍响，打好的结顺势松开，毯子被风吹跑了。悠悠慌慌张张伸出右手想抓住毯子，却失去了重心。

　　"危险！"

　　悠悠立刻重整姿势。接着她一脸惋惜地望着掉落的毯子。

　　在我胆战心惊地见证这一幕的时候，有两名男子从对面大楼的屋顶现身。

　　是检阅官。

　　即使见到架在大楼之间的桥，以及即将过完桥来到另一边的悠悠，他们也面不改色。

"我们只是想问话。不需要继续逃窜！"检阅官说，"现在立刻回到这里。"

悠悠无视他们的呼吁，过完桥后抓住栅栏，脚往后一蹬，把梯子踹下楼。地面响起了金属冲撞的声音，我们与检阅官之间俨然形成了一道幽谷。耳边传来检阅官惊呼的声音。

反将一军的悠悠露出得意的笑容，翻过栅栏抵达了我身边。我们不自觉地握起了手，仿佛在确认彼此都平安无事。

"快走吧。"

我们跑到门边抓住门把一拉，但门无法打开。这道门上了锁。门边有一扇小窗，看来可以从这里钻进去。我从背包拿出铁槌打破玻璃窗。

突然，悠悠惊慌地拉住我的衣服。

我疑惑地回头一看，发现对面大楼顶楼有一名检阅官消失了。

他去哪儿了？

难道他为了追捕我们，先下了大楼？

就在我这么想的时候，另一名检阅官从屋顶冲出，跳到了这栋大楼上。原来他是为了助跑，才会先后退。

他没因雪失足，平安降落，接着他缓缓站起身子，面无表情地盯着我们。他的表情显示出他深信自己随时可以逮到我们。

我从窗户钻进大楼内侧，从里头解开门锁。我把悠悠拉进门内，立刻锁上门。我们跌跌撞撞地冲下楼梯，背后传来敲门的声音。

我们到一楼，打开玄关的锁冲到外头。

就在此时，另一名检阅官刚好从隔壁大楼走出来。看来在我们往地面下降的期间，他也在隔壁大楼里往下爬。

悠悠冷不防松开我的手，朝道路旁飞奔。

"悠悠！"

我连忙追上。就在悠悠的目的地，刚才掉落的毯子正摊在雪上。她迅速捡起毯子回到我身边。我们直接横越车道，进入狭窄的步道。

我们每跑一步，脚边就会溅起宛如水花的雪。每次回头，都会见到检阅官的身影。小巷虽然对我们稍微有利，脚印却会清清楚楚地留在步道上。即使躲在楼房的死角里，他们也不会跟丢。

只能跑了。

我与悠悠穿过被砖墙包围的小径。

再次来到车道时，道路前方站着另外两名正在等待我们的检阅官。

"呜！"

悠悠拉住我的手，叫我改变路线。我顺从悠悠的要求，逃离埋伏的检察官。他们注意到我们的动静，朝我们追过来。

雪势逐渐转强。我们奔跑中的气息就像白色脚印一样，残留在冰冷的空气中。而检阅官又紧接在后挥散了那些气息。

我们已无路可逃。我想检阅官大概早已形成包围网，接下来只要请君入瓮即可。我们的体力即将来到极限。在这种冷天里，身体也不听使唤。

我们进入一座小公园。在圆形广场的中央有个干涸的喷水池。雪上没有其他人的脚印，只有我与悠悠两组脚印零星而孤单地刻印在地。

公园出口已有两名检阅官伫立。

回头一看，又有另一组检阅官循着脚印追上来。

我们再也无法逃离公园。不管跑得多快，这个包围都难以突破。

因此我与悠悠只能停下脚步。

硕大的雪片将悠悠的发丝衬托得更加幽白。检阅官们缓缓接近。他们似乎认为我们放弃希望了。

然而悠悠却还不死心。她的表情就像是怀里揣着一把刀，准备报一箭之仇。

"由我来说明情况。"我告诉悠悠，"你只要告诉他们你不知情，他们也会放弃。"

悠悠紧揪着我，拼命摇头。

我也很清楚他们不可能就这样放弃。但现在的我们只能把希望寄托在微小的可能上。

无论顺不顺利，我们的逃脱之旅都告终了。

"悠悠，你在这里等着。"

我主动走向检阅官。

此时有辆黑色轿车压过公园的植木围篱冲过来。检阅官的人马又增加了。那辆突如其来现身的轿车，在我眼中也像是穿梭雪中的灵车或棺材。这辆车大概就是在等我们筋疲力竭的那刻吧。

汽车在我面前停下。驾驶座的窗户开启。车内出现了我怀念的脸孔。

他的脸埋在深蓝色的围巾中，看上去有点怕冷。他只手搁在方向盘上，一双凤眼望着我。

那件令人联想起暗夜森林的制服，毫无疑问属于少年检阅官。

"江野！"

"上车，克里斯。"

江野只说了这句话，就关上了窗户。

我不假思索就听从了他的话，打开后座的车门，回过头呼叫悠悠。悠悠对眼前的黑色轿车与江野流露出显而易见的敌意，仿佛随时都会勃然大怒大闹一场。我略为强硬拉着她的手，将她塞进后座，然后立刻钻到她的旁边。一关上车门，汽车便急速行驶。

我们在座位上跟着车翻来覆去，检察官们错愕的脸与风景一起飞逝。他们都还没弄清现在是什么状况。

江野提高速度，驶入围篱之间。后照镜都打到树木弹飞了。汽车好不容易脱离公园，开进飘着雪的车道上。

悠悠抓着我的手，拼命想告诉我什么。

"不要紧，悠悠。他是我的朋友。"

我安慰悠悠，但悠悠仍不肯相信。说实话我也搞不清楚发生了什么事，不知道现在这个状况对我们是好是坏。我唯一清楚的是，我们现在搭上了之前怕得要命的检阅官座车。

江野对我的发言没有特别的反应，他正专心驾驶。

汽车加速，大摇大摆地在车道正中央行进。有三辆卡车迎面而来，江野毫不躲避直直前进。我们因此差点撞上卡车，我跟悠悠都发出惨叫。虽然勉强避开了车祸，但每次转弯，我们都会在后座翻来覆去。

在镇上飙车一段时间，汽车最后冲进树林里头熄了火。枝头的雪落在引擎盖上。

在宛如亡灵的丛生树木包围下，我感到一阵恶寒。简直就像是亡灵正盯着车内看。嘈杂的引擎声已止歇，耳边只有雪堆积的声音。这里是哪里呢？

转眼间我们就逃离了检阅官的追捕。这全都要归功于江野。

"剩下的由我来善后。你今天内要离开这座城镇，快走吧。"江野头也不回地说。

"什么，我们该分开了吗？"

"这还用说。"江野冰冷的视线朝我一瞥。

分隔两地三个月的时光，或许对我们没造成什么影响。再怎么漫长的离别，都无法令江野产生任何情绪。道别仿佛是昨天才发生的事。但这反而令我感到开心，因为至少他没忘了我。

"没时间了。"江野催促道。

"好、好啦，我知道了。虽然我们好久没见，我有好多话想跟你说……"我打开车门，拉着坐在隔壁的悠悠说道，"走吧，悠悠。"

"只有克里斯你能离开。"江野立刻接话。

"怎么会……"

"逃跑者将被带回检阅局。"

江野的话让我们的时间瞬间凝结。悠悠露出不意外的表情，以责备的眼光瞪着江野。我难以理解目前的状况，抽回才刚踏到户外的脚，关上车门。

"这是怎么回事，江野？"我将身子探出前座询问，"她没有做错什么，她被追捕一定是有哪个环节搞错了！"

"这跟有没有搞错无关。"江野冷静地回答，"只要有命令，我就得逮捕她。"

"谁的命令？"

"检阅局的。"

"为什么？我无法接受，告诉我理由。悠悠到底做了什么？"

"她住的宅邸疑似藏有戈捷特。"

"戈捷特？"

"昨天有检阅官派至那座府邸，而她就在同一时间逃跑了。这足以构成我们追捕她的理由。"

悠悠大力摇头否认。

"可是她什么都没带，也完全不知情。"

"某些例子里，当事人在一无所知的情况下持有戈捷特。克里斯，你自己不就是这样吗？"

"唔……"

我哑口无言，狼狈起来。

"其他检阅官马上就会赶到这里来。现在你还可以单独离开这里。我用不着连不相干的你一起逮捕。"

"我才不是不相干的人！"我情急之下脱口而出，"我跟她约好要带她到安全的地方。"

"克里斯，你将要离开这里，而她要进检阅局。你们的约定将不会实现，微弱的关系也要结束了。你不需要这么坚持。"

"你非得逮捕悠悠吗？"

"没错。"

江野沉重地回应。

我原本以为与江野的重逢会成为奇迹式的救援，但他身为检阅官的事实，或许是超乎我想象不可避免的问题。他必须服从检阅局的命令。检阅官的使命对他来说，就是他的存在理由。他不可能轻易违背。

"那你逮捕我来代替悠悠吧。只要有戈捷特就好了吧？既然如此我这里就有。我会作证说这是我从她身上偷来的。"

"我们已经知道可疑的戈捷特内容了。跟你拥有的戈捷特是两个东西。"

我无法反驳。

悠悠用力抓着我的手臂。她的紧张与害怕仿佛正通过指尖传达给我。狭小宛如棺材的车内，充满了令人联想起死亡的冷空气。白雪一点一点屏蔽了挡风玻璃。

"克里斯，你有包庇她的理由吗？你敢肯定她不是犯罪者吗？"江野第一次正面转向我，开口问道。

我的确对悠悠一无所知。

但不管她到底是何方神圣，我都无法丢下她自己逃跑。

"你只要跟她道别，离开这里就好。"江野继续说道，"对你这个旅行已久的人来说，道别不算难事吧？你至今应该也做过很多次了。怎么偏偏这次就办不到？"

"我就算跟你说明，你也听不懂。"我一说出这句话，马上就后悔起来。

"你说得对。我听不懂。"江野垂下眼。

——我失去了心。

以前江野曾经这么定义自己。据说想成为检阅官，必须失去心灵。他通过巨大的损失换取而来的，是关于血腥杀人案与"推理"的庞大数据。他们没有感情。这就是少年检阅官。

但江野很迷惘。

他不知道自己眼中的世界，是否真的充满了应该削除的事物。

他害怕自己丧失心灵，也会丧失看破真相的双眼。

如果他空洞的内心里没有任何心灵的残骸，我们一定从头到尾都只是陌生人。但……

"对不起，江野。"我立刻道歉，"江野一定能懂。而且有些事只有你能懂。"

"是什么事只有我能懂？"江野歪起头询问。

"像是……我们的命运。我们接下来该怎么做。"

"决定接下来该怎么做的不是我，是规则。"

"不对，是由我们来决定。"

江野耸耸肩，将视线从我身上移开，眺望着雪白森林的另一端。

"截至今天早上为止，这座城镇聚集了十一名检阅官。都是为了追捕逃犯。你们已无路可逃。"

"但我们必须去一个地方。"

"你是说黑板上写的那个地方吗？"

"你看到了？"

"我抵达那栋大楼时，你们已经逃走了。我在大楼调查完毕以后，就把随行的检阅官留在现场，开车来追你们。少年检阅官严禁单独行动，即使如此我还是必须独自行动。你知道这是为什么吗？"江野单独将视线转向我，"这是因为我猜想自己或许可以让克里斯你一个人溜掉。"

"让我溜掉？"

"我自己也不太明白为什么我会这么想。或许是因为我可以轻易推测出你与这件事无关吧。总之，我觉得放过你是件很重要的事。"江野犹豫地停顿了一下，"要是没有我，现在你们早就被其他检阅官逼到绝路无处可逃，两个人都被逮捕了。"

平淡地诉说着的江野，表情没有一丝变化。

对他来说，逮捕我们是他的职责，也是他的使命。没有检阅官会违背使命，特别是从小就被教育要服从使命的少年检阅官。

即使如此，他为了让我单独逃脱，还是违令采取了单独行动。少年检阅官身边总是会跟着负责保护兼监视的随行检阅官。他却摆脱了这名检阅官独自前来，想必心中很纠结吧。还是说他也义无反顾？

"谢谢你，江野。"

我打从一开始就该对他说出这句话。

江野的表情依然没有变化。

"没时间了，检阅官马上就会赶到这里。你该做出决定了。克里斯，你是要独自离开，还是要跟她一起被捕？"

答案很明显。

"我没办法独自离开。"我回答。

如果悠悠是因为与戈捷特有所关联才会被追捕，我更不能在这里抛下她。身为背负同样罪刑的人，我必须继续为她撑腰。我感觉自己就算拿她来换取自由，也会失去继续旅行的意义以及自尊心。

江野历经一段漫长的沉默后终于开口。

"这是你的结论吗？"

"我要跟她一起过去解释情形。她不会说话。"

"跑这趟检阅局，你可能就一去不回了。你知不知道？"

"我知道。相对来说，我希望能在你的亲自带领下，把我们送进检阅局。我虽然无法信任其他检阅官，但我信任你。"

"我——"

"而且，"我打断江野继续说道，"要是让你抓到我们，他们也就不会过问你单独行动的事了吧？"

"先不提我。"江野摇头，"你要想清楚，克里斯。她逃亡虽然是事实，拥有戈捷特的部分还只是嫌疑，未来的搜查可能会导致情况改变。可是你不同。要是你的戈捷特被搜出来，你会受到处罚。"

"我当然知道！虽然我知道……但就像江野你违反规定也想救我一样，我也必须救她。我也没办法好好说明我为什么会有这种想法……但我这份心情一定跟江野一样。可是为什么……"

为什么我们的想法注定没有交集呢？

"我的心情？"江野双眼圆瞪说道。

"没错，你其实还残存着人心。"

"我只是试图达成命令罢了。"江野立刻否认，"如果你因为那份'心情'，说什么也要留在这里的话，我就不多说什么了。我们就各自采取自己心中正确的行动吧。"

江野启动引擎。

静止的时间再次开始流动。

轿车引擎隆隆作响，车体晃动起来。

悠悠拉着我的衣服，手指向窗外催促我逃跑。我无视她的动作，整个人陷在座位上。我们再也无路可逃。悠悠焦急地咬着下唇，继续摇晃我的肩膀。

"从这里开车，大概两小时左右就能到检阅局了。"

江野确认后方，准备倒车。

然而车体轻轻地前后摇晃以后，就仿佛精疲力竭似的熄了火。江野多次转动钥匙，却没能发动引擎。

"怎么了，江野？"

我在他背后出声询问。

"我不知道该怎么发动它。"

怎么回事？

"你不是刚刚才开过吗？"

"我那是有样学样。"

江野操作起驾驶座周围伸手可及的各种开关与把手，却还是无法发动引擎，没办法开动汽车。

"现在是熄火了吗？"

"大概吧。"江野死了心，双手离开方向盘摇摇头，"没办法。丢下这部车离开吧。"

"离开……又要去哪里？只要在这边等待，其他的检阅官就会过来了吧——"

"这可不行。"江野拿起丢在副驾驶座的外套与皮箱说道，"我要亲自带你们去检阅局。这是我的责任。"

没错……这个任务必须交给江野。

要是其他检阅官来了，我们就会被拆散，还会被检阅官强行带走。我不认为他们可以沟通。但如果是江野，至少我们到检阅局的路上还可以托付给他……尽管还是有点不安。

江野听进了我的心愿吗？还是他只是想做好少年检阅官的任务？

江野打开了驾驶座的门，雪立刻将他的腿染成一片白。但江野没有立刻走出车外。这么说来，他无法一个人走出室外。我不太清楚理由，不过当他外出到开阔的场所时，要是身边没有人跟着，就会无法动弹。因此他能自由活动的时候，仅限于身处室内或身边有随行检阅官时。少年检阅官需要随从，同时也是因为这个原因。

我打开车门率先走出车外。

"悠悠也来。"

我牵着惴惴不安地看着我的悠悠的手，带着她走到车外。雪沾上了她银白的秀发。接着我绕到驾驶座旁。这下江野才终于能走到车外。

"在这片雪中走到检阅局太难了。我们必须去某个地方弄辆车。"

江野望着天空说道。只不过这附近真有可以开动的汽车吗？说到底就算有车，江野又能开吗？

再磨蹭下去，检阅官就要来了。

"车子啊……我也算是有点头绪……"

"你是说地图指示的地方吗？"江野立刻反应过来，"那里有什么？"

"我也还不清楚，但我猜桐井老师在那里等我。那边可能也有车。"

江野曾经见过一次桐井老师。他应该也知道老师是音乐家，对检阅局来说是碍眼的存在。这种人绝不可能帮助检阅局的人，这点江野应该也想象得到。

　　然而江野却不怎么困扰，点头同意。

　　"比起漫无目的游荡，朝目的地前进还比较明智。就去那里跑一趟，取得移动手段。"

　　"可是我也不知道怎么过去。在四处逃窜的过程中，我已经搞不清楚自己现在在哪里了。"

　　"我还记得。"江野从驾驶座拿起手杖，将它夹在腋下关上车门，"顺便一提，除了我以外没有人注意到黑板上的地图。短时间应该不会有人来搅局。还有克里斯，你穿上外衣吧。你要是在雪中倒下，我也会跟着送命。"

　　这样说也太夸张了……我虽然是这么想的，但这对江野来说可是生死攸关。要是他伸手可及的范围没有能抓住的人或物，他在户外根本无法活动。我要是不能行动，江野就只能在原地束手无策。江野再不谙人情，似乎也看得出来悠悠无法代替我。看看悠悠充满敌意的表情，这也无可奈何。

　　"江野你不穿也无所谓吗？"

　　江野点头。我跟他接过外套，望向悠悠。悠悠披着我的毯子，看来不需要外套。我顺从江野的好意穿上了外套。外套使用的布料有着我至今不曾触摸过的舒适质感，非常温暖。只可惜我身高不够，下摆长了点。

在江野的引路下，我们在郊外的林道上前进。枯木宛如博物馆的标本般排排竖立，这条路总有种人工的刻意感。除了我们以外，路上没有人。悠悠仍然对江野百般警戒，拿我当遮蔽物，从江野身边躲得远远的。

"我说江野啊，难道就没有让一切恢复原状的方法吗？让我可以继续旅行，悠悠可以回家，而江野你可以若无其事回到检阅局……"

"扣错的扣子要是不全部解开，就无法恢复原状。"

江野指向我身穿的外套扣子。

我赶紧把扣歪的扣子归位。

"事到如今没有人知道到底是哪个环节开始出错。即使如此，我也只能把钮扣一个个地扣上。"

江野的话中透露出些许的迷惘。少年检阅官的身份对他来说是种使命。在此之前他应该不曾想象过除此之外的可能性。

但如果他知道这个世上，还存在着自由的世界呢？

如果江野很迷惘，我想要帮助他。但现在的我又能为他做些什么？只有力不从心的无力感，宛如飘雪一般在心底持续堆积。

总之先去桐井老师那边，状况大概就能有所改变。

我们踩着沉重的脚步，在雪中前进。

"江野是什么时候到这座城镇来的？"

"今天早上。"

"是哦？不过幸好检阅局派来的人是江野。好巧啊。"

"你觉得这只是巧合吗？"

"咦？什么意思？"

"你觉得我们会没有听说有外国少年走访被烧毁的房屋吗？你本来就很引人注目了。再说你不是曾经巧妙地瞒过检阅官脱身吗？"

"啊……对啊。"

"幸亏其他检阅官不怎么看重你的问题，你的事就被延后处理了。但是单就报告来看，即可轻松预测出你的行进路线。我就是怕你被牵扯进骚动之中，在误会下被别人逮捕才赶了过来，果不其然就是这么一回事。"

"你完全看穿了我的行动啊……"

我再次为检阅官的情报力感到瞠目结舌。

"你为什么会跟逃犯在一起？"

江野询问。悠悠躲在我身后躲避着江野的视线。我感觉到她抓着我手臂的掌心，变得更用力了。

"我碰巧跟她在教堂相遇。当时她正被检阅官追赶，结果回过神来连我也跟着她被追捕。我才想问事情怎么会变成这样。"

"她今天天亮前，大约是在深夜一点左右，从一栋叫做卡利雍馆的宅邸逃跑。"

"卡利雍馆？"

我转向悠悠，悠悠点头肯定。

"卡利雍馆里头藏着戈捷特。"

"那个戈捷特长什么样的形状？如果它伪装成乍看之下无法认

出的模样，悠悠可能根本无法分辨。"

"形状不清楚，但有件事我很确定，那就是沉眠于卡利雍馆的戈捷特上记录着'推理'里头的'冰'。"

"'冰'的戈捷特……"

也就是说这个戈捷特网罗了利用"冰"的诡计，或使用"冰"当凶器的例子。

"从昨天开始有别的少年检阅官在卡利雍馆负责搜查，但还没接到他查获戈捷特的报告。"

"别的少年检阅官？"

"专攻戈捷特的少年检阅官不只有我一个。我昨天以前在负责别的案子，没办法接下卡利雍馆的案子。所以我对卡利雍馆发生的事一无所知。"

我开始认清状况。

检阅官大概认为悠悠带着戈捷特逃跑。只要卡利雍馆找不到戈捷特，她永远会被检阅官追捕。

看来事态远比我想象得严重。

穿过林道，周围猛然飘荡着潮湿的空气。

广阔的平地在眼前拓展。开始堆积的雪将视线染成一片银白，看起来就像无边无际的雪原。但若要称呼这里为银色世界，却又太过黯淡。这或许都要怪地上竖立排列的无数奇特玉石，在雪地上投射了阴森的影子。这些石头上都分别雕刻着某人的名字。

这里是墓园。

墓园的另一端可以见到平坦的木造建物。是学校。从前的校园如今成了墓园。想当然，这里早已失去学校的功能。

"该不会这里头其中一座就是桐井老师的墓……"

桐井老师的身体很久以前就受到病魔的侵蚀，他本人告诉过我，因此我知道。他常常半开玩笑地说自己来日不多。

我逐一眺望这些坟墓。墓碑未必遵守这个国家的传统，有些呈现小石板的造型，还有些看起来只是随便捡块石头刻上名字了事。

说不定我来得太迟了。

我依序读出墓碑上的名字。但想要调查所有的墓，数量实在太多。匆匆一望大概也有上百座坟墓。

我在里头找到了一座供奉着鲜花的坟墓。雪花仿佛包覆着娇小的浅黄色花朵散落一旁。墓碑上没有名字。

这就是桐井老师的坟墓吗？

当我在那座坟墓前不知该如何是好，校舍附近的暗影中，有一名身穿白衣的女性飘然现身。

是幽灵……

我差点叫出声来。要不是江野与悠悠也在旁边，我说不定就逃走了。

她缓缓向我走近，将旁边墓碑上的积雪拍掉。接着她坐在墓碑上，插着手直盯着我们。即使我亲眼见到她在我面前做出这一连串动作，仍然吓得无法不认为她是幽灵。

"你就是克里斯？"她用纤细的手指指向我。

"是的……请问你该不会是桐井老师认识的人吧？"

"算是吧。"她乐呵呵地憋着笑意。

"这是桐井老师的坟墓吗？"

我指向供奉着花的坟墓。

"你以为他死了？不，他还凑和活着呢。"她站起身走向我，要求与我握手，"漫长的旅程真是辛苦你了。我叫董。请多指教。"

"啊，好的……"

她身上传来成熟女性的香气，以及微弱的消毒水气味。身上穿的不是寿衣，而是医师穿着的白衣。

"你比我想象中到得早。我还以为你没办法在他活着的时候抵达。我赌输了。"

董狡黠一笑，叫我们跟上，把我们带进校舍里。

"克里斯。"江野叫住正要起步的我，"别忘了我们的目的，可以的话要尽快离开这里。"

"我知道。但至少让我跟桐井老师问声好。"

江野没多做回应，跟在我的后头。

木造的校舍潮湿而泛黑。低矮的入口正上方挂着巨大的时钟，时间停在八点二十四分。我们在董的引导下，穿过嘎吱作响的昏暗走廊，进入保健室。

这里名义上虽然是保健室，为了居住方便进行过改造，除了病床外还放置了沙发与桌子，看起来就像是客厅。桌上放着刚泡好的咖啡。

桐井老师躺在病床上。

"老师！"

我一进入保健室，他就注意到我并撑起身子。他比我之前见到的时候还要消瘦，脸上的阴影更加深沉，他的影子就像是正要篡夺他的身体似的。

他似乎为自己的状态感到不好意思，露出害臊的笑容，轻咳了一声。

"你阵仗真大，真是难得。"

桐井老师一脸笑咪咪。即使卧病在床，他仍一如往常般穿着白衬衫。

"桐井老师，你身体状况还好吗？"

"嗯……虽然毛病很多，现在感觉还不错。毕竟我跟久违的朋友重逢了。"

桐井老师将脚踩在病床旁边，准备站起身子。

"你乖乖躺着啦。"

董一手拿着咖啡壶严厉地说。桐井老师轻轻摆手，在沙发坐下。

"你们也坐下来吧。"桐井老师指着沙发，"你们身上好脏啊。看来过来的路上折腾不少。但这些折腾都过去了。这里是比任何地方都还宁静的场所，最适合结束旅途。"

"我真的吃了好多苦头。"我的口气不禁责怪起桐井老师，"都怪老师突然把我叫来这座城镇……"

"别生气。"桐井老师不知道从哪里变出了饼干，丢过来给我，

"我就听你按照顺序说明事情经过吧。"

我与悠悠在沙发上并排坐。江野没坐下，站在我们旁边沉默不语。

我向桐井老师介绍悠悠，告诉他我们抵达之前的来龙去脉。当我说明悠悠无法说话时，董对她展现出兴趣。悠悠还是老样子，对我以外的人都露出不信任的表情，持续警戒。

"你是说去检阅局需要车？"桐井老师边清嗓咙边望向江野，"我当然有车。需要的话就搭我的车吧。我还没伟大到可以违逆检阅官大人。"

桐井老师轻浮地说道，摊摊双手。

"老、老师，你怎么这样……"

我不禁发出丢脸的声音。我还以为他一定有能够拯救我们的好点子。悠悠也露出沮丧的表情低垂着头。

"但在此之前。"桐井老师竖起食指继续，"你们应该先在这里稍微休息一下。来，先喝点热红茶吧。"

董为我们准备了红茶。我立刻咬了口饼干，将红茶灌进嘴里。随着冰冷的身体暖和起来，心情也自然沉静下来。悠悠也双眼发光地喝着红茶。只有江野双手围着茶杯，紧盯着殷红色的液体。

"克里斯，你无论如何都想帮助她对吧。我对你刮目相看了。男人就是该永远对女孩子温柔。你已经成了一名绅士了。"桐井老师夸大地说。

"但我到头来什么都做不到。就只能像这样拜托老师……"

"就结果来说，你也来到了这里。你很努力了。"

"可是——"

我话说到一半，悠悠就拉着我的袖子，露出微笑摇摇头。

"你看，悠悠也不介意嘛。之后的事之后再去想就好。要在这世道求生，你必须保持乐观。"

"是你太乐观了。"董一脸不耐烦地从旁插嘴，"快躺下来。你看，烧根本就没退。"

董将手掌贴在桐井老师的额头上，露出困扰的表情。桐井老师正微微地冒着汗。虽然表情与平常的桐井老师无异，但他的身体似乎确实受到病魔的折磨。

"老师，你千万别逞强。"

"说得也是，我逞强也没意义。"

桐井老师躺回病床上。他将背靠在枕头上，上半身稍微抬起，盖着毯子拉到腰上。

"难得你跑这一趟，我却是这状态，真对不起。"

"没关系，老师。"我从沙发上起身，站在病床旁边。"对了，你为什么要找我来这里？"

"我有东西要给你。"

"是什么？"

"不过我还是等你们的问题解决以后再给你比较好。这种时候拿给你，也只会碍事。"

"好的。"

"事情都办完了吗？"江野第一次开口，"麻烦你帮忙备车。"

"用不着这么赶时间吧？你们既然都来了，好歹跟寂寞的病人聊聊外头的世界嘛。"

桐井老师刻意地干咳一声。

"我越晚跟检阅局报告，现在在场的所有人立场越难堪。"

"那你就用无线对讲机敷衍一下吧？"

"我没带。"

江野简短地回答。他大概把联络工作都交给平常随行的检阅官。就算江野手上有无线对讲机，又该如何传达现状？

"我说啊，你们得出的答案真的是正确的吗？会不会太急着下结论了？你们也没慢慢商量过，就逃到现在了吧。你们自己真的都清楚地明白是哪些环节的连锁效应，才会导致事态发展成这样吗？"

我无法对桐井老师的话做出任何反驳。江野也没有回话，默不作声。

"现在不正是个重新整理状况的好机会吗？你们或许可以发现至今都没注意到的问题。"

"已经没什么好讨论的了。"

江野别开脸，低垂着双眼说道。

"这不是讨论，而是要确认。顺便一提我刚刚没跟你说，我忘了车钥匙放到哪儿去了。或许聊着聊着就能想起来了吧。"桐井老师装模作样地眨眨眼说道。

"你是想争取时间吗？"江野微微皱起眉头。

"这个世界总有一天会沉没。这世上的一切，全都在为这一刻争取时间。"

即便桐井老师的话如此尖锐，我仍然稍微感到安慰。

"那么回到正题，她住的宅邸真的有戈捷特吗？检阅局为什么敢肯定？"

桐井老师询问江野。

江野凝视了桐井老师十来秒。在这段沉默中，他到底在想着些什么，我无从想象。

接着江野开口："一个月前有个匿名人士打电话举报。他说卡利雍馆藏着'冰'的戈捷特。这个人表示自己是卡利雍馆的一名居民，便兀自结束通话。"

"所以是居民告密？"我惊讶地不禁回问。

"根据来到卡利雍馆的检阅官报告，告发者没有出面。早在他选择匿名的那刻起，就可以想见他不方便表明身份，但告发者也可能不是内部人士。证据就是卡利雍馆没有电话。"

"没有电话？但只要跟邻居借的话……"

"卡利雍馆位于没有电话线路的海洋对岸。"

"那里是孤岛？"

"是类似孤岛的地方。那是块被留在海中，总有一天注定会沉没的土地，我们称之为海墟。"

残留在海上的废墟。

在世界规模的大洪水之后，许多土地都被水淹没，但也有些土地因为海拔高度而不上不下地残留下来。这世上存在着连接陆地的周围土地被水淹没，四周被海包围，犹如岛屿般孤立的场所。据说这些土地多半被政府认定既无法保障生活安全，也无法继续发展人类文明，居民因此被迫迁居。

"所以卡利雍馆建筑在没有人的海墟上吗？"

"没错。"

"这样的话的确无法使用电话。"

"我们检阅局可以使用无线对讲机与运用通讯卫星的携带装置来通话，同样的东西也在部分民间人士之间流通。告发者可能是通过某种手段获得这些设备，或是一度来到本土利用城镇的电话。"

"不过检阅局怎么会为这一丁点情报有动作？"

"我们掌握到的情报不只如此。还有一些无法忽视的情报。实际展开搜查之前花了一个月，这是因为我们需要详细的调查情报。"

"什么样的情报？"

"我没必要告诉你。"

江野直直望着我回答。他并没有忘了自己检阅官的立场。

"对了，我在这座镇上听到了奇怪的传闻。"

桐井老师打破沉默。

"传闻？"

"据说这镇上有个年轻女孩消失在海里。有一天，有一名女孩告诉熟人她要离开这座镇，之后就消失了。据说她的熟人觉得不对劲，偷偷跟着她。她在一个月色明朗的夜晚，身上什么都没带就走进了海中。但听说她并没有沉入海里，而是在海上走着走着就消失了。"

我想象起在月夜的海洋中漫步的女性身影，不禁觉得那是很美的景象。

"女孩再也没有回来。"

"在海上行走……这到底是怎么一回事？"

"或许海墟跟本土之间还有浅滩连接。"桐井老师表示，"隔绝在海墟与本土之间的海，原本是陆地。没人能断言退潮时不会有勉强露出水面的浅滩。传闻中消失在海中的女孩们可能也是通过这条路前往卡利雍馆。"

桐井老师若无其事地将话锋转向江野。

江野将闲来无事握着的杯子放回桌上，重新拿好手杖，将头转向窗外。窗框被雪染上一层白。

"根据我们的调查，这座镇上有数名女性在卡利雍馆一去不回。实际询问的结果，发现有几名居民也注意到当事人失踪，但没有人怀疑背后涉及案件。多数人都认为她们是自然失踪。"

"自然失踪？"桐井老师插嘴，"所以大家都认为她们只是因为生病或灾害这些非人为因素才回不了家？没人能想象到她们是被牵扯进犯罪事件里。"

"这就是我们花了数十年，将犯罪从世上削除的后果。我们也从市民心中削除了对犯罪的想象力。"江野面无表情地望着窗外的雪，"不管是怎样，检阅局基于几项事实，决定派出少年检阅官前往卡利雍馆。"

检阅官们都知道这奇特案件的背后藏着戈捷特。而搜索戈捷特必会派出少年检阅官。

"该不会悠悠也是从本土前往卡利雍馆的女性之一吧？她可能出于一些理由，从那里逃了出来……"

听见我的疑问，悠悠歪着头，露出有点不解的表情。她看起来并不像在装傻，再说她似乎也是第一次听到这件事。

"我们还在调查女性失踪一事的真假。总之逃亡者——悠悠确实在退潮时穿过浅滩，从海墟来到了本土。"

江野如人偶般木然地直直盯着前方娓娓道来。

"你是穿过海走过来的吗，悠悠？"

"呜。"她点头肯定。

难怪她的鞋子与裙子都脏兮兮的。

我想象起她撩起裙摆穿越海中道路的模样。做出这项行为需要相当的勇气与决心。虽然只是浅滩，平常浸在水底下的道路也不见得安全。要是通过的速度不够快，走到一半也可能就会被涨潮淹没。

"昨晚海墟只有一艘检阅官搭乘过去的小型船。在她逃亡以后，船仍然留在原地。因此起初我们认为逃亡者还停留在海墟里，但根据本土这边的调查，我们确定海墟与本土之间存在着连结两地的水底道路。"

"水底道路是……"

"是以前修的车道，现在因为海平面上升才沉入海中。但每个月有两次，在满月与新月当天有几小时的时间，水位会降至可以行走的高度。昨晚就是满月。"江野说明道。

"是哦……昨天因为下雪，看不出来是不是满月。"我回想起昨晚夜空回应，"但是悠悠为什么必须得冒着穿越海洋的危险逃出卡利雍馆？"

听见我的疑问，悠悠微微张开嘴巴想说些什么，但就跟平常一样什么也说不出口。她心急地眉头深锁，拉扯我的衣服。

"悠悠一个字也不能讲吗？"

悠悠以点头答复桐井老师的疑问。

"她应该是出于某种精神上的理由才无法说话。"董开口。

"还有这种事？"

"人心是很复杂的。有些人还会无法阅读特定的文字，或是看不到其他人能看到的东西。我猜她以前曾经历过非常痛苦的事情。"

悠悠一派事不关己地倾听我们的对话。

"在卡利雍馆的生活还好吗？是不是出了什么问题？"

悠悠摇头否认。

"看上去也不是健康出了问题。"董来回打量悠悠说道。

"卡利雍馆没有出问题对吧。那你为什么会逃出来？"

"呜呜……"

"看来他不是自己想逃跑才会逃出来的。"桐井老师恍然大悟地说，"是不是有人命令你？"

"呜呜。"

"他叫你离开对吧？"

"呜呜。"

"是谁命令你的？"

江野突然插话进来。悠悠浑身紧绷答不出话。

"是卡利雍馆馆主吗？"

悠悠轻轻点头肯定了江野的疑问。

我开始明白她落得这地步背后的隐情。她并非自愿离开宅邸，而是被馆主逐出家门才离开海墟。"逃跑"与"被赶走"的差异将大幅转变状况。

卡利雍馆馆主为什么要赶走悠悠？

"你离开宅邸的时候，他有没有塞东西给你？"江野继续提问。

"呜——呜。"

"他有没有给你像戒指或耳环那种上头有宝石的东西？"

"呜——呜。"

"他有没有指示你要去哪里？"

"呜——呜。"

在一连串的否定下，江野死了心放弃提问。

悠悠是否真的跟戈捷特有所牵扯？像是涉嫌拥有戈捷特的卡利

雍馆馆主让无辜的悠悠带着戈捷特，叫她离开海墟……或许他就是想借此来嫁祸给悠悠，或者想借此暂时让戈捷特避开搜索。

但单就对话判断，馆主也没把戈捷特推给她。

既然他没把戈捷特硬塞给悠悠，宅邸的馆主为什么又要在检阅官前来搜查的节骨眼把她赶出去？

"去了宅邸的少年检阅官有没有回传报告？"我询问江野，"直接询问卡利雍馆馆主原因不是更快吗？"

"自从他们告知有逃亡者离开宅邸以后，报告就中断了。我们对于那边出了什么事一无所知。"

"来整理状况吧。"桐井老师痛苦地咳了一声，继续说下去，"悠悠住在一栋位于海墟、叫做卡利雍馆的宅邸里，过得还不错。可是有一天检阅官上门搜查，在这个因素之下宅邸的馆主要求她离开海墟。他没跟悠悠说明为什么她必须离开又该去哪里，而她自己也搞不清楚。她遵循命令穿越海洋，来到本土以后就被检阅官追捕。接着她遇见了克里斯，演变成现在的局面……差不多是这样吧？"

悠悠一脸认真地倾听桐井老师的话，明确地点点头。

"据说戈捷特一如其名，外型就像某些小玩意，因此很适合隐藏在特定的地方，但却不适合藏在身上带着。"桐井老师说完指向悠悠，"就算把戈捷特塞给她，检阅官也不会停止搜查。即使如此也要让她逃离海墟的理由……应该就是要利用她来调虎离山吧？"

"调虎离山？你的意思是馆主刻意叫悠悠逃走，让检阅官把注意力都放在她身上吗？"

"这是一种可能性。"

悠悠露出困惑的表情低垂着头。她仍然不知道真相。

"对了……"我突然想到，"我不知道这有没有关联，不过卡利雍馆好像有丰富的音乐。"

"音乐？"

"没错。我想桐井老师说不定知道这是什么歌。悠悠，能唱首歌吗？"

悠悠点点头，静静地唱起歌来。

她的声音随即扫去阴沉的气氛，将时光转变为清澈的音色。我们与其说是聆听着她演唱，更像是身处于她的歌声中。就连江野也目不转睛地看着她高歌的模样。

"这是很老的歌曲。"桐井老师双唇颤抖说道，"曲名是《月光海岸》，一如字面，这是一首描绘月光的乐曲。"

"唱得真好听。"堇感动地低语。

"你是在哪里学到这首歌的？"桐井老师询问。

悠悠停下歌声，歪起头来陷入深思。

"刚才说的少年检阅官报告中，曾提到卡利雍馆里有许多八音盒。"江野开口，"卡利雍馆的居民以制作八音盒为生。"

制作八音盒的宅邸。

我脑中浮现在与世隔绝的海墟中默默制造八音盒的人们。那副景象实在奇特。既然悠悠也是来自海墟的人，我觉得自己也能理解她那不可思议的气质从何而来。

"她还听过许多其他的乐曲，想必都是跟八音盒学来的。"

"呜。"

"原来如此……搞不好必须隐瞒的秘密，其实就是她的歌声。"桐井老师颤抖地说。

"咦，这是什么意思？"

"就像过去书籍失传一样，这个年代的音乐也正逐渐失传。如果她会唱检阅局查禁的歌曲……搜查可能就会搜到她身上。卡利雍馆馆主会不会就是担心这点才让她逃走？"

但纵使她会唱被查禁的歌曲，检阅局就真的能处罚她吗？她的歌声没有语言。我不认为这样触犯了检阅局的法规。只不过也可以想作是卡利雍馆馆主为避免不必要的疑虑，干脆先叫她逃走。

卡利雍馆存在着音乐。

悠悠到底在卡利雍馆见到了什么，得知了什么，又得到了什么？

"接下来该怎么办？"桐井老师开口，"我看再盘问悠悠也得不到更多情报，这样你还是想把她带回检阅局吗？"

"那当然。我的目的不是了解真相，而是带回逃亡者。"江野以冷淡的眼神回望桐井老师。

"克里斯你呢？"

"我也要跟过去。我不能丢下她。"

"我就知道你会这么说。但如果这就是你们得出的结论，我没办法帮忙。"桐井老师露出前所未见的严峻表情说道。

"可、可是你刚才不是说要借车给我们……"

我一头雾水地回问。桐井老师的话语仅是满足了我想听到这句话的真心，在现实层面上却让问题倒退了。

"车子在房子后门。你们如果要抢我的车子开走，我不会阻止。相对来说，我也不会有其他协助。"

发动汽车需要钥匙，但钥匙的所在之处只有桐井老师知道。在缺乏他协助的状况下要得到钥匙，就必须在室内翻箱倒柜。可以的话，我实在不想做这种小偷的勾当。

"桐井老师……"

"你要想清楚，克里斯。你想做的事跟一死了之没什么两样。你可能觉得自己做了对自己来说最痛苦的决定，但其实你在下决定时就放弃思考了。你确定要这样吗，克里斯？"

"我也绞尽脑汁思考过，但就是没有其他办法！"

"再说下去也没用。"江野介入我跟桐井老师之间。

"你要是以为如果悠悠是无辜的就能马上被放还，那你就错了，克里斯。至少在卡利雍馆查获戈捷特之前，她绝对不会被释放。要是找不到戈捷特呢？检阅官肯定会认为她带着戈捷特逃跑。最坏的情况下不管真相如何，检阅官都可能会惩处悠悠来结案。

"怎么会……"

不——桐井老师说得对。我们很难证明悠悠没有带着戈捷特逃跑。这样下去不管悠悠是否与戈捷特有关，检阅局可能都会用对自己有利的结论来了结这起案子。他们称之为真相。

说起来卡利雍馆真的藏着戈捷特吗？

在卡利雍馆的搜索还顺利吗？要是能找到戈捷特，悠悠就没有被追捕的理由了……

"啊！"我为自己灵机一动的想法叫出声来。

"怎么了，克里斯？"桐井老师惊讶地问道。

"关键是戈捷特！要是在卡利雍馆找到戈捷特，悠悠就能洗刷冤屈，我们也不用特地跑去检阅局了吧？"

"或许是这样吧……然后呢？"

"我要去找戈捷特。"

我的话让众人默不作声。

历经了一段沉默后，江野开口："我应该说过已经有少年检阅官被派至卡利雍馆了，没有你出场的余地。你去了又能做什么？"

"我也不知道……但至少比就这样去检阅局等待制裁要好。不可以放任真相在海墟里自生自灭。我要去亲眼见证在卡利雍馆发生的事。"

"这不可能。我不认为卡利雍馆的居民会在这个状况下收留外人。就算你顺利潜入，你又要怎么面对少年检阅官？他应该也接到了关于你的报告。"

"……那江野你也一起来吧。"

"什么？"江野瞪大双眼。

"江野你也是少年检阅官，你去调查戈捷特就没事了吧？有你在我也安心许多。"

"这次的戈捷特不是我负责的。我不能干涉。"

江野说完便别开脸,望向窗户。

要江野跟我同行,可能还是太勉强了。我虽然心里清楚,独自前往总是会不安。

但我不能在这里挫败。

"反正我要去卡利雍馆。我一定会找到戈捷特带回来。江野……既然你不能与我同行,在我回来之前,悠悠就拜托你了。"

江野没回话,看也不看我。

"你真的要去吗?"桐井老师问,"你暂时避避风头,说不定检阅官就会在卡利雍馆查获戈捷特,没多久事件就顺利结束了。你就不能在此之前跟悠悠一起在这里安分度日吗?"

"可以的话我也想这么做……"

但即使我们方便,江野也绝不可能配合这项决定。他不可能认为违反命令把我跟悠悠留在这里离去是正确选项。就算现在他能牺牲自己的正道,我也能想见这选择所产生的矛盾,将会破坏我们的关系。

我们若要解决这个问题,还是只能在卡利雍馆找到戈捷特。

"克里斯,这次的事我多少有点责任。"桐井老师说,"说起来也是我告诉你戈捷特这玩意。我必须设法阻止正要一脚踏进危险场所的你,这当然是基于友人的立场。"

被年龄有段差距的桐井老师称为友人令我感到害羞,我很开心。

"可是……"

"我看阻止你也没用吧。你比外表看起来倔强多了。"桐井老师露出放弃的笑容，"我没有阻止你的能力，也没有陪你一起去的体力……不然其实我应该早就开口要跟你同行了，但我现在可是这副惨状。"

"这还用说，老师请你好好休息。"

"我好想再跟克里斯一起去冒险啊。"

桐井老师一脸哀伤地说，仿佛再也不会有这种机会。

"我说你啊，可以跟克里斯一起去卡利雍馆吗？"桐井老师找上江野，"你们不是朋友吗？像这种事没有其他人能拜托了。拜托你帮帮克里斯吧。"

江野面不改色，缓缓将脸正对着桐井老师。接着他不发一语将茶杯放在桌上，转了一圈手杖重新握住。

我看出他的答案，开口回应。

"江野比起我，更重视悠悠的……"

"不——"江野若有所思低垂着眼，"不能断言去卡利雍馆是错误选择。"

"咦？"

我与桐井老师异口同声。

"但不能只有我跟克里斯过去。我也要带悠悠同行。"

"带悠悠……去卡利雍馆？"

"没错。我自己认定带悠悠回检阅局，是身为检阅官最恰当的行动。然而……重新思考过后，我发现或许将她带回卡利雍馆才是更恰当的做法吧？"

江野难得边说边斟酌用词。他的模样就像是对自己的思考没有信心，心里感到疑惑。

"逮捕到违规者时，通常都会先押送至检阅局。这次我也试图采取与平常无异的行动。我以为这是检阅局的意思，以为老实照办就是我的使命。但其实这个做法……太过轻率了。"

"什、什么意思？"

"比如说距离就是个问题。去卡利雍馆比去检阅局要近。再说就算把悠悠押送到检阅局，应该交付的对象也不在。因为承办的少年检阅官待在卡利雍馆。"

"或许是这样没错啦……"

"如果我多少有点个人想法，应该打从一开始就会考虑前往卡利雍馆。说起来检阅局虽然下令逮捕这个案子的逃亡者，却没指示逮到人以后该怎么做。我必须靠自己思考，身为检阅官该采取什么行动。然而我只是机械式地采取平常的行动。"

"那要怪我。"我猛然脱口而出，"是我束缚了你。要是没有我你应该不会有任何迷惘。"

"也是。"江野毫不否认继续接话，"但幸好你提出要去卡利雍馆，我似乎也明白自己该采取的行动了。"

"你该采取的行动是？"

"不能放任真相在海墟中自生自灭——这句话我也赞成。不过我认知中的真相除了戈捷特外别无他物。"

"江野也要帮忙寻找戈捷特吗？"我心花怒放，不禁大声起来。

然而江野却马上摇头否认。

"不是，我只是……试图做好少年检阅官应该执行的任务。"江野将身体转向角落别开脸，继续他的话，"悠悠的逃亡可能不过是个开端。真相正在封闭的海墟内被某人的魔爪隐藏且扭曲。我们少年检阅官必须使用正确的方式找出真正的戈捷特。"

我与江野虽然立场与理由都不同，要找出戈捷特的目的倒是一致。光是这样，就让我感到非常安心。

"不过……你要拿卡利雍馆另一名少年检阅官怎么办？你要是带悠悠过去，她不就会被当场逮捕吗？不只是悠悠，就连我——"

"这个可能性当然存在。"

"怎、怎么会！"

"我也不知道最后会发生什么事。但带悠悠回到卡利雍馆，是检阅官的责任。"

我很清楚。或许这已是无法避免的命运。

我窥探坐在隔壁的悠悠是什么表情。她皱着眉头低垂着脸。她大概还不太了解自己到底发生了什么事，也不知道自己该怎么做。在她心中唯一明确的事实，就只有自己被赶出卡利雍馆这件事。

"她是关键。"江野将手杖拄在地上，回头看向悠悠，"只要带她回去，居民也不得不收留我们。再说这次我不负责处理'冰'的戈捷特，我要去卡利雍馆需要正当的理由。她就是那个理由。"

也对，唯有与悠悠同行，我们才有资格拜访卡利雍馆。

江野的思考总是超乎我想象地理性而无情。但这想必也是他绞尽脑汁才终于导出的对我们最有利的结论。

"悠悠，你要怎么办？"

听了我的疑问，她面有难色，既没点头也无意拒绝。

"你用不着马上给出答案。"桐井老师温柔地向她搭话。"慢慢想到明天早上吧？"

"没有这个闲工夫想了。"江野插嘴，"我们必须立刻行动！"

"虽然你这么说，看这个天气，这一带马上就要天黑了。现在出发去海墟，可想而知会出船难。对了，你们要不要洗个热水澡？"

"要不要顺便吃个晚餐？"堇提议，"你们从早上开始就没吃过东西吧？"

我们本应该立刻动身，但实在挨不过想顺从桐井老师好意的心情。或许能休息的时候就是该好好休息，以备明天的冒险。江野也不再提出异议。

再说悠悠也需要时间拿定主意。

我们决定在这里休息一晚。

职员室旁边的茶水间备有新鲜食材，我们久违地见到了新鲜蔬菜。餐点交给堇与悠悠料理。悠悠在卡利雍馆似乎也会煮饭，她手脚利落地协助堇。

江野在保健室通过窗户眺望室外。室外正静静地下着雪。我不知道他究竟是在赏雪，还是在看雪另一端的墓园。

我在桐井老师的床边坐下，跟他聊目前为止的旅途。聊上次我与他分开以后见到了什么，又走到什么地方；聊在我造访的各个城镇上遇见的桐井老师的朋友，全都是漂亮的姐姐；聊跟桐井老师学小提琴，在路边演奏的人。桐井老师以音乐家的身份，还有旅人的身份，毋庸置疑影响了许多人。我也不例外，要是没有他，我可能早在旅途中病倒了。

桐井老师躺在床上，静静地闭上双眼。我看他可能想睡了，就为他盖上毯子，蹑手蹑脚离去。

紧接着某处就传来了机器的警报声。董冲进保健室打开上锁的药柜，拿出针筒朝桐井老师的手臂注射。

"他的血压要是降到一定程度以下，机器就会出声通知。"董向我说明。

桐井老师看起来就像是睡着了。他闭上眼睛的时候看起来也像入睡那样平凡无奇，因此我没发现那是发病的症状。药柜里头摆放着许多用过的针筒。亲眼目击的现实重重打击着我。

不过等到晚餐完成时，桐井老师恢复意识，也开始能说话了。打针产生了效用。床另一边的窗外那片墓园仿佛正在主张自己才是桐井老师的容身之处，我开始害怕起来。董把窗帘拉上，挡住了背景的墓园。

"吃吧，晚餐来了。"

晚餐是面包、蔬菜汤与色拉，还有几根难得一见的香肠。感觉充满营养。我与悠悠都饿坏了，你争我夺地狂扫起食物。

桐井老师坐在床上用餐，但似乎没什么胃口。江野安静地啃着面包。像现在我们用餐的这段期间，检阅官想必也正四处寻找我们。这样一想我不禁害怕起来，谁知道检阅官何时会踹开房间的门登堂入室。目前时间已过下午六点。

吃完晚餐，我们各自为明天做起准备。悠悠进了体育馆旁的淋浴间，换上董借她的上衣出来。尺寸刚刚好。

我也接着洗澡，换上干净的衣服。

回到保健室，灯已经关了，只有床边点着一盏小小的照明。董又在帮桐井老师打针。

"克里斯，看来你也舒舒服服地洗过澡了。你就是该头发微湿，这样才有你的风格。你可是大海男儿。"

桐井老师抬着昏昏欲睡的眼皮，望着我说道。

"可是大家都不喜欢海。"

"我倒不讨厌。"

桐井老师笑咪咪地说，然而他的表情看起来却也有些哀伤。或许是因为在一片黑暗之中，只有一盏微弱的灯光映照着他的脸孔。

"等你从卡利雍馆回来，我再把礼物送给你。答应我，你一定会回来。"

"好的。"

听了我的回答，桐井老师满意地点头，倒卧在床上。

我在董的催促下离开保健室，漫步在走廊上。

"他没办法熬过这个冬天。"

"老师病情这么严重？"

"不只是肺，他的心脏也越来越衰弱。体力也变差了，毕竟今年冬天特别冷。即使全球暖化，寒流还是毫不留情。"

"桐井老师已经无药可救了吗？"

"我尽力了。但这年头光是药就很难弄到手。你要是有话想对他说，劝你最好趁现在告诉他。"

"好的。"

"那就晚安了。我要跟悠悠一起睡。"

董消失在走廊的尽头。

我探看江野身处的教室。教室里昏暗无比。他依靠在窗边，仍旧望着窗外。夜晚的雪光将他的侧脸映照得一片惨白，他的呼吸让窗户微微蒙上薄雾。

"江野，你不冷吗？"

"我还好。"

"对不起，把你牵扯进这种状况。"

"错不在你。"

"不，我老是受到江野的帮助。老实说你光是像这样跟我同行，本身就是破戒了……可是你总是会来帮助我。"

"不对，我依然是个仅能按照命令行动的机器。我只想着要将逃亡者带回检阅局就是最好的例子。我只能按照我被灌输的作法行动。"

"才没这回事。你即使明白这么做会危及自己的立场，还是做出了这种行动。这才不是你被灌输的做法，而是因为你很体贴吧？"

"我只不过是……采取了最合乎逻辑也最恰当的行动。"

"但即使如此，你也没打算现在马上回到检阅局了吧？你现在回去或许还来得及。现在回去检阅官那里，或许还能免受惩处。"

"我该回归的地方真的是检阅局吗？"江野低声自问自答，"到现在为止，我都认为亲眼见到的事实才算真相。我不曾对这点有过质疑。但谁说我的双眼永远会正确无误？在我看来污浊无比的东西，可能在别人眼里看来却美丽夺目吧。我最近总是在思考这件事。我至今未曾有过这种念头，说不定是因为我遇见了你，才会醒悟过来。而我之所以能醒悟过来，或许就是因为我还残存着人心。"

"我从来不觉得江野没有心。不然……你现在也不会出现在这里。但江野你就是在这里。这就是答案。"

"心不存在的证明，或者反驳这点的证明……我需要的到底是什么？"江野将手臂挂在窗框捧起脸颊，凝视着降雪的夜空。"也说不定我误认为是自己的心的东西，其实是你的心。真相就在黑夜的另一端。明天一早我们就动身前往卡利雍馆。说不定我们能在那里找到各自寻找的东西。"

"冰"的戈捷特是否真的藏在卡利雍馆？要是找到了戈捷特，

我们是否又能回归原本的日常?

时间来到晚上八点。

或许是累坏了,我睡得很沉。

于是漫长的一天结束了,更漫长的一天即将开始。

第二章 另一名少年检阅官

我在黑板下苏醒，暗夜仍未离去，冰冷的空气仿佛在教室内堆积成层。我裹着棉被走近窗边，探视外头的情形。雪停了。薄薄的积雪与学校内的土壤交杂，形成泥泞。

我朝隔壁的教室一望，见到江野仍旧与昨晚相同的打扮望着室外。他该不会没睡吧？江野注意到我，朝我瞥了一眼，接着又将视线转回窗外。

"早安，江野。"

江野的视线仍在远方飘摇，回了我一句早安。此后他再也没有任何动作，于是我丢下他离开教室。

我在走廊上碰到悠悠。她看起来还是昏昏欲睡，但精神比昨天好上许多。她早已换上黑色洋装，恢复成一身黑白的模样。

"早安。会不会冷？"

"呜呜。"

她点点头，看到裹在毛毯里的我噗哧一笑。

我们一同前往保健室。堇坐在病床旁。

"睡得还好吗？"

"我睡得很香。堇小姐你都没睡吗？"

"不，我才醒来。刚刚听到血压计的警报声。"

桐井老师在病床上撑起身子，苍白的脸露出笑容。才过了一晚，他就憔悴得仿佛灵魂都快被抽干了。

"别为我担心……我身体还算强壮。"

"说什么傻话，你都只剩半条命了。"

董面露苦笑抱怨，接着走到药柜前。她解开握把上的数字锁，从柜子里头拿出全新的针筒。用过的针筒被绑成一束，放在碟子上。

"药快没了。又得去隔壁镇上买药。"

董准备起药品来，我们在保健室帮不上任何忙。我跟悠悠退到走廊，以免打扰她。

走廊仍然昏暗，只有小小的灯泡散发出微弱的光芒。

我与悠悠肩并肩依靠在走廊的墙壁上。

"精力都恢复了吗？"听了我的问题，她点点头。

灯泡的光线闪烁，悠悠抬起脸来。我偷偷摸摸窥视她的侧脸，她的脸苍白得仿佛皮肤上结了一层霜。

"我相信你。"

"呜？"

"我认为'冰'的戈捷特一定还在卡利雍馆里头。"

悠悠似乎不知该作何回应，花了一段时间才点头。

我决定告诉她自己花了一晚得到的结论。

"我要跟江野去找戈捷特。悠悠你就待在这里等我们。只有我们的话，应该还能设法进入卡利雍馆。你待在这里，老师跟董小姐也会协助你藏匿，这样比较安全。"

听见我这么说，悠悠皱起眉头，左右摆动脑袋。

"你不要吗？"

"对了，我忘了跟你说。"董从保健室出来，"悠悠说要跟你们一起走。"

悠悠听着董的宣言点头同意。她的表情没有一丝迷惘。

"她想证明自己的清白。"

悠悠头点得更大力了。

"你要是回到卡利雍馆，搞不好会被逮捕哦？"

"所以就靠你们来保护她了。"董摸摸我的头，"既然截至目前都很顺利，以后应该也没问题吧？"

即使董这么说，我仍无法立刻点头保证。对手可是检察官，再说悠悠还被赶出宅邸。那间宅邸真的算是她可以回归的家吗？

"她虽然生活在被海洋隔绝的地方，但从不认为这有多么不幸。也曾有过属于自己的幸福世界，可是这个世界却突如其来地告终。她还被单方面逐出家门，遭到不可理喻的追捕。"

"不就是因为这样，她才更不需要回到那里吗？"

"正因如此她才会想回去。换作是你，能接受自己莫名其妙就失去一切吗？"

这句话只是董自己的话语，但大概也确实点出了悠悠的心情。

如果我是悠悠，一定也会选择回到卡利雍馆。我没办法对破坏自己世界的真相一无所知地活下去。

"就算回到卡利雍馆，也未必能过着跟之前一样的生活哦？"我向悠悠丢出疑问。

悠悠坚决地点头。

她真的明白状况吗？要是卡利雍馆真的搜出了戈捷特，说不定整间宅邸会被烧毁。无论结果如何，她都不再有可以回归的家……

"好，我们一起走吧，悠悠。"

悠悠喜上眉梢地点点头。

"以防万一，我帮你们准备了急救箱。悠悠，茶水间有个白色箱子，能帮我拿过来吗？"

悠悠充满精神地点点头，在走廊飞奔而去。

剩下我与董两人独处时，她将脸凑近我的耳根。

"你注意到她右手不对劲了吗？"董小声询问。

"咦？右手？"

"对。"

"这……我是觉得她右手跟别人不太一样……"

"对，她的右手是义肢。"

"是义肢？"

"她说小时候遇上大灾失去了右手，义肢是卡利雍馆的人帮她制作的。她没让你看她的右手吗？"

"没有，悠悠一直戴着手套。"

"这样啊，那我就不跟你多嘴了。不过那只义肢很特别……连我这个医生看了都感到惊奇。我想她应该是被牵扯进什么问题里。

所以……要是有个万一，就麻烦你帮助她了。"

董飞快说完便离开我身边。此时悠悠正好回来了，她的右手抓着小巧的急救箱。

"谢谢你。"董接过急救箱，"这个就给克里斯带着。你要放包里吗？"

"我平常就会携带我自己的急救箱。"

"那我帮你补充其他需要的，你把包拿来。悠悠也可以去做准备了。"

我跟悠悠点点头，在走廊分开。

我回到昨晚下榻的教室归还毛毯，提起背包。至于跟江野借来的外套，我犹豫了一会儿最后没穿。我将外套拿在手上，来到隔壁教室。

江野仍一如往常望着窗外。

"江野，差不多要出发了。"

他默默起身走向我。我递出他的外套。

"我不用。"

江野对外套丝毫没有兴趣，与我擦身而过走出教室。于是我穿上他的外套，匆匆忙忙跟在他后头。

回到保健室前，悠悠已在此等待。她披着我的毯子，看来她很喜欢这条毯子。

我从背包拿出急救箱交给董。她走进保健室帮我补充其他需要物品。

门开了一条细细的缝，可从中见到房内的模样，刚好可以看到卧病在床的桐井老师的侧脸。他似乎注意到我的视线，突然转头正对着我。我跟他对上视线。

"你要走了吗，克里斯？"

耳边传来微弱的声音。我打开房门进入房间里头，以便将他的声音听得更清楚。

"我马上就会回来，老师你要等我。"我在病床边信誓旦旦地说。

"好，我等你。我仅存的最后一个任务，就剩等待你了。"桐井老师露出戏谑而虚弱的笑容，"你一定要回来。"

"我会的。"

我向他点头，搜寻起接下来该说的话。然而我想不出适合的话语，我的心情大概没有半分成功传达给老师。我的感谢、我的担忧、我离别的寂寞，还有害怕一去永别的不安……即使如此，我想桐井老师可能还是细心察觉了。察觉了我迟迟不肯离开病床的理由。

"克里斯。"

"是。"

"路上小心。"

桐井老师说完，将一只手从毛毯伸出，挥挥手向我道别。

"我去去就回。"

我轻轻点头，离开了保健室。

没多久董也从保健室出来。我从她手中接过急救箱。

"对了，你们打算怎么过海？"董询问。

"啊，这么说来……"

海墟位于海的另一端。没有船该怎么过去?

"能走悠悠过来的水底道路吗?"

悠悠摇头否定了可能性。既然前天晚上是大潮，今天想必不是可以步行穿越的状况。

"不能跟检阅局借船吗?"

"那当然。我们现在没有这个立场。"江野回答。

"应该也不能游过去……"

"对了，我想到了。"堇灵机一动说，"离开学校，朝海走下山坡，可以看到森林里有一间老旧的小屋。有位老船夫就住在那里。只不过他开船也是几十年前的事了。我在镇上的医院工作时曾经帮他看诊过几次。每次他都会聊起海。"

"他有船吗?"

"据他本人说是有。"

"只能去拜托他看看了。"

江野与悠悠似乎也没有异议。

"我开车送你们到山坡下吧。开车一会儿就到了。车就停在体育馆后面，我同行也比较方便跟老先生交涉。我去拿钥匙，你们等我。"堇进入保健室，马上又拿着钥匙回来，"我们走吧。"

我们移动到连接体育馆与校舍的穿堂。在走廊中段有一扇铝制门扉，可以通往室外。然而堇过隔着门朝户外探看，惊讶地停下脚步。

"怎么了？"

"车子不见了。平常明明都停在这里……"

外头根本没有半点车子的影子。雪地上也见不到轮胎痕。

"该不会被偷了吧？"

"会不会……"

会不会是桐井老师趁夜黑风高把车子藏起来了？要是江野改变心意决定要带我们去检阅局，没有车也无可奈何。桐井老师可能料到这点才做出这个判断。

"我们可以走路过去，麻烦堇小姐去照顾老师吧。"

"真抱歉，没办法送你们一程。"堇说，"桐井就交给我吧。"

"麻烦你了。"

我向她致意。旁边的悠悠也跟着我这么做。只有江野面无表情地望着天花板电灯泡闪烁的模样。

"那我们走了。"

我们离开学校。

旭日尚未东升，四周是一片黑暗。我们走下积雪的车道朝海洋前进。黎明的空气呈现清澈的深蓝色，非常冰冷。远方某处传来鸟鸣。要是只有我一个人，想必会感到胆怯。但现在的我却有两名伙伴。

江野手上有能够检测目前所在地经纬度的小型仪器，但他没有开机。他向我们说明这是因为开机后其他检阅官就能追查到我们的所在地。以检阅局的立场来说，少了一名少年检阅官也让事态更为重大。江野其实不应该出现在这里。如今整座城镇上的检阅官们想必还在为寻找江野而东奔西跑。

或许我们就是得做出一些牺牲，才能够同行。

走了一段路，我们终于见到了树林间的小屋。

小屋非常破旧，历经漫长时光与自然化为一体。顶着薄薄积雪的屋檐挂着小小的提灯，的确是有人居住的地方。

"这么早来拜访合适吗……"

我与悠悠迟疑地走进小屋。江野从旁闯出，果断地敲了小屋的门。

门缓缓开起，接着一名老人露面。老人的脸孔就跟树皮一样皱巴巴，仿佛他也跟着一起化为自然的一部分。他身上裹着某种大型野兽的皮毛。

"你们有什么事？"

"我们想借船。"

江野冷不防跟老人开诚布公。

"船？"

老人的脸色黯淡起来。那模样就像是树木动怒了。

"其实是，"我感觉到火药味，便急忙和老人解释道，"听说老爷爷您是船夫。我们现在正在找能开去海墟的船……"

"你穿的制服……是海军吧？"

老人瞪大双眼打量着我。

"呃……对，这是英国海军制服……"

"在这年头可是难得一见。我以前也坐船去打过仗。现在能打的敌人都没了。我看说不定哪天又得再次出海，因此准备从来没怠慢过……"

老人开始大谈自己是多么厉害的水手。聊着聊着，他似乎逐渐兴奋起来，我实在找不到拉回正题的时机。过程中悠悠扯了好几次我的袖子，我也无能为力。

"对了，我带你们参观我的造船厂吧。你们喜欢船吧？"

"对、对啊。"

"非常好，往这边来。"

老人慢吞吞地走出小屋，绕到屋子后方。他口中的造船厂就在这里。造船厂听起来很厉害，可惜设备看起来仅是寒酸小工厂。在铁皮的遮雨棚下，排放着一条条未完成的船只。

"搭这种破烂的船真的能过海吗？"

幸亏江野的话并未传入老人耳中。我连忙制止江野，凑近老人。

"这些全都是爷爷您制造的吗？"

"没错。你们需要船吧？随便挑一艘喜欢的吧。"

"真的可以借我们吗？"

"那当然，大海男儿总是需要船。你们想马上出海吗？那我帮你们送到海边。"

老人走入造船厂内。过了一会，一辆车厢戴着船只的三轮货车从建筑物的后方出现。老人坐在驾驶座上。

"上来吧。"

我们搭上车厢，跟船一起被老人载送到海边。老人看起来比我们第一眼见到时更精神抖擞。

货车在朝霞之中缓缓行驶。我们在动荡的车厢将身子彼此挨近并紧抓着边缘，以免被甩到车外。

大约十分钟，货车抵达海边。

道路就在车头前方硬生生地中断，再过去就是海洋。柏油路被海浪拍打得四分五裂，海滩宛如断层般形成了高低落差。接近海岸线的树木几乎所有叶子都掉光了。我们从货车下来，眺望着水平线。空气传来混浊的海风气味。

悠悠指着没入海中的柏油路尽头，想告诉我什么。

"卡利雍馆就在前方吗？"

悠悠点头。她走来的海中道路就被掩盖在眼前的这片海面之中。海水混浊难以估计深度，但这片海面的确波涛平稳，也比附近一带其他地方浅。只不过还没浅到可以靠行走渡海。

水平线的另一端可以见到一个黑影，大概就是海墟。

"我是不知道你们想去哪里，不过靠桨划船前进得很慢。你们应该不是想划船玩吧？"老人通过驾驶座的窗俯视我们，"车厢里不是有个木箱吗？里面放了我特制的引擎，但那玩意很宝贵。我们这边没有其他人有，也很难弄到手。我自己也只有自制的这一台。你如果能答应我一定会归还，我可以借你。"

"我一定会归还的。"

老人满意地点头，将货车车厢转向海边。我再次跳上车厢，准备把船推到海上。然而靠我一个人的力量实在推不动船。悠悠跳上车厢朝船踢了一脚，船就漂亮地入水了。悠悠双手叉腰，自豪地看着我。江野则杵在货车旁边。

"谢谢您为我们这么费心。"我向老人鞠躬。

"不用谢。倒是你要小心海浪。天色开始暗下来了。"

老人将手搭在前额上观察海面的情况。我也学着他眺望水平线的另一端，远方可见厚重如水泥块的云朵。

"出海以后可能暂时都无法回来哦。"

听了老人的话，我跟悠悠对望了一眼。但如今我们心中已无迷惘，我们对彼此点点头，走上船只。

我先搭上船，接着是悠悠。船很稳定。我按照老人的说明，在船的后方安装引擎式的船外机*。这下就不会被潮流冲走，可以安心渡海了。

江野站在船边不知该如何是好，迟迟不肯上船。他在海滩上一次次迟疑地停下脚步。

"怎么了，江野？"

"我可以不海。"江野果决地说。

他本来就害怕空旷场所，没办法单独行动。海可是地球上最空旷的场所，因此我也不是无法理解他的心情……

---

* 指安装在船体（船舷）外侧的推进用发动机，通常悬挂于艉板的外侧，又称舷外机。——编者注

"快来吧。"

我向他伸出手,江野却无视了我,豁出去自行跳上船。船身因重量而阵阵摇晃,我们全都跌坐在船底。

"你们还好吧?"老人为我们担心。

"没事。"

"要发动引擎就按下开关,把线用力拉到底。关掉的话只要再按下开关就好。"

我按照指示按下开关拉紧绳索。接着引擎开始发动,船也随即前进。我紧紧握着油门杆不肯放手。

"小心啊!"

我挥挥手,向转眼间已身处远方的老人道别。

"这该怎么操纵啊?"

我询问江野,他只是默默摇头。

经过一阵子的反复尝试,我终于学会了船只的操纵方法。江野浑身僵硬地坐在船底,动也不动。

海面上插着路标与电线杆等障碍物,我有好几次差点迎头撞上。每次我慌慌张张转向都会溅起水花,让我们被海水淋湿。大浪从我们毫无预警的方向袭来,船只轻飘飘地被海洋抬起。我个人很享受这个感觉,然而悠悠与江野似乎不然。

随着我们逐渐接近海墟,矗立在海中的大楼群俨然形成高墙,阻挡我们的去向。我感觉到我们四周逐渐黑暗起来,大概是因为建筑物上一扇扇的窗户正映照着深沉的黑暗吧。

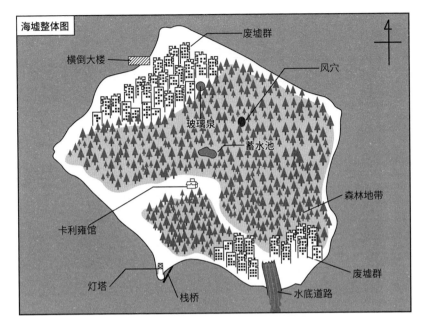

海墟整体图

废墟群

横倒大楼

风穴

玻璃泉

蓄水池

森林地带

卡利雍馆

废墟群

灯塔

栈桥

水底道路

我放慢船速穿梭在建筑物之间，朝海墟前进。

不久后陆地逐渐出现在眼前，混凝土的废墟景致映入眼帘。其中一些建筑物还倾斜倒塌，我想这大概是因为海水侵蚀导致地壳变动吧。

悠悠到底是怎么在这么封闭的地方生活的？

"这里有没有能停船的地方？"

我询问悠悠。悠悠伸长脖子，眺望海岸沿，她朝自己的左手边一指。在隆起的陆地的远程，勉强能见到一座疑似是钢骨灯塔建物的顶端。既然那边有栈桥，我想就是那里了。我将船转往那个方向。

"克里斯，你等一下。"

江野突然拉住我的手臂。

这一拉导致我转过头，船身摇晃不已。

我差点被甩出船外，重心一个不稳，一不小心拉紧了油门。

船开始猛烈加速。

"呜！呜！"

悠悠的声音就像告知危险的警报声在我耳边响彻。

船向柏油路形成的海岸线方向驶进，道路从陆地沉入海中，正好位于交界地带。

我连忙把引擎关掉。然而我还没学会停住加速中的船的方法。

陆地已近在眼前，我只剩下冲过去这个选择。

船底擦上了柏油路，冲撞的力道让我们都弹了起来。

船持续沙沙作响地磨着船底，开上了车道，成为一辆没有轮胎的车在柏油路上奔驰了几米，最后停了下来。

这过程结束之后，只剩浪涛声环绕我们。

"……你们都还好吗？"

听到我的询问，江野与悠悠分别紧抓着船的边缘点点头。

"江野，你就算要我等一下，我也没办法马上停下来啊。"我向他抱怨，"差点就要酿成大祸了。幸好船外机没坏……你为什么要我停下来？"

"那边有东西。"

江野指向远离道路的海岸线。

岸上掉着一个四方形的箱子。仔细一看是个皮箱，应该是旅行箱。那箱子跟江野随身携带的皮箱有几分相像。

"先下船吧。"

我率先下船踏上海墟。船现在完全靠在陆地上,要下船并非难事。接着我拉住悠悠与江野,帮助他们下船。这次渡海看起来让江野憔悴不少。

我们朝皮箱走去。

果不其然,那是个破旧的皮制行李箱。我抓住把手,把皮箱拖到海浪打不到的地方。

皮箱没想象中重,盖子盖得紧紧的。

这皮箱是从哪里飘来的?看上去倒也没在海上漂流多久。

"这该不会是检阅官的皮箱吧?"

"不,不是。"

江野在皮箱旁蹲下,毫不犹豫地打开。

里头是衣服,还没被海水浸湿。这大概要归功于箱子够密实,才免于渗水。箱中只有几套衣服,没什么特别的。皮箱本身看起来很旧,但里面的东西似乎是最近才装进去的。

江野掏出几件衣服,更仔细地检查皮箱。

随后他在箱底找到一个掌心大的木盒。那是个表面装饰着宝石与浮雕的精美木盒。

"……八音盒吗?"

江野点点头,接着打开八音盒的盖子。盒子没有播放音乐,大概是没上发条。盒子里只装了小巧的演奏装置。

江野对演奏装置不怎么感兴趣，关上盒盖，盯着上头装饰的宝石瞧。

"是戈捷特吗？"

"不是。"江野立刻否定。

要是能从前途堪忧的登陆后，幸运地发现戈捷特也不错啊……只可惜现实没有这么如意的事。

"你有印象吗？"江野将八音盒拿到悠悠面前。

悠悠皱起眉头歪着头。

"里头装着八音盒，所以是卡利雍馆的人的皮箱吧？"

"应该是。"

江野深入调查皮箱内容。里头还装了另外三个类似的八音盒，但每个都与戈捷特无关。

江野粗暴地将八音盒放回皮箱，盖上盖子。

"这皮箱怎么会丢在这种地方？送到卡利雍馆，应该就能弄清是谁的箱子了吧？"

"是啊。"

我捡起濡湿的皮箱，决定要带箱子走。

此后我们回到船边，将缆绳系在附近的路标上。船虽然与岸边有一段距离，却也可能因海岸线的变动被波浪卷走。

我回头眺望海洋。

海面开始失去平静，波浪也攀高了。天气正在恶化。气温不高，说不定之后会下雪。被老先生说中了。我们已无退路，海墟马上就会成为被海洋封锁的孤岛。

"走吧。"

我们迈开步伐。

眼前是直直延伸、破碎不堪的柏油路。道路上没剩多少昨晚的积雪。

我们在悠悠的带领下向海墟前进。这附近没多少建筑物，从车道的宽度来看，过去应该是连结都市与都市的联络道路。车道两侧是荒凉无比的闲置地。

"根据情报，这座海墟直径大约有两公里，从中心到东北一带海拔较高。西北与东南方延伸出去是都市，从前有许多大楼与工厂。"

"这里除了卡利雍馆的居民以外，还有别人住吗？"

我这么问，悠悠歪起了头。

"以前这里被认定为海墟的时候，曾经对居民进行清查与迁移。至少当时的报告说是没有居民。"

"但既然这里残留着这么多建筑物，感觉除了卡利雍馆以外还有很多能住的地方。会不会有人偷偷在这里定居下来？"

"应该很难。首先是饮水与食物不好取得。我不清楚卡利雍馆的居民过着什么样的生活，但这里不太可能有复数的团体居住。说到底我也不觉得世上有这么多人，想住在这么不便的地方。就算这里真的有不属于卡利雍馆的人居住，完全不留生活痕迹并瞒着卡利雍馆居民，几乎是不可能的。"

包含悠悠，卡利雍馆共有七人居住。前天又新增了两名检阅官，是少年检阅官与他的随从。因此扣除我与江野，目前这座海墟共有九人。

悠悠扯扯我的衣服，指向通往森林里的道路。这大概是捷径。不知何时浪潮声已远去，融化的雪水从针叶树的顶端滴滴答答落下。

悠悠的表情不太开朗。想要夺回自己的容身之处，她还得解决许多问题。她必须证明自己与戈捷特无关，也必须获得卡利雍馆馆主认可。说起来她到底为什么会受到这种对待？这些围绕着悠悠的谜团，或许跟戈捷特一起埋藏在这座海墟，埋藏在卡利雍馆里。

我们穿越层层笼罩着卡利雍馆的树木持续前进。

封闭的视野深处，隐约出现一栋白色建筑。起初模糊得就像是森林中飘散的雾霭。

我们越是前进，建筑物的轮廓越是明显起来。

那是一栋豪宅。

排排竖立、从我们的视线之中守护豪宅的树木，一株株地消失了。迎面吹来的冷风令我们稍微却步，就像是豪宅具有意识，要排斥我们似的。

也可能只是我自己脚软了。

我所造访的地点总是被烧个精光，再也不存在于世界上。因此我无法立刻相信眼前的这座豪宅真实存在。

我简直就像是在凝视幻影。

但森林里的树木的确在此中断，白色宅邸实际上也出现在我们眼前。

这栋建筑物散发出历史悠久的感觉，却也透着历史即将终结的气息。它典雅的外型颇具西式装饰艺术旨趣，左右宽敞延伸的白色建筑特别显眼，与废墟薄弱的存在感实在难以相提并论。

众多的窗户面对着我们，仿佛在凝视着我们。

这里就是悠悠遗失的容身之处。

城镇的女性们一去不回的地方。

同时也是可能埋藏着戈捷特的地方。

"走吧。"

在我开口之前，悠悠迟迟不敢前进。

悠悠的回归之处真的是这里吗？

巧合的是，昨晚江野似乎也说过同样的话。

现在回头是否还来得及？

正当我们犹豫不决地盯着豪宅看，玄关附近一扇窗户开启了。

窗户猛烈敞开的声音响彻在冰冷的空中。

"悠悠！"

一名绑着及肩辫子的女性从窗边探出脸来。她露出笑容挥挥手。

昏暗封闭的宅邸在她的笑容下终于敞开，同时悠悠的表情也瞬间变得开朗。

有人在等着她回来。

悠悠规规矩矩地向她行礼，随后迟疑地走向卡利雍馆。

绑辫子的女性翻过窗户，飞奔到我们身边。

"我还以为你再也不会回来了！"她紧紧抱住悠悠，摸摸她的肩膀与头，确认眼前的悠悠不是幻影。"你怎么了，怎么突然消失了？快告诉我是怎么一回事。我问馆主，他只说悠悠离开了……"

悠悠只是困惑地左右摇头。

绑辫子的女性放开悠悠，这才第一次注意到我与江野的存在，朝我们来回打量。她露出敌视与厌恶交杂的表情，刻意地叹了口气。

"你们也是检阅官？"

"不，我……"

"悠悠做了什么？悠悠明明就没做什么坏事！"

我被步步逼近的女性所慑服，不禁退缩起来。

"美雨，对方可是检察官。口气别这么呛。"

窗边有另一名男性现身。是个一头玉米烫*长至肩膀，胡子也纵情生长，身穿破烂和服的消瘦男性。他古怪地挑了一下眉，责备绑辫子的女性。

"可是……"

被唤作美雨的女性噘着嘴缩起肩膀。

"真是抱歉，这家伙在这里生活太久，都忘了礼数。"男性隔着窗户露出低声下气的笑容，"请您大人有大量。总之先进来吧。美雨，快带他们两位进来。"

---

* 玉米烫：国际上流行的一种发型技术，烫出来的感觉比较蓬松，它适合头发较少或较毛燥的人。——编者注

"好啦。"

美雨牵着悠悠的手，丢下我们快步进入豪宅内。

我与江野跟着她们的脚步，踏进玄关内。

迎宾大厅铺着宛如血色的地毯。墙上完全没有绘画或饰品等装饰物。一反建筑的外观，内部呈现出简朴而阴沉的印象。在这原本就很宁静的海墟中，这里是更为安静的场所，没有半点声响。

无论是建筑物的气氛，或是令人毛骨悚然的寂静，都像是误闯进古老绘画似的。这股仿佛能沁入心脾的沉静，或许正是卡利雍馆的本质。

刚才的胡子男正等待着我们。美雨与悠悠站在一旁。美雨看起来很想快点把悠悠带去别的地方。要是悠悠没停下脚步，她一定会把她拉走。

"欢迎您远道而来。"男人说，"小的是在这里制作八音盒的不才工匠，叫作有里。这家伙是美雨。她也是工匠，但是最差的。"

"你好……我叫克里斯。我不是检阅官……"

"啥？你不是检阅官？"有里突然态度剧变，瞪着我看，"那你那件衣服又是怎么回事？"

"这位才是正牌的检阅官。他叫江野，我跟他借了外套……"

"小的真是失礼了。"有里露出谄媚的笑容向江野行礼，"您的伙伴从前天起就滞留在这里，是要找什么东西吗？"

江野没作声，环视着宅邸内部。

"应该是怀疑这座宅邸里有书吧？"美雨耸着肩回答，"很遗憾，这里才没有书。能请你们快点死了心回去吗？"

美雨朝我们逼近，想把我们赶出去。她似乎格外讨厌我们。这样下去我们真的会被赶出去。

悠悠好像有话想说碰碰美雨的手臂。

"怎么了，悠悠？你不希望他们回去吗？"

悠悠点头。

"这说来话长……"

我简短说明与悠悠相遇并来到这里为止的经过。美雨等人似乎不知道水底道路的存在，对于悠悠徒步走出海墟感到很吃惊。

我省略了关于戈捷特的说明，因此我很难解释江野为什么会站在我们这边。要外人理解我跟江野的过去太困难了。

"虽然不太能抓得到重点……总之你们现在没有要对悠悠做什么吧？"

"我们才想问你们想对悠悠做什么呢。"我说，"我们实在不懂为什么她必须被逐出家门。要是有明确的说明，她说不定根本就不需要回来。"

"馆主真的要求你离开吗？"

听到美雨的疑问，悠悠微微点头。

"好奇怪。"有里抱起手臂，"在馆主心目中，悠悠就跟女儿一样。他那么疼爱她，真的会把她赶出去吗？"

悠悠低着头，宛如啜泣般发出了细微的声响。

"悠悠，去问问馆主好不好？"美雨安抚悠悠。

"在此之前我要跟刈手谈谈。"

江野这才第一次开口。我们同时望向他。

"刈手？"

"少年检阅官。"

"啊，也对。得先跟另一名少年检阅官打过招呼。"

这是我们第一个面临的难关。另一名少年检阅官是否也通情达理呢？

"嗯，虽然我不太清楚，看来你们的立场很复杂啊……"

有里的口吻仿佛是抓到了江野的弱点。事实上江野受到我与悠悠的连累，立场的确薄弱。有里如今明白了这点，江野在他眼中可能就成了平凡的孩子。虽然态度依然恭谨，但应该不是发自内心的尊敬。少年检阅官本来就常因为外貌与年龄被人瞧不起。

"先来访的检阅官现在在哪里？"我问。

"谁知道呢？"有里坏心眼地说，想试探我们的反应。

"他在二楼。"美雨回答，"我带你们过去。"

美雨带领着我们走上楼梯。

卡利维馆共有四层楼，跟高级旅馆一样有许多房间。走廊上一扇扇并列的房门，据说都是附有床铺的客房。

"就是这间。"美雨在一扇门前停下脚步。

"真是谢谢你，美雨小姐。"我向她行礼，美雨对我摆摆手。

"悠悠不用跟过去吧。"美雨准备带走悠悠。然而悠悠却摇摇头，留在我们身边。

"我知道了，那你去吧。"美雨无可奈何地说完，便匆匆忙忙消失在走廊的尽头，避免被牵扯进问题之中。

"另一名少年检阅官就在这里头啊。"

他是个怎样的人？

要是我跟他也能像跟江野那样建立几分交情就好了，但我可不觉得能这么顺利。

说起来我对少年检阅官是一无所知。江野说自己是用来检阅的机器。但不用说，他是活生生的人类，才不是什么机器。就算他是以机器的方式被养育成人，也不可能连心灵都被换成机械。还是说检阅局连这种事都办得到？

江野敲敲门。

我与悠悠在心情上根本没什么准备。我们毫无意义地整顿起仪容。随后房门一开，出现了一名穿着黑西装的女性。

"哎呀，江野大人。"

这是一名长发的女性检阅官。我是第一次见到女性检阅官。除了她穿着检阅局的制服以外，就跟普通的年轻女性没两样。她看了一眼我和悠悠，接着视线回到江野身上。

"听说本土那边出事了。"

"没什么大问题。"

"在少年检阅官单独行动时，这件事本身就该视为大问题。"

"我有话要跟刘手说。"江野不着痕迹地将夹在腋下的手杖换到手上。见到他的模样，女性检阅官蹙眉后退一步。

"伊武，可以了。你退下吧。"房内传来少年的声音。名叫伊武的女性检阅官按照指示退下。

江野进入室内，我与悠悠跟在他后头。

少年在里面的地板上浑身无力地瘫坐。他不坐在一旁的椅子上，而是将上半身靠着椅面瘫在上头。也可能是他从椅子侧边滑下来，正好形成这个姿势。无论如何，他正扶着椅子，试图撑起软烂的身子。

他撑开有着纤长睫毛的沉重眼皮，仰望着我们。他晶莹剔透的白色肌肤、端正的脸孔以及微微泛红的双颊令人印象深刻。要是没人告诉我他是少年检阅官，我说不定会以为他是个貌美的女孩。然而他身上的衣服，毋庸置疑就是少年检阅官的制服。

"我就觉得你差不多该来了……前辈。"他对江野推出椅子。这举动导致他失去支撑，差点软趴趴地倒在地上。"请坐。"

"我不用。"江野缓缓摇头。

"真的吗？"

他把椅子拉近，重新依靠着椅面。那是一把没有扶手的木制小椅了。他在椅子上押出手臂，把脸靠在手臂上，做出打盹的姿势看向我们。他的每一个举动都显得缓慢而忧郁。

"由于前所未闻的少年检阅官失踪案，检阅局现在相当混乱。这位失踪的少年检阅官当然就是指前辈。你知道吗？"

"我只是按照命令行动。"

"跟着逃亡者一起逃跑，算按照命令行动？"

"我没逃跑。我现在不就像这样把逃亡者带过来了？"

"你在说谎。"

刈手面不改色地说。江野无言地望着他。

强风将窗户拍响。在意着那声响的人，只有我跟悠悠。

"无论如何，我很感谢你把逃亡者带回来。检阅局那边我会妥善报告。只不过我还真没想过居然会有人逃出海墟。在注意到有人逃跑时我马上清点了船只，没有船被偷走，本以为逃亡者潜伏在废墟里……但据说在满月与新月那天，连结海墟与本土的水底道路会浮出海面足以行走。请位于本土的检阅官调查后证明了这点。哦，你应该也听说了。这条路实际能行走的时间只有几个小时，使用这条路具有风险，平常没有人走。只不过知道这条水底道路的人，似乎也只有卡利雍馆馆主。"

"你在她逃亡以后对检阅局的报告似乎中断了一阵子，发生什么事了？"江野问。

"没事。只是如果没抓到逃亡者，搜查也不会有进展……因此我在等待。等待命运抓到她的那刻。"

"命运？"

"就是我们检阅官。"

刈手缓缓转动眼珠，打量着我。

"这位是前辈的新伙伴吗？我认识你。我记得你叫做……克里斯提安纳。你以前曾涉入与戈捷特相关的案件，而且这案件还是江野前辈负责的。你这个外国人到底抱着什么居心,在前辈身边打转?"

"我是因为旅行时有点事……"

"我不喜欢身上有海洋气味的人。"刈手打断我的话,叹息说道,"伊武,把他绑起来。"

"是。"

伊武不知道从哪里变出了塑料束带,走向我跟悠悠。

江野伸出一只手制止伊武。

"这两个人目前仍归我管辖,不需要绑起来。"

"前辈,你这是什么意思?卡利雍馆这案子全都交由我刈手负责。这不是前辈你可以决定的事。"

"抓到逃亡者的是我。我有权判断什么时候要把她交出来。"

江野静静地将手杖拄在地上。刈手忧郁地望着手杖的尖端,沿着手杖慢慢抬高视线,途中却又疲倦地闭上眼睛。

"既然前辈都这么说了,就这么办吧。"刈手蠕动身子,重整靠在手臂上的头颅位置,"再怎么精准的时钟总是会失准。我说前辈,你觉得失准的时钟需要的东西是什么?"

"我不知道。"

"是更精准的时钟。这是为了帮坏掉的时钟对时。前辈,你知道我的意思吧?"

刈手稍微挺起身子,重新眺望我们。他的眼眸看起来像是镶嵌在眼球内的黑色玻璃。那是一对即使与人类的眼珠有相同形状,却与人类不同，宛如人偶的双眼。

"对这两人的处置就暂缓到这案子解决以后。当然我也会限制他们的行动，离开宅邸的时候请务必向伊武或我刈手报告。别再想逃跑了。"

悠悠再三地用力点头。逃跑会有什么下场，她也亲身体会过了。

总之我们似乎逃过当场押送检阅局的危机了。而问题竟然还出乎意料地轻松解决。

我们是不是太过害怕检阅官了？刈手这名少年检阅官也不例外，纵然有些难以捉摸的地方，似乎也不是不能沟通的对象。应该是吧……

"对了，她为什么要从这里逃出去？"

"不知道。听说她是在没告知理由的情况下被赶出宅邸的。"

"被赶出去的？"刈手感到意外，"果然是仓卖从中作梗吗？"

"仓卖？"我询问江野。

"是卡利雍馆馆主。"

"他肯定在打某种主意。"刈手接着说下去，"他表面上虽然装出乖乖服从我们的样子，依然是个不能松懈的人。"

"对仓卖的侦讯结束了吗？"

"还没。"刈手不耐烦地摇摇头，"这种事我想留到之后再处理。"

"你真悠哉。"

"常有人这么说，不管做什么事，我刈手总是殿后。大人也说我在少年检阅官中是最慢的那一位……可是等待难道是这么罪大恶极的事？"刘手边叹气边低声嘟囔，"只要我们在这里等待，包含仓卖在内的居民一定会不堪其扰。我只要等待就好。最后仓卖的权威将会扫地，我们将能掌握整栋宅邸的全权。号令的一方与被命令一方的立场，将会分得一清二楚。这么一来对方就会主动交出戈捷特。我用这方法拿到了好几个戈捷特。"

"这次你的方法可能不管用。"

"为什么？"

"对方可能已经有动作了。"

"对方？你是指谁？"

"你们搭的船现在在哪里？"

江野没回答问题，改变了话题。

"停泊在栈桥那边。"伊武代替刘手回答。

"钥匙呢？"

"钥匙？你是说发动引擎的钥匙吗？我们搭过来的船没那么大，采用的是不需要钥匙的反冲式启动器。"

伊武仔细对答。她说的反冲式，大概就跟我们搭来那艘船的船外机一样，属于靠拉扯绳子来启动的类型。

"你担心船被偷啊。"刘手插嘴，"就算船被偷了，也不成问题。因为我们有无线对讲机。要是又出现了逃亡者，我可以通知本土，就像前天晚上一样。只要呼救，他们就会再帮我们准备船。"

刘手望了一眼桌上的小型仪器。看来那就是无线对讲机。

"这栋宅邸的人是怎么弄到食物与饮水的？"

"每个月来自本土的商船会造访一次，食物与生活必需品都是通过商船获得的。而且这里制造的八音盒也会通过商船送往本土贩卖。商船半个月前才来过，剩下半个月内应该都不会靠近这里。顺便一提关于水的部分，山上有蓄水池，居民从那里打水来利用。"

刈手说完，悠悠偷偷拉一下我的手臂，然后指着自己想表达什么。从话题的方向来看，她大概是想告诉我打水是她的工作吧。

"对了，这里没有电灯，晚上很昏暗。如果要回本土，最好趁天色还亮着的时候。只不过你可得把逃亡者们留在这里。"

先不提悠悠，我似乎也包含在必须被留下来的人里。

"对了，前辈你接下来有什么计划？你应该没打算继续当逃亡者们的保姆吧？"

刈手的语气平稳，表情也没有一丝变化，然而他的话中却略微带刺，确确实实是在牵制江野。

沉默持续了一段时间。

对被养育为检阅机器的人来说，刈手美丽的外表实在太过惹人怜爱。他的言行与江野相比，也透露出一丝丝挖苦。即使如此我眼中的他仍像是有某种重大缺陷，这应该是因为他对自己少年检阅官的身份似乎没有任何犹豫或矛盾。在这层意义上，他或许才是完美的检阅官。除了他无法控制自己慵懒的肢体这点以外。

"我想到了，既然前辈都来到这里了，要不要跟我刈手来场竞争？”

"竞争？”

"竞争看看我们谁先找到‘冰’的戈捷特。要是前辈先找到，克里斯提安纳跟逃亡者的事我就不过问了。当然还包括前辈与他们沾上边的事……但如果我刈手先找到，他们就要任我处置。前辈当然也不例外。”

"竞争不是你最不擅长的事吗？”

"所以这个条件可以吧。"刈手终于将身体抽离椅子，用不雅观的姿势跌坐在地仰望着我们。"前辈，就用你在少年检阅官之中也堪称天才的实力，让我刈手打起干劲吧……”

"我没兴趣跟你竞争，但我会协助你。”

江野将手杖重新夹在腋下，转身将手放在门上。

"江野，你要走了？”

听见我的问话，江野点点头，没跟刈手告别就直接离开了房间。我与悠悠连忙跟在他后头。

"还要再来哦。”

刈手朝我们的背影呼喊。他直到最后依然慵懒的声音，残留在我的耳中。

来到走廊，我的心情才终于镇定下来。

与两名各自具备独特气质的少年检阅官共处一室，没有人能不感到紧张。如果只有江野一人，我才刚开始习惯他的步调。

"看来是不用担心被抓起来了。江野，谢谢你。果然要是没有江野出马，我们什么都办不到。"我向走在走廊前头的江野喊话。

"呜呜。"悠悠也第一次对江野表示感谢。

"现在还没解决任何问题。"江野头也不回地说。

"说得也是。我们必须比他先找到戈捷特。"

"刈手的做法很特殊，从以前就是个难以捉摸的少年检阅官。但我们不用在意，他还有让悠悠逃脱的这个污点。就算他设定了条件，也不过是暂时让不利于我们的事实互相抵销罢了。"

"这么说是没错，但要是他先找到戈捷特，我们也只能任他宰割了吧？"

"应该是吧。"

"这样可就伤脑筋了。"

"没事。只要我们先找到戈捷特就好。"

"希望事情能这么顺利。只是就算想找到戈捷特，我们又不能在这宅邸里随便乱闯……"

在走廊走着走着，我在转角见到两个人影。是美雨与有里。他们似乎很在意我们，跑过来查看状况。

"怎么样？"美雨盯着我的脸，"看起来好像没问题。"

"虽然没办法完全无罪，但我们暂时还是自由之身。"

"这样啊，太好了。"

"悠悠，你是不是偷了什么东西？"有里说，"所以才会逃离这座宅邸对吧？你偷的还是不能给检阅官的东西……"

悠悠双眼圆睁，左右摆动脑袋。

"悠悠怎么可能偷东西。"美雨马上接话。

"也是，悠悠又没眼光。"有里冷嘲热讽地说，"不管怎么样，你都被馆主赶出去了吧？这不就是因为你犯了什么大错吗？连我们这些绝对算不上正人君子的人都没被赶出去。"

"这背后一定有什么理由。悠悠就是想弄清楚才回来的。"

悠悠点点头。只不过她仍是一脸迷惘，不确定这么做是否正确。

"去跟馆主报告你回来了吧。直接去问他最快。"悠悠感到迟疑，美雨轻柔地推了她一下，"你们检阅官也最好去跟馆主打声招呼吧？我看这状况，你们应该也不会马上回去吧？"

"说得也是，我们去打声招呼吧。"我说。

"那就说好了。我们去找馆主吧。"

"啊，在此之前。"我叫住美雨，"你见过这个皮箱吗？这是我在海边捡到的……"

我将皮箱递到她面前。

"我没见过。有里哥，你见过吗？"

"嗯……我好像有印象。"有里托着下颚歪起头来。

"里头装着衣服跟八音盒。"

"好，这先寄放在我这里。我去问问其他人有没有头绪。"

我将皮箱交给有里。他将皮箱反手扛在肩上，消失在走廊深处。

我们在美雨的带领下前往四楼。

根据美雨的说明，卡利雍馆馆主仓卖是旨在保存乐器的仓卖乐器财团创办人，他以此声名大噪。该组织的活动资金全都靠他投注私人财产，他收集了许多乐器。他底下聚集了许多乐器保存学的学者、音乐家与制作乐器的工匠，怀着将全世界的乐器流传给后世的理念进行活动。这个财团现在依然存在，但已完全脱离仓卖的掌控，成为另一个组织，进行繁杂的活动。

　　"听说馆主放手财团是在他迷上八音盒之后。与乐器共度的人生最后走向了八音盒。馆主将剩余的资产投注在卡利雍馆与制造八音盒上，于是就变成现在这样子了。"

　　美雨满心骄傲地介绍这名叫做仓卖的老人。

　　仓卖原本是在大战中靠设计与制作轻机枪发迹，在工业技术上的成就也为人称道。但战后他选择了乐器，而非武器。

　　就背景来看，仓卖这个人并不是音乐家。他会受到乐器与八音盒吸引也不是基于音乐家身份，而是基于一名工匠的身份。成立乐器财团以后，他主要的任务应该也是提供金钱援助。

　　据说他曾经从本土精选了许多优秀工匠，请他们住在卡利雍馆制作八音盒。他最后选择了兼具乐器与机器双方特征的八音盒，或许也是自然而然的事。

　　"馆主今年就要七十岁了，但脚力还很稳健。"

　　光听美雨的说明，我实在难以想象仓卖的半生与书本、推理或戈捷特扯得上关系。但想想音乐与乐器也会受到检阅官的严格审阅，也能推测出他多少有点牵连。

"四楼整层都是馆主专用的空间。馆主为了聆听清澈的声音，需要这个环境。我听他说过，打从一开始他会把据点设在卡利雍馆，就是为了不折损音质。"

我们来到四楼的走廊。这里看起来跟其他楼层没什么两样。我们在最里面的房门前停下脚步。

"就是这里。"美雨指示着门扉。

"我在外面等。"江野说，"我不在应该比较好谈。"

"咦，你不问戈捷特的事吗？"我压低声音询问江野。

"他不可能跟我这个检阅官吐露实情。可以的话，你去帮我问出来吧。仓卖不可能不知道戈捷特的事。"

"好、好吧……"

虽然没有江野让我感到不太踏实，考虑目前状况倒也无可奈何。

悠悠惴惴不安地望着我的脸。我尽量装出心平气和的样子，将自己的手迭在她紧握我衣摆的手上。但想借由这举动消解不安的人，说不定其实是我。

"我会帮忙介绍，你放心吧。"美雨戳了我一下，"先不提检阅官，你看起来不像坏人。悠悠似乎也很相信你。"

"是这样吗？"

我转向悠悠，她露出腼腆的笑容点点头。

"那我们进去吧。"

美雨敲敲门板。老人嘶哑的回应隐约从门后传来。

"打扰了。"

美雨打开门，深深地鞠躬后才进入房内。我也学着她的动作一起进来。悠悠尽管迟疑，却也跟着我们走进。

宽敞的洋房内有一张庞大的工作桌，上头散落着木片与金属等细小零件。房内四处层层堆积的木盒，应该是未完成的八音盒。其中还有大得跟衣柜或是桌子一样的盒子。房内有股干燥木头的香气。

仓卖拱起的背部对着我们，在工作桌前盘腿而坐。

"怎么了，美雨？真难得你会来我房间。心血来潮想向我讨教了吗？"他背对着我们说。

"那个……馆主，悠悠回来了。"

"什么？"

仓卖这下终于回过头来，眯起老花眼辨识悠悠的身影。他的动作非常缓慢，看起来一点也不吃惊。也可能他只是故作平静。

他用指尖抚摸自己的白眉，重重地叹了一口气。

"你怎么回来了？"

仓卖静静地说。他的话语中没有怒意，只有惊愕与失望。

悠悠缩起头，躲在我与美雨身后。

"馆主。"美雨忍不住插嘴，"真的是您把悠悠赶出去的吗？"

仓卖没回答美雨的疑问，仅是一个劲地盯着悠悠。

"馆主，这到底是怎么一回事？"

"我才想问呢。"仓卖这才松开原本紧闭的嘴回应，"能告诉我发生什么事了吗，悠悠？"

悠悠害怕地从我与美雨之间探出脸来。她完全陷入畏缩之中，虽然试图开口，但当然也发不出声音。

美雨代替悠悠说明情形。她把从我这里听来的事情经过转换成二手情报告诉仓卖。

解释完毕后，仓卖盯着我看。仿佛是想通过持续凝视我，来看透我的心似的。

他花上好一段时间观察过我后，徐徐地开口："我大致都了解了。"仓卖维持盘坐抱起手臂，"美雨，你可以先离开吗？"

"……好的。"美雨毫不掩饰自己的不满，答应仓卖，"悠悠呢？"

"你留下来。"

悠悠点点头。

美雨按照指示，低头行礼后便走出房间。

留在房内的悠悠与我仿佛如临大敌，挨近彼此的身子严阵以待。

房内宁静无声。围绕着我们的无数木盒，仿佛正弹奏着名为寂静的音乐。

"这些全都是八音盒的材料。"仓卖注意到我的视线解释道，"像这样动起指头来，我就会想起自己跟你差不多大时的事。虽然离开制作现场很久了，但看来我生性就是该找个东西来做。"

仓卖用一种自言自语的口气嗫嚅着。

"你似乎是从很远的地方来的。为什么会想来这个国家？"他冷不防朝我丢出问题。

我下定决心开口回话。

"我想摸清我父亲的遗物，才会来到这里。"

"旅途想必很辛苦。是什么驱使你这么做的？"

"我失去了家园与双亲，已经一无所有……起初我应该只是为了找出生存目的才踏上旅程。但我觉得走着走着，旅行本身也产生了意义。"

"你抵达目的地以后，有什么新发现吗？"

"有。我明白了持续旅行的意义。"

"你的眼神很棒。"

仓卖板着的脸终于柔和起来，心满意足地重重点头。接着他正对着我，维持盘坐的姿势向我深深一鞠躬。

"悠悠受你照顾了。谢谢你。"

"不敢当，没什么大不了的……"

他这一鞠躬让我感到很疑惑。我完全没料到赶走悠悠的始作俑者，会为了悠悠感谢我。

"为什么要把悠悠从这里赶出去？"

我不禁向他提起这个问题。我能感觉到一旁的悠悠身体紧绷起来。

仓卖似乎正为房外树木摇曳的声音分心，脸对着窗户。他正静待风的停歇。我的耳朵虽然没听见风声，但他似乎听见了什么。

接着他开口说道："这里总有一天会被烧毁。我想在那之前放走悠悠。"

他的声音仿佛来自其中一个空荡荡的木盒。

“放走？”

“检阅官总是用自己的标准来决定真相。悠悠不知道什么时候会被他们拘禁，因此我才放走她。”

“可是……你没想到这么做她一定会被检阅官追捕吗？”

“关于这点，我的确不得不承认是我太轻忽了。你可能也知道了，从本土来到海墟的检阅官就只有两个人。我看准在他们掌握到卡利雍馆所有居民之前放走悠悠就不会有事。我猜只要使用水底道路，他们就不会注意到海墟少了一个人。只不过面对检阅官还期待他们调查不周是我的失误。他们一开始就掌握到这里的居民人数。”

“既然如此，你可以直接跟悠悠解释啊？你什么解释也不说，什么盘缠也不给，就要把人家赶出去太过分了。”

“你说得对，但我当时没时间了。我必须让悠悠趁着还能步行出海的时间内出发，没空向她说明一切。我判断不让悠悠得知任何情报还比较好，有时候不知是种福气。检阅官再神通广大，也没办法跟什么都不知道的人套出任何情报。”

“但就因为这样，她可是一直……”

“我很抱歉。”仓卖低头致歉，“是我疏忽了。悠悠，我原本以为你在本土也能顺利生活下去，因为你在几年前还是本土的居民。但或许你太习惯这里的生活了。”

仓卖真诚的态度，看起来让悠悠终于解除了紧绷。

但不安仍然没从她脸上消失。

"有必要冒着危险让悠悠逃走吗？"

"什么意思？"

"如果你的目的是想避免波及她，她不是更应该低调地待在宅邸里安分点吗？"

"我想尽可能不留下悠悠在这里待过的纪录。我想让她远离检阅局的目光范围。"

"为什么要做到这程度……难道她做错什么了？"

"她会唱歌。"

仓卖压低声音回答我。我想起了悠悠悦耳的歌声。

"会唱歌是这么严重的问题吗？"

"是。你不可能没听说检阅局正在加强对音乐的规制。悠悠会唱很多歌曲。当然只要她不开口，检阅官就不会知道。但她懂的太多了。现在的她就形同八音盒，我就是放不下心。我觉得当所有的音乐被禁止的时候，她的存在可能也会被禁止。"

"……什么意思？"

"我从头开始解释吧。"仓卖轻描淡写地讲述起悠悠的过去，"她在五岁时因天灾失去双亲，被送进孤儿院。这个时代有许多因为天灾失去父母的孤儿。对，克里斯，就跟你一样。她跟家人一起被洪水冲走，但她漂到高台，幸运地捡回一命。然而她在当时失去右手，头发从那天起一夜变白。我想她应该受到了非常大的惊吓，不仅失去说话能力，也认不得文字了。她几乎没有以前的记忆。"

悠悠配合仓卖的说明点头。

真是凄惨的经历。虽然对我这个跟她一样以孤儿身份讨生活的人来说，这种经历其实比比皆是，只不过她那惨绝人寰的体验，想必依然对她的身体与幼小的心灵造成了伤痕。

"在四年前左右，我在寻找能在这栋宅邸工作的佣人。这过程中我找到的人，就是当时十岁的悠悠。卡利雍馆制造的八音盒曾捐赠给她待的孤儿院，她完美记忆了八音盒的曲调，并且能唱出来。我问悠悠喜不喜欢八音盒，她开开心心地点点头。于是我决定要让她在这栋宅邸工作。"

悠悠从十岁起就在这里当佣人。她会去打水，应该是其中一项工作。这么说来她穿着的衣服，看起来也有几分像女仆风的围裙。

"悠悠在工作之余喜欢聆听八音盒。她把听过的音乐全都记起来了。最重要的是她拥有美妙的声音。这或许是她通过失去言语换来的上天赠礼。随着岁月流逝，现在的悠悠成了比八音盒这种机械还要优秀的少女八音盒。"

"少女八音盒？"

"没错，悠悠是活生生的八音盒。我们制作的八音盒顶多只能演奏几首曲子，她却能演唱无限多首。她只要听过乐曲，就能用美妙的歌声演唱出来。平凡的音筒与木盒可办不到。或许悠悠才是无人得以打造的极致八音盒。"

仓卖一脸冷静地，语气中却洋溢着热情。他的模样让我有点坐立不安。

"她的才能非常优异。但正因如此，我开始害怕她总有一天会被检阅官逮捕。此时检阅官出现了。我觉得这一天就是我的想象化为现实的日子。所以我判断应该尽快让悠悠从这里逃出去……"

"可是……即使如此，把悠悠从宅邸赶出去还是太残忍了。"

"检阅官现在都还会关注音乐家的动向，检阅局有一天一定会正式出动。音乐是能昭显我们自由的最后堡垒。而八音盒将会左右我们是自由还是得服从。争议将会围绕在八音盒究竟只是机械装置，还是演奏乐器……届时悠悠的存在意义也会遭到质疑。"

在多舛的命运作怪下，悠悠的确可以说是处于该从世上削除还是可以留存的灰色地带。

但她绝不是八音盒。她是个十四岁的女孩。到底是谁想否定她的存在？

而她又有什么罪过？

"仓卖先生你刚才说过，这里总有一天会被烧毁。这是为什么？"

"因为这里有他们禁止的东西。"

"是音乐，还是书籍？"

仓卖纹风不动，没有回答。

"还是……戈捷特？"

"原来如此。你也是我们这边的人啊。"

他这句"我们这边"，在我耳里听来很不吉利。

"少年检阅官仅在案件与戈捷特扯上边时才会出动。戈捷特应该在这屋子某处。仓卖先生你不清楚吗？"

"就算我清楚，你觉得我会供出来吗？"

"你会，如果你真的为悠悠着想的话。"我斗胆倾吐想法，"他们现在怀疑悠悠带着戈捷特逃跑，因为她瞒着检阅官逃到本土。虽然现在悠悠的处分暂缓了，要是找不到关键的戈捷特，她就得背负所有的嫌疑。这样你也无所谓吗？"

"悠悠可没偷'冰'的戈捷特。"仓卖断言。

"那戈捷特在哪里？"

"我不知道。"

"真的吗？"

仓卖点头。

他八成在说谎。

但他大概也不会告诉我戈捷特的所在处。

如果是江野，是否能更高明地套出情报？

反正我套不出来。

"你想要戈捷特吗？"仓卖问我。

"……不。"我轻轻摇头，"但我想了解内容。"

"了解了又要做什么？"

"我要写作。"

"写作？"

"我旅行的目的就是要成为推理作家。"

我说完以后，仓卖开始发出干笑声。我跟悠悠都愣在原地，望着仓卖。

"这样啊，原来是这样啊。命运还真是可怕。你是从哪里听说戈捷特这玩意的？"

"我父亲给我的遗物就是戈捷特。"

"哦，是什么？"

我把项链上缠绕的围巾松开，拿给仓卖看。围巾是用来蒙蔽检阅官的道具。我要是把戈捷特拿给仓卖看，他大概也比较容易松口谈论秘密。我鼓起勇气做出这个赌注。

仓卖站起身，驼着腰靠近我，随后悠悠哉哉地注视起戈捷特。

"太棒了。光泽真美。"

他一脸满足地直点头，接着漫步回到原本的位置。随后他把工作桌上的小盒子拿起来，上紧盒子侧边的发条。他轻柔地打开盒盖，悦耳的曲调便开始弹奏起来。

"你知道八音盒的优点是什么吗？"

"我不清楚。"

"这首曲子叫做《月光》。好几百年前写出的名曲，只要像这样打开盖子就能欣赏。不需要其他的道具。不需要乐谱、乐器，也不需要乐师。无论何时，任何人都能欣赏那首曲子。八音盒不单只是会演奏音乐的盒子，八音盒本身就是音乐。"

他慢条斯理地说完，接着盖上盒盖。

"我的梦想是将这世上所有的乐曲都做成八音盒。我为了这个梦想召集工匠，投入资金。但这个梦想已无法实现。有许多乐谱我实在弄不到手，也有许多乐曲早已失传。我该做的事不是搜罗乐曲。哪怕是只有一个，我也要为后世留下优质的八音盒。这才是我的使命。"

"你是指悠悠吗？"

"或许是，或许不是。"

"悠悠她……"我感觉自己被耍了，"悠悠在仓卖先生的心中，到底是什么地位？"

仓卖没应声。

"再这样下去，悠悠会被检阅局带走。"

"用不着担心。只要待在这座海墟里，检阅官就跟我们一样，不过是受困的人。在某日终将到来的末日之前，我们全都是平等的。悠悠也不再需要逃跑。"

"不再需要逃跑？"我重复仓卖的话语，"悠悠可以待在这里了吗？"

"是啊。既然都弄到这个地步了，她已经没有离开卡利雍馆的理由了。在这个地方走向破灭之前，悠悠可以像以前那样生活。"

悠悠就这么轻而易举地夺回了她的容身之处。

但我无法单纯为她感到高兴。我们的问题丝毫没有解决。夺回了一个被预言终将再度失去的容身之处，到底有什么意义？

我牵起悠悠的手，继续跟仓卖说下去也不会有任何进展。悠悠乖巧地跟着我离开房间。

"你让我见到了一个好东西，我很喜欢你。异国的少年啊，要是有什么问题再来找我吧。"

仓卖笑嘻嘻地说。

我逃也似的关上门。

江野与美雨在走廊等待。

江野见到我们混乱无比的表情微微地耸肩，仿佛一开始就知道会是这种结果。

"他不肯告诉我戈捷特的所在处。"我悄悄告诉江野，"但是仓卖先生似乎在隐瞒什么。他知道我们在找的是'冰'的戈捷特。"

"这就够了。"

"抱歉……我没帮上多少忙。"

"我打从一开始就没期待过。"江野不怀恶意地说。

"不好意思打扰你们交谈。"美雨从旁插话，"你知道为什么悠悠会被扫地出门了吗？"

"他说……是怕悠悠被检阅官逮捕才放走她的。"

"为什么悠悠可能会被逮捕？悠悠没做什么坏事吧？"

"这是因为悠悠会唱很多歌。"

"啊……原来如此。因为她可能会触犯音乐方面的规制啊。"美雨暂且信服了仓卖的理由，"所以悠悠可以继续待在这里喽？"

"对。"

"太好了呢，悠悠。"

美雨兴高采烈地拍拍悠悠的肩膀。悠悠顺着她露出笑容，表情却是五味杂陈。

"那我可以带悠悠回房间了吗？我想帮她换衣服。"美雨说。

"麻烦你了。我看最好顺便让悠悠休息一下。她今天早上应该也没休息够。"

我们走下楼梯，移动到一楼。

"你们还不想回去吗？"

"对，我们还需要调查一些事。"

"这样啊……那你们先去前面的接待室打发时间吧。"

美雨说完以后，就带着悠悠消失在走廊深处。悠悠的房间似乎在餐厅附近。虽然与她分离令我感到不安，但我跟上去也没用。只能等她回来了。

"江野，接下来该怎么办？"

"目的没有改变。继续寻找戈捷特。"

"你有眉目了吗？"

"没有。"

"那我们得快点行动……不过又该从哪里找起才好呢？去问仓卖先生，他也不会告诉我们。明明戈捷特一定就藏在某个地方。"

"不用心急。"江野望向窗外，"这个天气没人逃得了。戈捷特当然也一样。"

江野边说边打开接待室的门。我们一起进入接待室。

苔绿色的沙发环绕着巨大的暖炉排列。暖炉里头添了新的木柴，看来不是单纯的装饰品，而是实际具有暖气功用的设备。

沙发上坐着刚刚引领我们入内的有里，他旁边坐着一名身材魁梧的壮汉。这个人也是八音盒工匠的一员吗？我们一进入房内，他们便停止交谈，同时朝我们看过来。

气氛很尴尬。

"你们来做什么？"

壮汉眯起眼睛盯着江野。

江野没搭理他，穿过室内，在窗边放下自己的皮制手提箱，用皮箱取代椅子坐下。我蹑手蹑脚地躲在他旁边。

"你倒是回话啊，少年检阅官刈手先生！"

"矢神兄你别这样，跟检阅官这样说话太放肆了。他虽然是孩子，却也是堂堂的执法人员……你最好别逞一时口快。而且他不是刈手，他是新来的检阅官。"

"啥？"他紧紧盯着江野看，"穿一样的衣服，谁分得出来。喂，你听不听得到啊？"

他大吼大叫着，声音回荡在房内。

"矢神兄，你冷静点。"有里安抚男子。

那名壮汉似乎叫矢神。比起细腻的工序，他看起来更擅长切割原料木材的体力活。头上缠成头巾模样的毛巾，也强化了这种印象。他的眼神不太友善，恶狠狠地盯着我们看。

"你不管说什么他们都听不进去啦。一开始来的检阅官不也是这样？"

有里用嘻皮笑脸的语气如此说道。他对检阅官的敬畏大概只是做做样子。

"对了，悠悠呢？你们不是一起行动吗？"有里对着我询问。

"她回自己房间了。"我答道。矢神一直瞪着我，为了逃离他的视线，我移动到房间的角落。

"我打从一开始就讨厌那个叫悠悠的小鬼。我才不管馆主喜不喜欢她，一个话都不会讲的小鬼在这里打转看了就讨厌……那家伙是这次骚动的元凶吧？检阅官，你说明一下啊。我们这座宅邸直到前天为止都很平静，现在变这么吵闹的原因是什么？我们真的被你们搞到都要精神崩溃了。严重到很可能会视情况采取暴力手段驱逐咧。"

矢神身体前倾仿佛准备动手，将身子正对着江野。不用说，江野只是冷冷地回看他们，始终维持缄默。我无可奈何只好简单说明了至今为止的一连串过程，而我当然没提起戈捷特的事。

在我结束说明时，美雨正好开门入内。但悠悠没跟在她身边。

"嗯？悠悠呢？"有里问。

"她在房间睡觉呢。"美雨答完话便在沙发上坐下，"所以你们到底想做什么？"

"搜查。我在找必须处置掉的东西。"江野简短地回应。

"要我说的话，我才随时都想把你们从这里处理掉咧。"矢神站起身子挥舞着拳头走向我们。我缩起头护着身子。但对孩子出手似乎还是让他感到迟疑，他便毫无意义地捶起坐在一旁的有里的头。

"矢神兄，你在做什么呀？"

"我无法饶恕他们的蛮横。我就是看不惯检阅局的控制，才会跑来这种海墟住。"

"别管他们就好了。"有里边搔头边说，"比起反抗，乖乖听话更能让他们早点打道回府。另一组人马现在不就只会窝在房里什么也不做吗？"

"这样会让我分心，根本无法工作。"

工作应该是指制作八音盒吧。处在这个被检阅官监视的状况，的确是令人坐立难安。

"对了，能不能通过你去劝说，叫检阅官回去？"美雨温柔地向我询问，"告诉他们再怎么找，也不可能找到他们想要的东西。"

"我说了他们也不会听。"

"是哦？"美雨失望地翻了个白眼看着我。

"不过各位对可能违法的物品，是真的完全不知情吗？"我随口询问。

气氛一瞬间僵硬起来。美雨理直气壮地点头，但有里与矢神两人先是偷瞧了江野一眼，才对我怒吼"废话"。

原本怒火中烧的矢神转瞬间颓丧起来，当场瘫坐。他将身体靠在沙发背上，别过脸跟我们呕气。

有里从那件称为作务衣的和服怀中拿出烟斗，点燃烟草。

"我是听说过有个年代乐谱还可以拿去黑市交易，但制作八音盒算得上是什么罪？我们只是单纯在打造八音盒。你倒是说说看这有什么不对？难道说检阅局终于要全面查禁音乐了吗？"

有里酸溜溜地冲着江野放话。江野瞥了他一眼，又默默地转回视线。

"不好意思……这问题可能没什么礼貌。"我战战兢兢地先打过预防针再询问，"为什么各位要制作八音盒？"

"当然是为了把音乐留在这个世上喽。"美雨立刻回答，"小时候我失去了父母与朋友，唯一拯救了我孤独的，就是音乐。只不过我说的音乐不是八音盒，而是孤儿院里的黑胶唱盘。唱片只有一张。我反复地听来听去，听到唱片都要磨损了。曲名我不记得了。唱片上好像写着一些字，但我看不懂。我想过现在做这么多八音盒，说不定哪一天可以重现那首曲子，但果然没有乐谱还是免谈。我音感不太好，没办法像悠悠那样听过就能模仿。但就算没有才能，我也能通过制作八音盒来制作音乐。这不是很厉害吗？我想为了像我一样，在世界的一角孤单寂寞的孩子留下八音盒。"美雨一脸陶醉地解释。

"美雨你还是老样子爱做梦。"有里有些傻眼，"我是喜欢八音盒精简的机关。我才不管音乐呢。我只是受到会自动发出乐声的机关吸引罢了。"

有里吞吐着烟斗的烟起身，打开暖炉旁放置的橱柜的门。橱柜的玻璃窗里设置着外型恍若钟面的圆盘。圆盘上没有数字，取而代之打了无数的小孔。

"这可不是单纯的家具。这叫盘片式八音盒。"

"盘片？"

"八音盒粗分为两种类型。一种是滚筒式八音盒，是靠黄铜制的音筒旋转产生声音的普通八音盒。音筒的突刺会直接弹奏像钢琴按键那样并排的铁制音梳。而这种盘片式八音盒使用了圆盘状的盘片来取代音筒，动力与构造虽然与滚筒式八音盒相同，发声的机制却不同。滚筒式是靠突刺直接敲击音梳，但盘片式是靠圆盘上打的孔去触动称为星形轮的星形齿轮，再让星形轮敲击音梳。通过间接敲击音梳而非直接以突刺敲击，这种八音盒可以发出比滚筒式更厚重的音色。再加上使用轻薄的盘片这点，还可以替换盘片来演奏。所以这玩意跟唱片还比较接近。"

有里自豪地向我们介绍展示。他不亦乐乎解说着八音盒。

美雨接着他的话继续解说："盘片式八音盒也可以说是唱片的原型。但现在唱片因为同时也能记录音乐以外的很多东西，不是会触犯检阅吗？所以才会衰退。在这点上，八音盒就不用担心。"

看来他们多少也是怀着作为八音盒工匠的荣誉感来面对工作。既然都心怀栖身于这座海墟的觉悟在这里当工匠，这股荣誉感想来不是外人有资格说三道四的半调子热情。

"无聊。"矢神一句话就否定了他们的荣誉感开骂起来，"你们就是这副德行，才会永远都只做得出便宜的八音盒啦。"

矢神一股脑宣泄完毕，有里与美雨却没搭理他。矢神这个男人大概总是这个腔调吧。我虽然也想问他为什么要制作八音盒，但感觉问了他又要生气就算了。

看看墙上的时钟，正指向十点。现在甚至还没中午。从天亮前就开始行动，一天感觉特别长。

"喂，差不多该回工作室了。"矢神起身，戳了一下有里的头。有里叼着烟斗，跟在矢神身后离开房间。

接待室除了我与江野以外，只剩下美雨。

"我问你。"美雨突然压低声音向我搭话，"你们真正的目的是什么？"

"咦？目的？"

见到我一头雾水，美雨将身子凑得紧紧地，嗲着嗓子开口。

"你们是不是根本没打算搜查啊？"

"为什么你会这么想？"

"另一个小孩检阅官来到这里以后一直窝在房里……他为什么没有马上去找书？"

"据说这是他的搜查方针。"

"你们是不是其实想把我们从这里赶出去？"

"咦？什么意思？"

"我在想检阅局会不会想抢走这座海墟与卡利雍馆。连那个女性检阅官也都清清楚楚地说过，今后暂时要我们乖乖听话。"

女性检阅官应该是指刈手的随从，那名叫做伊武的检阅官吧。

"检阅局抢走海墟要做什么？"

"你问我我问谁啊。去问问那边的男生吧？"

"什么情况，江野？"

"不知道。"江野摇头，"我也不懂刈手在想什么。"

"他这么说。"

"伤脑筋。我能待的地方只剩这里了。就算跑去本土，从海墟来的人肯定会遭受白眼。只不过我有五年没回本土了，不知道那里现在变成什么样子。这里也收不到广播，完全接收不到外界情报。本土的人说过我们什么闲话吗？"

"没什么特别的……"我突然想起来，"对了，本土似乎有个传闻，说年轻女子去了海墟再也没回来。"

我不小心脱口而出，自觉大事不妙。我居然泄露了搜查情报，不过江野看起来不太在意。

"年轻女子？是说我吗？"

"这……我不知道。"

"我也还很年轻哦。今年才……我是几岁来着？待在这里都忘了年龄。反正据我所知，几乎没什么年轻女子来到这里。来的年轻女子也不过就悠悠，或是悠悠之前的佣人。"

"在悠悠小姐之前也有佣人吗？"

"有，但听说约满就回本土了，接替她的人就是悠悠。差不多是在四年前吧，馆主说他是在孤儿院找到她的。在悠悠之前的佣人好像流动性很大。"

"那女人失踪的传闻，其实只是女人们来这里帮佣而已吗？"

"可能吧。应该只是本土的人很怕海墟，才会传这种子虚乌有的传闻吧？"美雨笑着说，"啊，但这座海墟也流传着有点恐怖的传说。搞不好就是这个传说在口耳相传时被扭曲了。"

"恐怖的传说？"

"要不要听？"美雨装模作样地板起脸凑近我，"搞不好晚上会睡不着哦。"

"这、这么可怕？"

"这个嘛，至少会吓到晚上不敢一个人外出吧。"

"那我还是别听好了。"

"不行，我已经转换成想讲的心情了。快过来，别老是躲在那种地方，过来这里坐啊。"

在美雨的催促下，我无可奈何地在她对面的沙发坐下。

"你们来到这里的期间，去四周查看过了吗？"

"没有，我们是直接过来的。"

"这样啊。不过你们也见到这里有许多废墟了吧？"

"是啊。但论废墟，本土也不少……"

"大概是因为地壳变化的关系，这里的废墟就像发生过大地震似的，有许多建筑物崩塌或横倒。不知道这景象是什么时候形成的，但因为这个原因，定居在废屋里非常困难。淡水的存量也不多。"

"但听说这里有蓄水池。"

"是吗？总之先撇开这个不管，据说这座海墟偶尔会出现不可能存在的人影，有人的气息。"

"这意思是果然有人住在海墟里吗？"

"不，这不可能。要是有人住在海墟里，绝对会留下生活的痕迹。假如真的有人在这里野外求生，为什么都不肯出现在我们面前？一般来说不是应该会找我们索取食材，或是求我们收留他一起住吗？跟我们签约的商船大叔也说，至少在这座海墟里他只跟我们做过交易。"

"或许他可能有不能抛头露面的苦衷。比如他极端厌恶人群，对孤独的生活甘之如饴。"也可能他是犯罪者或逃犯。

"不，首先要瞒着我们生活就是不可能的。我们会去山上找八音盒的材料，也会去废墟。没有人在这里生活能瞒过我们的目光。我来到这里五年，从来都没见过其他居民。"

"但你刚才不是说见到人影……"

"那不是人影啦。"

"不是人影？"

"这栋卡利雍馆有那个。"

"那个是哪个？"

"就是幽灵！"美雨刻意拉高音量回答，"我也见过一次。晚上睡觉时我刚好翻身，不经意看了一眼窗外，结果有个黑色的人影从外头盯着我看！他大概也发现我在看他，一溜烟就消失了。可是仔细一想，我房间可是在三楼呀。"

"真、真的吗？"

"我没骗你。除了我以外还有别人见过，像是悠悠前任的女孩。那女孩跟我说过很可怕的故事。据说以前这栋卡利雍馆住过一名疯狂的八音盒工匠，那个男人看上了住在这里的大小姐，缠着她不放。

然而大小姐还是不肯理睬他，所以男人杀了大小姐。那天晚上男人一刀刀切开大小姐的身体，把她肢解了。他之所以这么做，是想用大小姐的骨骸、头发与皮肤等部位，制造用人类当材料的八音盒！这座宅邸有许多八音盒，有些八音盒已经不知道是谁制作的了。听说这些八音盒里头，也包含用大小姐的尸体做的那个。"

"用尸体当材料的八音盒？"

"没错。然后男人就从宅邸失踪了，他最后成了为寻求八音盒材料而漫步的幽灵，开始在卡利雍馆附近徘徊。"

"真的是幽灵吗？会不会是杀害大小姐的人，至今也还住在废墟里？"

"所以我都跟你说了，卡利雍馆以外的地方都住不了人。而且那是很久以前的事了。他怎么可能避开我们的视线隐居十年以上。"

"但他未必一定是住在外面吧？"

"什么意思？"

"那个人躲在卡利雍馆某个地方住下来……"

听见我这么说，美雨双眼圆睁说不出话来。她的脸色旋即发白。过了一阵子，仿佛要消解恐惧似的大笑起来。

"怎、怎么可能？真讨厌，海墟里的某个地方就算了，你居然说他躲在卡利雍馆里……"

"但这里房间看起来挺多的。"

"才不会，绝对不会。"

美雨嘴上拼命否认，表情看起来却有点心虚。至今未曾考虑过的新可能性似乎让她相当恐惧。

但就现实层面来说，陌生的第三者应该很难居住十年以上从来没被居民目击过。就算有人暗中帮忙也一样……

历经漫长的沉默后，她开口说道："喂，我今天不敢一个人睡了，你要怎么补偿我？你会负责吗？"

"我、我才不要。"

"先喊怕的人不是你吗？"

"但先开启话题的人不是美雨小姐你吗？"

"你给我负责就对了！"

"请你行行好！"

她作势要拉住我的手臂，于是我逃离沙发。

不过美雨说的怪谈的确也可能经过加油添醋，在本土传成奇特的传闻。实际上消失的女人们应该都是来这里帮佣。

但这个故事还真是不吉利，卡利雍馆可能真的隐藏着什么秘密。

"这个故事还有谁知道？"江野冷不防开口。

追着我跑的美雨停下脚步，歪起头回想。"我不确定……我自己转述过的对象就有里哥跟悠悠吧。我没听过其他人讲这件事。"

"这样啊。"江野点点头，将手架在窗框上拖着腮。

"我说你们啊。"美雨正想说些什么，她身后的门就突然打开。刚刚才离开的矢神回来了。他巨大的身体塞住门口，在房间张望一圈，皱起了脸。

"矢神先生，怎么了？"美雨询问。

"没什么，我只是在看牧野在不在。他跟我借的工具，我想找他拿回来，但他不在房间。找遍了整间房子，连他的声音都没听到。"

他口中的牧野应该也是八音盒工匠中的一员。

"这么说来我从今天早上就没见到他。"

"他也不在厕所或澡堂。我还以为他在这里偷懒……"

"那我如果见到他，会跟他说矢神哥在找他。"

"麻烦你了。"矢神俯视美雨，"对了，你还不回工作室吗？"

"我要先回自己的房间再弄一下。"

"这样啊。"

就在矢神正要离开接待室的同时，有里回来了。

"喂，你有没有看到牧野那小子？"

"没，我没看到。"有里咧嘴一笑，抚摸着他的胡须，"搞不好那家伙跟悠悠一样，逃到海墟外头了。谁叫那家伙很胆小嘛。"

"怎么可能……"

此时，门开启了。

出现在门后的人，是换上平常那身黑衣的悠悠。那套服装在卡利雍馆似乎是佣人穿的制服。裙摆没有破损也没有脏污。我的毯子看来是被她留在房间里了。

"悠悠，你睡久一点没关系的。"美雨边说边赶到悠悠身边。

"喂，帮佣的。你有没有见到牧野？"

悠悠一摇头，矢神就喷了一声望向时钟。他的不耐烦让空气都紧绷了起来。

"啊！"有里突然高声大叫。我们大吃一惊地朝他的方向看去。

"你搞什么鬼，怎么突然大叫？"矢神责备道。

"我想到了，那个包！"

有里跑到接待室的角落。那里放着我们在海滩发现的旅行箱。有里从我们手上接过箱子后，大概就把它搁在那边。

"这不就是牧野的箱子吗？"

"对，我也总觉得好像看过……箱子又怎么了？"矢神架起手臂，瞪着有里。

"那些少年说他们在海边捡到这个。"

"海边？为什么会在海边捡到？"

"会不会那家伙真的想逃到海墟外？"有里赶紧打开箱子探看，"你看，是换洗衣物。然后还有八音盒。妈的，这家伙专挑可以卖个好价钱的货色。他大概是想逃到本土以后卖掉八音盒，充作逃亡资金吧？"

"那他怎么会让皮箱掉进海里？"

"就是因为逃跑失败了呗。他可能快被检阅官发现了，就丢下皮箱暂且藏身在海墟某处。"

"丢下皮箱有意义吗？"

"皮箱太碍事，他情急之下就……"

"但我可不认为牧野那小子到现在还有胆离开海墟。说起来他又要怎么渡海？那家伙可没有船。"

"牧野先生会不会跟悠悠一样，打算走水底道路？"

"水底道路？那是啥？"

矢神一脸疑惑，于是美雨跟有里向他解释起来，现学现卖我对他们的说明。

"水底道路能走的时间，只有悠悠离开海墟的前天晚上。"我说，"那位牧野先生是什么时候失踪的？"

"至少他昨天晚上还在。"有里回答。

"那我想他应该没办法徒步走完水底道路。"

"也就是说他大概是走到一半就碰上涨潮，在走完全程之前就溺水了吧。"

"但说起来牧野先生知不知道水底道路的存在啊？"我若无其事地询问，美雨等人就不说话了。知道水底道路的人果然只有仓卖。

"我没听牧野提过类似的事。但他搞不好偶然发现，就决定要走这条路。"矢神反驳。

"很难想象有人会靠不熟悉的路来策划逃亡。"江野仍在窗边托腮说道，"倒是考虑他有了渡海的手段比较自然。"

"什么手段？"

"检阅官的船。"

听到这句话，矢神的脸有些扭曲起来。

"你的意思是牧野想偷检阅官的船逃走？"

"牧野这个人大概见到了刈手他们搭过来的船。而且他发现这是不需要钥匙就能发动的，便起了心思要将它运用在逃脱上。"

"那他为什么要丢下皮箱逃走？"听见我的疑问，江野缓缓左右摆动脑袋。

"与其说是他自己丢的，更可能是他碰上了什么问题，不得不脱手。"

"碰上了问题？"

卡利雍馆的居民们纷纷面面相觑。

"是不是该去海边确认一下状况？"我自言自语完，将脸转向江野。"要是船不见可就麻烦了……还是去调查看看吧。"

"有道理。"

我与江野离开接待室。只有悠悠跟在我们后头离开。

我们首先前往二楼刈手的房间，外出必须经过刈手同意。

刈手依然瘫坐在地上，他在椅面上排放机器的零件把玩起来。椅子在他眼中也能充当桌子。他着迷于眼前的工作，对我们不太关心。

"前辈，欢迎你来。要是有什么问题，还请向我报告。"

他的视线或许过滤了我与悠悠的身影。他提出让伊武同行的条件，爽快同意我们外出。我、悠悠与江野，还有女性检阅官伊武四个人离开了卡利雍馆。

悠悠熟知通往栈桥的道路，她领着我们走入泥泞的森林。她想走最短距离抵达海边，混杂着雪的泥巴让道路窒碍难行。

"悠悠，你还好吗？"

悠悠点点头，踏着轻快的脚步在前方迈进。

看起来不太好的人其实是伊武。她穿着低跟女鞋，上头已沾满烂泥。但她不愧是检察官，完全没有任何抱怨。检察官实在刻苦耐劳。我想他们心中多多少少都怀着掌控这时代的自负。

"你还好吗？"

"不用你管，快前进。"伊武作势驱赶我。

穿越森林后，眼前一片开阔。

低缓的下坡底端能见到海岸线。这里到海的距离，比我们登陆时走的路短上许多。海面如今呈现一片灰色，起伏的波涛激烈得令人备感威胁。

木造的栈桥从潮线往沙滩的方向延伸。作为接待渡海而来的访客地点来说并不太可靠。我想这座栈桥根本没有迎接大型船只的经验，好一座孤单寂寞的栈桥。

"没看到船。"伊武故作镇定说道。

放眼望去栈桥上没有船影。

"果然！是那个叫牧野的人偷走了。"我兴奋地说。

"必须向刘手大人报告这件事。"

"呜！"就在伊武开口时，悠悠突然叫出声来。

她脸色铁青指着半空中，指尖的方向竖立着钢骨灯塔。

栈桥的右手边屹立着一座陡峭的悬崖，灯塔就在悬崖的尖端。登陆前我们隐约见到的景象应该就是这灯塔。这座塔的外型与灯塔这称呼给人的印象不太一样，要比喻的话还更像支撑输电线路的铁塔。说不定这座塔就是将原本的电塔改造而成。

悠悠指向灯塔的指尖在颤抖。

"怎么了？"

我沿着她的视线眺望灯塔。

灯塔是以四根粗钢骨为支柱的四角椎。它没有尖顶，不知道是崩塌了还是原本就这副模样。从侧面看来也可以说是巨大的梯形。高度最多五米。钢骨多半生锈变成暗红色，上方有些梁中间还弯曲了。灯塔看起来随时会倒塌。

抬头一看，高约三米处能见到钢板搭起的落脚处。看来是要让使用者爬上去进行照明操作等事宜，正下方的梯子可以通往这块区域。

落脚处附近竖立的钢骨中间凸出一根，微微朝我们的方向歪斜，像一把生锈的剑似的将尖端指向天空。

这根弯曲的钢骨上挂着一名被刺穿的男性。

乍看之下男性就像是以正面向上的姿势睡着了。然而刺穿他腹部的那根钢骨就像一根在空中钉住他的大头针，让他浮在半空，呈现显而易见的不自然状态。他毋庸置疑已断了气。

"呜呜……"悠悠捂着嘴哀号。

"那是卡利雍馆的居民牧野。"伊武判断道。

"他怎么会挂在那里……"

我们奔向灯塔。

四周还残留着薄薄积雪。雪地没有凌乱的迹象，也见不到类似脚印的东西。

我们来到灯塔底下，眼前设置了一个跟我差不多高的大型橱柜，门呈现开启状态。往内部一看，里头收纳了配电盘与发电机。空间勉强可以塞进一个人，但现在当然没人塞在里头。

环视四周，钢骨支柱的周围散落着鲜红的血迹。大概是从半空的尸体滴落而下。

江野将自己的手提箱扔在脚边打开盖子，挖洞似的在皮箱中摸索起来。他的物品散落一地，才终于找到笔灯。

江野打开笔灯搜索橱柜内部。他弯着身子将上半身钻进里头，找起东西来。

我仰望起尸体。

由于天灾，我对尸体早已见怪不怪，然而牧野的死状却更加诡异。他到底经历了何种不幸，才会落到被灯塔的钢骨刺穿的下场？

攀上落脚处的梯子在橱柜旁边。要是牧野是遭人杀害，凶手应该很难背着他的尸体爬上去。就算凶手办得到，能不能将尸体挂上钢骨又是个问题。

还是说是牧野自己爬上去，让自己的身体被钢骨贯穿？

在成年男性中，牧野身形算娇小。只不过要扛起他仍需要花点力气，这并非轻松的差事。

江野离开橱柜，手搭上梯子矫捷地向上爬。转眼间他已来到头顶上。那里空间相当空旷，他没问题吗？我担忧起来，跟着江野爬上梯子。

强风自海洋吹拂而来，直冲着崖壁的风自下而上灌入。

"你来做什么？"江野回过头来询问。

"你独自上来，我放不下心。"

"你来得正好，这里比我预期得还可怕。"江野面不改色说道。

铁板搭的落脚处只有两米见方大，灯塔又位处悬崖上，手上要是不抓着什么东西感觉很不稳固。若是掉以轻心，被风吹落灯塔也不奇怪。

灯塔周遭几乎都是耸立的绝壁，一个不小心就会掉到悬崖下方的海里。粗估到海面的高度大约有十米以上。往下方一望，能见到汹涌的浪涛阵阵拍打着崖壁。

悬崖底下正好可以见到栈桥。

尸体就挂在面海的钢骨上。（参照图1）落脚处以上的每根钢骨都严重锈蚀，破损得非常厉害。不仅如此，落脚处的铁板本身也坑坑洞洞，我们仿佛随时都会坠落地面。

铁板上没有残留我们以外的脚印，或许是架在头上的钢骨挡下了落雪，落脚处只积了薄薄一层顶多盖住表面的雪。

江野靠近尸体用笔灯照射，调查起来。

"他果然……死掉了吗？"

"那当然了。"江野面无表情地继续观察，"从尸体的状况来判断，死亡后大约过了八到十个小时，很可能是在昨天晚上死亡。

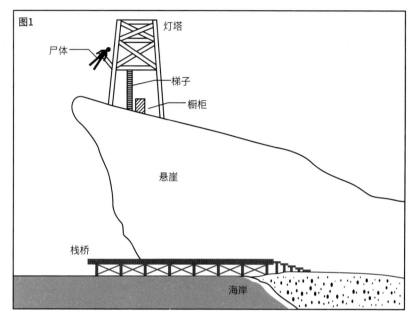

图1

灯塔

尸体

梯子

橱柜

悬崖

栈桥

海岸

而他从小腿到鞋子之间几乎都结冻了，大概不只是受到雪的影响。"

"是因为他生前试图走进海里吗？"

牧野会不会是在上船时不小心弄湿了腿？但如果他想偷检阅官的船，只需要从栈桥搭上船就好，水不太可能会浸到膝头。或许还有其他的理由吧。

"克里斯——"

我在江野的呼唤下回过头，正好见到他朝尸体伸出手臂，手钻进上衣的口袋中。不知道他发现了什么，他拉出一个白色团状物体。

"那是什么？"我大声询问，以免被风声盖过。

"是书本的其中一页。"

江野的指尖摊开了团状物。那是张被揉成一团的纸。即使江野告诉我这团物体是书籍的碎片，对书籍十分陌生的我也没能立刻反应过来。

那是张皱巴巴又轻薄的某种物体。上面写着陌生的文字，形状虽然长得像英文，却不是英文。

"这是诗集。标题是《月光海岸》，这页应该是书籍的扉页，没有正文。"

我不是很清楚江野在说什么。那张纸上印着的文字数看起来很少。

无论如何，既然都找到书籍的碎片了，就表示某处藏着原本的书籍。检阅局的考量是正确的。

"他身上没有其他东西了。"

"戈捷特呢？"

"也没有。"

"他身上只有书籍的碎片……但他为什么会带着这种东西？"

江野摇摇头，表示他也不知道。

"你借我看看吧。"我拜托江野。

"不行。规定上一旦查获，就要立刻烧毁。"

"你要烧掉它吗？在此之前还是跟刈手报告一下吧？"

"也对……"

江野将纸张折好塞进自己的口袋里。生平第一次见到的书籍碎片让我感到有些振奋，烧掉太可惜了。

江野将笔灯照向周边的钢骨，大致调查过后告诉我要下去了。

我也跟着他爬下灯塔。

我收好江野丢了一地的文件箱内的物品，将箱子交给他。江野接过文件箱，再次仰望尸体。

靠我们的力量既无法搬下尸体，也不可能将尸体从钢骨拔起来。

"会不会是有人杀了牧野以后偷了船逃走？"

我压低声音询问江野。但江野没什么反应。

起先看起来仿佛是牧野偷了船逃跑。但他死在灯塔上，船却仍然从栈桥上消失了……可能就是卡利雍馆的其中一名居民杀害牧野抢走了船。

"我们回到宅邸清点是否还有其他失踪的人吧。"

听到我的提议，江野点点头。

"走吧，悠悠。我们回去了。"

悠悠痴痴地仰望着灯塔。那一刻她的表情看起来莫名缺乏生气。我第一次见到悠悠露出这种表情。

"悠悠？"

我牵起悠悠的手，她点点头。于是我将她从灯塔强制拉开，众人一起离开了现场。

回到卡利雍馆，刚才在接待室的人都还待在这里。矢神、有里、美雨三人都在。

接待室里还多了一名陌生男子。他的特征是鲜明的双眼皮，穿着与这里格格不入的西装。他的西装自然不同于检阅官，略显老旧缺乏质感。西装虽然是本土男性常见的职场装扮，但在如梦似幻的卡利雍馆里看起来却不太搭调。他不服老地将头发全都往后梳，但外表看来可能已届中年。

或许是因为他们坐的位置，或者是室内的气氛所致，我可以感觉到这个男人是这些人里地位最高的人。

"初次见面您好。"男人彬彬有礼地说。他的态度不像有里那样流里流气，神情举止十分文雅，就像是住在都会里的人会做出的潇洒问候。

"我叫时雨，能认识检阅官是我的荣幸。"他起身依序要与我们握手。我不禁配合他握起手，不过正牌的检阅官江野与伊武没理会他。

"江野大人，我先回房了。事发经过由我来报告。要是有什么事，请到刈手大人的房里。"伊武只说了这句话，便离开接待室。

"唉呀呀，真是冷淡。"时雨叹了口气，坐回沙发上。

"到底发生什么事了？"美雨焦急地询问，"我看大家都一脸铁青……"

"牧野先生在灯塔上不幸丧命了。"我回答。

"不幸丧命？你说他死了？"

"是的。"

"真的假的？"

美雨以怀疑的眼神望着我们。她花了好长一段时间，窥伺我与悠悠的表情。

凝重的沉默还在持续。

他们还不知道该用什么方式接受同伴的死讯。

"然后……检阅官的船不见了。"

"牧野哥果然想偷船吗？"美雨问。

"这我就不知道了。但因为牧野先生死了，我猜也可能是别人开船逃走……"

"你说的别人是指谁？"

被美雨这么一问，我才反应过来。

我环视室内清点卡利雍馆居民的人数。矢神、有里、美雨、时雨——再加上悠悠就有五个人。

卡利雍馆的居民原本包含悠悠共有七个人。

剩下馆主仓卖与死去的牧野。

这样就有七个人了。

扣除牧野，不在场的人只有仓卖。

"请问……"我向在场每个人询问，"仓卖先生现在在哪里？"

"你这是在怀疑什么？"时雨尖锐地说，"我刚刚才跟馆主说过话。"

"啊，没事，别在意。"

我没继续作声。

没有任何居民失踪？

从悠悠与其他居民的反应判断，应该没有除了牧野以外的失踪人物。要是还有除了牧野以外尚未现身的人，现在早该有某个人开口提起了。

没有人从宅邸逃出，但船却不见了。这到底代表什么？

"对了，牧野是怎么死的？该不会是因为昨天太冷冻死了吧？"时雨问道。

"我们不知道原因。只不过……牧野先生的身体刺进了灯塔的钢骨上。"

听了我的回答，时雨似乎想象起那凄惨的景象而为之战栗。他从容的态度也略为崩溃。或许这个人的精神比表面看起来还要脆弱。

"最后见到牧野的人是谁？"江野询问。

卡利雍馆的居民彼此对望交换眼色，迟迟不肯开口。

"昨晚悠悠不在，我们晚餐都自己随便解决，完全没有全部的人聚在一起的机会。"美雨一脸凝重地说。

"最后一个见到他的可能是我。"有里说，"昨天晚上我跟牧野一起待在工作室。但我在晚上八点时一个人回房里了，我不知道牧野后来怎么了。"

在此之后就没有人表示见过牧野了。

"我看牧野那小子就是想从这里逃走，才跑去偷船。但他操纵时出了乱子，从船上被甩下来。皮箱应该也是在那个时候掉下船的吧？在此之后他不知怎地跑上了灯塔，然后滑了一跤就死了……应该就是这样吧。"矢神沉沉地坐在沙发上，疲惫地摇摇头。

"那座灯塔现在还会使用吗？"我问。

"没有。"美雨回答，"听说以前会用来找商船上门，现在完全不使用了。因为商船会在固定的日子过来。那座灯塔应该是在这里被指定为海墟之前就有的设施。没有人帮忙维修，灯塔越来越破烂。那座灯塔很危险，我们也很少靠近。我想牧野哥对灯塔应该也没什么兴趣。"

"这个下场还真适合那个胆小鬼。"矢神亵渎起死者，"逃跑时出意外丧命，还真像是牧野会做的事。"

"对他来说的确不意外。"

时雨也笑着不当一回事。或许他们只能靠这种做法来接受牧野的死亡。

我认为意外丧命也并非不可能的情形。比方说牧野为了某种理由想爬上灯塔的顶端，却一个不稳摔了下来，就在此时倒霉地被钢骨刺穿。

打从一开始就没有人能把牧野扛上灯塔，用钢骨刺穿他的身体。刺穿他身体的钢骨尖端，比落脚处还要高。要把牧野挂在那上面，就必须把他的身体高高地举在头上。这对体格强壮的成年男子来说也不容易。复数的人一起合作的话或许还办得到，但特地将尸体插在那种地方又有什么意义？如果牧野是死于他杀，把他从悬崖上推下去还比较合理。

"死于意外的话，只能说他运气太差了……"美雨喃喃道，"牧野哥说不定是想确认海面情况爬上灯塔，才碰上意外。他也可能跑去灯塔打开灯光，想帮助船航行，结果不小心摔下来。"

"大概就是这样吧。"时雨两手一摊，心服口服地点点头，"真是痛失人才啊，然而我们也帮不上什么忙。回收尸体的任务就交给检阅官，我们就恢复日常生活吧。"

不幸的摔落意外。这就是他们的结论。

我也只能这么想。我甚至觉得我们能像这样讨论他的死状，做出合理的说明已属万幸。要是他在我们看不见的地方用那种方式丧命，又有谁会回顾他的死因？死亡实在不稀奇。

时雨站起身来轻轻拍了两次手，表示这个话题已经结束，想把美雨等人赶回去工作。

江野却打断了他。

"他不是意外身亡。"

我们同时转向江野。

江野将手杖夹在腋下，站在窗边。

"不是意外身亡？"时雨嗤之以鼻地说道，"那么检阅官大人，你说说看是怎么一回事啊？"

"他是被人杀害的。"

"被人……杀害？"美雨歪着头说。

"有人杀了另一个人？哈哈。"时雨像是要敷衍笑话似的摆摆手，"这时代才不会有人做这种事。杀了人又能得到什么好处？"

"尸体的颈部有以绳索状物体拧过的痕迹。他是在被勒毙以后，才被刺在灯塔的钢骨上。"江野云淡风轻地陈述事实。

"什么，竟然是……绞杀？有没有可能是自杀？"我问。

"现场没有绳索。"

"绳索可能被风吹走不见了吧！"美雨随口说道。

"从脖子的痕迹来看，绳索是粗而坚固的物品。恐怕没轻到会被风吹走。"

"那……所以……"

美雨不再作声。

"那我问你，检阅官大人。是谁在什么时候用什么方法出于什么目的，杀了牧野？"

时雨提出了理所当然的问题。用意外摔落就能说明他的死因，但若这是一起杀人案，有太多无法说明的地方了。

"明明过去我们都平安无事，外人一闯进这座海墟，马上就发生了杀人案……我怎么看都觉得可疑的是我们以外的人。"

他一定是在影射刈手等人。

"牧野遇害的原因与这东西相关。"江野从口袋拿出纸片。是书籍的碎片。

时雨脸色大变安静下来。不过他随即转换态度，露出浅笑。"那是什么？"

"是诗集，叫《月光海岸》。牧野身上找到的。"

"原来如此。下说是检阅官，这下我就可以理解了。"时雨以夸大的动作，边比手划脚边说道，"牧野是暗中收藏书籍的违规人士吧，这么一来他被杀也是无可奈何。我也能懂他为什么会拼了老命要逃跑。而他为什么非死不可，我也都知道了。"

"咦，到底是怎么一回事？"我惊讶地询问时雨。

“检阅官只是尽了他们的职责……”

他的意思是检阅官以违反规定的名义处决牧野吗？

“我说得对不对？”

“我们不会杀害搜查对象。”江野露出平常的一贯表情反驳。

“真的吗？哼，既然检阅官大人都这么说了，我想一定是真的吧。既然如此，牧野的死因不就应该是意外或自杀吗？”

“我看他是自杀吧。”矢神说，“大概他觉得自己逃不掉了，于是痛下决心。”

“我们没有其他帮得上忙的地方了。虽然我很遗憾失去了牧野，我们也只能继承他的遗志，做我们能做的工作。”时雨起身，矢神与有里也跟着他站起来，“检阅官大人，你要是调查够了，就请你打道回府吧。对了，我们并不知道牧野触犯了法规。我们真的跟他一点关系都沾不上。”时雨这么说完，便离开了接待室。矢神与有里追在他后头。

留在房内的人只剩美雨与悠悠，还有我和江野。美雨与悠悠在房间的角落互相依偎着。

当江野拿出纸的时候，时雨的脸色明显不对劲。看来他果然知道一些内情。时雨的虚张声势，或许也只是为了隐瞒真相而装模作样。

“告诉我，牧野真的死了吗？是不是你们联合起来骗我们？”

听了美雨这番话，悠悠默默地摇头。美雨仍旧一脸不可置信地蹙起眉头。

"告诉我这里居民的情报。"江野面对美雨询问。

"你要我跟你说什么？"

"说说人际关系与平常的生活。"

"是可以啦，但也没什么好说的。"

"这里最年长的人是时雨吗？"

"扣除馆主的话的确是这样。在这里时雨哥地位最高，其次依序是矢神哥、有里哥与牧野哥。我是资历最浅的人，但可能因为我是女生，似乎很少被排进这个权力金字塔里。幸好我是女生。"

"所有人都是仓卖先生找来的工匠吗？"我问。

"很难说。有些人是馆主挖来的，但也有人跟我一样自愿入馆。至于时雨哥跟矢神哥是哪种情形……我没问过这么久以前的事，并不清楚。"

"平常你们都在这里做什么？"江野提问。

"当然是制作八音盒喽。这可是我们的工作。"

"除此之外呢？"

"自由活动喽。我们并不是按照时间表来活动，也没受到任何人的规范。因为我们都是自愿待在这里的。我常常去废墟寻找材料，不是很清楚平常其他人都在做什么。"

"牧野平常过着什么样的生活？"

"还蛮普通的……啊，不过由于他在男人的圈子里地位特别低，常常被时雨哥与矢神哥使唤。我在旁边看都有点于心不忍，从打点日常杂务到协助八音盒制作都要找他。牧野哥跟我独处时常常抱怨，所以我一直觉得牧野哥总有一天会离开这里。"

"你听他亲口说过要离开海墟吗？"

"不，这倒是没有，但他对我们好像有所隐瞒。我之前就猜想他大概是在策划要偷偷从这里逃出去吧。我有好几次目击他鬼鬼祟祟地外出到废墟的模样。"

"他会不会只是要去收集八音盒的材料？"我问。

"应该不是。不然他也不需要刻意瞒着我们在三更半夜溜出去。"

"牧野的房间在哪里？"江野边走向房门边询问。

"在三楼。"

"带我去。"

"你应该要说请带我过去。"美雨一脸不高兴地打开了接待室的门，"你们也要一起来吗？"

"好。"

我跟悠悠同时点头。

我们在美雨的带领下前往三楼。

牧野的房间位于三楼西侧。门没有上锁，可以直接进入房内。

室内的窗帘全都拉上了，貌似属于他的衣物四处散落。看来牧野的个性不太喜欢整理。也可能是他在匆忙之间离开宅邸，房间才会形成这种状态。

我跟江野并不清楚牧野生前是怎样的一个人。他个性如何，说话是什么口吻，喜欢什么东西……事到如今，我们只能想象。

桌上只放了削过的木材，没有任何其他能展现牧野个性的物品。

"牧野先生是个怎么样的人？"

"他感觉对时雨哥他们总是抬不起头，因此总是没什么精神又畏畏缩缩的。他敢大呼小叫的人大概也只有悠悠了吧。"

"悠悠，牧野先生有没有对你做什么很过分的事？"

我转过身子询问悠悠。悠悠慌慌张张地摇头。看来牧野与悠悠之间不曾有过特别严重的争执。

"对了。"美雨悄悄向我询问，"时雨哥他们说检阅官把牧野哥视为违规者处决了，这种事实际上有可能发生吗？"

"怎么会呢。"我直摇头，"检阅官才不可能做这种事。"

"是吗？但如果牧野哥不是死于自杀或意外，这样想不是最合理吗……"美雨以充满猜忌的眼神打量着江野。

江野没理会她的视线，环视整个房间。他穿过室内拉开窗帘。外面天色昏暗，房里并未因此明亮多少。

江野注视了外面一段时间，窗外只有一片广阔而昏暗的森林。最后他将手杖甩了一圈，重新夹回腋下，离开了房间。

"江野，你不在房里搜索吗？说不定房里藏着书呢。"

"牧野没藏书。"江野简短回应。我并不清楚这判断是出于检阅官的直觉，还是有所根据。

我们一起离开来到走廊。

"我说江野啊。"我对着他的背影呼喊，"牧野先生原本的确想逃离海墟吧？"

江野默默点头。

"既然如此，船去哪里了？牧野先生最后也没能成功离开海墟，船本该还留在栈桥那里，但却不在。"

"船应该是被杀害牧野的人处理掉了。"

"你是指凶手开走船逃跑？但卡利雍馆没有居民失踪。"

"有的方法可以不用搭上船就让船消失。"

"像是让船单独被海流冲走吗？但凶手为什么要……"

说着说着，我这才终于察觉到真相有多恐怖。

船是离开海墟唯一能用的交通工具。要是少了船，没有人能离开这座海墟。杀害牧野的凶手莫非就是想通过剥夺船只，把卡利雍馆的居民困在海墟？

不管真相为何，惊涛骇浪已开始包覆海墟。没有任何人靠得近，也没有任何人出得去。

这或许就是犯人期望的环境。

犯人为何期望这种环境？

想到这里，我突然有种闭塞感，心里害怕起来。虽然我们乘的船还留着，但现在搭乘那艘小船出海太过危险。我们早已被困在这座海墟里。

"我还有一件在意的事。"

"是脚印吗？"

"对，灯塔周围的雪地没有任何踩乱的痕迹。不仅如此，连牧野先生自己的脚印都没有。这样看起来仿佛就是牧野先生飞过空中，刺上了灯塔。"

"昨晚雪好像一直下下停停到深夜。假如行凶是发生在降雪期间，脚印被之后落下的雪覆盖也不奇怪。"

"嗯……"

我想象起昨晚牧野经历的遭遇。

害怕遭到检阅官搜索的他企图逃离海墟，渡海的手段是利用检阅官停在栈桥的船。他收拾行囊离开了宅邸。我想他大概确实抵达了海边，湿透的脚就是证据。会让人连腿都弄湿的地方也就只有大海了。

然而牧野在海边被某人杀害。他身上的行李大概被凶手丢掉了，接着在遇害以后，他被刺在灯塔上。

凶手为什么要特地把牧野刺在灯塔上？其中有什么原因吗？而凶手又是怎么办到的？放在牧野口袋里的书籍碎片，是否也与他遇害相关？

在走廊漫步之际，我无意间注意到一扇奇特的门。那扇门位于北侧走廊的中间，设置在面向室外的墙上。也就是说打开这扇门，尽管身处三楼，仍然会来到室外。

"那扇是什么门？"

"啊，那是通往卡利雍塔的门。"

"卡利雍塔？"

"是卡利雍馆命名由来的塔。那是一座圆柱状的高塔，顶端有一座钟。听说那栋建筑以前是教堂。这座宅邸则是贴着那座塔

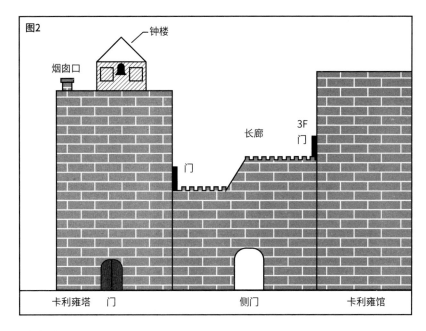

图2

钟楼

烟囱口

长廊

3F
门

门

卡利雍塔　门　　　　　　　侧门　　　　　卡利雍馆

盖成的。"

"所以这里才叫卡利雍馆啊。我还以为是以前有个名叫卡利雍
的人住在这里。"

"要不要参观看看？"

"可以吗？"

"那当然。不过塔内没办法让你们参观。"

美雨打开门。

寒风灌进室内。我们缩着头，眺望通往空中的走廊。

石砌的长廊直通塔的正面。长廊没有遮蔽，是露天的。打个比
方，就像是城墙顶端的巡逻用步廊。左右的齿墙呈现凹凸状，散发
出浓郁的古典风情。

长廊中间是楼梯，有约十段左右的阶梯，朝塔的方向下降。阶梯的另一端可见到塔门，那是一扇沉甸甸的木制门。

塔本身由石头砌成，高度大约与四层楼的宅邸差不多。我的位置看得不是很清楚，不过塔顶好像有座玻璃屋。（参照图2）

"塔顶的小屋有座钟。不过现在都不敲了。"

"平常是不是没有人会进入塔里？"

"不，时雨哥跟矢神哥常常借用塔当工作室，里头都是做到一半的八音盒。门只能从内部锁上，所以要是里头没人，想进去就能进去，只是会惹怒他们。"美雨耸耸肩。她大概有过惹怒两人的经验吧。

为了逃离冷空气，我回到屋内。

"对了，你们什么时候回本土？"美雨问。

"在问题解决之前，我们还不能回去……"

"哼。"美雨不大高兴地说，"我还以为你们马上就会回去了。"

"我打算晚上去附近的废屋睡。"

"你说什么傻话。现在还跟我客气，我也不会称赞你。我们客房要多少有多少，随便你们用吧。"

"可以吗？"

"怎么会不可以？我会跟馆主说一声。总之我会帮你们准备房间。悠悠，可以来帮忙吗？"

悠悠点头。虽然脸色还是不太好看，精神多多少少也恢复了一些。有工作可忙，或许也能舒缓她的心情。

"那就麻烦你了。"我决定承蒙她的好意。

美雨对悠悠招招手，随后朝走廊的深处远去。

"江野，我们接下来该怎么办？"

"我有事要问刈手。"

第三章　少女八音盒

刘手趴在地上，手肘撑着身子。他把机器零件在身边丢得满地都是，组装着某种物品。

我们一进房，他便缓缓抬起沉重的眼皮，看了江野一眼。

"前辈，我就觉得你差不多该来了。"刘手用与先前一模一样的口吻说道。

"有名叫牧野的男人死了。"江野一如往常直接切入正题。

"我听伊武报告过了。听说他的死状很奇特。"

"你不找支援过来吗？"

"但对讲机现在可是这种状态……"刘手边说边叹气。

"哇，有人把对讲机弄坏了吗？"

我吃惊地询问，他却无意回答我。刘手与伊武几乎都把我当作不存在，应该是因为我只是个外人。

江野对伊武使了个眼色，询问事由。

"是刘手大人自己弄坏的。"伊武耸肩。

"刘手，你为什么要弄坏它？"

"我不希望我与前辈的竞争有人来搅局……"

刘手面无表情地说起像玩笑的话。既然这句话是少年检阅官的发言，恐怕并不是玩笑话，而是真心话。

"解体是不碍事，但我现在缺乏工具很伤脑筋。你身上有没有什么能代替工具的东西？"

他无所事事地把玩起手边的螺丝起子。

我突然想起自己的背包里还有从桐井老师的音乐教室拿来的工具。

"不好意思，如果这些东西可以用，我可以借你……"

我拿出虎头钳与斜口钳等工具，放在刈手前面。他双眼发光望着工具。这张脸说不定是刈手唯一露出过最充满感情的表情。要形容起来，就像是等饲主放饭的狗在摇着尾巴。

"你准备得真周到。"

刈手维持趴着的姿势，伸出手臂要拿虎头钳。尴尬的距离让他拿得很吃力。

"牧野绝对是遭到谋杀。"江野不理会刈手继续话题，"依我所见，牧野死亡经过了大约八到十小时。然而考虑到户外气温与现场的特殊环境，单靠目测很难推断准确的死亡时间。前后应该还有很大的误差。"

我们发现尸体的时间，大约是在上午十一点。最后一次有人见到牧野则是在昨晚八点左右。可见牧野应该是在此后的深夜时段遇害。

"昨晚你没监视居民的行动吗？"

"我没有，没必要监视。因为满月的夜晚过了，海墟又再次陷入封闭状态。"

"你没想过船可能被偷吗？"

"就算船被偷了，本土的检阅官也不会放过逃亡者，因此我不认为这会构成什么大问题。即便如此，昨晚我还是请伊武检查过船。昨晚十二点的时候船还在。"

"你们昨晚在做什么？"

"这是在问不在场证明吗？当然会回答前辈喽。我刘手一步都没离开宅邸。不过我叫伊武去外头跑了好几趟。"刘手轻闭双眼说道，"顺便一提，昨晚我叫伊武去调查水底道路。我们在昨晚也收到了水底道路的消息，为避免这里又有居民潜逃，先去确认了状况。顺便再告诉前辈，深夜一点左右，也就是干潮时，水深是二十厘米左右。这个深度虽不至于无法行走，但应该也无法走到本土，在走到本土之前就会先溺水。当然这距离对会游泳的人来说也不算无法跨越，但我判断这里并没有具备这个技术与体力的人。"

"就结果来说虽然没有人从水底道路逃亡，船却消失了，还有一名居民丧命。"

"这跟我们检阅官无关。我们的目的是搜索戈捷特，不是保护人命。不管谁死了，不管死了几个人，只要最后能找到并销毁戈捷特就够了。前辈，你说是不是？"

刘手边口吐冷酷无情的话语，边天真无邪地歪着头。他清澈无瑕的眼眸，迫使我再次认识到他是名少年检阅官。

江野那双与刘手别无二致的眼眸俯视着他。

"被害人牧野应该多多少少都有戈捷特的情报。他遇害一事，导致情报出现重大损失。"

"大概是闹内讧了吧。"刈手将双手架在地板上，撑起上半身，"牧野可能就是向检阅局检举的告密人。不管他是死于同伙的制裁还是被灭口……总之都帮我们省下了亲自处理牧野一案的功夫，这样不是很好吗？"

时雨等人主张检阅官涉及牧野之死，但实际上真有可能是刈手他们下的毒手吗？如果刈手基于检阅官的身份处决了牧野，他在正当化自己行为的同时，也应该必须表明事实。

这座海墟除了刈手与伊武以外，并未派遣其他检阅官。应该也不是在刈手等人不知情的情况下，有其他检阅官私自处决了牧野。

那么，到底是谁杀了牧野？

或许就跟江野与刈手说的一样，知道戈捷特秘密的同伙之间起内哄的这个说法，是比较合乎逻辑的推理。

"虽然船不见了，但似乎没有人逃离海墟。也就是说没有任何人搭船。"

"凶手自己不坐船，却特地让船被海流冲走吗？这不就是想把所有人全都困在海墟里吗？"我问刈手。

"不，我认为这个状况是单纯的结果。对凶手来说，船并非他脱离此处的手段。"刈手靠上了邻近的椅子，朝我看过来。看来他终于愿意承认我的存在了。这或许是借他工具带来的效果。

"所以凶手放走船，有其他的用意吗？"

"没错。"刈手用制服的袖子摩擦眼睛,冷淡地回答,"船被运用在诡计上。"

"诡计?"我不经对这个字眼产生反应,"你是指让人误以为凶手搭船逃走的诡计吗?"

"不,凶手有没有逃走,只要清点这里居民的人数,马上就一清二楚。如果凶手想让人误以为他逃往本土,他必须从卡利雍馆消失才有意义。但卡利雍馆的居民全都在。"

"那么诡计又是指什么?"

"凶手想通过制造异常的凶案现场,缩小可能行凶的嫌疑犯范围。比方说凶手让尸体刺上灯塔的钢骨,营造出瘦弱的人无法行凶的错觉。"

"嗯?但这不是事实吗?还是说如果使用某种机关,就可以将尸体刺上灯塔?"

"对。"刈手点头,"用我们的船就能轻易办到。"

"到底要怎么做……"

"首先凶手把牧野叫到我们的船停泊的栈桥。拿协助逃亡当诱饵,应该就能轻松引诱他出来。然后凶手在那里让牧野昏厥,或是杀害他,让他躺在船里头。牧野带走的皮箱,大概就是在那个时候被丢弃到海里的。"

"凶手不是在灯塔行凶,而是在崖下的栈桥杀害牧野先生啊?"

"没错。此后凶手拿着船的锚绳爬上灯塔。当时还在下雪,因此不用担心留下脚印。凶手把锚绳勾在最顶端的梁上,接着把

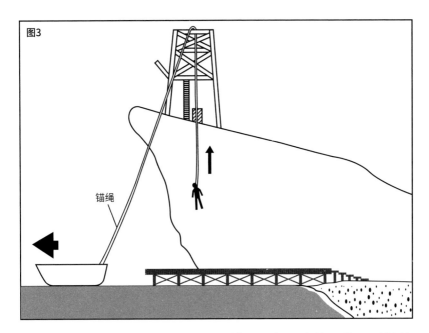

图3

锚绳

锚绳两端投到崖下的海里。然后他搭上了船，在海上收回垂挂的船锚两端。"

我在脑海中描绘起刈手说明的景象。

在船上进行可疑举动的凶手身旁，是牧野瘫软横躺的身躯。此时大概是深夜。黑夜与海洋的边界模糊不清，浪花在船的水线哗啦啦地低语……接着凶手拿起了从灯塔垂下的船锚。

"在这个时点，绕过灯塔的船锚两端长度相等。首先他将其中一端绑在船体上。"

刈手似乎说累了，攀在椅面上重重地吐了一口气。他过了好长一段时间，才再度开口："接着凶手将船锚剩下的另一端打成套环挂在牧野的脖子上。这样准备就大功告成了。凶手启动船后赶紧下船。引擎声传不到宅邸这里，只有凶手知道船发动了。随后船朝海的方向前进，牧野的脖子就会被勒住，身体也会逐渐被拉上灯塔。尸体的脚之所以会弄湿，是在拉上灯塔的时候碰到了海面。而最后尸体就被拉到了灯塔最上方的钢骨。身体被挂在那边，不久后脖子上的套环将会在船的推进力作用之下解开或者脱离。于是尸体就会顺着地心引力掉下来，正好刺上正下方的钢骨，这就是凶手的计谋。船现在想必正在遥远的海洋上漂泊。"（参照图3）

若犯案手法确实如刈手说明，的确能制造出我们见到的现场状况。实际上若使用这个诡计，就连无法抬起尸体的瘦弱人士也能犯案。

少年检阅官果然有一套。不费吹灰之力就解开了这匪夷所思的灯塔杀人事件的谜团。

不过关键的凶手仍未水落石出。

再说为什么凶手非得杀害牧野不可？

如果刈手的推理是正确的，凶手将是牧野的熟人，与他共享秘密的人。然后他或许是相对之下较为瘦弱的人，瘦弱到可能因为前述的诡计首先免除嫌疑……

"凶手应该很清楚要是逃离海墟反而会遭到多方追捕，他现在仍一脸若无其事地待在卡利雍馆里。他判断这么做比较保险。"刈手将下颚托在手臂上，像是陷入梦乡地闭上眼，"但他不久后就会明白这也是白费心机了。"

刈手的语气就像是他已经明白凶手的身份，随时都能将他逮捕归案。他坚定的自信确实给人可靠的感觉。

　　相较之下江野则沉默不语。或许他只是打算对这起案件的负责人刘手采取配合态度。江野有时候就是太听话了，这大概也是因为他自小接受少年检阅官必须服从命令的教育。

　　"前辈，我还听说你在尸体身上找到了好东西呢。"刘手由下往上打量着江野说道。江野从制服口袋取出那章诗集的一页，走向刘手递出。刘手接过书页，将它摊在窗户上眺望。

　　"'命运正确而美丽'……"刘手望着应该只写了《月光海岸》的书页如此朗读，突然转向我。

　　"克里斯提安纳先生。"

　　"我、我在，怎么了？"

　　刘手拿着诗集书页朝我晃来晃去。

　　"你想要这个吗？"

　　"什么？"

　　"少了一两张碎片也不会有人起疑，再说现在我们根本不在乎书籍，重要的是戈捷特。这玩意是多余的。你说怎么办？"

　　我移开视线。

　　"你想要吧？"

　　"不……这我……问我要不要，我当然是想要……我可以拿走吗？"

　　"当然是不行。"

　　刘手说完便从上衣内袋拿出小型打火机，在纸上点火。

"啊！"

"规矩就是一旦发现要立刻烧毁。"

书页转瞬间就化为漆黑的灰烬，宛如焦灼的羽毛翩翩飘落地面。

"看来我必须把克里斯提安纳这个名字加入待观察名单呢。"

"呜呜……"

我怀着想哭的心情，直盯着掉在地上的灰烬。

"感谢某人下手杀人，通向戈捷特的道路又明朗了几分。可见对方面对我们检阅官感到相当焦急。前辈你看……就跟我刈手说得一样吧。我们只要像这样等待，他们就会自己一一揭穿秘密。因为我们实在再正确不过……前辈，你说是不是？"刈手一边把玩着散落在周围的机器零件，一边说道。

"接下来我会投入杀人事件的侦查。"江野精简地宣告。

"嗯……也是，麻烦你了。虽然我看也没什么好调查的了……比起杀人案，还是先去找戈捷特比较好吧？我刈手可是要抢先找到戈捷特了哦。"

"只要追查杀人事件的凶手，就能找到戈捷特。"

"这就是前辈的做法啊。我明白了。请前辈尽管随意进行调查，但外出时的规矩还是一样。"

"没问题。"

江野转过身去打开房门。

"前辈，下次再来吧。"刈手挥挥手。

我们离开了房间。

"好过分……居然烧了它……"我还没从打击之中振作起来。

"过分？"江野诧异地望着我。

"他居然在我面前烧了那么贵重的东西……"

"那就是我平常在做的事。"江野直挺挺地望着前方，在走廊上前进，"我和你果然没有交集。"

我不禁停下脚步，目送着江野走在前方的背影。不过就是几步的距离，他却仿佛遥不可及。

"等等我，江野。"我急急忙忙追上。

"我问你，你觉得刈手的推理正确吗？"

"他的推理几乎没有需要修正的地方。"

"几乎？你觉得哪里不对劲吗？"

"刈手没有说明口袋里放着一页诗集的事。如果凶手违法持有书籍并与牧野共享秘密，他应该会在行凶之后仔细检查牧野身上的东西。他应该会怀疑牧野偷偷带着书籍或戈捷特，但凶手却忽略了口袋里的纸片。到底是凶手没检查，还是……"

"啊，克里斯。"美雨从走廊的转角现身。

悠悠也跟在她身边，看起来恢复了一些精神，开始能露出一点笑容。只是不知是否是我多心，她的眼神仍然流露出几分寂寞。

"房间帮你们准备好了。跟我来，我带你们过去。"

在她们的带领下，我与江野动身前往二楼深处的房间。

"我帮你们整理了对门的两个房间。你们自己挑喜欢的睡吧。"

"非常感谢。"

"对了，房间没有锁，睡觉的时候最好自己多注意。"

"多注意？"

"因为杀了牧野哥的人也在这里啊。"美雨压低声音道，"虽然不知道是谁下的手……如果动手的不是检阅官，说不定就是我们身边的人。"

美雨说得没错。凶手说不定真有可能会袭击我们。为反抗检阅官，他搞不好还会率先找上与检阅局无关，但与检阅官为伍的人，也就是用我来杀鸡儆猴……

"你怎么脸色发青起来？要不要还是跟我睡同一个房间？"

"谢、谢了，我没关系。"

"这样啊。"美雨耸肩，"顺便一提浴室在一楼，想洗澡就去吧。还有没有其他问题？我差不多要回房间工作了，悠悠你呢？"

悠悠以眼神示意要跟我们一起行动。就算她没这么回答，我也会主动开口。总觉得现在要是放她一个人，会让她身陷危机。

"这样啊。那悠悠就拜托你们了。交给你们应该是最安全的吧。"

"美雨小姐……请你也要多多小心。"

"谢啦。"美雨笑盈盈地回应，折回了走廊。

"悠悠，你感觉好点了没？我看你刚刚好像不太舒服……"

听见我这么问，悠悠坚强地对着我挺起胸膛。她果然是名个性强韧的女孩。

"那我们就尽快找出戈捷特吧。只要找到戈捷特，悠悠就能自由了。"

自由。

我觉得自己脱口而出的这个词不太对劲。

在她心中，自由又是什么？

是一如往常地听着八音盒的乐声，在这间宅邸度过平凡无奇的日子吗？还是用她的小手轻柔地拾起即将消失于世上的音乐，在嘴边哼唱？

如果自由是上述这些事，在我们找到戈捷特的那刻，这种自由就会崩解。宅邸将会被烧毁，不留下一丝痕迹，就像是宅邸的主人仓卖自己预言的那样。

但要是我们没找到戈捷特，她迟早会被检阅局拘禁。她会蒙上带着戈捷特逃跑的嫌疑，一辈子遭到追捕。

现在的我们仅是在江野与刈手的施舍下，获得暂时自由。

悠悠是否也领悟了自己的命运？

不管戈捷特是否能到手，结局总会以其中一种形式造访……

我偷偷望向悠悠的侧脸。

她故作坚强的侧脸，令我想起在雪中绽放的白花。

她的心还没有枯萎。

我稍微安心起来。不要紧，我们可以手牵手走下去。

"好啦，要从哪里找起？"我问，"按照顺序调查房间太花时间了。随便乱找肯定也找不到。"

悠悠同意地点点头。

"江野，你有没有想法？"

"我根本没有多少这间宅邸的情报。悠悠应该比我清楚。"

被江野点名让悠悠惊讶地瞪大双眼。我居然也有给予检阅官建议的一天——她的表情如此诉说。

"悠悠以前在这里当佣人对吧？你到目前为止，有没有在哪个房间见到什么可疑物品？"

"呜呜……"

悠悠抱起手臂陷入深思。

"像是隐藏房间之类的。"

"呜——呜。"

看来是没有。

戈捷特绝非多大的玩意。我不清楚我们在找的'冰'的戈捷特实际有多大，又被镶在什么样的小道具上，至少不会超过双手能捧着的大小。说不定还可能更小。戈捷特的尺寸越小，要找出它就越是困难。

牧野的死也是一个隐忧。如果我们面对的对手是个为了保守秘密不惜杀人的人，搜索戈捷特的工作想必是更加困难。

"呜！"悠悠突然灵机一动地发出声音。

"怎么了？你有头绪吗？"

悠悠点点头，用左手抓住我的手臂，要把我拉到走廊外。眼看江野就要被留在原地，我连忙把他也叫出来。江野不发一语地跟在我们后头。

悠悠在某扇门前停下脚步，接着像是以轻哼发出信号似的，告诉我就是这里。

我敲敲门，没有人响应。

我打开门。

这个房间应该是所谓的收藏室，整整齐齐地排放在室内的柜子里，陈列着大大小小的八音盒。我不禁屏息，看得入迷。

地板上铺着浅蓝色的地毯，室内整体呈现宛如沉入水中的色调。沿着墙壁放置的大型八音盒上盖着白色布巾，就像是幽灵一样排排放着。布里头不知道是不是盘片型八音盒。橱柜围绕着大型八音盒设置，玻璃窗里头的八音盒就像珊瑚一样闪闪发光。里头摆设的八音盒很像宝石箱，或许也兼具这个用途。八音盒上的装饰本身，也运用了有如宝石般美丽的玉石。

"有好多八音盒啊。"我不禁发出赞叹，"搞不好这里其中一个八音盒里，就藏着戈捷特！"

悠悠点点头。她大概跟我有一样的想法，才会把我们带到这个房间来。

这里原本大概是某人的卧房。窗外有一座阳台，房间其中一角设置了浴室。

宅邸里众多八音盒之中，其中一个里头埋藏着宝物，是非常有可能的事。虽然可能得花上庞大时间，只要一个一个慢慢找，说不定哪天就能找到戈捷特。

一想到这里，我就起了干劲。

为了让室内变得更明亮些，我打开窗帘。灰尘在薄弱的光明中飞舞。紧接在窗户外的白色阳台到处都是剥落的油漆，状态实在说不上漂亮。空荡荡的盆栽与肮脏的室外桌令人不禁想象起故人的影子。在阳台的另一端，树木正被强风吹得直晃。

我拿起邻近的八音盒。

打开盒盖，首先映入眼帘的是有无数宛如荆棘般突刺的滚筒状音筒。设置在一旁的音梳，梳齿的长度由左向右递增。乐声就是靠音筒的突刺弹拨音梳来奏响。

但我打开的八音盒没发出声响，这八音盒似乎没上发条。

要让音筒旋转，就必须上紧发条。多数八音盒都是以发条为动力。无论是巨大的盘片式八音盒，还是气势磅礴的交响八音盒，到头来都要依靠发条。听说有些八音盒则是靠手动转动把手来演奏音乐。

我仔细调查八音盒内部。多数八音盒的盒内并未紧紧塞满演奏装置，总会留有一些多余的空间。这是因为箱子本身也是让声音反响的装置。感觉就是恰好的藏物处。

然而我并未见到戈捷特一类的物品。

我与悠悠接连打开八音盒，查看内部。每个八音盒都没上发条，没有一个八音盒能发出乐声。尽管我也想听听盒子里都装了什么样的乐曲，但要是动手上发条，我们就更没有时间做正事了。

八音盒的盒盖内侧镶着黄铜拨片。上头刻印了文字，但我看不懂。写的大概是曲名吧。

貌似历经了数世纪的老旧木质八音盒、玻璃制成的上盖可透视内部的八音盒、有数个音筒平行并排的八音盒、铃铛与鼓充斥内部的八音盒、能绰绰有余地收进我掌心内的迷你八音盒、比我还要高的大型八音盒，以及随意堆积的无数八音盒。

我生平头一次置身于这么多的八音盒之中。

我感觉自己如今才领悟，这个宅邸真正的居民不是人类，而是八音盒。

然而在我为之折服的同时，却也感到毛骨悚然。这些八音盒历经漫长的历史与旅途，在生命腐朽的终点，来到了这个地方。

这里是八音盒的坟场。

说不定是因为我拿起的每一个八音盒都冰凉无比，又宛如尸体一般沉默，我才会衍生这种想法。

我在娇小的尸体里寻找戈捷特。

江野没加入我们的搜查，站在窗边望着外头。

"江野你也来帮忙啦。"

"我认为戈捷特应该不在这里。"

"不调查看看怎么知道？快，你也来找吧。"

江野听从我的指示，开始查看八音盒。他是否对每个人都如此顺从？但他似乎比较在意外面，好几次停下手边工作，又眺望起外面。

接下来大概一小时，我们在房内调查了一圈，仍然还有许多必须调查的八音盒。

我与悠悠在室内转了一圈后，在橱柜前重逢，两人面面相觑。

她看起来一脸疲惫，我想我应该也是一样。我们两人边笑边叹气，失落地垂着肩膀。

我们慎重地将八音盒恢复原位，离开橱柜。

"没找到呢。"

"呜呜。"

我们肩并肩坐在沙发上。

"悠悠，我问你。"我开口询问身旁的她，"你是否很庆幸自己能回到这里？"

悠悠手指交叉，将双手搁在大腿上，接着露出有些勉强的笑容点头。但我想她所有的心境早已蕴含在点头前的三秒沉默中。

"悠悠你喜欢音乐吗？"

她立刻点头。

"也喜欢唱歌吗？"

她又点头。

接着她露出寂寞的笑容。

小小年纪就失去许多事物的她，想必更需要坚定生存意义，想必会渴望多多少少能与世界产生联系的体感。这种体感在她的认知中，就是发掘沉睡在卡利雍馆的乐曲，使之起死回生。

她每一天都过得很充实。

但这样的日子也随着检阅官的来临而告终。她的和平将不再复返。

"你未来想怎么办？"

悠悠嘟起嘴唇侧着头，就像是在说"我不知道"。

在房间的角落，江野打开的八音盒开始演奏音乐。这是我在这座坟场第一次听到活生生的乐声。看来这个八音盒上过发条。乐曲的旋律细腻且温柔无比，比这世上任何乐器演奏出的声音都要微弱。大概是因为发条的动力不足吧。

乐声即将止歇，就像是正要咽下最后一口气……

江野关上盖子，把八音盒放回柜子里。

奇妙的是乐声却没有终止。

在我的身旁，悠悠接着八音盒的旋律，唱起了同一首曲子。无论是节奏或曲调都如出一辙，唯有音色远比黄铜装置要清亮许多。

这首曲子宛如点亮傍晚暗夜的幽光。

为了悠悠，我必须找到戈捷特。

我站起身。

然而此时江野向我走来，摇摇头劝告我没用。我其实也很清楚。

"戈捷特到底在哪里？江野你知道吗？"

江野继续摇头

"仓卖应该知道一切。"

"但他不肯说。"

我垂下脸。

江野又开始望向窗外。

"江野你知道些什么吗？"

"不。"在简短的否定后，他继续说道，"我打从一开始就想过一种可能性。来到这里，就是想否定那种可能性。"

"什么意思？"

听了他宛如脑筋急转弯的说明，我感到疑惑。在我们背后，悠悠还继续唱着歌。

"克里斯你认为这座卡利雍馆里有戈捷特吗？"

"有吧……毕竟仓卖先生暗示过啊。"

"但戈捷特未必藏在宅邸里，它也可能藏在宅邸外的海墟某处，或者深埋在附近的海底。甚至可能已经转移到其他地方了。"

"这样想会没完没了。"我无可奈何地回应。

"没错。但答案是在哪里都无所谓，只要能否定我脑中的可能性的话……也不会让问题变得更加复杂。"

江野斜眼朝我一瞥，似乎正努力要从我的表情中辨识什么情绪反应。

"难道江野你对戈捷特的所在处已经有头绪了？"

"我说过了。我想过一个可能性。"

"哪里？在哪里？"我不禁抓起江野的手用力拉，"我们快去找！"

"唔……"

江野罕见地犹豫起来。

"我们得快点，不然搞不好戈捷特又要引发杀人案了！"

"也是。我们所剩时间不多了。"江野移动到沙发前，"我早一点说出结论吧。"

接着江野站在悠悠面前。

"悠悠，能借我看看你的手吗？"

歌声停止下来。

在目光相对的瞬间，两人的时间仿佛停止了一般。

"江野，你怎么突然问这个？"我惊讶地跑到两人身边，"悠悠的手怎么了？"

"克里斯不知道吗？"

"我听董小姐说过她在小时候碰上天灾失去右手，现在装了义肢。但这又怎么了吗？"

"脱掉手套吧。"江野没理会我，对悠悠说道。

悠悠不知该如何是好地望着我。我什么也不敢说，只能回望着她。

悠悠下定决心似的仰望着江野，随后便主动开始脱下右手手套。她手肘下的义肢开始渐渐暴露在外。

那只义手的造型实在说不上是以人手为范本，坚硬又充满机械感。

一般来说，义肢这种东西是安装在断肢处，用来弥补失去的机能。若重视机能，外表看起来像道具不像肢体也是在所难免。悠悠的义手也一样呈现完全无视人体质感的灰色，与肉体部分的肤色两相对照，能清清楚楚看出分界线。只有轮廓类似人类的手，戴上手套时看不出来是义肢。

手套最后脱到了手腕，球体构造的关节露了出来。这虽然是运用在人偶关节上的技术，却让我联想起机械。

手套完全脱下，放在她的大腿上。她将手靠在上头。

义肢在手腕到指尖的部位，工艺更是精巧复杂。具备球体关节构造的手指，一根根并排在形似黑色钢材的金属掌心上。每根手指上的关节数量都比人体的各少一个。即使如此，做工仍堪称精致。神奇的是这些关节全都可以进行小幅度活动。

"这是运用肌电波的机械义肢，真是惊人的技术。动作完全没有杂音。"江野兴致盎然地盯着她的手看，"是仓卖制作的吧？"

悠悠点头。

仓卖如今虽然担任八音盒工匠的出资者，据说原本是专攻兵器与工业机械的工匠。他在义肢上采用自己的技术也不奇怪。

比起这个，我更在意前腕部内侧有个箱型中空。这个空隙的目的看起来像是挖除多余空间以减轻重量，但里头又能见到金属棒轴跟齿轮之类的东西，或是类似配线的物品，看起来实在很像机械。这是否就是江野口中机械义肢的动力装置？

不对，仔细一看，这里铁定是——

一个八音盒。

悠悠把脸转开，羞怯地别开我们的视线。

"原来如此。"江野说道，"是这么一回事啊。"

"悠悠，这是……？"我感到难以置信，"是八音盒吗？"

悠悠点头，她的表情没有变化。这可以说是她接受了这奇特右手的表现。

"把这个东西当成义肢或许是错误的认知，这东西应该称为仿生八音盒。"

仿生八音盒？

我想起董说过的话。她说悠悠的右手很特别，如今我终于明白她的意思。

"你的义肢可以拆卸吗？"

听了江野的询问，悠悠摇摇头。

一般的义肢都是使用吊带来装备，但她的义肢与右手已合为一体。

悠悠正要将手套套回去，但江野制止了她的动作，抓住她的手臂。

"呜呜。"悠悠不高兴了。

"克里斯，你仔细看。"

"什么？"

"这不是普通的义肢。这是戈捷特。戈捷特被组装进八音盒里。"

怎么可能

我一时之间无法相信他的话。

"真的是戈捷特吗？"

"我不可能认错。调整演奏速度的羽状调节器的轴承，使用了红色的宝石。

——某些例子里，当事人在一无所知的情况下持有戈捷特。

江野曾经这么说过。我不知道当时他是否已开始怀疑她的右手，但我想他应该非常肯定悠悠手上有戈捷特。

"悠悠你知情吗？"

她露出不可置信的眼神，凝视着自己的右手，接着慌张地摇头。她大概也是刚刚才初次得知这个事实，表情不像是有一丝虚假。她至今为止的态度，也不像是在欺骗我。

"我还在怀疑仓卖到底是用什么方法让她在不知不觉间收下戈捷特，这下都水落石出了。"

既然这个义肢是仓卖打造的，戈捷特也只能是他刻意组装进去的了。

"你是在什么时候安装这个义肢的？"

在我的询问下，悠悠竖起了四根手指头。

"四天前？"

"呜——呜。"

"四年前？"

她点头。

换而言之，是她住进卡利雍馆的那一年。

"打从一开始就计划好了。"江野这才终于放开悠悠的手说道。

"这不是悠悠的错！"我赶紧解释，"她什么都不知道。"

"她现在什么都知道了。"

"那是因为江野……"

"就算我不说，总有一天刈手也会看穿。"

江野用另一只手重新拿起手杖，转了一圈夹在腋下。他总是用这种方式拿着手杖。

他说得没错，至少我们避开让刈手先找到戈捷特，让事态朝最糟糕的方向发展这种局面。说起来我手上也有戈捷特。该隐藏的戈捷特就算多了一个，状况不会有多大的改变。

只不过没想到戈捷特竟然如此近在身边！

我实在不认为刈手跟江野一样对我们有认同感。刈手出现在这里只是为了寻找戈捷特，他大概无意空手而归离开海墟。他总有一天一定会循线找上悠悠的戈捷特，说不定他已经心里有底了。

我该怎么办？

悠悠的歌声消失了，室内就跟深夜一样安静。陈列在橱柜里的八音盒在上紧发条之前，或许正陷入宛如死亡的沉睡，做着音乐的梦。但那个时候……

"你们找到想找的东西了吗？"

就像是要唤醒沉眠中的八音盒似的，房门打开，一个矮小身影进入房内。

是仓卖。

"我听到说话声，跑过来一看果然是你们。跟先来的检阅官相比，你们还真有干劲。"

悠悠突然挺直姿势，将坦露在外的义肢抱在胸口隐藏起来。

空气变得杀气腾腾。

八音盒不再沉眠，它为首次针锋相对的江野与仓卖准备了适合的音乐严阵以待。

江野将脸正对着老人。老人露出微笑，四两拨千斤地迎向江野的视线。

"你就是第二名检阅官啊。你叫什么？"

"江野。"

"你们少年检阅官真的是非常有意思。"仓卖挂着手杖，踩着踏实的脚步走入房间里，"你知道为什么少年检阅官必须是少年吗？"

"为什么？"我代替江野询问。

"这是因为他们拥有检阅局正好方便使用的大脑。据说少年检阅官是从五岁起，主要以无依无靠的儿童为中心开始培训。过去虽然曾试着找过各种年龄层的人不分男女进行培训，然而多数人精神陷入异常，成为废人脱离培训。培训的要点是受训者脑海能塞下多少检阅清单，以及能调出多少检阅清单。到最后成功通过测验与培训过程的人，据说只有十几名少年。"

仓卖脸上挂着极为沉稳的表情，打量着江野。在这世界上存活的时间远远长于我们的老人真意为何，我实在难以解读。

"原本应该受到人性化养育的脑袋，被检阅官单纯用来当纪录道具。比起纸本的纪录或电磁纪录的数据库，人类的大脑能保存更多的数据。检阅局为了根绝他们特别严禁的'推理'与其戈捷特，命令几名少年记下用来当参考数据的所有纪录。也就是说少年检阅官虽然是人，却又不是人。他们正是他们自己要毁灭的'推理'的化身。"

仓卖温柔的双眼仿佛暗藏刀刃，闪烁着锐利的光芒。他仿佛面带笑容地准备刺杀江野……

然而江野却不为所动，用与平时无异的冰冷表情回望着他。

"你似乎对我们很了解。你是预测到我们某天会找上门来，才把戈捷特塞给她的吗？"江野问。

"不。"仓卖故作无辜回应，"我只是想做出这世上最为高贵、音质最为优越的八音盒，只是材料刚好是戈捷特罢了。若说她的歌声是神明的赠礼，那她的右手就是我穷尽一生献给神明的供品。"

"仓卖先生！"我按捺不住插嘴，"你曾说过悠悠是究极的八音盒。难道……就是指这个？"

"克里斯，你可别误会。她本身就很完美。我所打造的右手，根本不及神明伟业，就只是个用具。归根结底，右手的八音盒是她自己的要求。"

"悠悠的要求？"

悠悠默然点点头

"这是怎么一回事？"

"悠悠很害怕有天自己会失去声音。她在人生历程中失去了太多东西，所以开始害怕有一天会连声音都失去……我曾安慰过她不会有这种事，但悠悠还是很不安。大概是因为她获得了音乐，反而开始害怕失去吧。所以我提议要在义肢里安装八音盒，好让她未来即使失去歌声，也能演奏音乐。她开开心心地同意了。这八音盒只是个保险，实际上右手的八音盒还不会发出声音，因为我还没装音筒。我先空下音筒的位置，让悠悠能在想要的时候装入想要的音乐。"

悠悠点头肯定。

"可是悠悠并不知道义肢里装着戈捷特吧？"

"没错，她不需要知道。"

"但那义肢害了她！"

"你说义肢又害了她什么？有谁拥有从她身上剥夺音乐的权利？"

"既然戈捷特是违禁品，她也会被追究罪刑。"

"那么克里斯，你自己呢？"

我无法对仓卖做出任何反驳。

"少年检阅官江野，以及克里斯跟悠悠……你们都同时具备不该存在于这世上的理由，与必须在这世上活下去的理由。这是个很大的矛盾。你们可以思考看看，这个矛盾是从哪儿来的。有某个环节大错特错。正因为它错得离谱，看起来反而像是对的。而当你们发现矛盾所在时，又会怎么跟这个世界达成妥协呢？"

仓卖的表情看起来对这事态有些幸灾乐祸，就像是从高处俯视着身陷迷宫的我们。

"少年检阅官，你总有一天会长大成人。你那颗机械的心，到时候又会得出什么样的结论？你会检阅自己，为工作划下句点吗？

而若是你判断自己也该被删除，又会怎么做？"

仓卖的话语仿佛正在击碎江野残存的心灵。

"你有办法删除自己吗？"他提出质疑。

江野稍微思考了一下，有话想说地张开了嘴。

我非常清楚他想说什么。他大概会义无反顾删除自己。

所以我抢在江野之前开口。

"我会阻止他。"

"哼。"仓卖面带微笑望着我，"你办得到吗？"

仓卖从邻近的橱柜上拿起一个八音盒，转动发条。

接着他打开盒盖，忧伤的音乐流泻而出。

说不定他想利用音乐来操控我们的心。

"仓卖先生。"我开口，"你知道牧野先生过世了吗？"

"我知道，时雨他们跟我说了。"仓卖回过头来答话。

"他是被某个人杀害的。"

"你觉得是这宅邸里的某个人下的手吗？"

"没错。"

"你认为是谁？"

"我不知道。仓卖先生对于牧野先生遇害一事，有没有什么头绪？"

"牧野是个优秀的工匠。就这样。"

"仓卖先生……你知道谁是凶手吧？"

"我？"仓卖笑出声来，"哈哈……我还以为你要说什么。你该不会以为我是凶手吧？我这种老头子才没有力气杀人。尸体不是被刺在灯塔上吗？你看我哪里有那种力气了？"

运用诡计就办得到。我差点脱口而出，还是忍住了。我不确定刘手说明的诡计是否正确。要是我说出口，感觉会被立刻指出错误，说不过他只得沉默。

"我不相信仓卖先生说的话了，你对悠悠的解释也是谎话连篇。"

"我可没说半句谎话。我说的全都是事实，你可以去问悠悠。我叫悠悠逃走的理由也不是假的，但我承认那只是理由的其中之一，的确有蒙骗的成分。"

"你这样很狡猾。"

"哈哈……"

"你说不知道戈捷特在哪里，也是骗人的吧。"

"不，我没有骗你。你们大概是误会了吧。"

"误会？"

"你们再仔细调查吧。"

仓卖说完，就要转身离去。此时悠悠从沙发上起身，开口要叫住仓卖。她发出的不是平常宛如歌声的声音，听起来更像哭声。仓卖注意到她的声音，转过身来。

"悠悠，你的容身之处就是这里。但这里总有一天会被烧毁，会被淹没，就在不远的未来。所以你要去找下一个容身之处。你办得到的。"

仓卖离开房间，关上房门，就像是将我们压进深沉的海底……

仓卖奏响的八音盒终于将漫长的乐曲演奏完毕，我们的时间再次开始流逝。

江野似乎领悟了什么，再次抓起悠悠的右手。

他用力将手臂拉近自己，紧盯着戈捷特看。

"怎么了，江野？"

"不对。"

江野以前所未有的严肃语调说道。

"什么东西不对？"

"这不是我们所寻找的'冰'的戈捷特。"

"咦？什么意思？"

"原来如此……我误以为这就是'冰'的戈捷特，所以没确认过内容，便坚信是这么一回事。"

江野这才终于放开悠悠的手。

悠悠惊慌地抱着右手。

"不是'冰'的戈捷特……那悠悠的戈捷特是哪一个？"

"是'凶手'。"

"'凶手'？那是什么样的戈捷特？"

"我无法具体透露内容，比如说像是出人意表的凶手，或是成功缔造完美犯罪的凶手名单，或是各种犯罪中凶手的行动顺序……也就是所谓倒叙推理的案例，针对凶手的所有纪录都收藏在里面。"

悠悠望着自己拥有"凶手"之名的右手。她的眼神迷茫，表情就像是丢失了心灵似的。

"悠悠，你的右手除了仓卖以外，还给谁看过？"

对于江野的提问，悠悠只点了一次头。

"给谁看？"

"董小姐吗？"我一问，悠悠便点头同意。

"你没给卡利雍馆的居民看过？"

"呜。"

"原来这就是隐藏的真相吗。"江野自言自语，"看来是把这两个戈捷特混淆了。"

江野重新握起手杖，拄在地板上。

"所以先不考虑悠悠这个戈捷特，'冰'的戈捷特还埋藏在别的地方吗？"

"可以这么想，不然密告者不可能具体指出'冰'的戈捷特的存在。目前还不清楚这是巧合还是人为，不过这里打从一开始就有两个戈捷特。"

"仓卖先生知情多少？"

"我不知道。"江野简短回应。

"但太好了……知道悠悠手上有戈捷特时我还感到很绝望，既然那不是'冰'的戈捷特，就还有挽救余地。刈手他们所寻找的'冰'或许还藏在别的地方。"

江野点头同意。

"我原本觉得要是悠悠手上的戈捷特是'冰'，将导致无可挽回的事态。就结果来说虽然避开了最糟糕的事态，但也不过如此……
状况没有任何改变。"

我们的未来依然是一片灰暗。

不仅如此，悠悠的立场甚至越来越艰难。不管她的戈捷特是哪
一个，要是被刈手揪出来，想必难逃处罚。

要拯救悠悠，果然只能靠抢在刈手之前找出"冰"的戈捷特，
结束他的搜查。

不过……江野又会怎么处置悠悠？

江野也是一名少年检阅官，肩负将戈捷特从世上抹灭的任务。
他是否能够继续容许我这样的例外诞生？

他真的能够违背自己的生存理由，继续容许我们的存在吗？

"江野。"我战战兢兢地开口，"你要拿悠悠的戈捷特怎么办？"

"戈捷特必须立刻烧毁。"江野回道。

我与悠悠的脸同时惨白起来。

"你不会这么做吧？"

"能不这么做就不会。"

江野紧紧闭上双唇。接着在漫长的沉默之后，他双眼低掩，仿
佛也将该说的话掩盖在心中。

江野应该也不知道该怎么做。

若硬要做出处置，江野可以敲烂她的义肢，单独取出戈捷特的
部分烧毁。反正那是义肢，悠悠也不会痛。

然而江野似乎没有立刻执行这项工程的意愿。我并不清楚这是

基于少年检阅官身份的判断，还是出自某些迷惘的迟疑。

如果是刈手，可能早就爽快地烧掉戈捷特了。他也可能不亲自出手，命令伊武或江野代劳。那副光景很好想象。

我们所剩时间不多了。

"继续搜查吧。"江野将手杖旋转一圈重新握好，"未来我会决定好对悠悠的处置。在此之前，她就交给克里斯了。"

"交给我？"

"如果你需要她，就等于我也需要她。"

我点头答应。

若是江野感到迷惘，只要拿我的心当判断根据就行了。

我要选择自己所相信的做法。

当然……在我缺乏自信或不知该如何是好的时候，可能还是得依靠江野。

"情况虽然返回原点，但我们还有活路可走。杀害牧野的人应该对戈捷特略知一二。要是能抓到凶手，就能找到戈捷特。"

悠悠对凶手这个词起了反应，低头望着自己的右手。

名叫"凶手"的戈捷特……

但悠悠右手的"凶手"，与杀人事件的凶手应该没有关联。

悠悠应该不可能读了自己的戈捷特，学到有关"凶手"的知识。悠悠根本不识字。戈捷特的内容基本是文字情报，悠悠无从得知。所以就算悠悠握有"凶手"的戈捷特，也不代表她是凶手。

再说与牧野的谋杀扯上关系的戈捷特不是"凶手"，而是"冰"。

说不定冰也通过某种形式被运用在这起案件内。

江野站在窗边，突然打开落地窗。

强风灌入室内，窗帘像生物一样狂乱地摆动。

"我要踏出室外。"

他宣告完以后，在窗口暂且停驻，接着下定决心似的踏出阳台。阳台的空间似乎也是江野的克星之一。阳台虽然有扶手环绕，仍是朝向户外的开阔空间，他想必会腿软。

我追着江野走出阳台。

江野沿着扶手来到阳台的顶端，转过身来仰望宅邸。

"你在看什么？"

我仿效江野仰望起卡利雍馆，没见到明显的可疑之处，只见到一扇扇关闭的窗户并列。

江野没回话，这次改朝墙边移动。

"克里斯，你站到扶手上吧。"

"我？"

没头没脑的要求让我怀疑起自己的耳朵。但这项要求并不是风声造成的耳误，证据就是江野正一脸镇定地指着漆成白色的木制扶手。

这里是二楼。我要是滑了一跤掉下去，就会倒栽葱地摔下去。

"好啦……我上去就是了。"

我别无选择只好踩上墙边的扶手。我将手撑在墙上，站上了扶手。

应该不要紧。扶手宽约有二十公分，没有我想象得危险。只是朝外头望去，我的位置相当高耸。

"拿着这个。"

江野开口，接着将手杖递给我。

我用空着的手接过手杖。手杖出乎意料地沉，显然不是一根单纯的手杖。

"用它轻敲头上的窗。"

江野指着紧接在我头上的窗。

敲三楼的窗？

难道三楼有什么东西？

窗的位置比我大概高了两个头。虽然伸出手臂还是够得到，用手杖更轻松。总之我按照江野的指示，用手杖的尖端试着敲了头上的窗。于是没多久，窗子便喀拉喀拉震动起来。屋里有人。

随后窗户打开，美雨探出头来。

"美雨小姐！你在那里做什么？"

"哇！你们是想怎样啊！"

美雨俯视着我们大喊。

"我们在调查……应该吧。"

我从不牢靠的扶手上爬下阳台站好，把手杖还给江野。

"美雨小姐怎么会在那里？"

我朝三楼大声吼叫，以免被风声盖过。

"你还问我，这里就是我的房间啊。"美雨边俯视我们边说，"你们到底在玩什么恶作剧？对了，悠悠呢？没跟你们在一起吗？"

"悠悠在房间里。"

我朝落地窗另一端的悠悠招手，让她来阳台上。悠悠刚好把右手的手套戴上。她一走出阳台，便压着头发转身，仰望着美雨。

"呜！"

"你没事就好。"美雨很是欣慰，"先不管这个，你敲我的窗户，是不是找我有事？"

"不，是江野……"

然而当事人江野却在我与美雨对话的时候迅速返回室内了。

"这、这我之后再跟你解释。"

"你们果然不太对劲。"美雨大大地皱起眉头说道，"你稍后可要好好跟我解释。"

"对不起。"

"对了，还有悠悠啊，你要监视他们，别让他们拿走那个房间里的八音盒。那些都是馆主珍藏的八音盒。"

美雨说完便回到室内，关上窗户。

"八音盒严禁携出吗？"我问悠悠啊人道，悠悠点头。

接着她不知为何露出尴尬的表情，慌忙地准备回到室内。

"啊，难道说。"我恍然大悟，"悠悠你曾经把八音盒拿出去过吧。"

"呜、呜？"悠悠本想糊弄过去，却又立刻放弃点头承认。

"你把八音盒拿回房间听吗？"

"呜——呜。"

"不是啊？那你把八音盒带到哪里去了？"

悠悠愧疚地缩着肩头，朝森林的方向一指。

"户外？为什么要带去户外……"

悠悠噘着嘴，像是在诉说借口似的哼起歌来。十之八九是她喜欢那个八音盒才偷偷带出来，却不小心忘在某处了。

"我想那个八音盒应该不会这么巧，刚好就有'冰'的戈捷特……但最好还是调查看看吧。如果真的是戈捷特就惨了。"我压低声音，"我们趁现在去拿回来吧。"

悠悠为自己的过失羞愧得满脸通红，点头同意。

我向江野说明事由。

"我明白了。你们就去找那个八音盒吧。"

"江野你呢？"

"我要调查宅邸。"

"你不一起来吗？嗯……那我去跟刈手申请我们两个的外出许可。"

"只有你们两个的话，他不会准许你们外出吧。"

江野说着说着，视线不经意地飘向窗户。

跟着他朝窗户望去，我见到悠悠在阳台的角落轻轻地挥手。正当我感到疑惑之时，她开始翻越阳台的扶手。

"悠悠！"

我立刻叫住她。但就在此时，窗帘被风的恶作剧吹动，像一层薄纱将她从我们的视线之中掩去。

我拨开窗帘冲向阳台，然而悠悠早已不见踪影。

我慌慌张张地朝扶手外头探看。朝地面一看，悠悠好端端地摆出若无其事的态度抬头仰望着我。

她指向森林，朝森林迈步奔去。她大概想独自取回八音盒。

我往扶手的正下方一看，外墙恰巧有个突起，只要踩在上头就能轻松顺利地降落到地面。

"原来如此，只要利用阳台，就能不经由玄关进出宅邸。"江野观察起窗边，"最角落的窗户锁坏了。这不是最近才刚坏，看起来一直都是这个状态。"

"你在原来如此什么……现在可不是赞叹的时间。悠悠跑去别的地方了，我们得快点追上去。"

"交给你了。"

江野说完便退回房间里。

悠悠跟江野都太我行我素了……

现在放悠悠独自外出太过危险，一个不小心可能还会撞见杀害牧野的凶手。目前这个海堤并不安全，再说风也越来越大了。

"我马上回来！"

我留下这句话便学着悠悠跨过扶手，沿着墙壁朝地面移动。连运动神经实在不怎么样的我，也能勉强有样学样。

说不定悠悠过去住在这里的时候，也曾经利用这个位置进出宅邸。不，说不定这里才是她平常进出宅邸的通道。我很清楚她不如外表那般文静。

"悠悠?"

我在森林里轻声呼喊失去踪影的她。要是声音太大可能会被别人听见,那可就麻烦了。

我循着她残留在泥泞路面上的脚印奔跑。不能被任何人发现的罪恶感,让我的脚步急促起来。在四处都还留着残雪的森林里,追逐她的踪迹并不难。脚印清清楚楚地告知她的去向。看来她攀上陡峭的山坡,朝北方前进。

转眼间我已穿越森林,置身于废弃的市镇之中。悠悠在灰色高楼连绵的坡道上奔驰的身影映入眼帘。

"悠悠,等等我!"

她注意到我便转过头来,摇曳的秀发闪烁着洁白的光辉。她露出了灿烂的笑容。在我视线范围之内的景色里,她最为娇小,也最为动人。

我奔向她身边。

"不可以自己偷跑。"追上她以后我如此说道。她点头答应,但看起来没什么反省之意。

"你要去哪里?"

悠悠指向坡道下方。

我们朝她指示的方向奔跑。其实不需要这么匆忙,但我总觉得不快点不行。

我们来到被海洋侵蚀的废墟,有几栋房子入口都浸在水里。

我茫然地望着海，悠悠硬是拉着我的手，带我到废墟里头。

我们走近两两并排的废弃大楼中间的缝隙。两栋大楼都相当高耸，因此头顶几乎都被水泥覆盖，只能见到遥远的上空透出细长的日光。这里就像是个狭窄又没有遮蔽的隧道，宛如幽暗之中有个被匕首划开的切缝，道路的远方能见到狭长的出口。

我们在左右壁面的压迫感威胁下，朝光芒前进。

走出隧道后，景色大为改变。

眼前是个在废弃大楼环绕之下形成的钵状洼地，原本大概是民众休憩的广场。或许是地壳下陷所致，广场中央又低了一层。四周的大楼也像是窥伺着中心似的，朝广场略为倾斜。

我们站在钵*的外缘上。

悠悠指着广场中央，唱起简短的歌。或许她只是示意我朝那边看。

在下陷处的最低点，形成了一座闪耀的泉水。

水面整体闪烁着彩虹的光辉，每当风吹起，光芒便随之荡漾，宛如草叶轻轻摩娑的薄弱水声传入耳中。

我爬下去走近泉水。此时我注意到水声听起来是硬质的。

"这是……玻璃啊。"

我站在泉水旁。在我脚边摆荡的，是几乎淹没泉水的玻璃碎片。

碎片有小到砂砾左右的，也有大到超过好几毫米的。它们以几

---

* 钵：是洗涤或盛放东西，其形状像盆而较小的一种陶制器具。——编者注

近饱和的状态，沉淀在凝滞于洼地的水中。

抬头仰望周遭的大楼，有无数的窗户朝着我们张开大嘴。每扇窗户的玻璃几乎都不见了。大楼因地壳下陷而倾斜，大概就是在那个时候，玻璃全都摔到这个钵状洼地里。

泉水旁有张倾斜的长椅，一旁有棵疑似人工栽植的瘦小树木挺立。树木已开始落叶，来应付寒冬。这片末日景象中居然还有生命存在，实在是不可思议。

那棵树的根部架设了木制的柱子，上头用布搭着屋顶，形成了人工的小屋。只不过以小屋来说也显得草率，四面的墙壁不仅没堆砌好，面向泉水的那面墙更是完全开放的状态。

"这是悠悠搭的吗？"

她点头承认。

悠悠招招手邀请我进小屋，仿佛领着我拜访自己的家。

小屋里头有座长椅，可供两个人肩并肩坐下。坐在上头，前方正好能见到玻璃泉。长椅周遭放着不知从哪里弄来的小橱柜，里头放着油灯、收音机、空瓶子与锅子这些怎么看都是普通日用品的东西。

我想悠悠一定时不时就会来到这里，慢慢地改善这里的环境。我能看出她花费时间与心血才打造出这个空间。

这里是仅属于她的秘密基地。

当她独自坐在这张长椅上，脑袋里又在想着什么？她可曾想过有朝一日，会有自己以外的人造访这里？

不管怎么样，她看起来很高兴能跟我肩并肩坐在这里。

悠悠打开橱柜的抽屉，拿出一个小巧的八音盒，就只有悠悠的掌心那么大。外表看起来就是个雕刻小木盒，但上头的确开了用来上发条的孔。

我接过八音盒，打开盒盖。

仿佛随时会断绝的寂寥曲调流泻而出。

我直觉这是一首描绘月色的乐曲。不知道是偶然还是必然，我们曾数度亲自见证与月亮紧密相关的事物。悠悠离开海墟是在满月之夜，仓卖的八音盒弹奏的是月亮的曲子，死者口袋里藏着吟咏月光的诗。因此我总觉得连悠悠情有独钟偷偷携出的这首乐曲，也是以月色为主题。

乍看之下，上头没有类似戈捷特的宝石。但保险起见，最好还是交给江野检查。

我关上盒盖，将八音盒还给悠悠。悠悠把八音盒收进围裙的口袋里。

"悠悠，关于你的右手……"我盯着悠悠的白色手套看。

"呜？"

真的是你主动提出的要求？"

悠悠点头。

然而悠悠对于戈捷特的存在一无所知，戈捷特是仓卖偷偷装进她右手里的。

我猜"凶手"的戈捷特与八音盒大概无法分割。据说要是强硬拆除戈捷特上附属的物件，戈捷特就会损坏。虽然实际上会不会损坏，没试过也说不准，但要是仓卖深信如此，可以想见帮悠悠打造镶嵌八音盒的义肢的目的，原本就是移植戈捷特。

说不定悠悠只是被他利用来当戈捷特的全新藏身之处。

悠悠将戴着手套的右手高举在眼前，目不转睛地盯着看。那只右手在她眼中，说不定已成了与过去截然不同的另一个东西。

"持有戈捷特无异于背负罪恶，我是自己主动做出这个选择。但悠悠跟我不一样。这是他硬塞给你的……即使如此，你还是相信仓卖馆主吗？"

悠悠直直凝视着玻璃泉。她维持这个样子沉默了好一段时间，最后歪起了头。

悠悠也不知道。她心中想必充满迷惘。

过往的日子算什么？这只右手意义何在？她又是为谁而歌唱？

来到海墟以后的这四年在悠悠心中，肯定是与末日现实无缘的梦幻生活。然而她也开始察觉，这场梦已在满月之夜惊醒。

因此她才会回到这座海墟。为了得知真相，也为了面对现实。

"如果戈捷特曝光，检阅官又要来抓捕你，你要怎么办？"

听见我的问题，悠悠站起身子，将两只手臂举在眼前。接着她作势殴打空气，将义肢一次又一次地挥舞。

"你要对抗检阅官？"

悠悠露出孩子气的笑容点点头。

她既然还能露出这种笑容，或许不需要为她担心。我要保护她，让她能维持这种笑容。只是说不定她比我强大多了。

"悠悠，要是我们的问题全都解决了……要不要跟我一起旅行？"

"呜呜？"悠悠转过身子歪起头来。

大楼阴影投射在她身后的玻璃泉，被分解为七彩光辉，在水面摇曳。

"我觉得比起在这里独自歌唱，你应该要为了更多人而歌唱。"

悠悠似乎不知该作何回应，便转身背对着我。接着她再次眺望起自己的右手。

玻璃泉沙沙作响地掀起涟漪。

我们真的能平安顺利地回到本土吗？离开这座海墟时，我们是否会再次成为逃犯？

"我也很清楚这个地方对你来说有多么重要，所以我想你应该无法立刻决定吧……"我站起身来说道。

悠悠有些迷惑，压低的侧脸似乎隐藏着什么秘密，因此我继续盯着她看。两双眼不经意对上视线时，她害羞地笑了。

"差不多该回去了。"

厚重的雪云开始笼罩我们的头顶。冷风吹拂而过，周围的废墟发出嘎吱声。废弃大楼已出现部分坍塌，细碎混凝土片掉落的声音传入耳中。

我们仿佛在云的追赶下匆匆离去。

抵达卡利雍馆时，太阳已逐渐西下，户外变得黑暗。

我们逆着离开宅邸时的顺序，利用外墙的突起爬上阳台，从门锁损坏的窗进入。防盗措施实在随便，但反正这里是没有外人居住的海墟，也不成问题。

"江野……你在吗？"

我在收藏室转了一圈，没见到江野。大概是因为没有开灯，室内变得相当昏暗。

我与悠悠来到走廊。宅邸静得仿佛没有半个人，没有窗户的地方几乎就跟夜晚一样黑暗。卡利雍馆渐渐显露出与白天别有不同的面貌。

在走廊转角转弯时，我们撞见了时雨。倒霉的是悠悠没注意到从死角现身的他，不小心跟他撞到了。

不过就是肩头轻轻擦过，时雨却脸色骤变推开悠悠。悠悠一个不稳跌坐在地上，此时悠悠口袋里的八音盒顺势掉了出来。

"少挡路，快滚！"时雨怒吼。悠悠立刻起身低头赔罪。

"佣人不准碰我。"时雨神经兮兮地整理散乱的发型，朝悠悠逼近。他见到滚落在脚边的八音盒，便一脚踩在上面。四分五裂的木盒碎片散落一地。

"给我清理掉。"时雨说完，便匆匆忙忙地消失在走廊另一端。原来这才是那个装模作样的家伙的本性吗？还是说有什么事令他心浮气躁？

"悠悠，你还好吗？"我扶起悠悠。悠悠整理好凌乱的裙摆，捡拾散乱的八音盒。我也跟着帮忙。望着损坏的八音盒，我心中逐渐涌起对时雨的怒意。

"那个人真凶狠，他平常就是那副德性吗？"

"呜……"悠悠的回应很含糊。

"悠悠没有错。不过就是稍微擦到他，哪需要发这么大的火。天啊，八音盒都坏成这样了……这先寄放在我这边，我等一下拿去给江野调查。"我把坏掉的八音盒收进包里。悠悠起立，拍拍裙摆。

江野去哪里了？他应该还在宅邸里。

"去你们帮我们准备的房间看看吧。说不定他在房间里休息。"

我与悠悠查看起两个对门的房间。江野不在任一间里头。

江野剩下的可能去处就只有刈手的房间，我想尽可能避免靠近那里。我边想着这件事边在走廊上前进，此时有扇开启的门的隙缝中，透出了摇曳的灯光。

我打开这扇门。房内的桌子上排放着烛台，蜡烛的光芒照亮了室内。墙上装设了瓦斯灯一类的洋灯，室内非常明亮。桌上还放着装有面包的篮子。

房间深处有个正在橱柜前翻拣的人影。是美雨。

"请问……"

"哇！"美雨吓得跳起来，手上的罐头掉落在地，"又是你？这样吓我很好玩吗？"美雨非常气愤。

"对不起。"我连忙赔罪，"请问你有没有见到江野？"

"你说那个检阅官弟弟？他刚才一个人跑来我房间。对了，正好就是在你敲我的窗户，把我叫出来以后。"

看来江野在与我们分开以后，就跑去找了美雨。

"你跟江野聊了什么？"

"聊幽灵的事。"

"幽灵……是指你之前跟我说的鬼故事吗？"

传说有个把人肢解以后拿来当八音盒材料的人，每天晚上都会在卡利雍馆现身。突然之间，我觉得把人做成八音盒这个点子，跟仓卖提过关于悠悠右手的事有几分相似。

"他问了一些问题，像是幽灵长什么样子，或者什么时候会出现。不过我也是听别人说的，大部分的问题都无法回答。"

"江野提过他接下来要去哪里吗？"

"没有。"美雨耸肩。江野的确不太可能特地告知她接下来的行程。

"对了，你们饿不饿？出了这种大事，我都还没好好地吃上一顿呢。"

我与悠悠对望一眼。我们也从一大早开始就没吃过东西，但我没什么食欲。

"呜。"

"悠悠要做晚餐吗？不过时雨哥他们吃过没啊？感觉大家现在都好紧绷……"美雨边把从橱柜挑选出来的罐头放在桌上边说，"总觉得大家再也没办法像以前那样一起吃饭了。"

她也感觉到卡利雍馆与这种生活即将划下句点了。

"其他人都待在哪里？"

"应该还在工作室吧？我一直待在自己的房间，不是很清楚……对了，你去帮我问问在工作室里的人要不要吃晚餐。我跟悠悠在这里准备。"

"咦，我一个人去吗？"

"对啊。用不着悠悠陪你去吧？你可是男孩子呀。"

于是我被赶出餐厅，前往工作室。美雨告诉我工作室的所在位置。

我敲过工作室的门以后，悄悄朝里头探看。这是一个跟大厅一样宽敞的房间，里头排放着六张木制的长桌。从天花板垂下的电灯泡，照耀在尚未完成的八音盒上。看来只有工作室有电，或许某处设有发电机吧。八音盒原料的木材等材料一并被放置在墙边。

有里坐在椅子上，正在削木材。除了他以外没有别人在。

"唔，怎么啦？只有你一个人啊。"有里注意到我开口说道，"有什么事？"

"那个……美雨小姐叫我来问你需不需要吃晚餐。"

"已经到这个时间了？有豪华餐点等着我的话，我当然要去。"有里解开束起的长发，搁下锉刀，"检阅官跑去哪里了？"

"我也不知道，我们分散了。"

"哈哈，你被他抛弃啦？"有里露出不怀好意的笑容说道，"他是不想让你见到检阅局在行使职务吧。"

"什么意思？"

"违规者格杀勿论……这就是他们真正的工作。"

"才没有这回事。"我抗议。

"啥？你怎么能这么断定？打从一开始我就搞不清楚你怎么会跟检阅官那么要好。我是不知道你以前经历过什么……但你应该也知道那些家伙根本不懂人心吧。在那些家伙的眼中，我们看起来搞不好只是会说话的衣柜咧。要是你眼前有个碍事的衣柜，你会怎么办？用嘴巴讲，衣柜当然也不会让开，所以就直接破坏铲除，这就是那些家伙的做法。搞不好下个该惩罚的倒霉鬼已经出炉了呢。"

"江野说过他们不会做这种事。"

"他的话哪能信。"有里不屑地说。

他似乎认为检阅官涉及牧野的死亡，这大概是受到时雨与矢神的影响吧。或许他们就是这么畏惧检阅官。

"你说下个该惩罚的倒霉鬼……你有眉目吗？"

"跟你无关。"有里一脸严肃地说。显然他不打算跟我多提。

"时雨先生与矢神先生在哪里？"

"不知道。他们几个小时前就离开这里了，在房间吧。"

我决定离开工作室，先回一趟餐厅。我打算先跟美雨报告有里要吃饭后，再去找时雨等人。但当我回到餐厅时，时雨已在里头了。在夜晚的灯光照耀下，他的脸色看起来异常苍白。时雨正用神经兮兮的语调跟美雨叮咛。我一进入餐厅，时雨就冲过来揪住我。

"你见到矢神了吗？"

我被他抓着前后摇晃，摇头否认。

"你这个瘟神。"

他说完便放手把我甩开，我的背因此撞上了墙壁。有里跟在我身后进入餐厅。他露出仿佛看到不该看的东西的表情，别过脸默默坐上了椅子。接着悠悠从隔壁的厨房出来。她见到瑟缩在墙边的我，似乎明白大致发生了什么事，赶到我身边。

"我不过是问他矢神在哪里，别大惊小怪了。"时雨不耐烦地说。

"问这个的意思是……矢神兄不见了吗？"有里询问。

"不然我问什么。"

有里当然也无法回答时雨的疑问，没能安抚他。美雨等人默不作声，似乎正一心盼望场面能好转起来。

此时门开启了。

所有人以为是矢神，全都转过头去，然而现身的人是江野。

"江野！"我不禁叫了出来，"你去哪了？我找了好久。"

"我在宅邸里调查。"江野简短回应。

"矢神先生好像失踪了。江野见过他吗？"

"没有。"江野只说了这句话，接着一派若无其事地转过身，就要离开。

"站住。"时雨叫住江野。江野转过头来，回望着时雨。

"我看这一切全是检阅局策划的好事吧？"时雨已经懒得对检阅官陪笑脸，一股脑地抱怨起来，"你看，自从你们检阅官上门以后，我们这里就灾难连连。不仅牧野遇害，矢神也失踪了……"

他的语气仿佛是矢神真的出事了。说起来时雨为什么又会这么焦虑?

"牧野是被你们杀掉的吧?"

"检阅官才不会杀人。"我这么一说,时雨便目露凶光地瞪着我。

"外人少插嘴。"时雨推开我逼近江野,"很不巧,我很清楚检阅官都是些什么样的人。尤其是人们称为少年检阅官的那些小孩,我听说他们在培训过程中,塞了许多有关谋杀与暴力的故事进脑子里。他们是接受杀人教育的特殊人种,被检阅局经过全面洗脑。这洗脑不是把他们洗成检阅官,而是洗成谋杀的精英。美雨、有里,你们自己想想看。要是检阅官没上门,你们觉得牧野还需要死吗?我是不清楚他们用什么手法杀了牧野,但目的倒是显而易见。检阅官已经决定要削除这整个海墟了。他们的工作就是削除不应该存在的东西。为了节省检阅的手续,他们要让整座海墟消失。"时雨激昂的一席话间点缀着绝妙的停顿,时而加强语气,字字句句都让人听得印象深刻。美雨以及有里一脸不知所措地倾听着时雨的言论。

"这样下去卡利雍馆就要毁了。有里,你无所谓吗?"

"这……可是对方还只是孩子啊。先不提牧野,检阅官又能拿我们怎么办……"有里焦急地说。他似乎处于无法否定时雨的话,却又不敢违逆检阅官的状态。

"时雨先生,请你冷静一点。"我忍不住开口,"江野他们怎么可能会杀人?"

"你又懂什么!"时雨朝我怒吼。我吓得缩起头。他为自己不禁破口大骂感到羞愧，别开视线抚平散乱的发丝。

"总之我想请检阅官说明一下。要是你的说明无法说服我们，未来我们将不会提供任何协助。我们还会视情况把你们赶出卡利雍馆。"

他使用的主词是"我们"，似乎想强调居民与检阅官两派人马对立。在这层意义上，他还算冷静，绝对不是气昏头要跟检阅官作对。他大概以为在这座封闭的海墟里，检阅官的规矩也未必全都管用吧。

"你快说啊。你们真正的目的是什么？"时雨挡在门口，像是要断绝江野的退路。

江野以一如既往的冰冷眼神盯着时雨看。也可能他目光的焦点，其实是时雨身后的门。

就在此时，那扇门发出声音，猛烈地开启了。门把打中了时雨的腰。他发出奇特的呻吟，脚步歪歪扭扭。

"是谁……"时雨扶着腰转身回望。

伊武就站在门的另一端。她身边放着一张空的椅子，紧接在后的人是原本坐在椅子上的主人——刈手。他一副筋疲力竭的样子跌坐在走廊正中央。

"前辈，你在这边正好。"刈手瞧也不瞧聚集在餐厅里的人，见到江野随即开口，"你在忙吗？"

"没有。"

"有件事我得告诉前辈……"

"等等，你给我等等。在轮到你之前，我要先把我的事解决掉。"时雨立刻喊停，"看来检阅官似乎太小看事情严重性了，现在可是出现了失踪人口。还是说在你们看来，矢神失踪也没什么好惊讶的？"

"没错，我们并不惊讶。"刈手面无表情地点头。他出乎意料的回答让时雨感到不满。

"嘿呦……"刈手扶着椅背站起身子。我是第一次见到他站立的样子。他本身的双腿仿佛无法完全支撑身体，借由椅子的协助，才勉强能站直。

"我刈手已掌握到矢神的所在处了。"

"这是怎么一回事？你们果然有鬼……"时雨惴惴不安地说道。

"矢神先生在哪里？"我询问。

"我接下来会去找他。"

"咦？"

"我昨天晚上在矢神的鞋子里安装了小型追踪机，在他呼呼大睡的时候偷偷装上去的……实际安装的人当然是伊武，因此我不清楚他是否真的睡着了。追踪机随时都会发出电波，就是我们说的信号机。只要接收器收到它的电波，就会发出讯号声。越是接近追踪机，讯号声的间距越短，声音也越大。"刈手从口袋取出接收器。他打开开关后，讯号声便以漫长的间距响起。"追踪机跟接收器都是事先从检阅局拿来的……只是接收器坏了，花了一点工夫修理。害得我只好拆开对讲机用里面零件充数。"

看来刈手不是为了好玩才拆解的对讲机，而是为了调度需要的零件。

"马上就派上用场了。"刈手将接收器贴在耳边，"听目前的讯号声，矢神毫无疑问出了卡利雍馆……所以接下来我打算去找矢神，想着姑且跟前辈报备一下。说不定还能找到我们在找的东西哦。"

"好，我也一起去。"

"能跟前辈同行真让人安心不少。"他悠悠哉哉地说，"伊武留在这里监视他们吧。"

"收到。准许个别行动。"

"站住。"时雨说，"也让我们这边的人跟过去吧。我还不信任你们。"

"可以。"

"有里，你去。"

"呃，为什么是我？"有里搔着头发出抗议，但马上就放弃挣扎了，"好啦，我会用我这双眼仔细看他们做了什么，这样时雨兄你也能服气了吧？"

"你不行。"刈手干脆地拒绝让有里同行。

"啥，为什么？我都有干劲了。"

"让她跟我们同行。"刈手指定美雨。

"为什么是我？"

刈手没有一一回答问题，但我莫名可以了解他的想法。他大概判断美雨比看时雨脸色的有里更为适任。但也可能刈手在此时下达命令，这个动作本身就具有意义。

"唔，好啊，我去。"

"请问，我也可以跟过去吗？"我明知会被拒绝，仍然主动报名。

"好的，可以。"

我有种不好的预感，刈手决不是出于好意答应。但比起无所作为地等待，我更应该跟他们一起去冒险。

"那悠悠……"

"我不会准许她外出。"刈手疲惫地说，"因为她有逃跑的前科，我会叫伊武看好她。"

"呜呜。"悠悠对我回以笑容，像是要告诉我没有关系。

"悠悠，那我出发了。"

我们组成了矢神搜查团，离开卡利雍馆。

现在时刻正好刚过下午六点。

太阳早已西下，寒冷的夜晚正要开始。雪花也开始飘落起来。而海墟之夜又比我所知的任何地方都更黑暗而深沉。幸好刈手拥有强光手电筒，能用压倒性的光亮驱散黑暗。然而拿手电筒是我的工作。刈手双手背在背后，拖着心爱的椅子行走，没有空出的手。接收器则给江野带着，我们循着讯号声走进森林之中。

"你原本就盯上矢神了吗？"江野问。

"不，我起初当然打算监视所有人，但来不及调到追踪机，只准备了一个……要装的话，我原本就打算装在矢神或时雨身上。只是最后我选了比较没有防备的人。"

刈手打从一开始就想在每名居民身上装设追踪机，监视他们是否有可疑行动。只要等待就弄清楚宝物的所在之处，或许这就是他口中被动的作风。

"矢神应该已经不在这世上了。"江野喃喃说道。

"从接收器修好以后的这一个小时，对方似乎都没有移动。除非他脱掉鞋子行动，不然应该是死了。"

"你说死了……矢神哥死了？"

两名检阅官没有回答美雨的问题，在黑暗之中继续行走。美雨紧紧揪着我不肯放手，不知道是害怕检阅官，还是害怕黑暗。总之我仍得继续高举着手电筒，以驱赶黑暗。

我们远离卡利雍馆，朝西北边坡度较为平缓的森林地带前进。

"这里有什么吗？"我问美雨。

"只有废墟。"

接收器的声音大到连我们也都听见了，看来我们很接近目标。

穿越森林后，海洋的气味瞬间窜入鼻腔。风吹起来也有独特的湿黏感，风势从废墟的另一边朝我们吹来。雪片在手电筒的光线中舞动。我为在耳边呼啸的风声感到害怕，继续领着队伍前进。

依循着讯号声行走，我们最后来到了海滩边。继续走下去就是大海了。水平线就像是笼罩在黑幕之中，完全不见踪影。海面依然一片惊涛骇浪，波涛轰隆作响。看样子是没办法开船了。我拿着照明朝四方照射，但没见到矢神的影子。

再朝海岸线靠近一点，讯号声比刚才更要响亮。

"他该不会沉进海里了吧……"

"会不会在那栋大楼里？"美雨朝海一指，我将灯光照向那个方位。

那里有个宛如古代巨石、人为建设的水泥方块横倒在地上。

约有六层楼高的大楼，从海岸朝海洋的方向倒塌。看起来正好是建筑物的基座部分断裂横倒。柱子弯曲的部分露出了宛若血管的生锈钢骨。不知道是因为海水侵蚀，还是地壳下陷或经历海啸，大楼几乎保持原貌横向倒下。倒塌的角度几乎没有歪斜，看上去根本呈现水平状态。大楼有部分浸在海中，看起来就像是巨大的防波堤。

江野将接收器朝向大楼举起。

"肯定就在这栋大楼里。"

"但这里没有入口。"

我拿着灯光照向这栋奇特大楼的各个角落。不幸的是这栋大楼似乎是正门那面朝地倒塌，面对陆地的那面是基座的水泥，当然也没有入口存在。

我们移动到大楼附近。大楼大概有十五米左右高。

"美雨小姐，你知道入口在哪里吗？"

听了我的问题，美雨摇摇头。

"我不知道。我是第一次靠近这栋大楼，之前虽然远远见过几次，但从来没想过要进到里面去。"

我们绕去对面碰运气。

对面架着木制的长梯。梯子部分没入海中，看起来随时会被海浪冲走。

"这个应该可以用吧？"我赶紧将梯子从海里拉出来。梯子长约有五米，吸了水分非常沉重。我与美雨将梯子架在横倒大楼的侧面。然而梯子仅有五米长，根本够不到巨大防波堤的顶端。

"请借我照明。"刘手从我手中接过手电筒，朝上方照耀，"中间似乎有墙上架设铁梯。把梯子架在那上头，应该就能连起来。"

"难道……要爬上去吗？"美雨惊愕地说。

"我们必须救矢神先生。"我说。

"你说救……矢神哥到底在这种鬼地方做什么啊。"

"不知道他在做什么，但说不定是梯子被风吹倒，害他没办法爬下大楼。"

"原来如此……有道理。"美雨将手按在唇边，抬头向上，大声呼叫矢神，"矢神哥！你在吗？"

她的声音消失在夜空之中，化为细雪飘落回我们的身边。没有人响应。拿手电筒朝上方大楼的边缘照去，也没见到人影出现。

"果然只能爬上去确认了……"

"不要啊。我会怕。"

"用不着所有人都上去。"江野说，"也需要有人在底下等待。这么一来要是梯子自己倒下去，也能有人帮忙重新架好。"

美雨极为乐意地接下了这个任务。

我们在刈手指定的地点架上梯子，即将爬上大楼。

第一个触碰梯子的人是江野。他毫不犹豫地爬上了木制的梯子。美雨在底下支撑梯子，我从地面持续照亮他的手边。一片黑暗之中，他在巨大建筑物的侧面向上攀爬的身影，让人看得提心吊胆，好像随时都会随着雪花一起消散。我的心七上八下，注视着他攀爬的模样。

江野终于爬到最上方，消失在边缘的另一端。我想他现在一定是站在一个宽广的空间，浑身无法动弹。我虽然很想尽快去帮助他，但刈手已抢在我之前爬上了梯子。

然而他才爬了大概一米，就立刻折回。接着他坐上放在一旁的椅子。

"我累了……"刈手边叹气边说道，催促我上梯子。

我开着手电筒，插进外套向上的口袋确保光源，爬上了梯子。木制的梯子有一半被海水浸湿，手一抓便感觉到寒意。爬了两米，我开始觉得底下就像是无边无际的黑暗。我尽量不向下看，全心全意放在反复摆动手脚上。

爬完了木制的梯子以后，我转向钉在墙上的铁梯。然而这段铁梯看起来仅是某个人用手工制作的道具装设的梯状设施，说不上安全牢靠。我下定决心爬起了铁梯。空手抓着铁梯实在冰冷无比，我的手指甚至开始作痛。

"克里斯，你还好吗？"

美雨的声音从下方传来，她的声音听起来仿佛来自遥远的世界。

我现在的所在处，与她现在的所在处，仿佛有某种决定性差异。这或许都要怪逐渐增强的雪势，现在的雪已经大到甚至足以掩盖在我们之间不断延伸的黑暗。白色结晶刺激着指尖，我有好几次脚滑，心里冷汗直流。

江野的身影逐渐从上方映入眼帘。

只差一点。我使尽全力爬上了最后两阶。原本还以为江野会拉我上去，但当然没有这回事……他就像是一只爬得太高无处可去的猫，定在原地。

"简直就像是另一个世界。"江野说完，朝四周放眼一望。我们正站在朝海洋延伸的雪白平面上，这里仿佛是切成四方形的天国雪原。说不定死后世界的入口就是这种感觉。有几分恐怖，也有几分神圣。

我们的脚边是一片平坦，没有任何遮蔽物。在一整面白雪之中，有些像坑洞一样四处散落的黑色洞孔。大概是窗户吧。

我们靠近其中一个洞孔，朝里头探看。洞孔深度约有两三米左右。由于大楼处于水平横躺的状态，屋内原本的地板与天花板成了左右的墙壁，原本只是部分隔间的墙壁成了底部。我们现在正处于从房间的侧边向下看的状态，就像是在窥探着重力失常的世界。

底部有一扇打开的门，门的彼端则有黑暗的深渊回望着我们。

"矢神先生就是通过这里进入大楼的吗？"

"不，这里没有可供站立的地方，无法拿来当出入口。"

在这个高度下，轻盈的人大概还能跳到底部。然而只有在不打算回到地面上时，才能采取这个方案。屋内没见到用来向下移动的梯子或绳索。

我们也调查了其他的窗户。有几扇窗是封死的强化玻璃窗，因此无法打破窗户闯入。有几扇已经破掉的窗子，则是基于深度的考虑不适合用来当出入口。

我们朝海的方向前进，也就是往大楼的楼上走。从一楼到二楼……我们沿着大楼的侧面逐步向上。

接收器的讯号声越来越响亮。

"接近了。"江野仔细聆听混杂在风声中的讯号声。

好不容易，我们在四楼找到了适合进入的窗子。

房间不算大，因此深度不深。这里以前大概是放置物柜的房间，斜向倾倒的细长置物柜正好可供踩踏，为我们打造了通往底下的道路。

"下去吧。"江野说完便跳进洞里。我在洞口的边缘将照明照向室内，继续照射他的脚边。旁边有一扇门，门自然也是斜躺的状态，铰链安装在门的上方，因此必须向上推开门。江野推开门朝里头探看。

"应该能走。"江野返回告诉我，"我去里面看看。"

"等等，我也去。"我告诉待在下方的江野。

"克里斯留在这里。要是我没回来，你就跟刈手报告。"

"好、好吧。我知道了。江野，灯给你。"

我朝江野丢下手电筒。他接过手电筒后，立刻消失在门的另一端。他不经意留下的话语，在我耳里听来实在不吉利到了极点。我突然成了孤零零的一个人。

我从背上的包拿出自己的手电筒，盼望着江野回来，持续照射洞窟的底部。然而他迟迟没有返回。在这个异常的迷宫里要是迷路了，可能再也无法回来。如果说那扇门通往我们陌生的世界，我也不觉得奇怪。

我站起身子，朝上方的楼层前进。

五楼整层似乎都是玻璃帷幕，没有可以踩踏的外壁。以前大概是观景用的楼层。

我朝左右张望，所有的玻璃都已破损，掉落到底下。在我眼前只有名为五楼的深谷绵延。我站在深谷的边缘，拿着手电筒向谷底照去。这里看起来是个宽敞的厅堂，没有隔间。地板上有尚未完工的柜台，从前这里大概是景观餐厅，或是视野很好的办公室吧。但由于这里是没有隔间的宽广楼层，自然也没有攀扶的地方，找不到能用来进入大楼内的脚踏处。

这里深度约有十米。雪花在手电筒的灯光中纷飞，谷底也有雪片持续飘落。

深谷的宽度大概有两米半左右，要是在助跑后全力一跳，或许连我也能跨过去。但深谷的另一端也未必有我们要找的东西，没有冒险的意义。

深谷直直朝左右延伸到尽头，没有前往六楼的道路。支撑着四边的大楼基柱惨遭破坏，仅能见到纤细的钢骨坦露在外。那副景象就像是通往六楼的道路被人刻意切断似的。

谷底传来声响。

我猛然将灯光照向声音作响的方向。底部的门自己弹开，江野从中探头出来。

"江野！"我呼叫他。他注意到我，朝我的方向仰望。接着他环视周围，当我配合他的视线移动照明时，鲜明的红色不经意闯入视野中。那是在谷底接近中央的地方。

"看那边！"我把光照向那里。

有许多小型的板状物体散乱在地，在它们的掩盖之下，有个身形高大的男人躺卧在地。

是矢神。

他的额头被血染成一片红色。

"江野，找到矢神先生了！"

江野点点头从门爬上来，朝矢神的方向靠近。在江野进行这些动作的期间，矢神一动也不动。

江野终于来到矢神身边，在他旁边蹲下。

"他死了吗？"我对着谷底询问。我投向谷底的照明，就像是聚光灯似的照在他们身上。雪在光芒之中闪闪发亮。

"他没有呼吸，已经死了。"说完后江野仿佛就对矢神失去兴趣似的，调查起周围。他拿起一个掉落在脚边的东西，仔细观看。

"克里斯。"他抬头看向我，"麻烦你去跟刈手报告，说发现大量书籍……"

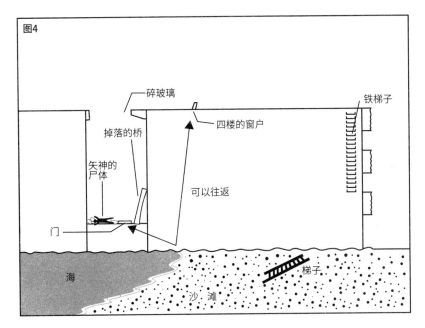

图4

碎玻璃
四楼的窗户
铁梯子
掉落的桥
矢神的尸体
可以往返
门
海
沙 滩
梯子

　　"什么？"

　　看来他手上的东西就是书籍，说不定矢神身边散乱的小型板状物体全都是书籍。可是为什么矢神会在书籍的掩盖之下丧命？（参照图4）

　　"书籍就由我带回去运到上面。"

　　"你从那边要怎么回去？"

　　"我可以走过来的路。"

　　"好……你快回来吧。"

我再次俯视这幕超乎现实的景象，不禁感到害怕，缩起了脖子。

我回到梯子那里，朝下呼叫刈手。

　　"怎么了？发生什么事了？"美雨代替刈手大声回道。看来我的声音传得过去，但我没听见刈手的声音。

这样下去根本无法说上话，我决定爬下梯子。结束了漫长无比的垂直移动，我终于再度踏上地面，总算是松了一口气。

"前辈呢？"刈手劈头就问这个问题。他将椅子横放在地靠在上头，把手臂架在椅背上，又把下巴搁上去。他还叫美雨帮他撑伞，却只给自己遮雪。他是什么时候变出这把伞的？

"江野还在大楼里。"

"找到要找的东西了吗？"

"你是指什么？"我不知该怎么回答，"矢神先生是找到了。但……他似乎已经过世了。"

"怎么会？"美雨声音颤抖着，一脸泫然欲泣当场蹲下身子。刈手则若无其事地抢走美雨手中的伞，只给自己撑。

"矢神先生倒卧的五楼房间，发现了许多书籍。江野现在正在带回来。"

"这样啊。"刈手仅以平时昏昏欲睡的口吻说了这句话。

"你不去帮江野吗？"

"交给前辈就没问题了。"

"那我去帮忙。"我正要爬上梯子，就被刈手阻止。

"既然发现了必须销毁的书籍，这栋大楼便已纳入检阅局的管辖。一般民众请不要靠近，你们可以回去了。"

"可是江野一个人弄很耗时。"

"也有道理……等他太累人了。"刈手悠哉地说，"前辈会不会嫌我多管闲事？"

"江野只要一来到室外就会无法动弹，最好要有人陪着他。"

"啊，你说得对。我记得前辈的条件就是这个嘛。"

刈手把伞塞给我，这才从椅子上起身，踏上了梯子。

"椅子交给你。还有，请你从地上照亮梯子。"

我照他的指示，将灯光照向梯子。刈手缓缓爬上梯子。他纤细娇小的手抓着梯子的模样，让人看了有些心痛。对他来说这一阶阶的梯子，想必就像一条险峻的道路。

美雨将手拍在我的肩头。

"你要在这里看着吗？"

"对。"

"那这里就交给克里斯了，帮忙看看他们在做什么。我先回宅邸把这件事告诉大家。"

"你不拿手电筒没问题吗？"

"我这里还有个小的手电筒。"

美雨打开笔灯，朝废墟的方向离去。

让她独自返回真的好吗？

如今死亡不知道会降临在谁身上。我想起失神的死相，不禁浑身发抖。他怎么会死在大楼里？他是被杀害牧野的凶手所杀害？还是单纯的意外？

我环视四周，这里也只剩我一个人了。总觉得雪花纷飞的黑夜彼端仿佛有人正屏着呼吸潜伏，害得我又打起颤来。

我躲进附近的废弃大楼避难，顺道避寒。我带着刈手的椅子进入废墟，在一片黑暗之中眺望着隐约可见的大楼。

不久后大楼上方冒出了微弱的火光。

从我待的地方最多能见到冒出的火光顶端，以及周围被微微照亮的雪。他们应该是在放火焚烧带回来的书籍。我一方面庆幸自己不需要近距离目击这个场景，一方面又觉得自己应该亲眼见到江野点火的那一瞬间。在那红灼灼的火团旁边，就站着远比摇曳的烈焰更为娇小的少年们。我是否也该待在他们身边？我不知道。然而他们将鹅毛大雪染成红色的火焰，就像只有一晚寿命的灯塔照耀着天寒地冻的世界，我想我这辈子都无法忘怀这个场景。

火焰也开始逐渐减弱，我决定回到原本的位置。过了一阵子，小小的人影爬下了梯子。我一边按着梯子以防倒塌，一边拿灯光照射他们的手边。首先下来的人是江野，他的头发与肩膀都被雪染成了白色。他看上去不算疲倦，但莫名散发出难以亲近的感觉。

"结束了吗？"

江野点头，拍掉衣服上的雪。

接着刈手也爬下梯子。刈手看起来累坏了，他一脸铁青，手指也在颤抖。要一个光是站立就会精疲力竭的孩子，在雪中爬着梯子上上下下好几米，实在是难为他了。

"我没力气了。"

刈手当场跌坐在地。我连忙把椅子推给他，他便紧紧抓着椅子靠在上面，随后闭上眼睛，一副随时都会陷入昏睡的模样。

"刈手，你走得动吗？"

听见江野的疑问，刈手虚弱地摇摇头。

"只能背他回去了。"江野拍掉堆在刈手头上的雪，"克里斯，把刈手扛到我背上吧。"

"江野你没问题吗？"

江野点头，在原地蹲下。我把刈手的身体从椅子拉开，让他靠在江野的背上。就体格来看，刈手也只能交给江野了。相对地刈手的椅子则交给我带回。

"找到戈捷特了吗？"我在回程询问江野。

"在搜索的范围没见到。"

戈捷特仍尚未寻获。

但我感觉隐藏在海塂里的真相，正一点一滴被揭穿。首先找到的是书籍的一页，接下来是许多书本，而死者还被一堆书籍盖住。

矢神当时到底发生了什么事？

我脑中浮现恐怖的情景，行走在黑暗的雪道上。

回到卡利雍馆，美雨与悠悠在玄关等待我们。

"大家都聚在餐厅里。"

我们一起移动到餐厅。

卡利雍馆的所有居民，全都坐在位子上。

坐在白色餐桌最深处的人，是宅邸的主人仓卖。通过烛台的照明，能看到他脸上仿佛永远无法抚平的深刻皱纹。

坐在离他最近的位子的人是时雨。但他抱着头，脸低得几乎都要贴到桌子上了，我没能看清楚他的表情。他的旁边坐着有里，仍是平常那副从容的态度，一脸事不关己。

他们的对面坐着美雨与悠悠。两个人看起来都很好，我松了一口气。

"前辈，可以了。"

江野在暖炉附近把刈手放下来，微弱的火焰在暖炉里细细燃烧。他瘫坐在暖炉前，霸占了火。把椅子还给刈手后，他一如往常地将身体靠在椅面上，满意地合上双眼。看来他精神恢复不少。

伊武在此之前都站在餐厅的角落监视所有人，现在回到了刈手身边她的专属位置。

于是目前待在这个海墟里的全体人员，全都聚集在这间餐厅里。

首先发问的人是美雨。

"矢神真的死了吗？"

江野点头。他通过烛火形成的影子，在背后的墙上剧烈晃动。

"死亡时间应该是距今三、四个小时前。死因无法判断，不过他全身受到猛烈撞击，有数处骨折。从现场状况来判断，他应该是从窗边跌落，摔到谷底。"

听到从窗边跌落，一般人大概会想象是掉到户外的地面上。但矢神是掉进了横倒大楼形成的深谷，也就是崩塌的五楼底部而死。

"头部有两处殴打的伤痕。一个是旧的，一个是新的。旧的伤痕似乎是很久以前受的伤，跟这次案件没有关系。新的伤痕分析是致命伤。从现场的血迹来看，他就是摔在那个地方撞到头。"

"也就是说。"仓卖以宛如庄严钟声般的低沉嗓音说道，"矢神是滑了一跤摔死的吧。"

"所以是……意外吗？"有里喃喃说道。当死亡超越理解的时候，人们常常会将死亡归结到意外或灾害头上。

"我不这么觉得，这是因为——"江野双手插进口袋，头缩在围巾里，"这次尸体旁边也有一页诗集掉在地上。"

江野从一边的口袋取出折起来的纸。上面几乎没写任何东西，只小小地印了一行疑似书名的外国语言。

"《献给月亮的诗》——跟牧野那张是不同作者的书。相对应的诗集也掉在尸体旁边，这肯定是有人从书上撕下书页，放在旁边。"

江野将纸随手放置在餐桌上。

"你这……是什么意思？"美雨怯生生地询问。

"凶手刻意拿月之诗陪衬在尸体旁。"

"所以是连续杀人案是吧……前辈。"刘手装模作样地插嘴。

听见连续杀人案一词，卡利雍馆的居民们都倒吸了一口气。他们当然无法接受这个结论。

"伊武，把那东西拿过来。"

伊武在刘手的命令下，捡起丢在桌上的诗集一页。她把书页交给刘手。刘手看都不看，就把纸张丢进暖炉里。

"好了，我想知情人士最好趁现在自行出面。"刈手瘫坐在地上说道。

他大概看不见坐在餐桌另一端的仓卖跟时雨等人。可即使如此，他稚嫩而悠哉的声音仍具有控制性的威力，他自己应该也很清楚。

互相试探的沉默持续了一段时间，到头来还是没有人开口。

"既然是谋杀案，矢神先生是不是被某个人推下去的？"我问。但在那个空无一物的横倒大楼上，应该很难在矢神不知不觉的状况下接近他。在我想象得到的可能性里，就只能跟他一起爬上大楼，趁他不注意时出手推落……

"通过四楼的窗户进入大楼，穿越横倒的楼梯与走廊后，即可来到尸体所在的五楼谷底。但如果在别的地方杀害矢神背着尸体，应该很难移动到那座谷底。凶手也不方便把尸体带走，因此就留在原地。"

"凶手也可以在谷底等矢神，直接在现场杀害他吧？"

"若是这样就无法解释尸体的状态了。那具尸体显然就是呈现摔死的状态。"

杀害体格雄壮的男人，采用从高处将他推落的手法的确合情合理。要是持刀或钝器袭击可能会被反击，要弄到足以杀害他的毒药也是困难的差事。

可是到底是什么人有办法把他推落深谷？除了非常亲密的对象以外，矢神不可能在那座深谷的边缘背对着凶手。

"有人跟矢神一起去了案发现场的大楼吗？"江野问道。毫不意外，没有人回答。

"说说你们在距今四小时之前，分别待在什么地方。"

"你这是在怀疑我们的意思吗？"有里惶恐地询问，"怀疑这里的某个人杀了矢神……"

"我们可是被禁止外出了，你们检阅官自己下的命令。"时雨抬起头，以走投无路的失控语调说道，"要是打破禁令，可想而知你们会说出什么话。你居然还认为我们会特地跑到遥远海岸的大楼，就为了杀害矢神？"

他的抗议很有道理，但江野与刈手没理会他。

"我问你的问题，就只有你在哪里做什么。"江野说。

"我在房里休息。"仓卖表示，"各位也回答他吧。"

"我一直待在工作室。时雨兄与矢神兄一起出去以后都还留在……"

时雨打断有里的话语，接着说下去："我在正午过后跟矢神分手，回到自己房间工作。"

到头来，仓卖、时雨与有里三个人都没有不在场证明。

"距今四小时前，不就是他来我房间的那段时间吗？"美雨指着江野说道。江野点头肯定。据说他去找美雨询问幽灵的事情，这样两人就算是有了不在场证明。

他们见面的那段时间，正好是我与悠悠待在玻璃泉的时刻。我与悠悠可以做彼此的不在场证明，但在别人眼里看来，我们或许是偷偷外出，最为可疑的两个人。

"悠悠，你呢？"有里尖锐地问起。

"呜呜……"

"悠悠跟我在一起。"我连忙回答。

"啥？你们待在哪里？"

"待在……那个有许多八音盒的房间。"

没有人继续追问下去。我松了一口气，与悠悠交换了一个充满秘密的眼神。悠悠不安地抱着手臂。知道我们偷偷跑出去的江野没特别说什么。

"你们自己呢？"仓卖起立，低头俯视江野，"既然你们也身处同一间宅邸，同一座海墟，我想你们也该受到同样的怀疑。你说呢？"

"我在房间制作接收器。伊武一直陪在我身边。"刈手出乎意料地坦率回答道，"好了，这下我们掌握到所有人的行动了……但没有人是凶手。"

"果然是幽灵……这座宅邸有幽灵！"美雨突然叫出声来。

"居然在尸体旁附上诗集，这幽灵真是别出心裁。"刈手面不改色地嘲讽，"要是真有幽灵存在，我真想见见他。"

"幽灵一定就躲在宅邸的某处……"

"美雨。"仓卖出声安抚，"这里没有幽灵。我在这里住得最久，我说的不会错。这里没有幽灵。"

然而美雨似乎依然完全不相信仓卖的话。她看起来大受惊吓，仿佛随时会踢开椅子飞奔到别的地方。

仓卖走近美雨，轻轻将手搁在她的肩头上。美雨感受到安慰，冷静下来。

"那么，要是话都说完了，我差不多该回房了。可以吧？"仓卖说道。江野与刈手都没有阻止他。

仓卖离开房间的时候，特地走到我身边，在我耳边低语。

"异国少年，你都看入眼里了吗？"

"什么？"我惊讶地回望仓卖，"你说……看什么？"

"看这一切。"仓卖凝视着我的双眼，将他的脸凑近，"你的双眼，你的话语，还有你的心，想必会全程见证这一切。无论是你的双眼，你的话语或你的心，你绝不能背弃它们。"仓卖说完，便离开房间。

我不懂他留下的话语是什么意思。

主人离去的餐厅突然之间昏暗起来。有两根蜡烛刚好烧到尽头，同时熄灭了。烛台上还留着几根蜡烛。

"牧野跟矢神怎么会遇害……"有里抱住自己的头，"我到现在还不敢相信。这些杀人案只是个恶劣的玩笑吧？我们中间怎么可能会有杀人凶手？如果矢神兄他们不是死于不幸的意外……就是被你们检阅官处死的吧？如果真是这样，拜托你们就直说吧。我们会乖乖听话的。"

然而江野与刈手似乎无意回答他的问题。

"据我的调查，被撕破的诗集共有三本。一本的书名与放进牧野尸体口袋里的书页一致。另一本则与掉落在矢神身旁的书页一致。"江野说道。

"剩下那本呢？"

"剩下那本的原书还在，但现场找不到被撕下的书页。大概是凶手拿走了。"

"这也就是说……"

"第三名死者身边很可能会陪衬着第三个月亮。"

对于江野不吉利的宣告，我们不禁陷入沉默。

"杀害两人的凶手疑似是清楚卡利雍馆秘密的人，这个人应该也与被害者共享秘密。你们若是有所隐瞒，或许趁现在坦白才是明智之举。"江野向所有人宣告。

当然没有任何人回应。哪有人敢在检阅官面前坦承关于书籍的秘密？

正当我这么想的时候，有里竟然硬着头皮举手了。

"我说。"

"有里！你！"原本失魂落魄的时雨猛然打断有里。

"时雨兄，再瞒下去也不是办法。他们两个都死了。"

"你自己也脱不了关系！"

"不，这跟我无关。我只是刚刚才想起你们的秘密。"

"你这叛徒！"时雨起身准备离开房间。

"你要去哪里？"刈手抬头看着他问道。

"去哪里是我的自由吧。"

"时雨兄，你想逃跑吗？"有里对着他的背影呼喊，"一切全都完了，你就死心吧。"

"才没完！"

他用力关上门，从房间离开朝走廊走去。

"真没办法。"有里缓缓摇头，"那就让我说出一切吧。"

有里从怀中取出烟斗，用火柴灵巧地点燃。他大大吐出一口烟，这才静下心开始娓娓道来。

"其实时雨兄跟矢神兄从以前就偷偷收藏着书籍。他们曾经让我见过一次，书被他们藏在倒塌的大楼里。"

"你知情不报？"江野追究起来。

"我也说了，我刚刚才想起来。"有里说得理直气壮。江野没继续过问这件事。

"这件事还有谁知道？"

"据我所知就只剩牧野，他可是拼了命想跟时雨兄与矢神兄分一杯羹。把书籍拿去黑市交易，可以大赚一笔。悠悠成为佣人那段时间他们不卖书了，但在此之前他们跟商船那些人做过不少交易。"

走私书籍——我确实听过这档事，没想到会在这里真实发生。

"仓卖知道这件事吗？"

"我哪会知道馆主他知道什么，又不知道什么。"有里开始自暴自弃，语气放肆起来，"我只进去过那栋大楼一次。他们把书藏在那栋大楼的六楼。他们相信放那里绝对不会被发现，也不会有人靠近。"

"六楼？"

"对，是六楼。"

"但书掉在五楼。"

"这我也不知道为什么。"

"书有几本？"

"我当时看到的大概有四十本吧。"

"我找到的一共有二十五本。"

"这数量应该还说得过去吧。毕竟我知道的是五年前的情况。"

"为什么会把书藏在六楼？"

"因为六楼适合。五楼那层是玻璃帷幕，他们认为把玻璃全都打破让那边过不去的话，没有人能靠近六楼。"

"那他们又要怎么穿越那座深谷？"

"他们架了一座桥。你不是也看到了吗？那边应该有一座木板搭成的桥吧。"

"不，那里没有这种东西。"

"没有？怪了……"有里歪起头，"我去参观的时候，搭了一座有模有样的桥。虽说是桥，其实也就只是手工制作的普通木板罢了。他们把桥藏在四楼，需要的时候就把桥架在深谷上通过。但当我去参观时，他们说桥直接搭着不再移动了，大概是搬来搬去太麻烦了吧，毕竟在此之前都没有检阅官来过嘛。不管他们之前再怎么谨慎，也没办法一直持续下去。"

"江野，我问你。"我说，"你是从四楼的窗户进入大楼，移动到五楼的吧。没办法走那条路移动到六楼吗？"

"通往六楼的楼梯口大半淹没在水里。顺便一提，四楼到三楼的楼梯与逃生门严重受损，没办法走。"

也就是说四楼的窗户只能通往尸体所在的五楼。无论如何，只要没穿越深谷，就无法通往六楼。但为什么原本应该藏在六楼的书籍，会散乱在五楼底部呢？

"听到矢神兄摔死了，我首先就想到他大概是从那座桥上摔下来。走在粗制滥造的桥上穿越那么高的地方，光是想象就让我腿软起来……我没再靠近那栋大楼，就是因为我怕高。"

"你说的桥，宽是不是大约一米，外型像是把几块厚厚的板子绑在一起？"江野说。

"对对对，就是它。"

"五楼底下掉着同样的东西，我到五楼底部时见到了。"

"掉在底下？也就是说……矢神兄连人带桥掉下去了吗？看来是桥终于腐朽折断了！"

"不，桥没有损坏。木板很坚固，不会轻易裂开。"

"啥？没坏啊？那就是矢神兄走在上头的时候，桥脱落摔了下去。为了方便移动，桥上没有使用牵绳或木桩来固定，几乎等于只是架个板子走过去。或许是受到什么外力冲击，才会连同木板一起滑落。"

"这种情形下，桥会压在落在谷底的书籍上。但却又有几本书是掉在桥上。"江野指出。

我灵机一动。"矢神先生当时会不会正在把六楼的书籍搬运到别的地方？在这个过程中，他出了某种状况，于是跟手上的书一起连人带桥掉下去……对了，他一定是想换个地方藏书！"

"有道理。"有里用烟斗的顶端指着我，"你脑袋挺灵光的嘛。检阅官来到这里，让矢神兄很心急。听起来很有可能。"

"是、是吗？"我感到不好意思。

"这么说来，当时的对话该不会是……"美雨迟疑地开口，"其实我听到了。大概是在一点过后左右，时雨哥与矢神哥在走廊发生口角。"

"发生口角？"

"他们扯开嗓门在吵架。我几乎没见过他们这样，所以猜想大概出了什么大事，但我不想扯上关系就躲回房间里了。他们两个人好像都很生气。"

"他们在吵什么？"

"我没仔细听，只听到有人说'最好去确认一下'，还有'现在还是别轻举妄动'。他们好像在争执到底要不要行动。"

"我看应该是这样。有人害怕自己的宝贝没藏好，要叫另一个人去确认吧？错不了的。就是时雨兄命令矢神兄，叫他快去确认。"

"可是说出'现在还是别轻举妄动'的人是时雨哥呀。"

"哦，那就是矢神兄擅自先行动，只身前往大楼调查时不小心摔死了吧。而实际上矢神兄被偷装了追踪器，所以时雨兄的看法是正确的。要是轻举妄动，可是会穿帮的。"

矢神死亡的经过逐渐明朗。

矢神为了牧野一案与我们起冲突以后，又与时雨为书籍起了争执。时雨当时虽然警告他不要靠近藏书地点，矢神却不听忠告离开了宅邸。

他变成尸体被我们发现，是在晚间六点以后。在这五个小时内他跑去搬书，一不小心摔落谷底。

"跟书籍这种鬼东西扯上边，就是会有这种下场。"有里得意洋洋地说，"只要像我这样一开始就别碰，他们可能就不会死了。还真是个令人遗憾的意外啊。"

"这不是意外。"美雨害怕地说，"有人杀了他们。牧野哥之后是矢神哥遇害……而凶手还打算再杀一个人！"

"喂，美雨。你想想看现场状况，矢神兄百分之百是摔死的。"

"那月之诗又该怎么解释？他一定是被某个人推下去的！"

"你说的某个人又是谁？"

"这我不知道……但搞不好有里哥，那个人就是你！"

"怎、怎么可能吗！"

"可是知道书籍藏在哪里的人，就只有你了。"

"时雨兄也……对了，说不定是他们内讧，时雨兄才痛下杀手，这也并非不可能。如果对方是时雨兄，矢神兄也会松懈吧。搬运书籍时双手都是满的，矢神兄当时应该没什么防备。体格占劣势的时雨兄或许也有办法把他推下去！"

居民已经变得疑神疑鬼。比起真相，他们更乐意接受自己能满意的答案。

"江野，你怎么看？"我问，"说起来桥毫无损伤直接掉到谷底，实在不太自然。若只是想把矢神先生推下去，也用不着让整座桥掉下谷底……"

"是啊。"江野的反应很冷淡。

"会不会是矢神先生走在桥上的时候，有人将整座桥抬起来……"我在脑中描绘那副景象，摇头放弃。

"这很难吧。"有里接着我的话说道，"桥与矢神兄的体重加起来，就超过一百公斤了。这里没有能举得起来的大力士，就算使用道具辅助，想必弄到一半矢神兄就会逃跑了。"

"呜呜……"我抱起手臂呻吟。

"对了。"在此之前默不作声的刘手突然开口，"我差不多要回房间了。另外，关于这座海墟发现书籍的事，我之后会进行详细调查。一旦运出尸体后，我将会烧毁那栋大楼。前辈，今天辛苦你了，我回程轻松不少。下次再麻烦你背我了。"

刘手懒洋洋地站起来，拖着椅子离开餐厅。伊武向江野一鞠躬，跟着刘手离开房间。

"等、等等，我这样有罪吗？"有里对着刘手的背影询问，然而房门早已关上。

"可恶，那些人来了以后，什么都不对劲了。"有里甚至开始光明正大地咒骂起来。

他说的没错，刘手的行动有很多难以理解之处，众人不知不觉间全受到他的摆布。他看起来似乎打着某种盘算，却也像是没有任何考虑。他主动要求与江野竞争，看谁先找到戈捷特，然而目前他本身似乎也没有任何行动。少年检阅官实在是种谜样的存在。

"对了，晚餐你要怎么办？"我问。

"我没食欲了……"有里垂头丧气地回应，"现在这种情况，汤里被下毒，我也不意外。"

"有里先生，你果然认为这里有人是杀人凶手吗？"

听见我这么说，他皱起眉头瞥了我一眼。

"这里的确接二连三出了人命，再怎么小心也不为过。"

"说得也是。"

"你们今晚要怎么办？为保护人身安全，我想大家还是尽可能聚在同一个地方吧。"

"我不要！"美雨开口，"今晚我要跟悠悠一起睡，臭男人别接近我们。"

"我听你的就是了。"有里作势驱逐美雨，"那你们呢？"

"我们找一间房间待在一起吧。"我提议。

"我房间太乱了，去你们那里吧。检阅官，你也会来吧？"

江野点头。

实际上，可能只是有里不敢独自度过夜晚。房门不能上锁，对外来威胁的警备不够可靠。他大概认为几个人聚在一起，多少能安心一点。还是说他就是凶手，今晚终于要对我们下手了？

就算他真的是凶手，有我跟江野两个人监视他就不用担心，也可以保障彼此的安危。

与悠悠分开虽然令我感到不安，能够维持互相监视的状态，或许反而比较安全。

"悠悠，走吧。"

美雨牵着悠悠的手离开餐厅。悠悠在走出房间时转过头来望着我，她哼着某种曲调。我猜大概是"之后见"或"别了"，这一类意味着离别的曲子。这一别是否会成为永别？

在她的身影消失以后，我仍持续思考着这一类的事。

"好啦，我们也走吧。"有里拿着一座烛台说道。我们一起来到走廊。

"我猜时雨兄是凶手。"我们在昏暗的走廊上前进，有里开口说道，"那家伙见不得人的收藏不只有书，其实……"

"其实？"

"算了，我要是说漏嘴可就小命不保啦。刚刚的话不算数，麻烦你当作没听到。"

"不可以，请你说出来。"

"好吧，天亮以后我再说。"

"真的吗？"

"相信大人说的话吧。"有里用最缺乏信用的说法敷衍完，再也不肯透露更多。

"江野，你要不要现在去找时雨先生，跟他问话？"

"好啊。"

"时雨先生的房间在哪里？"我询问有里，他嗤之以鼻地摇摇头。

"那个胆小鬼才不可能待在自己房间，我看他八成躲在塔里。"

"啊，那座塔吗？那我们先绕去那座塔吧。"

"你等等啊。你现在过去，他才不会理你。我看他一定根本不敢出来。"

我们无视有里的说词爬上三楼，走向美雨说的通往塔的长廊。

一打开门，便是一片银色世界。

风差不多都静了下来，取而代之的是密集而眩目的落雪，难怪外头这么安静。积雪吸收了万籁，雪地上只留了一道走向塔的脚印。这大概是时雨的脚印，而他的这道脚印也即将被落雪掩盖。

我们在雪地留下新的脚印，移动到塔的入口前。站在门前的那刻，我们身上的积雪都快把我们变成纯白的雪人了。

我敲了门，但没有回应。

"我就说嘛。这里在时雨兄心中可是个绝佳的秘密基地，可以从内侧上锁，因此不需要担心被任何人打扰。没人知道他在里头做什么，这是地位最高的时雨大人才有的特权。"有里大剌剌地揭穿隐瞒已久的秘密，大概他已经豁出去了。

我再次叩门。

"不好意思……我是克里斯。我们想谈谈……"

"少烦我！又有什么事！"

他有反应了。

门里头传来细碎的声音。随后门开了细细的缝，一双炯炯发光的眼从缝隙透出。他是时雨。隔着门缝见到的那张脸非常憔悴，看起来精神十分衰弱。

"呃……我想稍微谈谈……"

"快滚！别再靠近我！"

门发出巨响关上了。里头再次传出细碎的声响，大概是时雨在上门栓。

"失败了。"

"我早就说过了。快回去吧。"

有里催促道。我转身看向江野。

"回去吧。"江野很干脆地放弃。不知道他是对时雨不感兴趣，还是败给了寒冷，我想大概是后者。我们仿佛要逃离落雪似的折返长廊，回到宅邸里。

"塔里面是工作室吗？"

"是啊。里头还有床铺与沙发，可以好好放松。但听说这个季节塔里很冷，不过现在有暖炉，应该不至于太过寒冷。"

我们回到我与江野位于二楼的房间。

我点亮桌上的小型油灯。有里立刻霸占了床铺，在上面盘坐。我与江野在地上抱着大腿坐下。

"对了，我这样犯了什么罪？"有里完全展现出自我放弃的蛮横态度，询问江野。

"你这样是违反通报义务。"

"是哦，会被抓吗？"

"一般来说除了拘役以外还会被追究责任，但检阅局其实不太重视这条罪。"

"哦，那就好。"

有里放下心中的大石头，似乎是安心过头了，躺在床上没多久就呼呼大睡。

室内变得非常寒冷。江野把围巾围了一圈又一圈，缩着脖子。

"对了，我把悠悠很宝贝的八音盒拿来了。你看看有没有戈捷特吧。"

我从背包里拿出四分五裂的八音盒，向江野展示。江野没有任何惊讶的反应，一个个调查起零件。不久后他摇摇头。

"这不是戈捷特。"

"这样啊……"我捡起八音盒的碎片，放在边桌上，"我本来还期待悠悠选的八音盒，说不定会藏着戈捷特。"

幸运没降临在我们身上。不仅没找到戈捷特，还再次出现一名死者。凶手或许正在某处嘲笑无能为力的我们。

"今天一整天发生好多事。"

听见我这么说，缩着身子的江野抬起眼凝视着我。

"克里斯，你会为出现死人感到开心吗？"

"怎么这样问？"我为他古怪的问题感到震惊，"我怎么会开心，这还用说吗？你为什么问我这个？"

"推理小说里都会死人。虽然也有没有死人的推理小说，但绝大多数作品里，都有奇形怪状的死法。像是被刺穿，或是被分尸……推理小说是可畏的故事。但为什么古人会创作推理小说，又会阅读推理小说？为什么他们会开开心心地接受推理小说？是不是因为看见有人被杀会开心，因此才会阅读推理小说？是不是死了越多人，你们就会越高兴？"

"在现实生活中，我不想看到更多尸体了。而推理作品就只是推理作品，是单纯的小说。世上才不会有人见到别人死去而感到开心。"

"那为什么推理小说这种东西会存在？"

"你无法理解吗？"

"嗯。"

"或许绝大多数推理小说里，的确都有人死亡，而且他们的死法或许会很残忍。但在推理小说里，这些案件几乎都被解开了。这是因为里面有名侦探，他们驱逐了那些可畏的存在。我想就是因为他们解谜的模样很帅气动人，大家才会喜欢推理小说吧。"

"你说的这些只是你的理想吧。"

"或许是吧，但我认为有许多人跟我抱持着同样的理想。不然这种文体就不会被称为推理小说或侦探小说，而是叫杀人小说了。就像这时代检阅局也是这么称呼的。"

"我在检阅局的指挥下，烧毁破坏了这些'推理'的碎片——戈捷特。"江野垂下眼，"你应该有一天会成为推理作家吧？"

"是啊……"

"现在虽然还能隐瞒下去，但要是你开始创作推理小说，检阅局可不会默不作声。有一天我可能不得不来逮捕你。即使如此，你还是不会改变心意吗？"

"我当然……也很迷惘。"

忽视江野的忠告也要追求理想，真的是正确的吗？

我凝望着油灯中摇曳的火光。

我无法轻易得出答案。

窗外还在下雪。雪势比刚才要小，但看样子到早晨应该会有不少积雪。

"你为什么会成为检阅官？"

"我不知不觉间就成为检阅官了。我不是自愿要当的。"

"为什么？可是少年检阅官不是在检阅局里接受精英教育培养的吗？不是出于自愿，也可以接受这种教育吗？"

"目前隶属内务省检阅局的少年检阅官共有十二人。包含我在内的所有人，全都是天灾孤儿。仓卖说的话没有错。他们从孤儿里挑出适合的人选，再依照规划施以检阅官的教育。要是在教育过程中被判定为不适任，就会被送回一般的孤儿院。我只是刚好通过了所有的教育课程与测验。"

"原来是这样……"

"我无法单独外出，也是因为检阅局对我设了恐惧这个限制。因为这么一来，我就无法独自逃亡。"

"他们这样对你，你都不会反感吗？"

"我早就丧失了好恶的感情。当然，就算经过了心灵的检阅，结果还是会出现个体差异。有些人像我一样，也有些人像刈手那样。这或许算得上最低限度的个性吧。"

江野抱着大腿陷入沉默，不久后眼皮开始合上。他看起来昏昏欲睡，却似乎拼命跟睡魔挣扎，以免落入梦乡。

但在漫长的抵抗后，他终究默默地陷入昏睡。

我盘踞在房间的角落，等待天亮。我曾试着打开收音机的电源，但依然没有任何声音传出。

我原本想把收音机收回背包，但灵光一闪。我将收音机放在门把上，制造出有人进来，它就会掉下来发出声响的机关。

这样多少安全了一点吧？

凶手说不定还会继续犯案。

但凶手到底是谁？

目的又是什么？

抱着大腿沉思起这些事的时候，不知不觉间，我也落入了梦乡。

第四章　王国最后的密室

"喂，起来了。"

有人摇晃我的肩膀，我醒了过来。一张阴森的男人脸孔浮现在我眼前。我发出惨叫。

"你在惊讶什么，是我啦。"

油灯光芒映照的那张脸属于有里。有里——呃，这个人是谁来着？

我猛然防备起来，环视四周寻找零散记忆的碎片。

"你睡昏头了吗？天亮了。"

我望向窗户。天色未到黎明还有些昏暗，但由于雪的缘故，微微发着光。雪势早已停歇，积雪的反射在窗边洒下了梦幻的晨光。

我终于想起自己置身的状态，再次感到绝望。要是可以继续睡下去，不知道该有多幸福。

"检阅官早就起床了，你这个跟班可以继续睡吗？"

江野靠着墙壁，双腿伸直坐在地上。他把手杖转来转去四处摆弄。

我站起身子伸展身体。大概是因为坐着睡觉的缘故，我全身的关节都嘎吱作响。不过看来疲劳已经恢复了大半。

"我们全都平安迎接了早晨呢。"睡饱的有里看起来一脸清爽。"最好去看一下美雨她们吧？搞不好她们已经被干掉了。"

"别说这么不吉利的话。"

风停了下来，卡利雍馆比昨天要安静许多。这份安静反而令我不安。

"江野，我们去确认吧。"

江野默不作声起立。他整理好制服的领子，将手杖夹在腋下，拿起文件箱。

"对了，我一直很好奇，这是做什么用的？"

有里拿起我那台一直搁在门把上的收音机。

"用来对付入侵者。"

我接过收音机，背着包与江野他们一起走出房间。

走廊仍残留着夜意，呈现一片冰冷而深不见底的黑暗。没带着手电筒实在难以前进，但有里早习以为常，走得飞快。

"现在大概几点？"

"刚过六点。"有里从怀里拿出怀表，对着窗边确认时间。

"美雨小姐与悠悠在哪个房间休息？"

"应该是她们其中一人的房间，先去看美雨的房间吧，在楼梯上上下下太累人了。"

我们在有里的带领下，来到美雨位于三楼的房间。

"美雨小姐早安。我是克里斯。"我敲敲门。但室内没有回应。

"还在睡啊？我要开门了。现在是非常时期，别怪我。"有里擅自打开了门。

房间里头散落着木材与八音盒的零件，就连床铺也都乱七八糟。到处都散落着脱下来的衣服，几乎没有落脚的空间。

"被翻过了！"我震惊地说。

"才不是咧，只是她房间太乱。那家伙很散漫。"

"咦？所以平常看起来都是这样？"

"我不清楚平常是怎么样，不过这里还真是脏得超乎想象。这样也没办法空下两人份的睡眠空间，去悠悠的房间看看吧。"有里语毕便迅速离开房间。

我们走下一楼，造访悠悠的房间，敲了门仍没有人响应。

我打开房门。

房间里头没有任何人。床上虽然有人睡过的痕迹，却不见悠悠与美雨的踪影。

我越来越感到不安。

为什么昨天晚上我没有多为悠悠她们的人身安危担心？悠悠原本就是卡利雍馆的居民，不适用于无辜局外人士的道理。她也有可能成为被害者。

"去餐厅看看吧。"

我们在有里的提议下去探看餐厅，然而餐厅还是没有半点人影。蜡烛的火熄了，隔壁厨房没有人，也没有煮过早餐的迹象。简直就像是我们以外的人全都从卡利雍馆消失似的。

悠悠她们到底去哪了？

有里从橱柜拿出纸袋，里头放了发硬的面包。他把面包递给我。

"你从昨天起就没吃东西吧。快吃。"

"但……"

"看上去还好好的。你吃完没怎么样的话，我也要吃。"

真是个狡猾的人。我战战兢兢地咬一口面包，当然什么也没发生。我们分了面包，边吃边离开厨房。

"喂——美雨，你在哪里？"

"悠悠！你在哪里？"我们边扯开嗓门大吼边移动。

"克里斯？"

有人响应了。

我们朝出声的方向跑去，到玄关的入口大厅。正要进大厅的时候，悠悠与美雨正好从走廊出现。

两人都平安无事。

我在卸下重担的同时，疲惫感也一口气冒出来。

"太好了。看来你们也都平安地度过了。"

美雨的辫子解开了，头发与衣服都乱糟糟的。她看起来一脸疲倦，大概没怎么睡。

悠悠跟昨天几乎没有两样。表情依然神采焕发，黑色围裙就跟新品一样干净。唯一不同的是，她肩上披着我的毯子。

"你们在这里做什么？"有里问道。

"有点在意的事。"

"在意什么？"

"半夜外头传来好大的声音……你们没听见吗？"美雨问。

"声音？"

我们面面相觑。我虽然被风声吓着了好几次，除此之外却没特别注意到什么动静。

"是什么样的声音？"

"这个嘛……就像是某种巨大的东西掉落的声音吧……"

"什么时候的事？"

"比深夜再早一点左右的事，只是我不清楚确切的时间。这座宅邸到处都有破损，我猜可能是屋顶被雪的重量压坏了吧。我原本就想在天亮以后去查看状况。对了，你们来得正好，也来帮忙吧。"

"我才不要。你们自己去吧。"有里立刻拒绝，"那应该是雪从屋檐掉下来的声音吧？"

"是这样就好了……"美雨歪起头，看起来仍然没被说服。

"还是去查看状况吧。"

听见我这么说，美雨跟悠悠点点头。江野没有异议，大概打算听从我们吧。

"得去跟刈手征得同意。"

"太麻烦了。"美雨拉住我，"只是在宅邸外看一圈而已。"

在背后的美雨推挤下，我打开玄关的门。这件事可能的确没有重要到需要跟刈手报告吧。

我们一起走出屋外。

东方的天空逐渐明朗起来，微光映照在满地的雪上。眼前是一片银色融入幽冥之中的蓝色世界。雪都是新的，周遭完全没有任何脚印。

"我们分头绕宅邸一圈吧。"美雨说，"看看屋檐或窗户的遮阳棚有没有任何异状。毕竟要是这些东西坏了，也是我们要负责修理的。"

我们分成美雨跟悠悠，我跟江野两队人马，分别在雪地烙下新的脚印，沿着建筑物迈步。

宅邸就跟昨天一样，看起来没什么异状。虽然积雪厚到都要盖过我们的脚踝了，却也没大到足以让建筑物出现异状。这些雪想必还来不及长期堆积，就会融化了。

绕到宅邸里侧，圆柱形的塔映入眼帘。

再看一次就觉得这座塔真是异样的存在。塔以石材堆砌而成，是造型古典的建筑物，与宅邸之间通过同样由石材打造的长廊相连接。长廊底下有个侧门，用不着绕过塔，也可以走到另外一端。

"顺便调查塔吧。"江野说。

我们走向塔的入口。地上的入口与长廊的入口之间，夹着九十度角。

木制的门扉紧闭。门的周围没有脚印，时雨或许还在里面沉睡。

江野走近门，用手杖的握柄叩门。

"江野，你在做什么啊。"我压低声音制止江野，"要是吵醒了时雨先生，他又要发飙了。别管他吧。"

"我很在意美雨说的外头传来的好大的声音。在这片雪地里，能发出巨响的地方，也就只有这里了吧？"

江野仰望着头顶的方向。我记得这座塔的确挂着巨大的钟。从我们目前所在之处虽然看不到，但我想起塔顶有座玻璃帷幕的钟楼。好大的声音会是指钟声吗？

"可是……"

在我犹豫的期间，江野又敲了好几次门。然而里头还是没有响应。

"他还在睡啦。"

江野放弃敲门，手压在门上，未经同意就要开门。但门上了锁打不开。

此时跟我们在玄关分手的美雨跟悠悠穿过长廊的拱门，来到我们身边。

"我们这里没什么异样。"美雨交互看着我跟江野，"你们在做什么呀？"

"江野觉得巨响的来源可能是这里。"

"这样啊。"美雨抱起手臂说，"如果是这样，我们可能最好别扯上关系。总之房子看起来没有哪里损坏，我们就当作没事回去吧。"

"最好确认塔里面的情形。"江野说，"美雨跟悠悠，你们两个留在这里。我跟克里斯去确认上面的门。"

上面的门应该是指与长廊相连的门吧。

"好啦，听你的。如果在你们离开的期间，时雨哥出来跟我抱怨，我会全都怪到你们头上。"美雨耸肩说道。悠悠紧依在她身边。

"那我们走了。"

我与江野离开塔，先折回宅邸里头。有里在迎宾大厅里走来走去，一见到我们回到室内便飞奔而来。

"发生什么事了吗？"他似乎从我的表情中嗅出了不平静的气息。

"没什么。以防万一，我们现在要去塔那边确认。"

"时雨干了什么好事吗？"

"这还不清楚。"

"那家伙到底在打什么主意……"一脸快崩溃的有里喃喃说道。昨天发生的事，强化了他对时雨的不信任。

我跟江野正要离开这里，有里连忙跟上我们。"我也要去。"

我们走上三楼，来到长廊。

长廊上堆积的雪是一片纯白，没见到脚印，顶多是我们昨天留下的脚印，能依稀见到微微的凹陷。

"没有脚印就表示，他还待在塔里吧。"有里没走到室外，身体还躲在室内，单纯将头探出去说道。他冷得肩头都在颤抖，似乎不想踏出室外。

天色明朗不少。虽然天空仍是一片乌云，或许也比昨天以前黑压压的天空要好许多，风势也平稳不少。

我与江野步入雪中，小心翼翼地踩着长廊的楼梯，来到塔门前。江野敲也不敲就要直接开门，然而门还是打不开。

"上面怎么样？"长廊底下传来美雨的声音。隔着栏杆向下张望，美雨跟悠悠的身影映入眼里。

"门上锁了，没有回应。"我大声向下呼告。

"有其他出入口吗？"江野转头询问有里。有里用力地摇头。

"两扇门的锁都是从内侧上的门栓。要是两扇门都打不开，时雨兄肯定还在里头。"有里解释。

接着江野更用力敲门，试探里面的反应。塔里没有任何声响。就算时雨睡得很沉，也该被刚才的敲门声吵醒了。他没有反应，只能解释为他出了什么事。

"你退开。"江野对我说完，将手杖丁字形握柄较长的那头，像是打开盖子似的拔开。被拔开的握柄里头藏着钢铁制的尖锐爪状物体。

江野从制服口袋里拿出眼镜戴上。接着他改用双手握住手杖顶端，向上一挥，开始敲打木制的门。细碎的木片四散，门的表面被刮掉不少。手杖仿佛化身为挖掘岩盘的鹤嘴锄，厚重的门扉转眼间惨遭破坏。说不定这把手杖真的具备挖掘岩盘的威力。

江野挥舞手杖的模样看起来轻松自在。他大概没有动用到自己的腕力，而是利用手杖的长度制造离心力顺势挥舞。在他的努力下，门上很快冒出一个破洞。

破洞扩大到拳头左右的大小时，江野把手杖恢复原状，接着将

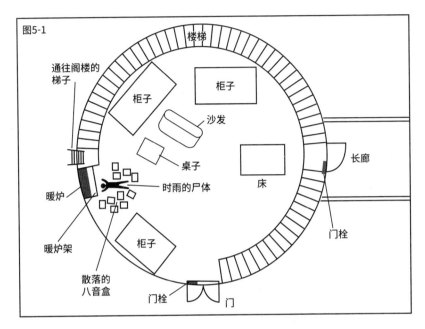

图5-1

通往阁楼的梯子

楼梯

柜子

柜子

沙发

桌子

床

长廊

时雨的尸体

门栓

暖炉

暖炉架

散落的八音盒

门栓

门

手伸进去。他靠着摸索解开门栓。

细碎的声音响起，门栓终于解开了。

这是一扇向外开的门。江野打开门，脚边的雪顺着门的轨迹被拨开。江野开了一道只能容自己身体通过的缝隙，进入塔里。

我跟在他后头。

塔里充满了刺痛着脸颊的冰冷空气。不可思议的是，这里竟然比室外还要冷。我从内侧将门大幅推开，让还不太明朗的日光照进室内。

塔的内部是挑高设计，一进门踩上的地板，是从地上一路延伸天花板的楼梯梯间。楼梯朝左右展开，右边朝上，左边朝下。阶梯沿着塔的内壁设置，我们正好位于楼梯中央。

楼梯上装设了管状的简易扶手，在我们站立的梯间，扶手也没中断。扶手另一端是挑高的跃层 *，可以眺望位于几米之下的一楼地面。由于扶手构造简陋，要是一时脚滑冲进塔里，搞不好会掉下去。

"有人。"江野隔着扶手，指向底部的地面。

从我们站立的地方往下看，正面偏左的位置是暖炉与环绕着它的暖炉架。架上铺着白色蕾丝，上头摆了几个小型八音盒。朝周围定睛一看，从柜子到地板上每个地方都摆满了八音盒。

江野口中的人趴在暖炉前倒地不起，但我并没有立刻认出他的身份。这是因为那个人的身体被淹没在数不清的八音盒里，仿佛溺死在八音盒之海。（参照图 5-1）

从他的背影来看，他肯定就是时雨。

"克里斯你在这里等着。"

"好。"

我点点头，江野走下楼梯。

他一踏上地面，就立刻奔向时雨身边，检查他的脸色并确认脉搏。

"死了。"江野的声音一清二楚地传到我这里。

没想到第三名被害者真的出现了。

第二名死者出现的时候，我内心深处仍否认这是杀人事件。人杀害另一个人，这种事怎么可能接二连三地发生……

---

* 跃层：常用于住宅中，每个住户有上下层的房间，并用户内专用楼梯联系。——编者注

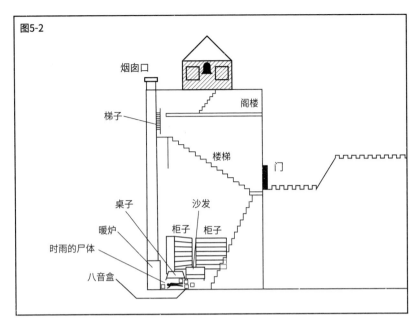

图5-2

烟囱口

阁楼

梯子

楼梯

门

桌子

沙发

暖炉

柜子　柜子

时雨的尸体

八音盒

　　江野起身，爬上楼梯回到我身边。接着他在我面前经过，爬着楼梯迈向上方。楼梯从我站立的位置开始，沿着塔内侧延伸半圈来到终点。江野爬完楼梯时，正好隔着挑高的空间在我的对面，不过海拔比我高了几米。从他站立的位置向下看，刚好能见到在正下方时雨的身影。

　　楼梯爬到顶的地方架设了铁梯子，看来是通往阁楼的道路。江野手足并用往上攀爬，这样爬大概会从高楼爬到玻璃帷幕的钟楼。江野独自钻进了天花板上的黑洞里。（参照图5-2）

　　过了十分钟，江野再次现身。他走下阶梯，这才回到我这里。

　　"上头也没有人。"江野说，"看来是密室杀人。"

　　密室杀人。

我在第一时间还没弄懂这个词的意思。这是推理世界的用语，未曾存在于现实生活中。现实与推理的混淆令我感到混乱。

进出高塔用的门从内侧锁上，杀害被害者的人不在凶案现场。

这就是密室杀人。

凶手到底是从哪里出现，又去哪里了？

我与江野一起走到底下的楼面解开门栓。上下两道门的门栓，都是用沉重的横木插进金属零件里来上锁。

我打开门让浑身紧绷的美雨跟悠悠入内。美雨发出惨叫，大概是见到了倒在我们背后时雨的尸体。悠悠没发出声音，呆愣愣地望着尸体。

"他死了？"美雨惊恐地问，江野点头。

江野捡起在尸体旁掉落的八音盒。木盒上沾着鲜血，而时雨的后脑也被血液染成一片黑。

散落在尸体周围的八音盒有十个以上，有的翻过来，有的盒盖大开地横躺在地。不仅是尸体的周围，塔内随处都放置着八音盒。架子上、地板上、楼梯中途……有做到一半的，也有已经完成的……要是把这里的八音盒聚在一起堆成一座山，想必会相当高耸。因此唯独在这个地方，时雨在八音盒的覆盖下死亡也显得自然。

江野走近尸体，拿着染血的八音盒朝尸体后脑比对。

"这应该就是凶器。"

"凶器？你是说凶手拿这个砸向时雨先生吗？"

八音盒不太适合用来杀人吧。

"两扇门的门栓都从内侧上锁。门栓的横木下方挖了一个大凹槽，这个凹槽会跟金属底座卡死，因此在上锁或开锁的时候，必须用手把横木抬起来再横向滑开。也就是说这个横木无法靠丝线或金属线从外面移开。虽然把冰块塞进这个凹槽也是个可行的手法，但门的周围看起来并没有冰溶化过的迹象。"

　　江野吃力抬起门栓的横木，放到一旁。

　　"你到底在说什么？"美雨不解地歪着头。

　　"就结论来说，两扇门都只有在塔里的人能上锁。"

　　"你的意思是时雨哥自己上锁以后，摔倒撞到头死了？"

　　"人很难因为后脑自行撞上八音盒的边角而丧命，这太不自然了。"

　　"这么说来……"

　　"从现场情形判断，应该是某人蓄意对他造成致命伤。"

　　"有人打死了时雨哥吗？"

　　江野没回话，在尸体旁蹲下，调查起僵硬的关节与皮肤的状态。

　　"从尸体状况来反推死亡时间，时雨大概是在七、八个小时前遇害。暖炉看起来生过火，可以假设室内比室外温暖，这个推测应该不会有太大误差。"江野站起来，转向美雨，"你还记得昨晚是几点听见的声音吗？"

　　"不，我没特别注意过时间……这么说来我听见声音以后，慌乱地朝窗外一看，雪几乎快停了。在那之后到我睡着的期间，雪才完全停住。"

"雪停是昨晚十点左右的事。"江野说。

"你怎么知道？"我讶异地问，"江野，你没睡吗？"

"我偶然醒来，然后朝窗外望了一阵子，见到雪停就随手看了一下时间。我不是刻意要确认，这只是无意识的举动。"江野说得很平常，"美雨跟悠悠听到的声音，可以视为这座塔出事时的声响。我虽然没听见，悠悠她们却听见了。我们的房间离塔比较远，悠悠她们的房间离塔比较近。"

"有道理，所以可能才只有我们听到吧。"

"从死亡时间来判断，时雨丧命的时刻与发出声响的时刻几乎一致，可以认定声响与时雨的死亡有所关联。"

说起昨晚十点左右……我们已经在房里休息了。我们造访高塔去见时雨，可能是在大约一个小时之前。当时大雪纷飞，时雨也还活着。那时从门缝透出来的脸孔，的确是时雨。

"以死亡时间来看，谋杀发生的当下雪已经停了。即使如此，高塔附近仍没有留下任何脚印。也就是说在时雨遇害后，没有人进出高塔。照理来说凶手应该还留在塔里——"

江野边说边走近床铺，拉开棉被与床单，但里面当然没有任何人。

"但这里没有半个人。"

凶手在两扇门都锁上的状态逃到外头，还没留下任何脚印便扬长而去……

他会不会还潜伏在塔里？

我环视塔内。

墙边摆放着许多八音盒。最大的八音盒是足足有三十公分见方的平坦滚筒式八音盒，大小当然不足以供人躲藏。如果是接待室那么大的盘片式八音盒，把里头掏空还能让小孩子躲进去，但塔里见不到那种规模的八音盒。

江野目光转向沙发，他用手杖的尖端在地垫上戳刺，但没找到可疑的地方。

凶手到底消失到哪里去了？

"看过上面了吗？"美雨指向天花板。

"刚才江野去调查过了，里面好像没有人。"

"我再去一趟。"江野说。

"啊，那这次我也要去。"

"那我们也一起……"

美雨开口，却被江野出手制止。

"我们离开这里的期间，躲藏在某处的凶手或许会逃出去。必须有人监视。"

"等一下！这样我们说不定会碰上杀人犯呀？"

"没错。"话刚说完，就爬上了接梯。

"他也太自私了吧。"

"那我也留在这里好了，只有你们两个很不安吧。"

尽管我心知肚明自己留下来也算不上战力，却也无法果断抛下两名女性离去。毕竟杀人凶手说不定就近在身边，屏着呼吸偷窥着我们的动态。

然而悠悠却轻轻推了我一把。

"嗯。"她似乎在催促我动身。

"悠悠你们两个没问题吗？"

悠悠点头。她将右手抱在胸前，眉头轻巧可爱地皱起。这个表情绝非不安的表现，而是显示她出了状况也会自己解决的决心。

"那就拜托你了。"

我把这里交给悠悠，追上江野。

我攀着扶手爬上楼梯，江野在楼梯的终点等我。

我突然有点好奇，从那里越过扶手向下张望。

悠悠抬头望着我，向我挥手。不过才隔了十米的距离，她的身影就已缩得小小一团。我也以挥手回敬。

江野爬上架设在墙上的梯子，梯子总共有十阶。

我也跟着他爬上天花板。这是我第几次在爬梯子了？总觉得这几天之间，我老是在梯子上爬上爬下的。

阁楼没什么东西，是个极为狭窄的仓库。里头放着一个小橱柜，但大小不足以躲人。橱柜的死角自然也没有人。

梯子升降口的正对面有座楼梯，可以继续向上爬。光线从楼梯口外洒下，上头应该是屋顶吧。

我们朝屋顶前进。

屋顶是玻璃帷幕的钟楼。

一般的钟楼为了让钟的声音扩散出去都是向外开放的，但这座钟楼四边全都被玻璃封死了。

天花板中央架着两根铁条，铁条中间挂着一座大钟。

就算是我这么矮的人，将手向上一伸，也能摸到钟。

我站在钟的正下方朝里面望去。钟的直径约有三十公分，深度差不多也是三十公分，这里面当然躲不下一个人。

黄铜制的钟上头安装了滑轮，形成了拉扯绳子，钟就会前后晃动的构造。

但现在滑轮上没有绳子，没办法让钟声响起。不过即使系上绳子，钟也不可能会响起。因为钟里少了原有的钟舌。

一般钟的内侧装有称为钟舌的摆子，钟舌晃动时会敲到钟面。但这座钟里头没有钟舌，大概是故意拿掉，让钟发不出声音吧。

我环视室内，这座玻璃钟楼不存在任何死角，显而易见这里没有任何人躲藏。

那钟楼外呢？我隔着玻璃向外望，外头自然也没见到任何人影。要是外头真的有人，我们早就看得一清二楚了。屋顶上的积雪也没留下任何脚印。

四面的窗全都上了锁，转开窗上的把手，就能把窗户向上推。我试着打开一扇窗，最高可以推到水平的位置。那钟声应该就是靠这种方式传播到外头。钻出这个窗户，成人应该也能逃到外面。

江野作势要钻出其中一扇窗，但他把脚踏上窗框后就停止了动作。

"怎么了？"

"比我想得还恐怖。"

"不要怕，我跟你一起去。"

我们一起翻出窗外。

离开室内，外头便是高塔的屋顶。站在上面的感觉就像是站在将近十五米的悬崖峭壁上，还没有扶手。要是被雪滑倒，可不是闹着玩的。恐怖的想象让我无法不怯步，但为了江野，我只能硬着头皮踏出去。

天色变得非常明朗。薄云的另一端可以明显感受到太阳的存在，放眼望去能见到染上一片鲜明雪色的森林，以及灰色的废墟。没有风的流动，空气仿佛凝结了。

江野走出屋顶，转头仰望钟楼的屋檐。钟楼的屋顶是白色的尖型三角屋顶，看起来几乎没有积雪，大概是因为屋顶的斜角不容易积雪吧。钟楼的周围的确也堆积着应该是从屋顶滑下的雪。

江野接着走向在屋顶边缘冒出的烟囱顶端。他抵达烟囱旁，立刻拉长身子望向烟囱口里。烟囱的顶端正好位于他眼睛的高度。我虽然也想陪他一起看，只可惜身高不够。

他观察烟囱一阵子后，就回到了玻璃帷幕的钟楼里。我跟在他后头进入室内，关好窗户上锁。

"你在调查什么？"我问，"该不会凶手化为烟从烟囱逃出去了吧？"

我原本只是想开个玩笑，但江野自然是一笑也不笑。

"烟囱口面积约是三十公分见方，人无法进出。"

"是吗？但体型娇小的人应该可以通过吧？"比方说我应该可以勉强钻进去吧？

"不行。烟囱口里头架了铁格网拆不下来。格网的空隙连我的手都塞不进去。"

连烟囱也是完全封闭状态。

这是个完美的密室。

凶手不在塔里头。这样看来，他在我们进入之前就从塔中逃脱了。但凶手要逃到外头，必须离开完整地上过锁的密室，还不能在塔周围的雪地上留下任何痕迹。

这种事真有可能发生吗？想逃脱的话真的只能化为烟了吧？

"烟囱口附近的雪被煤灰弄脏了。"江野说道，"昨晚暖炉一定有人使用过，去下面调查暖炉好了。"

我与江野爬下楼梯，回到悠悠她们待着的地方。

"有人吗？"美雨问。我摇摇头。上头没有半个人，反而让美雨看起来松了一口气。

"我们也都张大眼睛监视了，但没有任何人现身。说不定杀了

美雨仍然深信幽灵存在。如果凶手是幽灵，或许的确可以穿墙或从烟囱逃脱。

江野对我们的对话充耳不闻，打开自己的手提箱，将箱子翻过来把里面的东西倒在地上。他在散乱的物品中找到笔灯，走向暖炉。

“天啊，你又这样……”我边把散落一地的物品归回原位边碎念，“要手电筒跟我借就好了嘛。”

他打开笔灯，钻进暖炉里头。炉腔至少还容得下他的身体。

炉床上堆积着烧完碳化的木柴。江野说得对，木柴看起来最近才使用过。考虑到这个天气，会使用暖炉也是理所当然。

在他调查暖炉的期间，被抛在后头的我们帮江野整理他乱丢的物品。

“对了，钟现在不能敲，不过一开始就不能敲吗？”

“我来这里的时候，好像就已经不能敲了吧。”美雨回答，“他们不太肯放我进来，所以我没在意过，但我从来都没听过钟声。”

我们一同仰望天花板。从这里看，看不到那座钟。

“原本有四座。战前这座塔听说是教堂，现在只剩下那座钟留着当年的影子。被指定为海堞以后钟虽然复原过，但因为缺乏用途，并没有马上拿来使用。听说以前曾经有过一次敲钟的机会，但时雨哥他们不肯告诉我详情。”

“原本还有四座啊？”

“没错。排钟原本的意思就是四个一组的钟，你不知道吗？”

“我不知道，我在英国只看过一座钟。”

“据说在中世纪时，教堂的排钟会在固定时间响起，为没有钟表的市民们报时。此后这种钟进化成会在特定时刻自动响起的构造，最后又发展为八音盒的原型。排钟就像是八音盒的祖先。”

“原来是这样啊，那这座塔跟八音盒工匠的宅邸还真是搭调。”

就在这座堪称是卡利雍馆象征的塔里，八音盒工匠遭人杀害，而且还是在八音盒的包围下……

"我了解状况了。"

江野不知何时已从炉腔退出，双手黑漆漆的。他的手指捏着一张薄薄的灰渣。

"江野，那是什么？"

"是第三张诗集。"

"什么！是凶手留下来的月之诗吗？"

"应该是。虽然几乎都烧光了，还是勉强在炉床角落留了一些残骸。上面写着数字，这种数字是书籍里用来表示这张纸是第几张的记号——叫做页码。我在倒塌的大楼找到的部分页面被撕毁的诗集，消失的页数与这张纸一样。"

月之诗之前都陪衬在死者身边，第三首诗在这暖炉里被烧毁。而第三名死者则魂断暖炉前。

"会是时雨哥烧掉的吗？"美雨问。

"啊，我知道了。"我领会过来，不禁拉高音调，"时雨先生觉得送来他这里的第三首诗很不吉利，想把它烧掉。当他走向暖炉把这纸丢进去的时候——"

我想象起昨晚发生的事。

凶手大概抢在时雨之前躲进塔里。看昨晚时雨的态度，他应该不会放任何人进入塔内，就算是馆主仓卖也不例外。所以要进入塔里，就得抢在时雨之前。

昨晚我们前往塔的时候，见到长廊有一组脚印。我们以为那是时雨的脚印，说不定其实是凶手的。时雨本身可能是从玄关走出室外，由一楼进入塔内。

接着凶手躲在暗处，等待时雨露出破绽。凶手准备的第三首诗正是适合制造破绽的道具。时雨发现纸片，为了烧掉纸片而靠近暖炉。这么一来，时雨就背对着凶手。

"凶手抓起附近的八音盒，悄悄从时雨先生的背后凑近，朝他的头砸下去。于是时雨先生就在暖炉前断了气……是不是？"

"不是。"江野果断否定我的推测。

"哪里错了？"

"逻辑上有三个错误。"

"这么多？"我失望地垂下肩膀。我果然不太适合做侦探。

"第一个，昨晚凶手不太可能比时雨先躲进塔里。"

"为什么？可是如果不是这样，我实在不觉得凶手能进到塔里。时雨先生才不可能放他进去。"

"时雨应该多少都预测到第三首月之诗是用在自己身上的。昨晚他躲在塔里也是为了自身安全，这里有坚固的门与门栓。"

"对啊。"

"害怕遭人袭击的他一进入塔内，首先应该会清查塔里有没有人躲藏。这里没什么可以让人躲起来的地方。除非有不为人知的隐藏房间，凶手应该无法躲在某个地方等待下手时机。只不过隐藏房间根本不可能存在。"

江野的说明说服了我。

牧野与矢神被不明人士杀害，似乎让时雨变得相当神经分分。根据有里的说法，他们之间共享了关于书籍的秘密。

由于同伙遇害，时雨大概也感觉到自己有了生命危险。他一进塔里绕一圈确认安全也很正常。要是塔里真的躲着人，当时他应该就会发现了。

昨晚我们在长廊见到的脚印，果然还是属于时雨。

但这么一来，凶手又是在何时进入塔里？考虑到脚印问题，只剩下凶手在下雪的时候前往钟塔，获得时雨同意进入塔内这个可能性。

时雨真有可能放凶手进去吗？

"再来，凶手选择拿八音盒当武器，并不是因为碰巧附近有八音盒。"江野继续，"凶手原本就准备了一个八音盒当凶器。"

"但……一般来说不会有人选八音盒当武器吧。就算要准备，也只是找一个最适合拿来行凶的八音盒吧？"

"没错。所以凶手准备八音盒来当武器，背后应该有某种意义。"

"选择八音盒当武器的理由……真的会有这种理由吗？唔……"我边呻吟边陷入思考，"对了，江野你怎么知道八音盒是凶手准备的？这里明明有这么多八音盒。"

"你实际拿拿看就知道了。"

江野捡起沾着血的八音盒，随手向我递出。

我迟迟不敢接下那不祥的盒子，可以的话我并不想触碰夺人性命的凶器。但江野在我接下盒子之前似乎都会维持这个动作，我只好接过它。

盒子长二十公分、宽十五公分，高约有十公分，看起来就是普通的八音盒。以木头打造的盒子上有着细腻美丽的雕刻，在这栋宅邸再常见不过。

然而这盒子有个不自然的地方。

它很重。

我至今也摸过许多八音盒，这个八音盒比其他盒子都重得多。它的重量远比表面重，因此当我接过去的时候，还差点弄掉。这个重量并不是八音盒因吸附血液而增重所能解释的。

"美雨小姐，你能拿拿这个吗？"

"为什么是我……"美雨边抱怨边从我手上接过八音盒，"怎么回事，好重！我没见过这个八音盒。"

美雨打开八音盒盖，我跟着她一起朝盒内窥探。

里面乍看之下与其他盒子无异，但美雨似乎注意到什么问题了。

"这盒子底部垫了铅或铁的板子。虽然说有时候会为了扩音故意在底下留空间，但从来没有人会垫铁板。"

"这是故意要增重。"江野说，"可以推测这是凶手刻意将盒子改造成凶器。我虽然还没全数检查过，但掉落在尸体周围的八音盒似乎全都具有足以充当凶器的重量。"

时雨的尸体周围散落着许多相似的八音盒，数量大概有二十个以上。我试着捡起其中一个，就跟江野说得一样，和凶器一样重。

也就是说凶手准备了这么多用来当凶器的八音盒，然后使用其中一个做案。

总觉得不太对劲。

"与其这么费事，去厨房拿把菜刀不是更快？"

我说出自己最直接的意见。

但江野没理会我的话，背着我走向暖炉，接着俯视起时雨的遗体。

江野指着掉在尸体右手边的拨火棒。

"时雨临死前握着拨火棒站在暖炉前。他可能是想查看火势，也可能是想烧了诗集，无论如何他在死前一定都待在这个暖炉前。从尸斑与尸僵来看，尸体应该不是从别的地方搬过来的。克里斯的想法没有错。"

"所以说凶手就是为了杀害时雨先生，等待他背对自己的时候吧？只要他背对自己，凶手就能使尽浑身的力气砸下八音盒……"

"不，这就是第三个错误。"江野转头望向我，"现场与尸体的状况，还有被加工成凶器的奇特八音盒——一旦了解这些东西的意义时，行凶时的景象便会跃入眼中。"

"什么意思？"

"凶手并未亲自殴打时雨。"江野说完抬头望向正上方，"他是对在暖炉前蹲着的时雨，从上方对准后脑砸下八音盒。"

我们仰望的视线终点，正好是楼梯结束的地方。那是刚才我对悠悠挥手时待的位置。

所以凶手是利用挑高的空间，从那个地方把沉重的八音盒扔下去吗？

"昨晚美雨等人听到的声音，大概就是八音盒掉下去的声音。"

"经你这么一说，的确有可能……"美雨露出不太有自信的表情说道。悠悠在她旁边点头。

"凶手为什么准备了这么多相同的凶器？"我问。

"我们应该视这种凶器为一种投掷武器，而非拿在手上挥舞的钝器。基于投掷武器的性质，凶器有丢歪的风险。凶手大概是考虑到可能会失手，才准备了充分的数量。"

"凶手为什么要采用如此大费周章的杀人方式？"

"他或许认为比起直接殴杀，利用重力更能切实达到效果。"

"真的吗？"

"也可能是不管使用任何凶器或手段，凶手都没有自信能成功靠近时雨直接杀害他。"

"为什么他会这样想？"

"无论如何，至少凶手应该认为自己比时雨更瘦弱无力。"

瘦弱的凶手。

这么说来我记得牧野遇害的时候，这个词也曾出现过。就算是瘦弱的人，也能使用诡计制造出被插在灯塔上的尸体。

"选用八音盒当凶器也具有意义，最重要的是可以省下搬运凶器的工夫。只是里面加了重量的八音盒，放在这里也很自然。只要事先将凶器偷渡进塔里，行凶时凶手就能两手空空进入塔内了。"

"原来如此，凶手选了最能融入环境进行掩饰的凶器。"我心服口服地说。

这座塔只能从内侧上锁。反过来说，要是里面没有人，门栓就是没锁上的状态，任何人都能自由出入。想要事先将之后的凶器偷渡进去，也是轻而易举。

我的脑海重新浮现了行凶时的情景。

凶手躲在楼梯上，也可能是躲在天花板里。接着当他见到时雨走进暖炉，就朝着他的头砸下八音盒。

他的第一投是否命中了？自由落体要砸到目标应该不算太难吧？尤其是当目标不会动的时候。

然而问题是凶手到底是怎么溜进塔里，又成功躲在现场里头？接着他又是怎么从塔内逃脱的？

"打扰一下，这有没有可能是意外？"美雨问，"比方说堆在楼梯上的八音盒，碰巧砸到时雨哥头上……"

说这句话的美雨自己的口气都不太有信心。

"八音盒非常有可能原本是堆在楼梯上。这座塔里头，每个地方放着八音盒都不稀奇。但很难想象八音盒是碰巧砸到位于正下方的时雨头上的。"

"也是。要是没有特地瞄准再投掷，怎么会这么巧刚好掉在下面的时雨哥头上。"

这种情况下，绝不可能会碰巧发生意外。凶手看准了唯一且绝对的时机，对时雨丢下了凶器。

美雨仿佛畏惧着无影无踪的杀人犯似的浑身颤抖。杀人事件终于成了无可欺瞒的现实，在我们的眼前现形。

剩下的人不多了。原本卡利雍馆的居民有七个人，现在三人遇害，剩下仓卖、有里、美雨跟悠悠四人。

凶手是否就在这些人之中？

美雨跟悠悠昨晚待在一起，她们如果是共犯，也可以猜想她们晚上两个人一起下手杀害时雨，但这太不切实际了。说到底我根本无法想象悠悠参与犯罪。还是说是其中一个人入睡以后，另一个人才避开她的耳目展开行动？

我的视线自然飘到了悠悠的右手上。

这名少女拥有"凶手"的戈捷特。有戈捷特的地方就会发生凶案，这句话我是跟江野学来的。如果这句话是对的，这次事件莫非也与悠悠的戈捷特有所关联？

我摇头驱散自己不好的想象。

总之美雨跟悠悠两个人能为彼此做昨晚的不在场证明，她们两人一起听见了从塔中传来的声响。若是相信她们的话，她们就不是凶手。

那有里呢？

昨天晚上他在我们的房间睡觉。就算他睡到一半醒来跑去别的地方，我们或许也不会察觉。我设置在门把上的陷阱，待在室内的人可以立刻注意到，回来归位就能恢复原状了。

他该不会是为了不在场证明，才特地跑来我们的房间睡吧？

但这个选择也要冒很大的风险。先不论我，他这样就得跟江野睡在同一个房间。真的有人敢瞒着检阅官的耳目跑出去杀人吗？

最后剩下仓卖。

没人知道他昨晚在哪里做什么。他在离开餐厅以后，应该是回到了房间。在那之后呢？关于仓卖的每一件事，全都包围在一片迷雾之中。

"我说江野啊。"我突然想起便顺口提出，"接下来要不要回宅邸里找仓卖先生？"

"好啊。"江野一口同意。

我再次环视塔内。仓卖虽然是个矮小的老人，看来还是没办法躲在八音盒里头或床底下。

他现在既然不在这里，应该就是在宅邸里。

"回到宅邸之前，我还有一件必须告诉克里斯与悠悠的事。"

江野用一如往常的平淡态度坦然地说。

"怎么了？"

"我找到目标的戈捷特了。"

"啥？"

"呜呜？"

我与悠悠同时喊了出来，冲到江野身边。密室与尸体全被我们抛在脑后。

原来我们苦苦寻觅的东西，终于现身了吗？

"真的吗？真的有戈捷特啊！"

"呜！"

"它到底藏在哪里？"

"在暖炉里。"江野用手杖的尖端指着漆黑的灰烬。

"你说暖炉里该不会是指……"

情况急转直下，我心中闪过不好的预感。

心花怒放忍不住跟悠悠牵起来的手，突然感到好空虚。

"已经烧毁了。"江野宣告了一如我预想的事实。

"你在骗我吧？"

"我没理由骗你。"江野平静地回答，将手杖夹回腋下，"戈捷特已经碳化了。"

我从包里拿出自己的手电筒，朝暖炉里头窥探。悠悠从隔壁凑过脸来。

炉床上碳化的柴薪堆积如山，在柴薪之山上头放了一个长方形的盒子。盒子当然也早已化为黑炭，但仍勉强保留了原本的形状。它原本肯定就是我如今司空见惯的物品——八音盒。假如它跟其他八音盒一样是由木材打造，易燃也是理所当然。

"这不是普通的八音盒吗？"

"盒盖中央有个方形切割的小型宝石。由于被烧毁的缘故，失去光泽变得黯淡，然而上头有损坏的戈捷特独有的细微龟裂。至少可以断定它的确是戈捷特。"

"只要确定这点，就能交差了吧？"

"不行。遗憾的是它的内容无法阅读，所以无法辨别是哪种戈捷特。也就是说我们无法证明这就是刘手在找的'冰'的戈捷特。"

如果被烧毁的戈捷特真的是"冰"，江野与刘手寻找戈捷特的竞赛就失去了终点。我、悠悠还有江野将会被刘手强迫参加一场永远无法获胜的竞争，而且视刘手的心情，我们还可能会被送去检阅局。

"能不能想办法证明这是'冰'的戈捷特？"

"有的少年检阅官擅长修复损坏的戈捷特，但能否修复也会视损坏状况而定。再说他也未必会协助我们。"

为了将戈捷特从世上删除，还得先修复好确认内容，听起来也很矛盾。但这现在成了我们关乎生死的问题。

"总之先将它从暖炉拿出来吧。"我一头钻进暖炉里。

"等等，要是轻易移动，戈捷特可是会碎裂的。"江野罕见地快速说完，"所以我才摆在那里没碰它，戈捷特被火烤得很脆弱。"

"我们只能放着它不管吗？"

"不……让我来拿吧。虽然风险很大，也只能带回去修复了。在鉴定出戈捷特的内容之前，或许还能继续保留问题。"

"好，交给你了。"我点点头，把空间让给江野。

江野钻进暖炉里头。我拿着手电筒朝他的手边照射。

"等等，你们怎么从刚才开始就在说些莫名其妙的话？"美雨一脸狐疑地盯着我们看。

悠悠辩解似的唱起某种歌，安抚了美雨。

江野缓缓将盒子拿起，但他拿起来的只有盖子。大概是铰链烧坏了吧。拆开盖子以后，烧毁的八音盒露出机械装置。黄铜的音筒与音梳烧得焦黑，受热扭曲变形。

镶着戈捷特的八音盒究竟是什么旋律？如今我们再也不可能听到。焦黑的盖子上头或许曾装饰了极为精美的雕刻。可惜现在只剩下宛如死亡生物眼睛的戈捷特，寂寞地镶在盒盖中间。

江野用双手捧住长约二十公分的焦黑板子，从暖炉退开。

"成功了。"

脆弱而即将损坏的戈捷特就在他的手中。身为少年检阅官的江野，过去可曾像这般小心翼翼地对待过戈捷特？他原本可是属于破坏戈捷特那方的人。

"真的什么都看不到呢。"

我朝白色宝石里头端详。它看起来就像霜雪掉落在上头的玻璃，表层沾着煤灰脏兮兮的。我怕弄坏不敢碰，但要是碰了想必也是冰冷的。

"呜呜？"

悠悠指着暖炉歪起头，似乎是想问为什么戈捷特会跑到暖炉里。

"应该是时雨先生眼见逃不了法网，才想处理掉戈捷特吧。这样一想就说得通了。时雨先生他们果然私藏戈捷特，这一定就是'冰'的戈捷特。"

"它仍可能是其他的戈捷特。"在获得确切证据之前，江野似乎不打算断定。

"那就去问问仓卖先生吧，说不定仓卖先生知情。"

他应该知情，然而他也未必会愿意回答。

"进屋子里吧。"

我们决定锁上一楼的门栓，爬上塔内的楼梯从长廊回到宅邸。

宅邸的入口没有关上，原本应该待在那里的有里消失无踪。

我们一起爬上四楼。在宛如被时光洪流抛下的卡利雍馆之中，四楼也仿佛时间停止了数十年似的，满是尘埃而且飘着一股老旧木头的气味。

仓卖究竟在这个空间打造了什么样的王国？

我敲响仓卖的房门。

出乎我意料，他立刻有反应。

老人挂着无所不知的表情，站在被八音盒材料团团围起的房间中央。这副景象仿佛暗喻了他与身边世界。

"在卡利雍馆醒来的感觉怎么样？"仓卖露出沉稳的笑容问道，"看来似乎又出了什么问题。"

"时雨先生过世了。"我说。

"这样啊。能详细告诉我那个男人是怎么死的吗？"

我在他的要求下，说明起案件的详情。我也告诉他现场是个密室，凶器使用了八音盒。只不过仓卖虽然主动询问，自己却只是了然无趣地附和我。

"我们接下来的生活会变成什么样子？"美雨向前踏出，用仿佛揪着仓卖的气魄逼问。

"美雨，你不用担心任何事。你只要像以往那样做八音盒就好。"

"同伴都死了三个人，我没办法继续维持以前的生活了。这座宅邸到底出了什么事？馆主您应该知道吧？"美雨露出泫然欲泣的表情说道，"我在这里制作了五年八音盒。五年前的我虽然跟孩子差不多，您让我以八音盒工匠的身份入住，我真的很荣幸。我可以天天制作八音盒，真的很幸福。为什么事情会变成这样？这样子简直……就像是一切都要结束似的！"

"就算失去了一切，只要你还能振作，就没有结束这回事。"

"但我不想失去啊！"美雨像孩子一样摇着头，头发都散乱了。"馆主您是不是早在五年前，甚至更久以前就预料到这种结局？"

"是啊，就在我开始踏上这条路的时候……"

"这跟卡利雍馆的往事有关吗？"

"或许吧。"

"我来到这里之前，这座宅邸到底发生过什么事？时雨哥、矢神哥跟馆主您都不肯告诉我。我解释成这件事我不用知道来说服自己……但如果这件往事会夺走我宝贝的事物，我认为我必须了解它，并且面对它。"

"现在无法改变过去。残害我们的东西，是受到过去束缚的现在。"

"这是什么意思？"

"时雨过去犯了过错，就是这样。"

"时雨哥做了什么？牧野哥跟矢神哥又为什么非死不可？"

"这问题你若不问杀害他们的凶手，永远都得不到答案。"

转移焦点的话语接二连三出口，再怎么问都问不出令人满意的答案。美雨终于失去精力不再开口。

仓卖说的往事，到底是怎么一回事？

我在此之前深信这一连串的事件是在戈捷特的利害关系之下产生的。但会不会这只是我的先入为主，实际上还存在其他动机？会不会我们不曾知晓的往事里头藏着一切的原因？

"仓卖先生对一切都知情吗？"我接在美雨的后头提问。

"我只是知道得比你们多一些而已。"

"请你告诉我这里以前发生过什么事。"

"你们应该都知道了吧？以前这里待过一名做八音盒的天才。他想出了将人类做成八音盒的点子，试图实践。于是有一名年轻女子惨遭牺牲。虽然到最后他没有成功，这件事却成了口耳相传的怪谈。"

"这件事……原来是真的吗？"美雨一脸惊愕地说。

仓卖的眉头刻下深深的皱褶，点头肯定。

"那名八音盒工匠后来怎么了？他现在还活着吗？还是已经死了？"

"我不知道。知道故事结局后续发展的人……也只有故事的主角本人了吧。"

"那名疯狂的工匠，现在也还潜藏在卡利雍馆里吧？"美雨信誓旦旦地说，"这么一来就足以说明至今为止发生的事了。幽灵的传说……不见踪影的第三者可能性……是不是馆主您把那个人藏在四楼的某处？幽灵实际上存在吧？"

"哈哈。"仓卖笑着打发美雨的话，"我可没有窝藏这种人。你要是怀疑，尽管翻遍整座宅邸寻找吧。但说起来我真有可能瞒着你们的耳目，连续窝藏一个人好几年吗？"

"我这就去调查！"美雨说完就要离开房间，"悠悠也来帮忙吧。"

"呜？"悠悠讶异地指着自己，随后不知该如何是好地望着我，像是在问自己该不该跟着去。

"好啊，你去帮美雨小姐吧。等下我们也会马上过去。"

悠悠点点头，跟着美雨一起离开仓卖的房间。悠悠看起来比较倾向留在房里，但我总觉得留住她们就像是选择站在仓卖这边，我实在做不到。

少了两名女性，气氛变得很沉重。

江野将烧得焦黑的板子朝仓卖递出。

"戈捷特就藏在塔里。"

江野的神情与声音都没有变化。但在我看来，他在那刻就像是按了开关切换成检阅官的态度。

"你当然也知道吧？"

"你在说什么，我听不懂。"仓卖抬头遥望着远方装傻。

江野将手中握着与木炭无异的戈捷特放到仓卖眼前。仓卖面不改色。

"卡利雍馆的所有人将会被追究责任，不管你知道或不知道都一样。我也可以现在立刻送你去检阅局。"

"你倒是说说看你能做什么啊，少年检阅官。你如果要把我送去检阅局，旁边那名异国少年又是怎么一回事？只有他有特别待遇吗？这就是世界上最正确无误的检阅官心中的正义？"

江野无法做出任何反驳。

仓卖利用了我。他之所以能这么从容，或许就是因为他很清楚江野还有我这个弱点。

"如果仓卖先生愿意供出一切，我会乖乖以犯法者的身份让江野逮捕。"我介入两人之间。

虽然是情急之下脱口而出，这话有一半是真心，另一半则是骗他的。我或许已经学会怎么说谎了。发觉这个事实，让我感到有点悲惨。

"哈哈，这就麻烦了。我还得要你见证这一切呢。然而，我没有什么能卖给江野的东西。被卖披的话……顶多就是我真的没有窝藏任何人。而关于那块焦炭，我好像曾在塔中见过它惨遭祝融之灾以前的模样。"

"这个八音盒之前放在塔里吗？"

"没错。"仓卖点头，贼贼一笑，"就在成堆的八音盒之中，放在那边好久了……"

"放在那边好久了？"江野用确认的口气复述。他知道什么了吗？

"先不提这个，让悠悠她们离开真的没问题吗？"仓卖眯起双眼说，"凶手不是可能还在这里晃荡吗？"

他说得对。杀害时雨等人的凶手，还躲藏在某处。

我隐约觉得眼前的老人或许就是凶手，但他可能没有连续杀害三个人的体力。

如果凶手并不是仓卖呢？

"我担心悠悠与美雨小姐。江野，我们去找她们……"

此时走廊传来短促的惨叫。那声惨叫就像是用刀刃朝钢铁刮去，具有强烈的金属感。这不是悠悠的声音，是美雨的。

"拜托你了。"仓卖开口。去保护她们——在我听来他是这个意思。

我点头答应，从房间飞奔而出。江野也跟着我跑到走廊。

某人离去的脚步声传入耳中。声音是来自漫长走廊的尽头，从左边的转角那边传来。

我们朝声音响起的方向奔去。

拐过转角，美雨跌坐在走廊正中央的模样便映入眼帘。她押着自己的右肩，浑身上下看起来没受伤，但整张脸却血色尽失一片惨白，从发出惨叫的那刻就僵在原地。

没看见悠悠。

"美雨小姐！发生什么事了？"

"我……我搞不清楚。"美雨呆滞地摇摇头，"拐过那个转角的时候，我突然被棒子之类的东西打到，昏倒在地上。当我抬起头来，眼前没见到任何人的身影。"

"悠悠呢？"

"大概……被抓走了……因为我听到悠悠抵抗的声音，还有两组脚步声远去。"

难道杀人凶手拐走了悠悠？

听到这个噩耗，我不禁差点就要跌坐在美雨身边。我感觉仿佛心脏被重击了一拳。我将手扶在墙上，勉强让自己冷静下来。

"抓走悠悠的人往哪边去了？"

"我不知道……对不起。"美雨压着肩膀站起身子，"但我看那个人一定就是住在这座宅邸里的幽灵。这里果然有我们不认识的人。"

难道神秘第三者终于被逼到绝境，采取了最终行动？

"得赶快追上去！"

"啊，等等，我也要去。"

肩膀没问题吗？

美雨的脸因痛楚而皱起，仍点头肯定。

我们一边呼唤着悠悠的名字，一边跑下楼梯。

悠悠到底被抓去哪里了？又是谁抓走她？再怎么呼唤悠悠，都没有人响应。卡利雍馆比以往更像是沉入水底般寂静，仿佛即将迎接这个被淹没的那刻……

我们从三楼来到二楼在走廊上来回奔驰，寻找悠悠的身影。一个个调查宅邸的众多房间很花时间。我们主要查看敞开的房门，确定没有异常立刻移动到下个房间。

我们在寻人途中去了一趟自己在二楼的房间，放置烧焦的戈捷特，以免它在我们四处跑的时候损毁。放在无法上锁的房间虽然不太心安，但现在可是刻不容缓，我也无可奈何。

找着找着，我们来到了一楼。

一楼没有人影。我们难道会就此再也见不到她？我的胸口因担忧而紧揪。

在入口大厅的门前掉着一条水蓝色的毯子。那是我借给悠悠的，她从今天早上就一直披在身上。我捡起毯子。

"悠悠来过这里！"

我们踏进入口大厅。玄关的门半开着。

"会不会跑去外面了？"

我朝外头一看。地上有两组不同于我们前往卡利雍塔时的脚印，直直地朝正前方的森林延续。

"是悠悠他们的脚印。"

"得快点追上去！"

我们出了宅邸来到雪地上。

托了雪的福，追踪并不困难。两组脚印时而接近时而远离地朝山区前进。任一边都有奔跑时被踢开的雪，然而比较娇小的那组脚印更为紊乱，几乎见不到完整的脚型，看起来像是被拖着走的痕迹。悠悠被绑匪硬是拉着走的模样历历在目。

　　针叶树与落叶完的枯木稀稀疏疏地竖立在森林中。走着走着，坡面变得陡峭，可以踩踏的地面也变得歪歪扭扭的。这里似乎是海墟东北端海拔较高的地方。脚印朝高处前进。

　　树木攀附在地上的根系非常碍脚，被雪濡湿的腐叶土又让脚步变得更沉重。两人的足迹在山中彷徨地前进。

　　我们现在与她们两人距离多远？要是动作快一点，应该还能避开最坏的情况。

　　动作必须加快。

　　我必须把悠悠带回来。

　　我们时而呼唤她的名字，在森林中前进。我们的声音在寂静之中回响。天空就像是隔了一层薄膜般模糊不清。地上除了悠悠他们的脚印以外，还有不知名动物的足迹。原来在这座终将毁灭的森林里还住着动物。

　　“这前面是什么？”我问美雨。

　　“我也不知道。”

　　脚印看起来很迷惘，不知道是因为下雪而面目全非的风景令他们迷失方向，还是打从一开始就无处可去。

　　“你有没有听到风声？”美雨问。

　　经她这么一问，山里头真的能听到强烈的风声。

　　“那是什么？”

江野指着上方的岩盘。

那里开了一个巨大的洞穴，风发出地面震动般的声响吹拂而过。

"是风穴。"

"对了，我曾听说过这附近有个风会灌进去的洞窟。"

风穴这种地形是指因气压差或温差而产生流风的洞窟。悠悠两人的脚印，正是朝风穴延续。

为什么他们会进去那种地方？看来情况并不寻常。

"快走吧！"

"什么，你要进去吗？"美雨退缩了，"里头伸手不见五指，感觉怪恶心的……"

"那请你在这里等我们吧。"

"不要！我也一起去！"

最后我们三人一起踏进了风穴。我从包里拿出手电筒打开开关。才刚站上入口，吹拂的狂风就猛烈地痛殴着我们的身体。好惊人的风压，简直就像是在驱逐外人。

这座洞窟不知道有多深，前方也不知道有什么样的危险在等候。我们慎重地朝黑暗踏出第一步。

入口附近狭窄到就连矮个子的我也觉得有点挤。周围的壁面是裸露的岩层，散发出跟冰一样凛冽的寒气。小小的蝙蝠害怕地朝户外振翅飞离。但除了蝙蝠以外，这里没有其他生物的气息。

稍微前进一段路，来自入口的光线转眼间就失去作用，只能依靠我手里的手电筒。脚边到处都湿淋淋的，我们的脚步声全被毛骨悚然的水声所包覆。

"来这种地方到底是要做什么……"

美雨不安的声音在回声过后消失于黑暗。

脚边的路是微缓的下坡,走起来感觉仿佛是掉进深深的窟窿里。

在黑暗之中行走时,听觉与触觉逐渐灵敏起来。我为细微的声响颤抖,并敏锐地感觉到冷空气的流动。风很寒冷,我的心脏仿佛都要冻僵了。

洞窟越走越宽阔。走到左右墙壁的距离刚好有我双手伸直那么宽的地方时,我的心越来越七上八下。手电筒的光明正逐步被黑暗吞噬。

我们紧贴着彼此走下深窟。不管走了多久,别说是悠悠的身影,根本见不到黑暗以外的东西。

不知道走了多远,我所有感官都开始麻痹,有种自己的身体正飘浮在空中的错觉。自己仿佛即将融入黑暗,我感到很害怕。

"你们看。"

美雨指向洞窟的顶头。我将照明对过去,上头垂着某种物体,反射出湿润的光芒。

"是钟乳石吗?"

"不,是冰柱。"江野说。

"这种地方居然会有冰柱。"

有着尖锐顶端的冰柱,看起来对我们满怀恶意。我们避开冰柱底下的位置继续前进。

"幸好这里是单行道。要是有分岔路，就只能投降了。"

"今天早上我从厨房带走的面包还放在包里，迷路时撒面包屑就好。"

"这是哪招，真是浪费面包。"

"有个故事就是这样，你没听过吗？"

"故事啊。"美雨的声音听起来有些不屑，"我比较喜欢音乐。"

"我也喜欢音乐。但是还有很多故事，光靠音乐是无法表现的。虽然现在可能都失传了……"

我们边聊天排遣不安，边彼此确认对方的位置，在洞穴中继续行走。要是只有一个人，大概就没办法在这片黑暗中前进了吧。

我们最后来到一个开阔的空间。

我是从回声与皮肤感受到的空气流动得知这件事的。我拿着手电筒环照一圈，但这里空间太大，无法掌握全貌。

江野注意到脚边有异状。他停下脚步，突然蹲下去。我将照明转向他，像蛇一样在地上攀附的黑色电线随即映入视线。这很明显是有人安装的。朝电线的尽头望去，那里有一台方形的机器。

我似乎曾在别的地方见过类似的东西。

"是发电机。"江野说。这台机器跟灯塔底下的发电机很像。江野毫不犹豫地开启它的电源。

整座洞穴响起类似虫子飞舞的声音，不久后电灯泡亮了起来。

洞穴的全貌逐渐明朗，这个开阔的空间足足有大厅那么宽广。沿着墙壁与顶端装设的电灯泡，正一点一滴壮大光芒的势力。除了发电机以外，这里还放置了桌椅与小型橱柜。不知道是谁住在这里，但至少可以确定这里平常有人出入。

比起这些东西更引人注目的，是在放在这个大厅角落的三个大箱子。

箱子是低矮的长方形，看起来是用金属打造而成。

"这房间是怎么回事！"美雨激动大叫的声音中又混杂着恐惧。"幽灵果然就是住在这里……"

"那个箱子是八音盒吗？"

我靠近金属箱。箱子对八音盒来说太过巨大，材质感觉也不太适合。

我不假思索就打开了盖子，箱子里头装满了白色硬块。

"这是什么？"

"怎么了？"美雨在我背后望向箱子，"这是冰吧？"

"冰？"

我触碰表面，的确很冰冷。

这是个巨大的冰块。虽然冰块在人的印象中是透明的，但这个冰块几乎都是白色的。看来是冰块里头混入了空气因而失去透明度，此外还结了霜，因此几乎都成了白色的硬块。那抹白正好跟损坏的'冰'的戈捷特一模一样。

"这个箱子是装冰块用的容器吗？"

这会不会是类似保冰盒的东西？为了在夏天也能使用冰块，便在这座风穴把冰储存起来。

"这似乎不是单纯的冰。"江野的手抚过冰的表面，擦去了霜。

冰里头有东西。

我用手电筒的灯光照射，凝视起那个东西。

是人。

冰里头有人。

我忍不住发出惨叫，不小心弄掉了手电筒。光线在冰面划过一道弧线。

光照亮了埋藏在冰中的容颜，那是一张女性苍白的脸。

"小清！是小清！"美雨扑上箱子。

"是你认识的人吗？"

"岂止是认识……她是悠悠前任的佣人啊！"

江野捡起手电筒，调查另外两个箱子。两个箱子里都有长眠于冰块中的女性。

"为什么？为什么小清会被封在冰块里？她不是约满回本土了吗？"

"其他女性是？"

"应该是之前的佣人吧。年轻女性来到卡利雍馆后一去不回的传闻是真的。佣人大概合约到期之后，就会被封在冰块里。"

"怎么可能！"美雨狂乱地摇头否认，"我才不信！不然你说说看……是谁在做这种事！"

"你想知道吗？"

这个声音是从洞穴深处传来的。

有里从岩石的暗处现身，悠悠也在他身边。

有里紧贴着悠悠站在她身后，用手臂环住她的脖子，架起她让她动弹不得。他的手里握着雕刻刀，刀尖指向悠悠的喉头。悠悠大概是看抵抗也无济于事，呆立在原地。

原来掳走悠悠的人就是有里。

"有里先生，你在做什么傻事啊！"我发出近乎惨叫的声音，"你想对悠悠做什么？"

"你放心吧，悠悠是宝贵的人质，我不会让她受伤。但她要是不听话，我可就伤脑筋了。你们也别轻举妄动。"

"人质是……"

"我要离开海墟，我再也受不了这种鬼地方了。下一个被杀的大概就是我，因为我知道秘密。我要在遭殃之前拍拍屁股走人。搞什么鬼，我好歹还算是老老实实在制作八音盒，为什么非得碰上这种鬼事？"

有里咋舌。

"这是什么意思？有里哥，拜托你说清楚！"美雨追问。

"那些你都看到了吧。"有里用下巴指向被冰封的女人们，"这全都是时雨他们干的。"

"你说时雨哥……"

"那些家伙是恶魔。跟这个比起来，私藏书籍还算是小罪。那些人每次遇上麻烦，都会杀掉佣人。"

"人是他们杀的？"

"没错，最初的佣人倒霉得知藏书地点就被杀了。实际上下手的是矢神。书籍原本好像是藏在宅邸里，但在那之后就被移到上次那栋大楼里了。下一个佣人知道这座海墟在走私书籍，大概是听商船的人说的吧。再下一个佣人阿清……我就不知道了。说不定是手痒该找个人来杀，才会找她下手。"

"这太无法无天了！"

"对，就是无法无天。时雨他们——尤其是时雨，他们在人格上一定有某种缺陷。他们死了也是活该。我在阿清失踪的时候就觉得不对劲，于是我从牧野那里问出了内幕，自己展开调查……我完全没料到背后有这么残忍的行为。"

"他们为什么要冰封尸体？"

"为了做成八音盒。"有里不屑地说，"把人做成八音盒的邪恶怨念渗透了卡利雍馆的墙壁与地板。我不知道是哪个人先说出这个点子……可能是在宅邸住久了，就被这股怨念附身了吧。时雨大概也是被这股怨念弄得怪里怪气的。"

是否正是因为身处于逐渐沦丧的时代，想要创造什么留下什么的人类，才会做出如此偏执的事情？

像是我持有的戈捷特，也必定是这种执念的结晶之一，在行为伴随罪恶这点上也相同。既然如此，他们的所作所为又与我想做的事情有什么差别？

更何况我可是想写作杀人案的故事。

"只不过要把尸体直接拿去当八音盒的材料，有技术性困难。

生物的身体时间久了自然会腐烂，打从一开始形状也不适合作八音盒。但要是把尸体封在冰里做成一个长方体，就跟巨大的木箱没有差别，等于是一种音箱。那可是在透明的箱子中央躺着沉睡美女的八音盒，再怎么精美的雕刻也达不到这种程度。"

这样的八音盒又会演奏什么样的乐声？

那会是优美的乐声吗？还是受诅咒的惊悚乐声？

"但其实这些箱子没有一个能做成八音盒，因为那些家伙没有技术。不，或许没有的是胆量吧。到头来他们浪费了最棒的材料。"

"原本要是八音盒完成了，他们打算怎么办？"

"这可是极为罕见的八音盒，他们深信有品位特殊的人会花大把银子买下。"

"好残忍……哪会有人买这种东西！"

"不，他们对这点深信不疑。大概是走私书籍让他们食髓知味，越是触犯禁忌的东西就越有价值。他们想发财想疯了，似乎是打算有一天要靠金钱的力量，在检阅官鞭长莫及的海墟打造自己的王国。我看他们都疯了。你也知道我跟他们保持距离吧？这座海墟再怎么封闭，也容不下这么目无王法的行为。但我的立场也不好违逆时雨，我要是被赶出海墟，就成了无家可归的人渣。我还得继续在卡利雍馆多学几年八音盒的做法，磨练我的技术。"

"可是你知情不报，你明明就知道他们做了这么残忍的事！"

"美雨，你如果是我，你敢跟别人讲吗？搞不好，我也会落得这个下场。"有里示意冰封的棺椁，"我跟牧野问出这件事的时候，甚至还觉得不知道才是福气。"

"时雨哥他们从什么时候开始做这种事？"

"听说我来的时候第一个人已经被冰封了，所以差不多十年前吧。"

"早在十年前，他们就开始把人冰封了吗？"

"没错，这里到了夏天，冰也不会融化。这个风穴是天然的冷冻库，所以女人的身体可以永不腐朽。"

"疯了……"

"对，你每天都会见到的那些脸孔，就是疯狂杀人魔的脸。你都没发现吗？要是有个万一，你可能也会成为他们冰封的对象。只是你过了他们偏好的年龄，才会逃过一劫。"

美雨浑身颤抖。

"这件事共有谁涉案？"江野头一次提问。

"用不着说，首领就是时雨。矢神跟时雨认识很久了，没有人敢违抗这两个人。时雨如果是头脑，矢神就是身体，矢神是执行的人，而牧野是他们的奴隶，毕竟牧野比我还晚来这里。麻烦事全都推给了牧野。他很可怜，要是跟我一样懂得巧妙回避，说不定就不用死了。"

"把女人冰封起来做成八音盒的想法，不可能是时雨他们自己想出来的。是谁教他们这个方法？"

"大概是仓卖吧。"

"你说是馆主？"美雨开口。

"你还叫他馆主，真亏你可以这么愚蠢，盲目相信他。我是很感激他让我们住在卡利雍馆，可是你说说看那老头又教了我们什么？他没教过我们任何八音盒的制作方法，也没付过工资给我们。他只是个把自己锁在房间里的老头。"

"你、你这是什么话？你能够在海墟生活，还不都是靠馆主的积蓄！"

"是，这我不得不承认。我不知道他靠什么赚钱，但他的确非常有钱。所以我猜想将女人冰封做成八音盒的点子和制作方法，也是仓卖透露给时雨的吧。他就是幕后黑手，暗藏书籍也一定是他下的指令。他把海墟里搜刮得到的书籍都交给了时雨，那家伙拥有老人的智慧。时雨他们之所以没有痛下杀手及早夺取海墟，就是因为他们认为老头子还有利用价值。然而被利用的人根本是时雨他们。"

"你说的是真的吗？"

听我这么问，有里便不耐烦地怒目相向。

"睁大眼看清眼前的事实！我才希望这都不是真的。时雨原本似乎还想拉我进去，但我实在不愿意，因为我胆子很小，相对来说也是谨慎。我对他展现最低程度的服从与最大程度的讨好……每天压力都好大，但这种日子也结束了。真是痛快。"

仔细想想，馆主仓卖不可能不清楚佣人的行踪。他就算没有直接涉及谋杀，也极有可能将他从戈捷特中解读出的知识传授给他们。

"你果然在胡说八道！馆主有什么理由做这种事？操纵时雨哥他们又有什么意义？他现在不用赚钱也能过活。"

"钱只不过是让时雨他们出手的诱饵。我才不知道仓卖为什么会开始做这种事。或许就跟历史教得一样，是有害图书荼毒了仓卖，也可能他天生就是个疯子。无论是哪种情况，理由也不再重要！"

"很重要！你要是不把理由讲清楚，我连你都无法相信。"

"美雨，你也该醒过来面对现实了吧。有三个人死了，而死者都是跟这件事沾上边的人。事情是从检阅官上门开始的。这样够清楚了吧？仓卖知道自己终于被逼到绝境，因此解决了知道秘密的人！"

"你说是馆主……"

"不然还有谁？你应该很清楚自己不是凶手吧。而我当然也不是凶手，凶手才不会跟你们坦承这种秘密。检阅官跟旁边那个小鬼也不可能是凶手。既然如此，剩下的人就只有仓卖了！"

这就是有里的告发。

他声称牧野、矢神及时雨的连续杀人事件的凶手就是仓卖……

但仓卖又是如何行凶的？在灯塔遇害的牧野呢？难道他使用了刘手说的诡计？那么在废弃大楼坠楼身亡的矢神呢？难道是老人将那名壮汉推下去的？时雨呢？他又是怎么制造出塔里的密室？

悠悠在有里的臂弯中默不作声地一动也不动。雕刻刀的刀尖紧贴着悠悠雪白的喉头。要是有里再用力一点，就会刺进悠悠的喉咙里。

"我明白有里先生的意思了。但为什么你要这样对待悠悠？"

"我说过她是人质。你知道为什么悠悠来这里好几年都能平安无事地活下去吗？看来悠悠特别受到仓卖宠爱，他应该命令过时雨等人禁止对她下手。也就是说只要我手上有悠悠，仓卖就不敢杀我。他的下一个目标，绝对就是知道秘密的我。因此我要先下手为强。刚才我得知时雨在塔里遇害，感到很焦急。我很怕仓卖随时会跑来杀我，接着我碰巧见到悠悠跟你们分开行动。虽然对悠悠很抱歉，但为了我的人身安危得请她配合。"

"配合？你看看你这么粗暴！"美雨忿忿不平。

"我没有恶意，原谅我吧。就和我刚才说的一样，我要是逃离海墟，就会释放悠悠。相信我，相对地你们要帮我准备船。你们来这里的船还在吧？问悠悠也说得不清不楚。所以我才会像这样把你们找过来。要是你们也在，悠悠可能会听话一点。"

"你怎么这么卑鄙！"

"这件事关乎我的性命，我可不是在跟你们玩小孩子的游戏！"

有里发出怒吼。他真的走投无路。雕刻刀的刀锋发出刺眼的光芒。

"我无法答应你的交易。"

江野用右手重新握好手杖，缓缓靠近有里。

有里慢慢地向后退。

"不准再靠近我。要是苗头不对，我也可能会弄伤悠悠。一切都看你的态度。"

然而江野却毫不畏惧地逐步朝有里靠近。

他以持剑的方式握住手杖，用空着的手从口袋取出眼镜戴上。

江野该不会根本不在乎人质的安危吧？莫非他受到的训练要求他在这种状况下绝对不能屈服于凶嫌？即使这么一来人质会遇害……

"给我在原地停下来。你敢再踏出一步，我就会让你知道我是认真的。懂吗？"

江野对有里的忠告充耳不闻，就要继续走过去。

我不假思索制止江野。

"江野，不可以！悠悠可能会受伤。"

江野握着手杖停下动作。

"有里哥，你快放了悠悠！用不着做这种事，他们也会告诉你船停在哪里。克里斯，我说得对不对？"

"对。"

见到我点头，有里露出了胜利的笑容。

"呜呜！"

悠悠此时第一次开口。她似乎是在说不可以。

"可是……"

"呜——呜！"

"悠悠，你给我闭嘴。"

有里威胁性地拿雕刻刀抵着她。悠悠扭着身子，试图逃离他的刀锋。

"叫你别乱动！"

"呜！"

悠悠猛然用右手抓住雕刻刀。

比起有意识地做出这个动作，她看起来更像是反射性地有了动作。刀锋被她握在掌心里，但对装了义肢的她来说，不构成任何问题。

有里被悠悠出乎意料的举动吓到，动作停滞了几秒。

对江野来说，这几秒的时间便已足够。

他运用剑术的刺击身段，迅速向前踏步，用手杖的尖端刺向有里的喉头。

喉部受到了精准的攻击，有里跟跟跄跄，宛如喘气般干咳起来。

束缚着悠悠的手臂松开了。

此时雕刻刀微微划开了她的手套滑落地面。

悠悠推开有里的手臂向外奔跑。有里情急之下伸出手，但他没能碰到悠悠，悠悠就抵达了我们身边。

悠悠！

我抱住悠悠。她的身体就跟雪一样又轻又冷。我将毯子披在她的肩上。

有里痛苦地捂着喉咙，拾起雕刻刀。然而江野早都挡在他面前。

有里举起雕刻刀摆出架式。另一方面江野也架好手杖，朝有里走近。

有里威吓似的挥舞着雕刻刀，但这样的攻击自然不可能打中。江野轻轻挥起手杖，转眼间就从有里手中拍落了雕刻刀。有里不知所措，准备再度捡起雕刻刀。此时江野接近有里，用手杖扫过有里的腿。有里朝前方摔了过去。

趴在地上的有里已经完全丧失斗志。江野缓缓走近。

"慢着，错的人不是我！你搞错对象了！你要找的人是仓卖！"

有里爬起来，跪在地上哀求似的仰望着江野。

江野重新握住手杖夹在腋下。他取下眼镜收回口袋，就像是在表示自己已无战意。

有里见状便露出不怀好意的笑容，起立拔腿就跑。他越过江野身边，作势推开我们狂奔。

他逃走了！

有里转眼间消失在黑暗中。

但就在他身影脱离视线后，他的惨叫声与倒在地上的声音旋即传入耳中。

我们连忙追上有里的脚步。

摔得四脚朝天而意识不清的有里，以及一张横躺的椅子映入眼帘。看来有里是被椅子绊倒的。

"嘿呦……"身穿夜色制服融入黑暗之中的少年立起椅子，坐在上面，"前辈，你这是想把功劳让给我吗？"

是刈手。

江野没答话，将头缩进围巾。

"你怎么在这里？"我问刈手。

刈手没回答，身边的伊武取而代之开口。

"闹得那么大，全天下都会注意到。"

"这就是他们隐藏的东西啊。"刈手望着在电灯泡白炽光芒下照射的冰封箱子，"看来没有更多待探索的谜团了……真快。"

在我看来，他似乎很失望。

"伊武，把他绑起来。"

伊武点点头，利落地将倒在地面上的有里的双手用束带捆起来。

此后我们等有里恢复到能自力行走后，便回到了卡利雍馆。

回到宅邸，我们在刈手的房间集合。有里也与我们同行。他一进房间就被上了脚枷，已是插翅难逃。他看起来完全死了心，精神萎靡。

只有仓卖不在房里。我与悠悠紧紧相依地站在窗边，美雨疲惫地靠着墙壁坐在地上。江野贴着门站着。伊武坐在床上，紧盯着地板。刈手还是老样子瘫坐在椅子旁边，在椅面上托腮。

"要不要叫馆主来？"美雨问。

"仓卖已经离开这座宅邸了。"刈手眼皮半掩，睡眼惺忪地回答，"他大概领悟到卡利雍馆末日将至，自行前往死所了。"

"离开？死所？"

刈手没理会我的自言自语。

"接下来是解谜的时间。我认为应该跟各位分享我们所整理出的情报，以检阅官的身份，向各位报告这栋卡利雍馆发生的杀人事件的来龙去脉。"

刈手维持原本的姿势继续话题。

"刚才我听前辈报告过时雨在密室遇害一事了。三个月亮都陪衬在死者身边，看来谋杀也到此为止。凶手——就是仓卖。他策划了一切的计划，并付诸行动。"

"我就说嘛，仓卖就是凶手！"有里得意洋洋地说。刈手无视他的发言。

"按照顺序说明吧。首先来说明前天晚上牧野的死。"

刈手向美雨等人说明之前曾跟我们提过的诡计，就是利用船将牧野的尸体吊起来。美雨跟有里频频点头，连连发出惊叹。

"乍看之下虚弱的人不可能涉案，但这诡计反而才是老迈的人会选择的。凶手能够不受牧野防备成功把他叫到船停泊处，而仓卖也符合这个条件。要是仓卖催促他快点逃跑，牧野想必会开开心心地答应。"

"那矢神的死是怎么一回事？听说他是从大楼的窗户掉下去摔死的，难道是馆主把他推下去的吗？"美雨问。

"仓卖没有那么大的力气，再说他也未必能爬那么高的梯子上上下下。"

"那他又是怎么办到的……"

"前辈你是怎么抵达命案现场的？"刈手冷不防向江野提问。

"我从四楼的窗户走下去，穿过大楼内部走到五楼的底部。"

"你为什么没去其他楼层？"

"因为通往其他楼层的路无法通行。"

"连接四楼与三楼的路坍塌了不能走，连接四楼与五楼的路是唯一能通行的路。而连接五楼与六楼的路被淹没了。我说得对不对？"

"没错。"

"横倒大楼上方的楼层都泡在水里。由于这些地方被水淹没，欲抵达现场五楼谷底，只能从四楼的窗户进入大楼内前进……但事实上真的只有这个方法吗？请各位仔细想想。被水淹没的地方，不就等于跟水路相连？前辈你其实不是没办法过去，只是没想办法过去吧？"

"我的确没有进入水中确认。"江野坦荡荡地承认。

"仓卖并未从上方把矢神推落。他把矢神从下方运到上面。没错……通过海中被淹没的地方搬运……"

"什么意思？"我忍不住反问。

"仓卖大概把矢神叫到那栋大楼旁边，趁他不注意杀了他。为了让死状看起来像是摔死，他应该殴打了无数次。仓卖知道大楼里藏着书籍，而在这件事上，矢神他们完全受到他的掌控……到头来幕后黑手不是时雨而是仓卖。矢神只能听他的。只要仓卖叫他把藏在大楼里的书籍移走，矢神就会乖乖听话，爬上梯子去藏书的房间拿书。当他爬上梯子的时候，自然会背对着仓卖。此时仓卖便挥舞钝器，杀了矢神。"

我对刈手的说明有点疑问。他理论根基中的犯人形象，应该是虚弱无力的人。但在刚才的说明中，仓卖是亲自将矢神殴打致死。就算矢神背对着他，仓卖果真有办法做到吗？

要是谨慎地给他致命一击，或许也能成功。但我实在无法想象仓卖挥下钝器的模样。

刈手继续说明。

"杀害完矢神的仓卖，将尸体丢到海里。接着他拉着尸体的衣服，一起进入海中。说不定海里还存在着到达五楼现场的最短路程。再说要是利用海水的浮力，就算是老年人也能搬运尸体。"

使用海中的捷径将尸体搬运至现场。要是不擅长游泳，就不可能执行这个诡计。不，就连擅长游泳的我也未必能办到。

但理论上无法断言不可能。

"把尸体搬到五楼的老人将现场布置成尸体是在那里摔死的样子，之后离开现场。他大概是觉得这么做多多少少能让自己免去嫌疑吧。因为再怎么想，也无法想象老人爬上那个长梯，把矢神推下去……"

美雨跟有里钦佩地聆听说明。

"那时雨先生遇害的高塔密室呢？"我问。

那个密室之谜真有可能解开吗？高塔被雪封锁，而且还从内侧上了门栓。凶手该如何闯入塔中，并在杀害时雨之后成功逃脱？

"用不着想得太复杂。时雨的密室只不过是在两个误会之下形成的……"

刈手将手臂架在椅面上，把脑袋靠上去。

"两个误会是？"

"只要思考凶手为什么要制造密室，答案就会水落石出。凶手既无意伪装成自杀，也没有想主张的信息……那他制造密室的理由又是什么？"刈手提问似的看向我。

我摸不着头绪，只能摇摇头。

"根本没有理由。凶手打从一开始就无意制造密室。"

"你的意思是说，密室是偶然间形成的？"

"不……我是说密室甚至不存在。"刈手垂下了纤长的睫毛，"就跟我刚才说得一样，密室只是场误会。"

我不懂刈手的话是什么意思。塔的入口确实紧闭，雪上也没有脚印。我可是亲眼确认了这个事实，不可能搞错。

"首先第一个误解是……脚印。追根究底，各位认为昨晚行凶时雪上没留下脚印所以很可疑的理由是什么？"

"因为命案发生的时间雪停了。"我回答。

"这就错了。既然没有脚印，行凶就应该是在更早之前的事。也就是脚印会被落雪清除的时间。"

"这不可能。江野已经验尸推测出死亡时间了，而在同一时间，美雨跟悠悠也听到了声响。"

"首先关于这个死亡时间……尸体躺在暖炉前。暖炉里应该还有余火，这不就表示尸体一直受到高温的曝晒吗？而且是足以影响死亡现象的高温……前辈，你有异议吗？"

"至少我觉得我的推测没有错。但没经过详细调查，也无法推断出准确的时间。"江野照本宣科地回答。他的回答在肯定自己的检验结果的同时，也不否定刈手的主张。

"那我们在半夜听到的声响是什么？"美雨不耐地询问。

"那是雪从塔最上层掉下来的声音吧。被暖炉的火加热的空气，融化了堆在钟楼屋檐上的雪，让雪一口气滑到塔外。说起来你真的有办法在宅邸里分辨塔里八音盒掉下去的声音，跟雪从塔上滑落的声音吗？"

"你这样问……我的确是没有把握。"美雨跟悠悠面面相觑，嘟起嘴来。

"所以这一切只不过是仓卖在雪还没停的时候前往高塔，杀了时雨立刻返回。时雨再防备，要是仓卖叫他开门，他也不得不开。而时雨或许未曾想过自己的首脑竟然会杀害同伙。仓卖一进入塔内，就在等待时雨查看暖炉火势的那刻。说不定他假装发现了第三首诗，将纸递给时雨。等到时雨终于露出破绽，仓卖就拿起附近的八音盒，打死时雨。"

"行凶方式不是从上方将八音盒推下去吗？"我插嘴。

"用不着那么大费周章。只不过是挥舞凶器朝后脑一敲，老年人也办得到。与其把加了铁板的奇特八音盒当成为行凶准备的凶器，把它视为以前曾有人实际尝试制作过这种艺术品还比较自然。而这些八音盒全堆在暖炉前。也可能是时雨想拿它们代替木柴，把它放在暖炉旁。既然是为了代替木柴才准备的，当然会优先选择失败品。在艺术价值上太过标新立异的八音盒，在这层意义上，被放在那里也是应该的吧？而时雨只是在被殴打的猛劲下，整个人栽进八音盒的山堆里。"

"被锁上的门该如何解释？"江野问。

"连接长廊的门没有上锁，这是第二个误会。门打不开，是因为地上的雪结冻，卡住了门的下半部。它等于是用冰做的门档。长廊没有遮蔽，雪会直接堆积在上头，门前当然也是一样的状况。也就是说门只是单纯结冻，并没有上门栓。"

"但我把门栓打开了。"

"你只是从小洞用手摸索，把门栓移开吧？但那个门栓实际上是不是锁着的，没待在里面看的人怎么会知道呢？前辈你说是不是？"刈手用一种比起质问更像是闲话家常的态度询问，将脸转向江野，"说不定前辈你开门的时候，把脚边的雪踩软了，因此结冻的门才能打开。"

密室不曾存在。

这就是刈手的结论。

密室难道只是知道密室的人擅自产生的幻想？

"仓卖私藏书籍与戈捷特，不只是检阅官，他为了让任何外人都无法靠近，在海墟打造自己的王国。但看来窝在这里的期间，他的善恶观开始混淆。在时雨他们失手杀害女人时，仓卖怂恿不知该如何处置尸体的他们，把尸体制作成八音盒。时雨等人是否真的有意制造美女八音盒……如今我们无从得知。但用这个办法处理尸体是可行的，这次成功助长了他们的犯罪。结果造成第二名与第三名佣人惨遭杀害。没能完全控制他们，或许可以称为仓卖唯一的失败。要是没有这个失败，本土就不会流传那个传闻，也不会有内奸告密。告密者大概就是牧野。"

"仓卖发现有人告密，所以才杀了牧野先生他们来灭口吗？"

"是的，然而仓卖本人应该早就预期到自己即将破灭了吧。总有一天自己打造的王国也会迎接末日。因此或许在他眼里，这一连串的谋杀与其说是灭口，更该说是收拾残局。关于第三名死者时雨，乍看之下虽然是密室杀人，实际上却没有混淆嫌疑的诡计。这应该是表示犯罪到此为止。也就是说他收拾残局的行动就以时雨的死划下句点。"

因为预期破灭，便自行招来破灭。这种想法已非正常思路会导出的结论。如果是正常思维的人，不可能会选择这种结局。

这果真是因戈捷特而起的杀人事件的结局吗？与戈捷特扯上关系的人，难道只有不幸的下场？

"关于杀人事件的问题就到此为止，没有讨论的空间。我们还有远比这件事更为重大的问题没解决。"

"关于戈捷特，"江野开口，"我在高塔的暖炉里发现疑似'冰'的戈捷特。"

"这样啊。"刈手的回应没有特别的感叹，"那就请前辈拿到这里来吧。"

江野不发一语离开房间。过了三分钟他回到房间，手上拿着那个化作焦炭的八音盒盖子。

刈手接过盒盖，根本没仔细瞧过白色宝石，随手弃置在地板上，再度瘫软在椅子上。

"前辈果然有一套。我刈手早就觉得你一定会比我先找到戈捷特。前辈赢了这场竞争。"刈手出乎意料地认输——"但……前提是这真的是'冰'的戈捷特。"

不意外。

"必须拿回检阅局修复才能确认。"江野说。

"仓卖应该知道，烧掉的人就是他吧。"

"仓卖否认与戈捷特有关。"

"他当然在说谎。"刈手挂着手肘说道，"这栋宅邸的事，还有这整座海墟的事，仓卖怎么可能会不清楚。在真相不明的状况下就让仓卖拉下整起事件的帷幕，真的没问题吗？"

刈手说得没错。

仓卖恐怕还没道出一切。无论是关于杀人事件、关于戈捷特还是关于悠悠。我们必须从仓卖口中问出真相。

"仓卖的处置就交给前辈。"刈手的口气宛如判决。江野点头。被告不在场的审判就这么结束了。

仓卖到底去了哪里？被赶出城堡的国王哪里还有去处呢。

江野提起放在地板上的手提箱，默默不语地离开房间。他或许要去找仓卖。

我对悠悠使个眼色，跟她一起离开房间。

我们有义务见证结局。尤其对在仓卖的摆弄下背负起命运的悠悠来说，结局将会是决定未来的重大瞬间。

我们在走廊上立刻追上了江野。

"等等，我们也要去。"

江野转过头来，轻轻点头同意。

"去找仓卖之前，我想去调查一些事。"

他爬上楼梯。

"你要去哪里？"

"密室。"

我们从三楼的长廊来到了塔前。

留在雪地上的脚印由于我们无数次往返，已经看不出来属于谁。但在发现时雨尸体的时候，上头的确没有任何人的脚印。

塔门紧闭。江野将围巾重新紧紧系上，蹲在门前调查雪地。门前的雪在开门时被拨开了一块，无从追查一切是否跟刈手推理得一样，这片雪当时真的结冻了。

但刈手对于密室的解答合情合理。说起来我实在想不出凶手为什么要制造密室。因此若答案是凶手打从一开始就无意制造密室，我不得不认为这个论述是坚不可摧的事实。

"刈手的推理是正确的吗？"我试着询问江野。

"当然是正确的。在刈手发言的那刻，它就具有正确性。这起案子里，他的言论与其说是推理，更应该称为真相。检阅局的档案里只会列出能为他的话佐证的证据，此外都会被删除。这对拥有削除能力的我们来说是轻而易举。卡利雍馆杀人事件结案了。"

江野站起身子，开门进入塔中。我跟悠悠也随着他一起进入塔里。

时雨的尸体原封不动地躺在地上。

我战战兢兢靠近尸体，调查周围的地板。地板是石砖，散发出凉飕飕的寒气。这里没有地毯，地板与墙壁的石面全都坦露在外，或许整座塔才因此寒冷无比。

仔细查看地面，能见到细微的擦伤。在那道痕迹一旁，掉落着一个边角磨损的八音盒。我朝头顶一看，立刻明白那道痕迹代表什么意思。

"这是凶手从上方推落八音盒造成的痕迹吧？"

我指着证据，江野了然无趣地点头，仿佛是说他从一开始就知道了。

"凶手果然是从头上推落八音盒，锁定时雨先生的头部。"

"这个思路应该没错。然而如果真是如此，我们就必须否定刈手的密室理论。仓卖不是用殴打的方法，而是用更可靠的手法杀害时雨。"

"在这个情况下，仓卖先生就必须将沉重的八音盒搬到楼梯上。但这里有这么多个。"

"关于这点，他只要事先在楼梯上累积八音盒就行。楼梯的尽头有充足的空间可以堆积八音盒。而在那座塔内，八音盒不管在哪里以什么形式堆积，时雨应该都不会起疑。"

原来如此，只要一开始就在楼梯上方准备好八音盒就够了。凶手只要两手空空爬上楼梯，等待时雨待在暖炉前即可。

江野靠近时雨，将趴在地上的尸体翻过来，似乎在寻找是否还有其他伤痕。我不禁别开眼。

"胸口附近有不小的旧伤。你听过关于这个伤的事吗？"江野询问悠悠。

悠悠将手叉在腰上稍事思考，最后摇摇头。

说起旧伤，我记得矢神身上也有。这个共通点究竟代表什么？

"此外还有几处全新的殴打痕迹，应该可以视为被掉落的八音盒砸中的伤。"

这下差不多就能断定行凶方式。

"如果是这样的话，悠悠她们晚上听到的巨大声响，果然还是八音盒掉下去的声音吧？"

"我一开始就这么认为。我也不认为死亡时间是在雪停后的这项推测有误。"

"那么这里果然是密室喽！"

江野来回环视曾是密室的空间，表示自己同意这种看法。

假如凶手是仓卖……他又是怎么从上锁的塔中逃出，在积雪的地面上没留下脚印返回宅邸？今天早上我们发现尸体离开塔以后，见过待在宅邸里的仓卖。这么一来，就等于他在晚上成功逃出高塔回到宅邸。

会不会有一条只有凶手知道的秘密通道？

在江野调查尸体时，我则四处调查塔里的墙面与地板。悠悠紧紧黏在我身边。她也学着我敲敲地板，仔细盯着石砖的缝隙查看。

"你有没有听说过这整座塔有什么机关……像是只要按个按钮塔就会移动之类的？"

"呜呜？"悠悠大吃一惊地反问我，"呜——呜。"

"或是地板会旋转，出现隐藏入口……"

悠悠瞪大眼睛，惊奇地听着我的话。

"这座塔看起来并没有机关。"江野说，"建筑物维持旧时的面貌，没有改装的迹象。再说这座没有稳定电源的宅邸也无法使用电动式的大规模机关。"

"如果模仿八音盒用发条来当动力呢？"

"要是有比大象还巨大的发条，或许真有办法让整座塔旋转，但转动那个发条需要跟大象一样大的力气。这太不切实际。"

"唔，我还觉得这点子不错呢。"

见到我沮丧的模样，悠悠温柔地拍拍我的肩。

"要是塔跟宅邸之间有秘密通道相连，宅邸那边自然也会有出入口，但昨天下午我曾仔细搜查宅邸的时候，找不到那种东西。"

原来我与悠悠溜出宅邸的期间，江野正在仔细调查宅邸。该说他投入工作还是忠于任务呢？江野果然是江野。

"所以这里没有秘密通道吗？"

"没有。"江野断言。

这么一来，只能推测凶手像幽灵一样穿墙而去，飘在空中离开高塔。

江野调查起环绕着暖炉的暖炉架。暖炉架以红色砖头搭成，与构筑塔的建材不同。但这点并没有可疑之处。

暖炉架上方也放了几个八音盒。我拿起其中一个打开盖子。八音盒没作声，于是我上紧底部的发条，试着让它发声。犹如献给死者的安魂曲的庄严曲调流泻而出。我感到有点怀念，或许是因为我住在教堂时也是听类似的圣歌长大的吧。

"克里斯，你进得去烟囱里吗？"

被他这么一问，我姑且尝试钻进炉床另一边。我虽然钻得进炉腔，但前方的通路太过狭窄无法前进。

我将手撑在炉床上，歪起头仰望上方。上头为方便排烟没有加盖，但由于烟道的位置较为内侧，这个位置无法一览烟囱内部。不管怎么样，任何人都不可能通过此处进出。

见到被煤灰弄得黑漆漆的我，江野架起手臂。

"克里斯都不行的话，应该没有人能躲在烟囱里。"

"就算能躲在那里，一生火也会被烟雾包围呛死。"

"呜呜。"

悠悠很担心浑身煤灰的我。我一边咳嗽，一边告诉她不要紧。

江野捡起拨火棒，用扭曲的顶端扫出炉床上的所有东西。炉床上只有我在旅途中见过无数次的东西。在碳化的木柴中，也混杂着原本装着戈捷特的八音盒。

江野拿起烧焦的八音盒凝视，那副模样就像是双手捧着死掉的小动物。八音盒被烧得扭曲变形，难以想象曾经的面貌。

江野将八音盒放在旁边，继续在灰烬中探索。

随后他终于找到了一个东西。

那是一根粗细大概有零点一毫米、长五公分左右的铁丝状物体。由于它已经碳化得通体漆黑，看起来就像软趴趴的黑色毛线。

"那是什么？"

"不知道。似乎是金属。"

"是不是捆木柴的铁丝？像是添火的时候嫌麻烦，直接把整捆木柴塞进去……"

"宅邸里备用的木柴，并不是使用铁丝捆绑。"江野喃喃地说，并在灰烬中继续寻觅，"但就跟你想得一样，我们应该可以认定这个东西原本是细长的铁丝状物品。虽然在碳化后碎成一段一段，不过炉床上还散落着其他类似的金属。"

"它跟案件有关吗？"

"我无法断言。它也可能是案发之前因为某种原因混入炉床里的。要是它与案件有关，应该就是在暖炉生火时丢进去的。"

"所以是凶手用它做了某件事以后，再丢进暖炉吗？"

"不知道。"江野冷淡地回应，"无论如何，它可能是构成密室的要素之一。"

"你是指用针线的那种手法？"

"你居然连这种手法都知道？"江野的口气听起来并不佩服，

反而像是责问。

"这……我只是好像听过有这回事罢了。我记得要制造密室，应该可以拉一条线出来，从外面上锁吧？"

"光是具有这种知识，检阅局就会毫不犹豫将你列入观察名单里。"江野一双丹凤眼直盯着我说，"先不管你的问题。这根铁丝是个线索。"

"啊，我想到了！"我灵光一闪，"准备一根长长的铁丝捆在门栓上，穿过烟囱从外面操纵门栓呢？"

"我之前也说过，门栓必须先抬起来，要是没把门栓从固定槽移开，就无法横向滑动。虽然不知道是凶手还是时雨自己，至少锁应该是塔里的人上的。说到底要是使用铁丝从塔外操作，操作时就会在雪上留下脚印。而就算凶手使用的铁丝长到可以从塔牵回宅邸的窗户，牵动铁丝时也一定会在雪上留下痕迹。"

"说得也是……"

仅仅数公分的线头，真的能成为揭穿密室之谜的关键吗？

"江野你看出真相了吗？"

"我不知道。"江野背对着我耸起肩，"检阅局所需的真相与我眼中的真相，看来呈现截然不同的样貌。如果我处于凶手的立场，或许也会准备跟他一样的真相。而在我从脑中削除些许疑问的同时，这些疑问也可能会从纪录中删除。"

"江野你心中有别的答案，是吧？"

"但没有人能为我答案的正确性保证。克里斯……我不知道该怎么处理我所见到的真相。"

"既然那是江野你找到的答案，你就相信它吧。"我没怎么仔细思考，几乎是反射性地脱口而出。

"相信……"

江野再次环视塔内。

他的双眼究竟见到了什么？

"你不认为仓卖是凶手吗？"

"先不论一开始的牧野与第三个人时雨，以第二个人矢神的情况来说，我实在不认为仓卖可能犯案。命案发生的时间应该是海面情况最恶劣的时候。仓卖再怎么会游泳，也无法跳进海里将尸体搬到大楼里。"

"这么说来，当时海上的确是波涛汹涌。"

"而且至少在我调查时，矢神的尸体没被海水浸湿。尸体的确被雪弄湿了一点，但仍说不上是从海中搬过来的。可见矢神毋庸置疑是摔死的。再说刈手的说明也对被移开的桥只字未提。"

"所以唯独矢神先生的命案，是其他人做的吗？"

"不。从三首月之诗分别用同样形式陪衬在旁来看，凶手应该是同一个人。"

"所以凶手有共犯喽？"

"有共犯的可能性很低。有几个靠共犯才能实现的环节，凶手只要使用诡计就能独自完成。"

单凭一个人就杀害了三个人。

在这个原本居民就很稀少的海墟，一口气杀了三个人。

凶手到底想做什么？他想杀了这些人获得什么吗？还是就跟刈手说的一样，这是领悟破灭在即的人最后的差事呢？

"必须跟仓卖谈谈。"江野将手杖转了一圈夹在腋下，"走吧，去找出只属于我们的真相。"

终奏　改变世界的故事

玄关附近残留着无数的脚印，诉说着今天的起起落落。其中唯有一组不合群的脚印朝废墟的方向消失。

这一定是仓卖的脚印。

我们追着脚印前往废墟。

废墟完全被白雪笼罩，原本被瓦砾与粉尘弄得灰扑扑的景象全都被一片洁白净化。穿过云层缝隙撒落的阳光，在车道划下一道鲜明的光芒之线。我们跨越阴影的界线，一起踏进光辉降临的区域。然而天空立刻被乌云垄罩，熟悉的幽暗包围着我们。

我认识这条路。应该是在昨天下午，我跟悠悠你追我跑地穿过这里。她注意到我，心花怒放地迎着我笑。我好怀念当时的笑容。

她现在双唇紧闭，一脸严肃地在我身边行走。吹过废墟的风扬起了她的白发，她娇小的耳朵暴露在外。

追寻着脚印，巨大的建物突如其来地挡在我们眼前。两栋大楼紧紧相依而建，脚印则朝大楼的夹缝延伸。这里是之前的细长隧道。

我们加快脚步钻进大楼的夹缝中。狭窄的黑暗带领我们前往静谧的场所。

穿过大楼的夹缝，视野开阔起来。

这里是我昨天跟悠悠一起来过的玻璃泉。

神奇的是泉上没有任何积雪，可见彩虹的波光荡漾。仓卖的脚印经过泉水旁，消失于一栋大楼内。

我们抬头仰望大楼。

由于地壳变动与长年腐蚀，那栋大楼呈现出歪歪扭扭的波浪状，仿佛随时会坍塌。我跟江野正要进入大楼时，悠悠揪住我的衣服摇摇头。

"呜——呜。"

"你怕危险？"我看出她的表情想表达什么，"但我们不得不去。"

悠悠拿不定主意。

她可能害怕面对真相。

我用双手包住她的左手，稍微温暖她冰冷的指尖。江野丢下我们先行进入大楼内。我在悠悠放下心来之前维持这个动作，悠悠终于肯动身了。

我们爬上半崩塌的楼梯。每一层楼的地板上都有大幅龟裂，内部的钢骨与电线暴露在外。坍塌状况严重，天花板处还有细碎的瓦砾啪啦啦啦地掉下来。

我们来到最上层。通往屋顶的门是开着的，屋顶的积雪上残留着脚印。在脚印的尽头，有个黑色人影伫立。

有名老人坐在屋顶的边缘。

仿佛在漫长的人生中终于找到属于自己的容身之处似的，他的脸上洋溢着满足的笑容，背部紧依着半空中。

"真快。"仓卖说。

强风在他的背后吹拂。

"对你们来说这可能是一场漫长的旅途，但我的旅途可是远比你们还要长久。你们能懂吗？"

"检阅局将会认定你是书籍与戈捷特的持有者。而同时这起关于戈捷特的连续杀人案，纪录上的真凶将写着你的名字。"

江野握着手杖，顶端拄在雪地上。

"这也无妨。"

"即使你是无辜的？"

仓卖仿佛对一切皆已释怀，深深地点了头。

"是吗。"江野像是将剑收回鞘似的将手杖夹在腋下，"我只想确认一件事。被烧毁的戈捷特是'冰'吗？"

"我应该说过，我不清楚。"

"你不可能不清楚。我认为卡利雍馆里只有你知道戈捷特的存在，此外并没有人知道戈捷特是什么。"

这我还真是第一次听说。莫非时雨等人没见过戈捷特？

"你出于什么根据而有这种想法？"

"要是时雨等人知道戈捷特的存在，应该会跟书籍一样藏在海岸大楼里。然而戈捷特是在塔里找到的，只有戈捷特放在塔里很不对劲。"

"我倒觉得唯独把戈捷特刻意放在身边，也没什么不对劲。我还觉得八音盒本来就该藏在宅邸里。"

"在居民个个都很了解八音盒的卡利雍馆，这种做法并非上策。美雨可能会为了参考而把八音盒拿回房间。或者悠悠也可能为了听音乐拿走八音盒。有里也可能会注意到上头的奇特宝石。比起瞒过不知道什么时候才会出现的检阅官的法眼，他们应该会更加重视防备自己人。在这种情况下，他们还是会想到把戈捷特藏在宅邸外。之所以没这么做，我只想得到是因为他们打从一开始就不知道有戈捷特的存在。"

"唔嗯……"

听见江野的反驳，仓卖仅是发出呻吟。

"我不在乎你想做什么。但你要是不肯招出任何关于戈捷特的事，检阅局想必会全力追捕你。"

"你的口气还真是事不关己。你不也是检阅局的人？"

"我这不是警告，只是告知事实。要是继续隐瞒戈捷特的真实身份，未来悠悠与克里斯将会被拘禁。你未必会乐见这样的事态发生。"

"原来你是恨说我们利害关系不一致啊。"

仓卖与江野似乎在一种超乎语言的层次里，达成了互相理解。

"也罢……剥夺你们的自由也绝非我的本意。"仓卖死了心似的叹了口气，挺起身子端坐，"没错，那是'冰'的戈捷特。"

仓卖终于坦承。

"真、真的吗？"我不假思索探出身子询问。

"对，错不了。那是我二十五年前在本土买的，也是我拥有的第一个戈捷特。我至今拥有过七个戈捷特，其中五个在黑市以适当的价码卖出。这都是在少年检阅官制度成立前的事，说不定都不在世界上了。留在我手边的只剩'冰'与'凶手'这两个。两个都镶进了八音盒，我很中意。"

我们终于从仓卖口中问出了重要证言。

这样寻找戈捷特的行动将可以告终，刈手那关也过得去了。我们的海墟之旅终于可以划下句点。

"我从来没跟时雨他们提过戈捷特这玩意。但他们很有可能在走私书籍时自行获得戈捷特的知识。"

"他们杀害了三名女性并冰封尸体。你对这件事知情吗？"我问。

"我从来没确认过这个真相。但当佣人不告而别的时候，我就想象过差不多是这么一回事。"

"仓卖先生你是不是告诉过他们关于'冰'的戈捷特的知识？"

"刚才我也说过了，我从来没教过他们什么。"老人平淡地说。

冰封尸体并把冰柱做成八音盒的想法，是时雨他们自己想出来的吗？或者也可能如仓卖所言与戈捷特无关，而是他们在走私的过程中突发奇想。

听仓卖的说法，我实在感觉不出他与时雨等人之间有强烈的关联。看来刈手声称仓卖才是幕后黑手，这说法与事实有点出入。

仓卖虽知悉时雨等人的行动，却避免介入。他看起来甚至一开始就对时雨等人的行动不怎么感兴趣。若果真如此，很难想象仓卖会为了灭口或收拾残局之类的理由杀害他们。

莫非理由另有他者？

还是说仓卖果然不是真凶？

我突然不安起来。

眼前的现实会不会只是某人准备出来的幻想？

"你是不是在隐瞒什么？"我鼓起勇气继续道，"你该不会在包庇某个人吧？"

"包庇？"仓卖一脸意外地歪着头。

"因为……仓卖先生你看起来简直就像是希望被误认成凶手。是不是因为你知道真凶的身份，不想把对方交到检阅局手上？你打算牺牲自己代替他！"

"哈哈……"仓卖突然痛快地笑了起来，"这年头只有极度的滥好人才会冒出这种想法。克里斯，我真是越来越中意你了。"

"我说错了吗？"

"不，经你这么一说，我才发现你的话虽不中亦不远矣。没有人愿意见到自己的宝贝被别人随意玩弄，更不可能将宝贝交给检阅官。但说我包庇就不太对了。"

"那你的目的到底是什么？"我忍不住用了责问的口气。

"目的吗？"仓卖的嘴角扬起扭曲的笑容，"我原本打算将真相埋藏在心里离世，但看来没办法这么做了。我的原定计划出了点乱子，但我绝不认为你们出现在这里是种不幸。克里斯……就算真相难以承受，你是否仍会接受它？"

"我会的。"

"这样啊。"仓卖品头论足似的打量着我。

我望着仓卖身后广阔的天空。

远方天空的各个角落都能见到光线穿过淡去的云层之间射入海中。

"说实话我一直待在这里等你们。我想请你们稍微听听老人家的往事，说不定往事可以揭发真相。别担心，这故事并不长。你们愿意听我说完吗？"

我点头答应他。

悠悠害怕地抓着我的手。

"这是十五年前的事了。"老人娓娓道来，"当时有名制作八音盒的天才住在卡利雍馆。那名男子爱上了住在卡利雍馆的女孩，但女孩已有未婚夫。女孩按照预定与未婚夫结婚，成了男人遥不可及的存在，尽管如此男人还是继续为她制作八音盒。有一天女孩的丈夫企图杀害她，因为他想夺取卡利雍馆的财产。然而丈夫的计划失败，女孩身受重伤却保住了小命。可是当时的环境没有充足的医疗资源。女孩变得衰弱，命在旦夕。此时女孩请求男人把自己制作成八音盒……"

这件事曾实际在卡利雍馆发生，而故事几经扭曲，现在则以怪谈的形式流传。

"此后将女孩制作成八音盒的男人，从卡利雍馆，也从海墟消失了。他留下了几个八音盒。那些八音盒现在也还放在卡利雍馆里。"

"男人去哪里了？"

"就跟我刚才说的一样，我不知道男人的去向。男人跟试图杀害女孩的一伙报仇完毕，就失去踪影。我只知道留在卡利雍馆的人的后续情况。首先是跟女孩结婚的丈夫，他的胸口因为男人的复仇留下了大面积的伤痕，但捡回了一条命。对他忠心耿耿的跟班头部遭到重击，视力变得非常差，但也没危及性命。活下来的这俩人等到伤痊愈，便若无其事地继续在卡利雍馆生活。而他们找到了新的淘金方式，对走私书籍产生了兴趣。他们以外的人全都因为这起骚动回到了本土。"

"胸口有伤的男人是时雨先生，头上有伤的男人是矢神先生吧？"

"没错。"

"仓卖先生你自己呢？"

"我一点也没变。从当时到现在，都只是雇主。"仓卖双手交握靠在大腿上，一动不动地说道，"在此之后有好几个工匠来到海墟又回去了。那起事件之后，留在这里的新人只剩下有里、牧野跟美雨。"

这次杀人事件的相关人物逐渐登场。

但我还是看不出仓卖说的往事与杀人事件的关联性。

"就在四年前，我遇见了悠悠。"

仓卖的故事终于提到了悠悠。悠悠抓着我的手劲越来越用力。

"我当时在找帮佣。平常我都是从孤儿院找人雇用，这次也是这么打算。接着我在某间孤儿院发现悠悠。她嘴里哼的歌让我不禁心头一颤，她唱的歌无疑就是那名做八音盒的天才献给死去女孩的曲子。"

经过了十多年的时光，卡利雍馆的悲剧与孤儿院的悠悠通过音乐搭上线。

"会不会是捐赠的八音盒里头混进了男人留下来的八音盒？"

"不可能。我很清楚捐出去的是哪些八音盒，不然我也不会惊讶。我很想知道她到底是在哪里学到这首曲子，但她无法回答。悠悠几乎不记得以前的事了。这也不意外，想想她经历过什么不幸，也是无可奈何。但至少她曾经有机会，在某个地方听到那名男子写的曲子。"

悠悠的过去存在许多谜团。尤其在她进孤儿院以前的事，她自己大多不记得。

"她可能偶然在某个地方听到了八音盒的旋律。应该就是这么一回事吧。但我实在无法忽略另一个可能性。"

"是什么？"

"悠悠死于洪水的父亲，会不会就是从这个海墟消失的那名男子？"

"怎么会……"

我转眼窥伺悠悠的表情确认。悠悠双眼瞪得像铜铃一样大，视线仓皇犹疑不定。

"以年龄来看，这也并非不可能。不过……一切只是我的想象。虽然没有确切证据，但我感觉注定如此，便决定招她来卡利雍馆。"

"你想代替那男人养育悠悠吗？"

"应该是吧。但老实说我心中并没有对他的愧疚或偿还。我单纯是着迷于悠悠的歌声，那一丝不染的纯净乐声……就是她心灵的体现。我想要得到悠悠。我想要养育悠悠。我甚至甘愿奉献自己剩余人生的一切，将她养育成活生生的音乐。要是我能办得到，她将会成为我的最高杰作。我深信如此。"

仓卖的语气平稳没有迷惘，甚至听起来有些骄傲，仿佛他打从心底爱护、疼惜悠悠。

但这反而令我感到毛骨悚然。仓卖的眼珠看起来就像是浅层没有深度的玻璃工艺品。

仓卖的嘴角扭曲，露出宛如置身梦境的陶醉笑容。

"想在这个世界活下去，悠悠自己也需要音乐。音乐帮助她一度死去的心找回感情。哀伤的乐曲等于是悠悠的哀伤。欢乐的乐曲则是悠悠的喜悦。她的心若是音乐，她就等于是音乐。是的，悠悠在这个世上以音乐的姿态重生了。"

相较于仓卖的一脸自信，悠悠看起来极为不安。

"悠悠成了一如我所预想的作品。要是能再花上几年雕琢，想必会成为我的最高杰作……"

仓卖的口气遗憾无比。

他镇定的态度没透露半分疯狂。

然而我一开始就深知仓卖的异常。打从他在帮悠悠装的义肢中加入戈捷特的那刻开始，我就觉得他不对劲。即使如此，因为这是悠悠自己的要求，我觉得那也没关系。

但实际上关系可大了。

仓卖或许根本不把悠悠当人看。

他说不定想运用音乐恣意塑造她的心。如果音乐就是她的心，挑选灌输她的音乐，就能任意塑造她的心。仓卖正好处于这种立场。

"悠悠她……"

我无法克制开口的冲动。

即使悠悠正扯着我的衣角，想阻止我说话。

"悠悠她才不是你的八音盒！"

我的声音没入了周围连绵的楼房山谷。在积雪的谷间，我的声音未曾回响，随即被雪吸收消逝。

仓卖露出满意的笑容。

"没错，悠悠不再是我专有的作品，她成了我们大家的作品。现在正是将她的乐声散播到世界的时候。"

"我们大家……你在说什么？"

"对了……我必须让你弄清楚整件事。你能再听我聊聊往事吗？"不等我答话，仓卖继续道来，"我本来只是个工业技师，过着与音乐无缘的人生。我开始经手乐器，是在焚书的时势之下，音乐开始受到社会排斥的时候。黑市开始交易乐器，卖价异常高昂。优质的乐器原本就是天价。转入黑市以后，这门生意足以让人发大财。后来我以保护音乐与乐器的名目设立组织，然而我实际上的目的只是让乐器交易可以在台面上进行。这都是因为我发现乐器很值钱。"

"你就这么需要钱吗？"

"这还用说。活下去就需要钱。"

"那你说要为后世留下音乐的信念……"

"起初我当然也心怀高贵的信念来面对乐器。但在我四十过半，有一天我惊觉自己沉浸在丑陋的私欲之中。就连最初的信念，搞不好也成了欺骗自己的谎言。到头来我既不是高洁的音乐家也不是乐器工匠，我不过就是一个一无所有的庸俗之辈。"

仓卖自嘲地笑了。那份笑容比任何话语都还精准地点出了他的人生。

我与悠悠紧紧相依，保护彼此免受他穷途末路的嘲讽，以及在风中翻腾四散的雪片侵袭。

"守护音乐，留下音乐……我要是不为自己准备生存理由就无法骄傲地活下去，或许我因此才会说谎。在我如此欺瞒自己的时候，我开始将谎言误认成信念。我太过向往高贵的气概，才会蒙骗自己。或许正因如此，悠悠清澈纯洁的心灵在我眼里看起来更美。"

老人朝远处眺望，宛如在回顾自己的人生。就在最后，他的视线落定在悠悠身上。

"仓卖先生，那你怎么看待卡利雍馆的日子？在这种海墟生活下去应该很不方便。你能维持这种生活，难道不是因为你想保护逐渐失传音乐的信念没有一丝虚假？"

"我安身于海墟，是另有理由。"

"是为了隐藏戈捷特吧。"江野开口。

"没错……我在走私乐器时发现了戈捷特这玩意。据说那是失传的推理结晶。它远比乐器有价值，在这个时代具有重大意义。这是因为推理与音乐不同，已经失传了。我从得知戈捷特存在的那刻起，终于找到自己该走的路。"

这里又有一名人生被戈捷特打乱的人。说不定一切的起因，最终还是得归咎给戈捷特。

"二十五年前当我取得戈捷特时，我的价值观产生了大幅转变。戈捷特的历史感动了我，让我之前那些关于音乐与乐器的漂亮话都显得愚蠢无比。"仓卖在腿上摊开双手，注视的目光就像是在眺望铭刻于掌间的过去，"留下戈捷特的人们的心意无比深重。相比之下我的所作所为只不过是自我满足，而我还没有他们的高洁情操。我的双手沾满了肮脏的私欲，我是堕落的。我所缺乏的东西，或许就是清澈如戈捷特的无暇纯真。"

悲叹于世界的去向，走过人生风雨的男人，最终获得了方向。

那是名为戈捷特的方向——

"我过往的人生都献给了失落之物。然而我终于领悟了。我们必须创造新事物，而非为失落喟叹。这正是我该做的事。"

老人的语气充满力量。

我多多少少可以理解仓卖的主张，因为他的诉求就跟我旅行的理由几乎相同。

纵使我不想承认，我们实际上都是受戈捷特引导的同类。

仓卖与我之间到底有多少差异？若我们真有差异，那也只是人生耗费了多少时间，又剩余多少时间。他的人生经验远比我丰富，然而年迈的他来日不长。

我为了追求推理而踏上旅程。

仓卖呢？

"仓卖先生，你想追求什么？"我问。

"犯罪——"仓卖默默地笑了。

那正是被检阅官亲手拭去的东西。在从这个世界消失的众多事物之中，是特别遭受否定的东西。

"自从检阅局掌握实权，人们认为犯罪已被消灭。但实际上呢？检阅局仅是封锁了真相。他们的作为，就是将所有情报握在自己手上，转变为对自身有利的情报再散播出去。它是强化控制的统治机制，犯罪被他们封印于黑暗之中。这算得上是真正的和平吗？能打破这个架构的东西不是钱。光是钱派不上任何用场。那权力呢？可是权力早就握在检阅局手上了。我们唯一可行的手段……就是进行颠覆检阅局的犯罪。我在卡利雍馆过着被八音盒包围的生活，也是为了筹备犯罪的掩护。从二十五年前开始，我的心弦不曾被犯罪以外的事触动。在我女儿死去的那晚也没有半分悲伤。在我得知女儿的死与犯罪相关时我甚至与有荣焉，因为我如愿以偿。"

天啊……

不。我跟这个人绝对不同。

"原来如此。"江野听了仓卖的告白仍维持冷静，"因此你利用了悠悠。"

"利用？这么说就不对了。我做的是培育，将她培育成改变世界的'凶手'。"

"这是什么意思？"我忍不住问道。

"她是高贵无比、奏响名为犯罪之曲的八音盒。她就是少女八音盒。"

仓卖令人毛骨悚然的笑容，让悠悠微启的双唇阵阵发颤。

"悠悠，你既不是人也不是音乐。你是'凶手'。"

"悠悠是'凶手'？"

"没错。悠悠，我不是教过你那只右手的用法吗？那些机能当然不全是用来辅助日常生活。你的右手是义肢，是八音盒，同时也是凶器。我教你的几个机能，是杀人的方式。"

悠悠摇头否定他可憎的话语。

我觉得自己终于了解老人的意图了。仓卖想要让悠悠代替他，获得他自己没能获得的东西。

"我还有许多必须教导她的事……谁能料到少年检阅官竟然来到卡利雍馆。这真是天大的失算。我本以为这一天将会在很久的未来到访，岂知命运的时钟早了一步。都怪有人打小报告。我不知道到底是谁去告密……但悠悠还没完成。总之我必须让悠悠逃走。"

"你之前告诉我们那些放走悠悠的理由，全都是假的啊。"

"不是假的，我的确想让她远离检阅官。我只是跟你们隐瞒了一些真相。"仓卖不再流露笑意，"我不甘让悠悠离开我的掌心，然而我也觉得这反而是个试炼悠悠的好机会。只会窝在宅邸里听音乐，绝无法成长为'凶手'。让她成为犯罪者遭受追捕应该不错……好在她去了本土就会被敌人包围。要是她轻易就被追兵逮捕，就表示悠悠不是那块料。要是她能逍遥法外到风波平息就及格了。"

我回想起第一次见到悠悠时的情境。

当时我压根也没想到，悠悠背负着如此残忍的命运。

"我处于随时可以了结事态的立场。我只要跟检阅官交出'冰'的戈捷特，就能证明悠悠的无辜。我只要把拥有戈捷特的罪行赖到时雨头上就好。我故意把戈捷特放在塔里，就是为了方便嫁祸给平常会使用塔的他们。他们还有走私书籍的嫌疑，最适合背黑锅。若是戈捷特是在塔里发现的，被烧毁的地方也仅限于塔。我打算等问题解决后前往本土迎接悠悠，然而出乎我意料的事态再度发生。悠悠才过一天就回到卡利雍馆。我原本还说了重话把她赶出去……事情有点不太对劲。至少悠悠本身不会选择回到卡利雍馆才对。克里斯，关于这点虽然也是你们推了她一把，我却不得不认为还有别的理由。不久后我听说牧野遇害，于是我明白了一切。"

仓卖的表情充满了自信，堪称是知晓一切的人才有的从容。

"是的——悠悠以'凶手'的身份回到这里。"

"这是什么意思？"

"在这个海墟发生的连续杀人案，凶手就是悠悠。"

悠悠畏畏缩缩地后退一步，从我的身边离开。冰冷的空气钻进我与她之间。

"悠悠是凶手？这怎么可能！她可是跟我们一起回到这座海墟的。牧野先生则是在我们渡海前一晚遇害，当时悠悠可是跟我们一起待在本土哦？"

"她用了诡计。"

"诡计？"

"我曾经跟悠悠说过水底道路的事。除了她以外，没人知道水底道路。所以我判断她用水底道路前往本土，这也是我的原意。但我错了。悠悠没走水底道路。"

"那悠悠又是怎么去到本土的？"

"她搭了检阅官的船。"

"可是在悠悠离开以后，刈手他们检查时船都还在……"

"她为了不让检阅官发现她开船逃跑，特地等到检阅官来检查。检查完再把船偷偷开走就成了。"

启动那艘船不需要钥匙。只要有心，谁都能偷偷开走。然而悠悠真的有办法发动船吗？

"悠悠她自己大概只是想瞒过追兵吧。至少她当时应该没想过那艘船能用来制造不在场证明。悠悠搭上检阅官的船渡海后，在本土某处停船，往镇上逃。"

我与悠悠就是在当时相遇。

我很难认同我跟她的邂逅是经过计算的，因为当时她根本不知道我这个人的存在。

"可是……我们那一整天都待在一起。"

"你们不可能二十四小时全都黏着彼此。"仓卖立刻接话，"悠悠在夜深以后，悄悄离开你们身边，独自回到船上。此时悠悠已下定决心要成为'凶手'进行犯罪。克里斯，这恐怕是因为她认为你可以利用。"

"哪有这种事……"

我望向悠悠。悠悠仍呆呆地凝视着右手。

"悠悠在晚上搭船回到海墟，此时她撞见了企图逃跑而来到栈桥的牧野。我不清楚悠悠起初是否有杀害牧野的打算。但既然被他看见了，就只能杀了他。悠悠用绳索与船将牧野的尸体插上灯塔以后，便若无其事地回到你们身边。"

悠悠也符合刈手推理的条件。

但我很难想象昨天早上还跟我在学校走廊上问好的她，先杀过人，才跑回学校。

我实在……很难想象。

"矢神先生的命案呢？悠悠才不可能把矢神先生推下去。光靠她一个人，并没有办法对抗矢神先生。说起来她根本没空跑去那栋大楼。"

"很难说吧？矢神死的时候，悠悠应该有一段时间独处吧？"

经他这么一说，我忽然回想起来。

那是在中午过后。我们在收藏室寻找戈捷特，悠悠突然跳出阳台，独自消失在森林里。她要去拿被她带出门的八音盒。我在废墟城镇才追上她的脚步。在此之前她的确都是一个人。

矢神死亡的大楼与我们汇合的废墟是同一个方向。全力冲刺或许可以在两地来回。

是的……以她的脚力来说。

"悠悠很确定矢神去了藏书处。悠悠比矢神早一步来到海岸大楼爬上梯子，事先将架在五楼深谷上的桥推下去。这么做可以想见矢神会待在五楼深谷前不知所措。此后悠悠从四楼窗户进入建筑物，藏身其中。不久后矢神来到大楼，他一如预期在深谷前驻足。见到他这个模样，悠悠只要冲出去把矢神推下去即可。这点小事孩子也办得到。"

"哪有这么简单！"

"只要用上她的右手，悠悠就办得到。"

我与悠悠分开才不过十分钟。她真的有办法在这段期间埋伏杀害矢神再返回吗？

"时间太短了，悠悠做不到。"

"悠悠知道一条她专属的捷径，那大概是一条连我都不知道的秘密通道。毕竟悠悠似乎常常在那一带晃荡。她一定是在找可以用来制造不在场证明的道路。"

"才不是……"

我绝不能认同仓卖的推理。

我触碰悠悠的手，希望她亲自否认。她不知该如何是好地皱着眉头，再次机械式地摇摇头。

"那高塔的密室杀人呢？"我逼问仓卖，"塔毋庸置疑呈现密室状态。悠悠绝对没有办法杀害时雨。"

"这并不难。关于脚印，只要在下雪时往塔的方向移动，隔天早上脚印就会被掩盖了。"

"你的意思是她在下雪时潜藏在塔中伺机行动吗？但不管对方是谁，时雨先生都会注意到塔里躲着其他人。"

"是吗？要是有个时雨不会注意到的躲藏处呢？"

"没有那种地方。我跟江野调查过了。"

"不，有一个地方符合。"

"……那是哪里？"

"是屋顶。悠悠爬到钟楼外，躲在三角屋顶上。"

"这不可能。我实际见过屋顶，屋顶的斜度实在没办法供人藏身。再说当时在下雪，踩在上面应该很危险。"

"但那里是唯一能藏身之处。你应该也知道悠悠身段有多么轻盈。别人办不到，只有悠悠办得到。所以除了悠悠以外，没有人能够杀害时雨。"

"你胡说！"

"我倒是觉得很有逻辑。时雨当然也会爬上钟楼确认有没有人躲藏，但他没见到任何人的身影就放心了。要是他去室外确认屋顶上方，说不定就能逃过一劫。或者他如果注意到某一扇窗户没上锁，说不定就会发现'凶手'躲在屋顶上。"

我照着仓卖的说明想象起昨晚躲在塔上的悠悠。

悠悠在飞舞的雪花中藏身于屋顶上。不久后她悄悄溜回塔里，从梯子架设的地方向下望，应该能见到待在塔内的时雨身影。

"凶器早就放在手边，是八音盒。接着只要等时雨为暖炉点火的那一刻，把八音盒丢下去就行了。悠悠大概认为这是对付小心翼翼的时雨最好的办法。"

即使悠悠使用这个办法成功杀害时雨，她还是必须溜出完全上锁的高塔回到宅邸。

这真有可能办到吗？

"使用八音盒当凶器还有一个理由。"仓卖说道，"它同时也是制造密室的道具。"

"用八音盒制造密室……"

"只要用一条略长的线就行。"

"光是拉一条线过去，没办法牵动门上的栓。"

"该锁上的不是门，而是钟楼的窗户。先将尾端打了一个套环的线勾在窗户的把手上，再将长度充足的线的另一端，绑在八音盒的音筒上。接着把八音盒的发条上紧，准备工作就结束了。悠悠拿着那个八音盒钻出钟楼的窗户后，将八音盒丢进窗子里。接着她迅速关上窗户。八音盒掉落时，线会变得紧绷，把窗户的锁向下扳。

而八音盒本身会从钟楼掉进塔里，混入其他摆在塔里的众多八音盒之中。由于那个八音盒上过发条，音筒会继续旋转，在发条松开之前将会自动回收线……"

我按照仓卖的说明想象起那个场景，心中也的确浮现出我当时所见到的相同密室。

"悠悠靠这个手法制造密室之后，从高塔的屋顶跳下长廊。这距离虽然略高，但想必难不倒身轻如燕的悠悠。毕竟我会看上她，比起歌声，更是因为她强健的身体与轻巧的身段。她回到宅邸时仍在下雪。悠悠便是像这样制造密室，企图逃脱罪嫌。"

"但悠悠昨天晚上跟美雨一起待在房间里，她有不在场证明。"

"在听到声响之前，美雨都在梦乡之中。悠悠在这段期间前往高塔结束犯罪行为，在雪停前回到房间。就这么简单。"

仓卖口中以悠悠为真凶的连续杀人事件在此划下句点。

"那你怎么说明时雨的推定死亡时间？根据江野的检验，他的确是在雪停后遇害的。"

"说起来他又是根据什么来判断死亡时间的？是看尸僵的程度吗？如果是这样，我必须说他的验尸结果出错了。我看暖炉的火大概只燃烧了一瞬间，塔内一直呈现低温状态。因此尸体现象进行得较为缓慢，死亡时间才会判断得比实际行凶时间要晚。"

仓卖的说明充满意外性，也证明了诡计能化不可能为可能。看起来其难无比的密室，似乎也真的被他的说明揭穿了。

而在他的故事里，凶手只可能是悠悠。

"悠悠。"我轻轻呼唤她的名字。

悠悠有些吃惊，回望着我。接着她用力地摇头否认犯案。她的眼神拼命向我陈诉自己的无辜。

"我知道的。"我尽全力对她挤出笑容，"悠悠不是凶手。"

"你又有什么根据？"仓卖的话语宛如刀刃般指向我们，"异国少年，你要记清楚。在你深爱的推理世界中，光靠感情是无法推翻逻辑的。"

"动机呢？你倒是说说看悠悠为什么要杀死时雨先生他们啊？"

"复仇——除此之外绝无可能。"

"你的意思是悠悠帮佣时被时雨先生他们欺负得很惨，所以才杀了他们？"

"不，悠悠不是为自己报仇，而是为了她的父亲。如果悠悠真的是那个做八音盒的天才的遗孤……她应该就是要代替父亲完成复仇。时雨是曾经谋害父亲旧情人的家伙。他的党羽矢神也是同罪。牧野虽然与当年的案件没有直接关系，日后却也成了时雨等人的爪牙，与走私书籍跟杀害佣人密切相关。或许杀害牧野只是突发事件，然而将他们从世界上抹消，是悠悠成为'凶手'以后最先选择的犯罪。她大概是想清算过去投入新生吧。"

"那只是你的想象。悠悠才没有杀害他们！"

"克里斯，你还不懂吗？我必须让拥有'记述者'戈捷特的你见证真相。你必须承认这个真相。"

"……由我来见证？"

"没错。用我们的真相，来告发检阅局谋划的卡利雍馆杀人事件的假像。检阅局的权威将因此崩塌。你要让所有人明白检阅局并非永远正确，你要写下改变世界的真相。"

"这……不是我想做的事。"

"克里斯，你办得到的。用真相改造世界吧。"

仓卖为了威胁检阅局的地位，自愿承受真凶的指控，给刈手等人虚假的真相。这是个以推翻为前提的结论。检阅局在仓卖的精心布局下，犯下了无可饶恕的错误。

而我要是写作以悠悠为真凶的书籍，说不定就能动摇检阅局的权威。人人将会质疑检阅局准备的真相，他们的行为或许失当将广为人知。

但这真的是我该做的事吗？

改变世界的故事。

我觉得这听起来很棒。一如仓卖衷心盼望，或许我在心底也渴望着这种故事。

但这是唯有我办得到的事吗？

照抄某人所准备的真相，真的是我的任务吗？

"你要是无法接受，我就让你见识故事的结局与开始吧。"仓卖缓缓站起身，接着以至今我们不曾听过、清晰而富含坚定意志的声音高喊，"悠悠，你过来。这是你最后的差事！"

悠悠大吃一惊地肩头一颤，胆怯地缩着身体僵在原地。随后她垂着眼望向我。

"悠悠，你用不着过去。"我说。

"快，悠悠，来吧。"

仓卖向悠悠伸出了手。

悠悠盯着他的手。就是这只手将她带出孤儿院，将她的右手改造成"凶手"。而四年来对她宠爱有加的，也是这只手。

"悠悠，你该做的事只有一件。"

仓卖的表情极为平静慈祥。

"你现在当场杀了我吧。"

悠悠倒咽一口气，向后退了一步。

"这么一来你就会成为千真万确的'凶手'。克里斯也会接受这样的事实吧。"

"仓卖先生，你这是什么话！"我赶紧将视线从仓卖身上别开，"悠悠！不可以！"

我的声音真的能传进她的耳朵里吗？悠悠将自己的右手抱在怀中，又往后退了一步。

"悠悠，不可以别开视线。"

仓卖爬上略高一层的屋顶边缘，站在仅一步之遥就会坠落的位置转过身来。

矗立于死亡边缘的老人，看起来已经风烛残年。他受到大楼狂风翻搅的身影，俨然就像是因长年风吹雨淋而腐朽的废墟一部分。

"要是你拒绝，我就从这里跳下去。是要直接杀了我还是间接杀了我，你自己选吧。"

老人的身体看起来随时都会倒向空中。

"呜呜！"

悠悠抽开手，从我的手中逃出。她准备奔向随时会坠落的老人身边。

"悠悠！"我叫住悠悠。

她在距离我两三步远的地方停下脚步，回过头来。

悠悠的表情交杂着困惑与焦躁——再不赶过去，仓卖就要死了。

"仓卖先生，你为什么要这样逼迫悠悠！"

"我活得太久了。"仓卖的视线穿透我的身体遥望远方，兀自抒怀起来，"但要是能为后世留下名为犯罪的音乐，一切都值得。我的工作将在成为'凶手'的受害者以后告终。悠悠，你就杀了我吧。你的生存理由就是在犯罪史上留名。现在就在这个地方留下你是杀人犯的证据，然后推翻检阅官捏造的真相吧！"

"拜托你不要这样！"我靠近悠悠，想将她拉回身边。

"不准过来！"老人大喝一声，"让悠悠自己选择生存之道。"

我的身体无视于我的意愿，为仓卖的话语驻足不前。

"悠悠，你是'凶手'。你的右手具有足以勒死人的力量。你可以轻易掐住我的脖子。挥舞时则能成为钝器。你想打死我也无妨。或者你也可以用你的右手，把我从这里推下去。"

"呜呜……"

她的声音很沉痛。害她吟唱出这种声音，才不可能是正确的选择。

"悠悠，你大可以恨我。"仓卖突然温柔地呢喃起来。"在小小年纪就失去一切的你身上，铭刻'凶手'这可憎音乐的人就是我。这是无可挽回的事实。你觉得拥有戈捷特的人真有办法在这世上度过平稳的余生吗？你想要活下去，就必须持续杀害他人。因为这就是你存在的意义。来吧，悠悠。别再迟疑，唱你的歌吧。"

难道悠悠就只能背负凶手的命运活下去？

难道她真的是卡利雍馆连续杀人案的凶手？

悠悠低垂着脸，泪水滑落脸颊。

没有声响也不留痕迹，她的泪水就这么消失在风雪中。

我想仓卖说的往事应该是真的。而他在音乐与八音盒的伪装之下暗中灌输悠悠犯罪者的教育，或许也不是谎言。

但——

"悠悠！我相信你！你不是凶手！"

我没办法帮悠悠拿出逻辑或推理，但我相信她。

悠悠抬起脸，以回问的目光注视我。见到我点头，她用左手擦拭眼角，腼腆地低下头。

"悠悠，你要是不杀了我，就无法自由。"仓卖骇人的声音再次朝向悠悠，"就算你停下脚步，你的命运仍然会取人性命。你必须明白自己不再是普通人了。"

悠悠将脸正对着仓卖，直直地望着他，横向摇头做出明确的拒绝。她的白发在风中飘扬。最后，她对着仓卖深深鞠躬，她苍白纤细的喉咙同时鸣奏起零星的话语。不知是道别，是对从前的照顾表达感谢，还是骊歌的片段。

"这就是你的回应吗？"

仓卖嘶哑地低语，向悠悠伸出的那只手无力垂落。

"或许早在那一晚，答案便已注定……"

他望着天空自顾自地嗫嚅道。接着他将视线转向悠悠。

"但是悠悠，你是'凶手'的事实依然没有改变。因为——你刚才这举动杀了我。"

仓卖说完转身背对我们，踩着宛如开门奔向户外的脚步，朝空中一踏。

"愿你们与犯罪同在——"

老人的身体转眼间便消失于视线之中。过了几秒，沉重的撞击声响彻雪中的废墟。

仓卖已离我们而去。人竟然能如此轻易地跨越生死之境。

我觉得仓卖或许早已泯灭人性。他着迷于死亡与犯罪，沦落为检阅局预设的违规者。可能在这样的人生中，唯有打造悠悠这个作品，才是他自觉的生存意义吧。而或许他想在人生尽头用自己的死亡，换取作品的完成。

悠悠追着仓卖奔向屋顶的边缘，往下方探视。

"呜……"扭曲的不和谐音响起。那或许是她的哭泣，但也可能是她的哀号。

我不知道该对她说什么才好。

"悠悠。"我试图靠近她，她却仿佛要逃离我似的随即跳上台阶。吞噬仓卖的天空直逼在她眼前。

"危险啊，悠悠！"

"呜——呜。"悠悠回过头来，仿佛在否定什么。

"你没有任何过错，我很清楚。所以快回到这边吧！"

"呜呜！"

或许她已经领悟到了。

领悟"凶手"将会借由仓卖之死变得更加完整。

但勇敢的她想必会有这个想法，要粉碎仓卖的野心并不难，只要破坏他的作品——也就是自己。

"不可以，悠悠！"

悠悠用围裙的衣摆擦干眼泪，露出无所畏惧的笑容。

——永别了。

她像是要将视线别开我似的朝屋檐的彼端探看。她深爱的玻璃泉此时应该也映入了眼帘。

"悠悠，你快回来。"

悠悠摇摇头。滑落双颊的眼泪告诉我，她已无法回头。

"悠悠……"

就在此时，我的背后传来稳稳踩在雪地的脚步声。

"仓卖只是把有利于自己的故事用'真相'这个词包装，硬塞给克里斯。"江野开口。

我与悠悠同时望向他。

"江野，你也相信悠悠不是凶手吧？"

"我不具有能够信赖人的心。"江野冷淡地回答，"但我知道她不是凶手。"

江野的话让我增添不少信心。

然而悠悠仍伫立在死亡深渊旁，似乎无法决定自己的归所。

该跳下去，还是转回来？

"仓卖认定悠悠是真凶的故事里，刻意省略了几点说明。比如矢神命案里原本应该放在六楼的书，为什么会跟着矢神的尸体掉落谷底？悠悠难道有移动书籍的意义？"

"以仓卖先生的逻辑来看，可能是悠悠为了吸引矢神注意谷底，才会把书丢下谷底吧。"

"矢神才看不见谷底的书。他的视力非常差，以前他曾经把穿着少年检阅官制服的我认成刈手。我们可以断定他的视力差到会把我跟刈手搞混。仓卖说明过他因为往事而失去视力，但就算不知道原因，只要一起生活，任何人都会注意到他这项障碍。因此，凶手不可能是为了把矢神的注意力引到谷底才移动书籍。"

这样的话，是被害者自己移动书籍的吗？

但这么一来就与仓卖的说法互相矛盾。仓卖推测桥一开始就被卸除了。明明没有桥，仓卖怎么有办法将书籍从六楼运出？

无论如何，仓卖的假设都有漏洞。

"塔的密室诡计也说不通。"江野继续，"首先从塔顶跳到长廊是非常危险的行为，纵使是悠悠也不可能轻易办到。使用绳子应该有可能办到，但更重要的问题还是脚印。不管是悠悠还是其他人，只要有人抢在时雨之前进入塔内，自然就会留下脚印。很难想象时雨会无视这点。他在进入塔前，应该会先检查地面与长廊两边的门周遭状况，确认塔里有没有入侵者。"

"啊，对呀。"

"说起来悠悠根本不可能比时雨更早抵达塔前。因为昨晚悠悠比时雨还晚离开餐厅。仓卖不知道这件事，才会做出与事实矛盾的推理。"

这么说来昨晚大家聚集在餐厅时，第一个离开的人就是仓卖。所以他不清楚在此之后大家离开房间的顺序。

"埋伏在塔里伺机行动这方法果然行不通……但要是能隔门说服时雨先生让他放自己进去，诡计也就能成立了吧？"

"不可能说服他。对方可是呈现全面警戒状态。说起来无法言语的悠悠真有可能说服时雨吗？"

"说得也对。"

"仓卖大概是为了把她培养成纯粹的'凶手'，刻意不教她说话与读写。他明明随时可以教她，却没这么做。这是因为剥夺情报是操纵目标最重要的手段。"

"悠悠不是因为精神上的打击才无法言语的吗？"

"那可能只是仓卖灌输她的错觉。"江野做了残酷的宣告，"然而这件事却证明她不是凶手。她看不懂文字，因此她无法撕下吟咏月的诗句那页献给尸体。"

仓卖的说明中，没提到关于献给尸体的诗。

"光是知道月亮这个词汇，或许悠悠还办得到。但被发现的诗集是外文书。假如有人教她应该也能辨认，但她身边也没有教她的人吧。就算有也只可能是仓卖，然而他对这点却没有任何说明。"

仓卖如果想强化自己的理论，就应该事先强调自己教过悠悠月亮这个词汇。但关于这点他却只字不提。

"再来，我调查过所有掉在尸体周围的八音盒，却没见过音筒上缠着线状物。也就是说仓卖说明的诡计不成立。"

仓卖的说法只是用来对抗检阅局，并不是为了解决案件。因此就算逻辑上有瑕疵，只要我跟悠悠听信了他的说词，或许也就足够了。

但他为何要为了虚假的真相抛弃性命？

或许仓卖对于悠悠是真凶的理论深信不疑。他的故事透出一种以悠悠为杀人犯做前提再拼凑出案件全貌的异常感，或许才因此无法注意到理论之中的小破绽。

"这下你也知道了吧，悠悠？"我向宛如结冰般凝固在原地的悠悠喊话，"这世上从没有否定你存在的真相。"

悠悠一脸泫然欲泣地看着我。她拼命故作坚强，硬是忍着不流下泪水。

"要推翻卖先生准备的结局，就需要悠悠。要是没有悠悠，就找不到属于我们的答案。"

我向悠悠伸出手。

悠悠突然仿佛失去支撑似的跌坐在原地，最后像个孩子似的哭了出来。

我至今没听过她发出这种声音。

"回来吧，悠悠。"

悠悠摇头拒绝。

"悠悠的戈捷特才不是罪犯的证据，那是推理的结晶。要是我创作推理小说，让这个世界上的人都可以任意阅读的话，悠悠的戈捷特就会失去效力。我可以为悠悠打造容身之处，一起去寻找新的容身之处吧。"

"呜……呜……"悠悠抽抽噎噎地拼命抹干眼角。接着她通过指缝忧心忡忡地仰望着我。

"来吧。"

我的手碰到她的指尖。

就在此时地面摇晃起来，空气发出刺耳声响。

略高一层的屋顶边缘仿佛被半空揪着开始倾斜。

钢骨发出凄厉的声响。

脚边水泥地上怵目惊心的龟裂开始扩大，吞噬了积雪。

这栋大楼终于来到了倒塌的那刻。

悠悠脚下的地板化为瓦砾开始坍塌。

"悠悠！"

我抓住悠悠的右手。她的右手摸起来像是机械，但确实就是悠悠的手。

她反射性地朝我的所在位置纵身一跳。我勉强接住她差点就要被吸入龟裂内的身体。

脚下的地板接二连三崩塌，虚空紧追在我们身后。

粉尘将我们团团包围。

"动作快点！"

大楼似乎开始整体大幅倾斜。我脚边的地面也正向外歪斜起来。

我绝不能放开悠悠的手。

"江野！快下去！"

江野试图捡起丢在顶楼的手提箱。他似乎是在第一次摇晃时不小心松了手。然而地面大幅倾斜，不怎么方便过去捡拾。

大楼更加倾斜，就要引导我们坠入深渊。

此时江野的手提箱正好随着雪滑过我的脚边，我的左手迅速捞起它。

我们连滚带爬来到楼梯口，一口气冲下楼梯。建筑物的内部布满了无数个来时还没见到的裂痕。我们冲出大楼，逃离从天而降的细碎瓦砾之雨，跌跌撞撞地远离大楼。

回头一看，我见到仓卖倒在玻璃泉旁边。

崩塌大楼的外墙化为巨大石块朝该处压下去，仓卖的身影就这么连同玻璃泉一起消失在大片粉尘之中。

翻腾的尘埃中，还能见到闪耀着七彩光辉的玻璃碎片飞扬。

回到卡利雍馆，美雨哭哭啼啼地迎接我们。她似乎很担心我们步上时雨的后尘，被仓卖杀害了。她也相信仓卖就是真凶。

我暂时将悠悠交给美雨，跟江野一起前往刈手的房间。

我们告诉刈手仓卖招出有关"冰"的戈捷特的事实，以及他选择自我了断。

刈手似乎对这个结果很满意。

"交给前辈收尾果然是正确的。仓卖留下的戏言我就当作没听到吧。我们守住了真相，对检阅局的报告就由我刈手负责。顺便一提，刚才我已将'冰'的戈捷特烧成灰了。这下一切都结束了。辛苦你了，前辈。"

"请问……"我战战兢兢地开口，"我们又该怎么办……"

"虽然我很想好好地质问你一番，但既然顺利发现了'冰'的戈捷特，我刈手将会遵守约定，请检阅局不再追究在本土发生的状况。"

"真的吗？"

"只不过当局想必会比以往更加关注克里斯提安纳这个人。"

"什么……"

"只要你不跟我们作对，就不用晚上躲起来瑟瑟发抖。只有做过亏心事的人才会害怕。你说是不是，前辈？"

江野不怎么关心我们的话题。

在一段沉默之后，江野突然开口。

"刈手，你从一开始就没打算寻找'冰'的戈捷特吧？"

"为什么这样问？"

"'冰'的戈捷特放在塔里，跟书籍不一样，极易发现。但你却没找到。还是你根本故意不去找？要是你来到这里的那天就找到戈捷特，或许就不会有人死了。还是说你明知事情会发展成这样，还故意没有动作？"

"前辈这是什么话？"刘手把椅子拉近自己，将下颌靠在上面，"我们没有预防发生命案的义务。谁死了都无所谓……只要最后能找到戈捷特，又有什么关系？这就是我刘手的作风。"

"你真正的目的是什么？"

"你说呢……"刘手还在装蒜，视线飘向墙壁，"我们怎么会有除了任务以外的目的？任务可是我们少年检阅官的生存意义。"

江野跟着刘手别开视线，噤口不语。

"话说回来，听说最近检阅局内部不太平静。据说我们的伙伴之中，出现了质疑检阅制度的人。导正者与怀疑者……前辈你属于哪一边？"

两名少年检阅官的视线交错。

"……我这问题真傻。前辈可是守住了我们的真相嘛。"

刘手的口气就跟平常一样慵懒。然而他的话语中却隐含着威胁我们的尖锐。我拼命维持平静。

他该不会知道我们的秘密吧？

"前辈能体会相信他人的感受吗？"

"不能。"

"这样啊。"刘手宛如陷入梦乡般闭上双眼，"我刘手倒是能够体会，因为我相信前辈。"

刈手露出微笑。

我则是越来越搞不清楚状况。

导正者与怀疑者。他究竟站在哪一方？

"那么，我们后会有期。"

宅邸的接待室感觉比我们初次造访时空旷许多。时钟正指着下午一点。阳光隔着窗帘洒落室内，盘片式八音盒散发出金色的光芒。

美雨跟悠悠紧依着彼此坐在沙发上。两人都失去血色似的一脸铁青。

"悠悠似乎在我不知情的状况下，背负了很沉重的负担。悠悠，对不起，我都没有发现。"

美雨同情地俯视着悠悠的右手说道。悠悠笑盈盈地回应美雨。

"检阅官说塔跟宅邸都要烧掉。看来他要是不彻底毁掉就不罢休。检阅官果然不是好东西。"美雨在江野面前说话也毫不顾忌，"听说过一阵子本土会派人来支援，来支援的人会把有里哥带回本土。有里哥现在被绑在工作室的柱子上睡着了。"

虽然有里让悠悠遇险，又对时雨等人的犯罪知情不报，我却无法憎恨有里。至少他原本应该也是个喜欢制作八音盒的工匠。

"美雨小姐，你以后打算怎么办？"

"我很想留在这里，但也没办法了。这里就要烧掉了……所以，我现在要打包行李。虽然没有多少东西。等到支援的检阅官抵达，我打算搭他们的船去本土。先不提我，悠悠你要怎么办？"

"呜……"

"你迟早都必须离开这座海墟，你没办法在这种地方独自生存。"

"呜——呜。"悠悠虚弱无力地摇起头来。

"什么？"美雨瞪大双眼，"难道你打算留在这里？你在想什么啊，悠悠。留在这里根本没有好处。"

被美雨叮咛的悠悠失落地垂着肩膀。或许她还无法下定决心离开海墟在这个世界求生。

仓卖在临终前为悠悠的心上了发条，便离开了她。他是想为这个世界献上名为"凶手"的乐曲。

然而她的八音盒仍然没安装音筒。

从今以后，悠悠真有办法带着"凶手"的戈捷特生活下去吗？

"你还有时间思考。不管选择哪条路，都该是悠悠你自己作主。自由不就是这么一回事吗？再说你差不多也过了别人为你安排道路的年纪了。"美雨努力以开朗的语气说道。悠悠没点头，只是紧闭双唇。

那副寂寞的表情让我预知了离别。与她度过的这几天内，那是我见过她最成熟的表情。

"对了，你们要什么时候回去？"

我窥探江野的表情。他没听进我们的对话，正望着时钟。

"我想尽快动身。"我说。

"哎呀，你不慢慢来吗？事情不是都办完了？"

"本土还有人在等我。"

"原来如此,很棒啊。还有人在等你。"美雨说完便从沙发起身,"那我们该说再见了。"

"江野?"我呼唤他。

"也对,回去吧。"江野拿起手提箱。

"我送你们到海边。悠悠也一起来吧。"

我们走出宅邸。

天空布满被切得细细碎碎的云片,缝隙中可以见到鲜明的青空。雪开始融化,就像是柔软的甜点。我们朝海边迈进。

我转身回头仰望白色宅邸。

我虽然只在这间豪宅度过一夜,一想到这里总有一天会被焚毁,就感到依依不舍。

我将宅邸烧毁前的模样深深烙印在眼中。

不久后我们抵达海岸边。

海面风平浪静,开船出海应该没问题。我们并列在岸边眺望大海。

船还停在冲上柏油车道时的位置,没被高浪卷走留在原地。

我们所有人合力将船推到海里。积雪还留在地面上,因此光靠我们的力气也能推动船。

我率先翻进船里。

江野还是老样子,经过反复犹豫才终于跳上了船。

悠悠没跟我们上船。

悠悠与美雨从后方推船，把船送到离岸边更远的地方。

"你们虽然很奇怪，但我知道你们不是坏人。或许我们不会再见面了，保重啊。"美雨双脚浸在海水里向我们道别。

"悠悠，你不跟他们道别吗？"美雨温柔地将手靠在悠悠的肩头，"人家很照顾你呢。"

"悠悠。"我呼唤她的名字。

波浪一点点拉开我俩的距离。悠悠双腿插在海水中低垂着头。海水的气味令我感到怀念，也感到寂寥。

我们正慢慢离开岸边。

接着悠悠慌慌张张地前进到海水及膝的深度，推着我们的船。黑色的裙摆宛如花朵般在水面绽放。

"呜！"

"悠悠，我能明白你的心情。等你整理好海墟时光的回忆，我随时欢迎你。我们一起去寻找音乐吧。我等你，我们约好了。"

我伸出右手，她见状便露出喜悦的笑容，握住我的手。

那绝不是杀人魔的手，而是将我俩紧紧相连的手。

"悠悠，再见。"

"呜呜！"

我挥手向悠悠、美雨以及海墟道别。

一开启引擎，船转眼间便朝海岸远去。悠悠直到身影消失之前都还在挥手。我握住船桨朝本土前进。

我跟江野抵达本土后将船拉上岸，拆除船外机。这些东西重得我们根本搬不动，于是我们直接将它们丢在原地，去找造船厂的老先生。他开开心心地迎接了我们。

"船派上用场了吗？"

"是的，帮了大忙。"

"我就知道。"

我们挥别老先生，踏上车道前往学校。

那里是我的回归之处。

我不用再担心会被人追赶，不用害怕任何事物。这感觉有点奇特。我最近一直过着被人追赶的生活，都感到理所当然了。只不过我身为戈捷特的持有者，被追赶也是无可奈何。

未来的悠悠是否也会落入跟我一样的命运？

悠悠失去了一切，失去了住处、平静的日常与未来。仓卖为她准备的未来毁灭了，同时又有许多事物从她手中流失，就只剩下她热爱的音乐。

但她会唱歌。这是一项无可取代的才能。她有朝一日还能学会新的歌曲。

悠悠或许还不确定该不该来到本土生活。说不定她以后会害怕起自己"凶手"的那一面。

到了那个时候，就让我听她唱歌吧。

仅仅是有人听她唱歌，她大概就能了解歌唱的意义。至少也比独自歌唱要好一些。

我与江野爬上微微积雪的上坡。坡道上方是一片青空，仿佛翻过这条坡道，就能直接登上天空。

　　"克里斯。"江野边爬边仰望着坡道，突然叫了我的名字，"你信得过我吗？"

　　"这还用说。"我反射性地回答，"你怎么突然问我这个？"

　　"因为我对相信这个行为没什么概念。"

　　"我自己也不是很清楚……不过我觉得可以通过相信某个东西而获得心灵支柱来勉强活下去。只是我总是不知道该相信什么才好。"

　　"那要是你相信的事物背叛了你呢？你会因此失去心灵支柱吗？"

　　"或许会吧。但我觉得不只有我是这样，所有人都是。"

　　"如果是这样，我很难跟你说出真相。"

　　"真相？你该不会是指这次的案件吧？"

　　"没错。你应该很难相信在海墟发生的事件真相。真相很可能会背叛你。"

　　"即使如此我还是有义务知道。这是为了过往所失去的东西……"同时也是为了以后将失去的事物。"没关系，不管真相再怎么难以置信，我都会相信江野。"

　　吹向海边的风冰冰凉凉地很舒服。这股风与海墟的不同，没有那种凝滞的沉重感。

　　"好。我就按照顺序依次说明。"

"第一个遇害的是牧野先生吧。那件案子就跟刈手的推理一模一样吗？"

"使用船与绳子吊起尸体的部分应该是事实，除此之外没有别的方法。但在细节上还有必须考究的地方。"

"比如说？"

"通过连续杀人事件，我发现凶手往往以和目标物保持距离为前提来策划行凶。到了后来时雨命案这点特别明显，而我认为牧野命案也不例外。可能的理由有好几个，不过凶手似乎认为自己跟目标无法面对面对抗。"

这点与刈手推测凶手是比遇害的被害者们还要瘦弱的人一致。正因如此，将尸体插在灯塔上企图摆脱嫌疑的论点也不矛盾。

"哪里不对？"

"没有不对。只是在这种状况下，凶手把牧野叫出来杀害太过直接了。"

"也对。我记得刈手说明凶手是把牧野先生弄昏杀害以后，再把尸体插在灯塔上……"

"凶手没有那么积极。尸体被插在灯塔上大概只是个结果，凶手一开始并没有这个目的。"

"怎么一回事？"

"比方说凶手察觉牧野想搭检阅官的船逃出海墟，于是他抢先来到船上，先把牵在船上的锚绳中间绕过灯塔，垂落悬崖的两端其中一边系在船上。另一端打成绳圈藏在手边。接着凶手披着塑料布之类的东西躲在船内等待牧野。此时牧野来了。牧野大概没发现凶手就上了船，要朝海的方向行驶。船一开动凶手立刻现身，在牧野脖子套上绳圈。这是凶手唯一直接对牧野做过的事。接下来他只要代替牧野操纵船只即可。船会把牧野的身体吊上灯塔，最终形成了如刈手推理的状况。"

"原来如此……灯塔跟船可以视为一种巨大的凶器。"

但这只是细枝末节的观点不同。知道了这件事，也无法成为锁定真凶身份的关键。

"牧野先生的口袋里放了诗集的一页，那也是凶手做的吗？"

"附在尸体旁的月之诗不是单纯的疯狂举动。诗集具有重要的意义。"

"重要的意义是？"

"那是凶手给下个目标的恐吓信。那张诗集既然是从书籍上撕下来的，就表示凶手知道书籍藏在哪里。因此看出含意的矢神与时雨才会吓得脸色发白。要是凶手举报他们隐藏书籍的地点，自己将会身败名裂。"

回想起来得知现场发现月之诗的时雨，看起来明显失去冷静。他无疑受到震撼。

"所以在此之后，矢神宁可打破外出禁令也要赶往藏书处的海岸大楼，也就合情合理了。他大概想直奔藏书地点确认吧。而这正中了凶手的下怀。凶手靠月之诗蛊惑了下个目标矢神，把他引至自己预期的地点。"

曾有人目击矢神与时雨在得知牧野遇害后发生口角冲突。时雨或许察觉到月之诗是凶手的圈套，才想制止矢神。然而矢神却不听劝跑去大楼。体格占优势的他大概觉得自己就算撞见杀人犯，也能将对方制伏吧。

"所有的命案全都环环相扣。最初的牧野之死，成了引诱矢神前往大楼的关键。"

江野的说明逐渐转向矢神的命案。

"时间是下午四点，太阳即将下山。再加上天候不佳，那一带开始变得很昏暗。但矢神大概是太心急了，没带照明灯就匆匆赶往大楼。但就算他带了照明灯，也未必能注意到凶手的圈套。他一边警戒一边前往六楼的窗口。"

"书是藏在六楼啊？"

"没错。所以他准备像平常那样走过架在五楼深谷间的桥。然而走到一半，他就摔落谷底。"

"是凶手把他推下去的吗？"

"不，站在那边把矢神推下去可不简单。周围没有可以屏蔽视线的物体，马上就会被他察觉。就算凶手像仓卖所说的那样躲在四楼，也很难把握推落矢神的绝佳时机。"

"那凶手到底……"

"凶手在桥上设置机关。"

"桥上？"

"矢神他们原本使用的桥是用厚重板子加工的坚固桥面，既不会轻易损坏，也很难动手脚。事实上掉落深谷的桥本身没有什么异样，甚至也没有损坏。然而桥上一定有某处设下了导致矢神摔死的陷阱。那么凶手又是怎样制造陷阱的？我认为陷阱跟杀人现场不自然散落的书籍有关。"

"书籍与陷阱有关？"

"书这种东西是把许多纸粘在一起做成的。"江野突然说明起来，"假设这里有两本书，把它们的纸一张张地交叠在一起会发生什么事？"

"会变成厚厚的一叠纸吗？"

"你说对了。但实际上并不会成为一选四边夹得整整齐齐的纸。书籍这种东西每一本都有称为书脊的侧边，由于书脊是用胶水或丝线装订，唯有这个部分无法重叠。"

我压根没近距离见过书籍，因此江野的说明也难以让我具体描绘出那个样子。

"这交叠在一起的两本书，会呈现难以用手拉开的状态。这是因为层层叠叠的纸产生的摩擦阻力变大了。而要是将两本书错开一半上下交叠，书会长成什么样子？我打个比方，书会形成钩状的砖块。"（参照图6）

"唔……我不太懂。"

"你想象成两块错开一半叠在一起的红砖头就好。"

"好。"

"凶手做了好几个这种钩状砖头，配合桥的宽度架在深谷边缘。

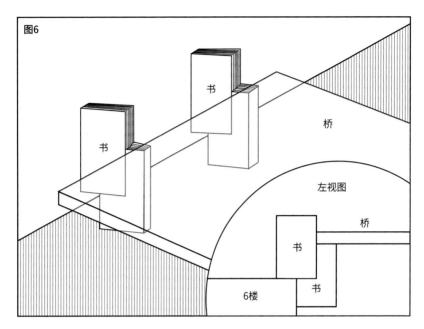

图6

书

书

桥

左视图

桥

书

6楼

书

以那栋大楼来说，他是架在六楼那端。接着凶手先过桥回到四楼那端，将桥移开，把桥靠在刚才放的钩状砖块上头。"

"凶手用书撑住桥？"

"没错。书籍打造的钩状砖块足以支撑木板打造的桥。然而光是这样设置，矢神也会在另一端见到莫名其妙立在地上的书籍。所以凶手为了掩人耳目在桥上又放了几本书，用来鱼目混珠。只是考虑到矢神的视力，他或许没必要这么谨慎。到头来矢神见到的景象，则是原本应该藏在六楼藏书室的书本胡乱堆在桥上。"

"而矢神先生一无所知地踩上桥，结果连人带桥摔落谷底。"

"书籍的机关大概调整成可以撑住桥，但人走上去就会松开的程度。只要改变交叠的纸张数量，就能进行微调。桥一掉下去，包含机关使用的书也会跟着全部落入谷底，于是形成了我们见到的状况。原本藏在六楼的书会移动到五楼的谷底，也是因为被凶手运用在陷阱上，随着矢神一起掉了下去。"

矢神之死与尸体周围散落书籍的理由就这么解开了。既然凶手事先设下陷阱，推估死亡时间时的不在场证明自然也不成问题。

凶手似乎很清楚矢神等人平常会使用木板桥，否则行凶计划不可能成立。

"然而事到如今也找不到这个诡计的证据。因为所有书籍全都被我跟刈手烧掉了。"江野感叹地陷入沉默，接着继续道来，"我或许应该调查得更详细，但我却以检阅官的任务为优先。这点可能也包含在凶手的计算内。也就是说他看准只要将书籍运用在诡计上，检阅官就会自动帮他处理掉证据。"

"就连检阅官的行动也被算进行凶计划里了？"

"凶手利用检阅官来湮灭证据。告密的人很可能就是凶手本人。他向检阅局举发戈捷特，刻意找来少年检阅官。"

"告密的人不是牧野先生啊。"

检阅官被罪犯利用，江野恐怕也是头一次碰上这种事。他是否会感到荣耀受辱？或者他也可能不痛不痒。他的眼神没有一丝变化，一如往常般漆黑深邃而清澈。

"我按照惯例遵守发现书籍立刻烧毁的命令，但这同时也意味着失去了线索。因此我晚了一步才得出矢神一案是肇因于死亡陷阱的结论。这或许正是凶手的目的，因为凶手还准备了另一个死亡陷阱。要是有人察觉到某处说不定安装了设置型的陷阱，下个目标可能会逃过一劫。凶手精心隐藏这个真相。"

坡道逐渐趋缓，我们的行走速度自然加快。

再加把劲，就能回到我们该回归的地方了。

"在凶手的计划中，杀害顺序也有其必然性。牧野揭开了序幕。他身上的诗集是连锁反应的开关。下一个目标是矢神。这个男人眼见牧野死亡，做出了冲动的行为。最后有个男人因为他们的死采取自保行动，这个男人——时雨就是第三个人。"

江野的说明终于来到时雨的密室命案。

我依然深信这个密室是完美的。虽然凶手身为人类当然具有血肉之躯，我依然怀疑只有幽灵能制造这个密室。

"时雨在美雨以及悠悠听到声响的晚间十点过后死亡。这点也符合我的检验结果。然而当时雪已经停了，凶手无法在塔与宅邸之间来回而不留下脚印。再说两扇门上都上了门栓，钟楼的窗户也都锁着。这是我们的前提。"

"凶手也不可能抢在时雨先生之前躲进塔里，否则他会被时雨先生发现。"

"没错。时雨对于逼近自己的危机产生了过度反应，应该是因为见到牧野与矢神遇害，领悟到下一个终于要轮到自己。或许见到月之诗与两人的死以后，他对真凶身份也有点眉目。然而他却陷入了无法信任任何外人的状态。于是他认定塔是安全地带，决定在那里过夜。"

"难不成……凶手也预测到时雨先生会在塔里过夜？"

"与其说他预测到，更该说是他设计时雨这么做。凶手深知时雨的个性，很了解当他被逼到绝境会采取什么行动。凶手知道他会为了寻求安全而窝在塔里。一切都是连锁反应。"

"但密室是个问题……"

"凶手在下雪前与下雪后都无法进出塔。既然如此，就表示凶手根本没有进出那座塔。"

"咦？这是怎么一回事？要是不进入塔内，凶手怎么有办法杀害时雨先生？"

"严格来说，凶手之前曾经进入塔内一次。但那是在命案发生的那晚以前的事。"

"啊，原来如此！"我终于反应过来，不禁提高音量，"就跟矢神先生一样，凶手在塔里设下了陷阱！"

"对，凶手为了设下陷阱，在事发当晚之前进过塔内。实际命案发生时刻，凶手并不在场。塔从内部完全上锁是时雨亲自锁上的，而不是凶手干的好事。由于准备工作全都在当天以前完成，凶手那天也不会在雪地上留下脚印。这就是密室的真相。时雨不过是自己踏进了名为密室的死亡陷阱里。"

"那到底是什么样的陷阱？"

"八音盒在时雨后脑造成外伤使他死亡。因此，这应该是个对着目标砸下八音盒的陷阱。"

"真的能做出这种陷阱吗？凶手不是不在现场？他怎么有办法

既能抓准时机又能让凶器自动掉落？"

"现场留下了一些疑为诡计的痕迹。首先是散落在尸体周围的八音盒。这些八音盒毋庸置疑被用来当凶器。而这些八音盒被堆放在塔内楼梯顶端的尽头，也就是位于暖炉正上方的楼梯间。这里有扶手，但没有围起来。要是八音盒倒塌，就会在没有阻挡的状态下朝正下方掉落。"

塔内的任何地方堆着八音盒都不足为奇。再说时不时就往塔里跑的时雨，也未必会对楼梯上堆积的八音盒有任何怀疑。要是塔内的八音盒全都是很久以前就放在那里，就更不用说了。

"准备了大量的改造八音盒来当凶器，也是为了多少提高命中目标的机率。以结果来说，其中一个八音盒确实给了时雨致命打击。"

"把八音盒推下去以前，首先得把时雨先生引诱到暖炉前。凶手真的是利用第三首月之诗来达成目的的吗？"

"不，时雨没见到月之诗。要是时雨见到了，他很可能不光是用暖炉烧掉那张纸，还会逃出高塔。他会发现塔不是安全地带。这对凶手来说会造成反效果。"

"但暖炉里不是找到了烧剩的月之诗？"

"那应该是凶手故意留下的残骸。在此之前月之诗具有刺激下个目标精神的效果，唯独最后一首的目的不一样。因此我认为残骸是凶手的签名，表示这一连串的命案全都是他一人所为。为避免之后生火时纸张会被烧掉，只有那张残骸不自然地放在暖炉深处的角落。"

"是为了夸耀犯行吗？"

"我无法理解凶手的心态。但看起来像是凶手要诏告众人罪行全是他独自犯下。"

"这是怎么一回事？"

"总之最后一首月之诗无法拿来当引诱时雨上钩的开关。就算凶手在塔内准备了月之诗，也难以预估时雨会在何时察觉，又会在何时将纸丢进暖炉。凶手必须更精确地掌握对方站在暖炉前的那刻。"

在时雨靠近暖炉时，自动推落头上八音盒的陷阱。

凶手不在现场，真有可能办到这种事吗？

"答案就藏在暖炉中那堆化为焦炭的东西里。就是烧得焦黑的铁丝跟……"

"戈捷特！"

"没错，八音盒上的'冰'的戈捷特。凶手把'冰'的戈捷特镶在八音盒上这件事，运用在诡计上。"

"什么意思？"

"首先凶手是在何时设下陷阱？检阅官在犯行之中不可或缺——也就是说陷阱应该是在刈手来到卡利雍馆以后才设置的。太早设置也是白费工夫。接着要在塔里动手脚最好要趁晚上，白天无法预测是否会有人进来。"

"所以是在刈手抵达以后的第一个晚上吗？"

那也是悠悠逃出海墟的夜晚。

然而江野摇头否定。

"那一晚凶手自己也还无从得知作案的机会到来。而且凶手另有隐情，因此第一晚没办法过去设陷阱。"

"这么说来……是在隔天晚上？"

那是前天晚上。说起前天晚上，我们在学校过夜。牧野也是在同一天晚上在海墟遇害。

"没错。前天晚上凶手潜入塔内，首先爬上钟楼从窗户来到室外，探看烟囱。烟囱口镶着网格。凶手把细长的绳子绕过网格挂在上面，并将两端线头打结。这么一来形成环形的长线将会垂落在烟囱内部。此时要是用了两格以上烟囱口的网格，之后也比较方便回收线。"

"烟囱果然有秘密。"

"要瞒过时雨的耳目，就只剩烟囱了。时雨总不会连烟囱内部都想确认。就算他真的确认过，或许目光也无法顾及烟囱的深处。"

"接下来凶手对打成环形的线做了什么？"

"接着凶手回到塔中钻进暖炉里。刚刚准备的线圈就在里头，他在此将线圈勾在戈捷特八音盒的音筒上。凶手大概改造过音筒，在演奏用的突刺之外，还安装了用来勾住线圈的突刺。于是烟囱内部就挂了一个八音盒。但这么一来朝暖炉一看就会看到八音盒，因此他后来又回到烟囱上方调整线的长度。"

"这样啊。"

"另一个关键是金属材质的铁丝。"

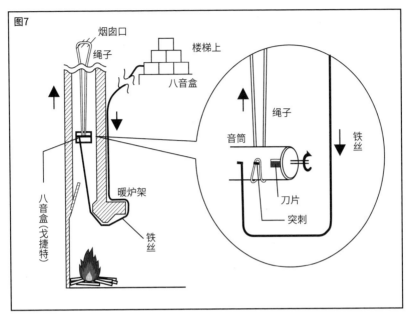

图7

烟囱口
绳子
楼梯上
八音盒
绳子
音筒
铁丝
八音盒（戈捷特）
暖炉架
刀片
突刺
铁丝

"你是指在炉床上还留有一些残骸的铁丝啊。"

"之所以选择金属材质的铁丝而非普通丝线，是为了不让线轻易被暖炉的火烧掉。但线太坚固也不行，太粗也不行。必须是尽可能不起眼的细线。这种铁丝不需要绕成环形，不过也跟刚才提到的线一样，都勾在戈捷特的音筒上。铁丝另一端则绕过炉腔上方穿出暖炉朝右边延伸，直直牵到头顶上的楼梯间。楼梯间堆放着凶器——八音盒。把铁丝的另一端绑在其中一个堆积在那里的八音盒上。这条铁丝一旦被牵动，堆在一起的八音盒就会失去重心掉落下方。"

（参照图7）

两个八音盒经由暖炉相连在一起。

一个吊在烟囱里头。

另一个混在楼梯间堆积如山的八音盒里。

"可是铁丝牵出暖炉以后，会沿着墙壁向上延伸吧。凶手不怕被时雨先生发现吗？"

"暖炉架铺着蕾丝装饰，被用来隐藏铁丝。而延伸到上方楼梯间的铁丝，也是沿着以砖瓦方式堆砌的石墙缝隙一路向上攀爬，应该也不怎么显眼。再说塔内没有电，灯光也有些暗淡。"

一个奇特的装置就这么大功告成。但这玩意到底该怎么成为杀人装置？

"凶手将戈捷特八音盒事先上紧发条。但当然手一放开音筒就会开始旋转演奏乐曲，因此凶手动了手脚让发条不会转动。比方说他只要将调整速度的羽状摆子压进阻挡装置里，音筒就不会旋转。凶手在这里准备了特殊的阻挡装置。"

"特殊的阻挡装置是？"

"这个装置必须是遇热会融化的材质。"

"遇热会融化……啊，是冰！"

"不，冰只要几个小时就会融化了，没有办法维持那个状态在一天以上。"

"也、也对……"

"像是蜡。"江野说出答案，"只要在正确的位置淋上蜡固定就好。"

"这么一来会发生什么事？"

"塔内很冰冷。要在塔里待一个晚上的人，自然会给暖炉生火。

火烧起来热气就会上升，持续给吊在烟囱里的八音盒加温。等暖炉的火稳定燃烧，几个小时后，八音盒里头的蜡终于开始熔化。"

"冰"的戈捷特受热，于是音筒开始转动。音筒一旋转，乐声便会响起。而绕在音筒上头的线将会越卷越紧，铁丝也不例外。

"听见烟囱里头传出乐声，时雨应该很讶异。他想必会走进暖炉查看情况。他握着拨火棒摸索炉床，那里才没有八音盒。然而音乐还是不停地响起，而声音确实是从暖炉深处传来。"

在时雨摸索炉床的期间，线与铁丝仍持续被音筒卷动。

最后铁丝绷紧，拉扯堆在楼梯间的八音盒。

时雨头上引发了一阵小小的坍塌。他可曾注意过？下个瞬间，凶器便已落在时雨的后脑上。

"烟囱里的八音盒在他死亡以后，应该还在继续演奏。线仍然继续被卷紧。这个线圈当初挂在烟囱口的时候跨了较多的格数，因此越往上走越宽。也就是说在音筒卷动线的时候，线会缓缓朝左右两端外扩。借由这个机制，比方说在音筒某一段安装刀片，就可以在任意的时机自动切断这条线。线被切断以后，八音盒就会掉进熊熊燃烧的火堆里。即使掉进暖炉，在燃烧殆尽之前，八音盒仍会转动。音筒就这样继续回收剩下的铁丝。"

在尸体一旁，"冰"的戈捷特置身烈焰之中，仍持续演奏。最后它吞噬了所有证据，灰飞烟灭。

"密室杀人就此完成。"

因为一只八音盒，整座塔都化为了死亡装置。这同时也是牧野之死引发的连锁效应最终一站。

"戈捷特被运用在诡计上的这个事实，也成了混淆我们视听的要因。尤其是我们检阅官必须推翻基本观点。因为在我们的观点里，我们对戈捷特有成见，认为那是世界所不需要，本来就该烧成灰烬的东西。我们感觉不出在暖炉里差点被烧个精光的戈捷特哪里不对劲。"

当我们注意到的时候，"冰"的戈捷特已经被烧掉了。就连这点大概也在凶手的计算之中。这个诡计运用了暖炉，因此证据全都消失在火光之中。就算还有残渣，检阅官也会代为解决。

然而八音盒应该在回收完所有铁丝之前就停止演奏了。能让人联想起诡计的痕迹，仅剩下残存的些微铁丝。除此之外凶手又留下了什么证据？

什么也没有。

要是没有江野，我说不定会听信刈手的宣言，接受仓卖是凶手的真相。

或者我又会选择仓卖口中的真相——以悠悠为凶手的故事。

他们都说了有利于自己的真相。

究竟我们在这段旅途之中，是否能找到真相？

旅途已接近尾声。

在道路的尽头，学校的剪影逐渐映入眼帘。

我很想尽快飞奔到学校里。然而还有疑问悬而未解，让我的脚步变得很沉重。密室虽然在江野的说明下被解开了，我却依然不清楚凶手的身份。

"杀人事件从牧野之死开始，然而凶手设置陷阱的顺序，应该是从杀害矢神的桥开始。因为首先他必须撕破诗集带走。"

"这也是前天晚上发生的事？"

江野点头。

"凶手没有多少时间。获得三张诗集页面的凶手接着前往高塔。若不想在塔的周围留下痕迹，他就必须在雪停之前架设好八音盒的陷阱。前天晚上也下过雪。最后就剩杀害牧野。"

将这些事全在一夜之间完成，岂不是非常辛苦？

我觉得有点古怪。

凶手为什么选择了这么拐弯抹角的行凶方式？他分配体力的方式很极端，仿佛就像是被迫在某种限制中行凶。凶手仿佛在时间与体力受到严格限制的状况下，将所有精力灌注在唯一找寻得到的机会上——

学校就近在眼前。

积雪的坟场映入视线。

排排竖立的墓碑仿佛是在整队欢迎我们。

"考虑截至目前为止的情报，可以过滤出一名符合凶手条件的人。"

"咦，真的吗？"

"凶手特地使用机械式的诡计，是因为他无法选择直接拿刀刺杀对方。光是分别把目标找出来行凶就不可能了，何况是潜入宅邸同时对付数人。凶手非常虚弱，而且凶手只有一个晚上的时间能拿定主意。行凶计划之前便已立定，他应该也做好准备，然而状况却改变了。"

"状况改变？"

"克里斯，你跟卡利雍馆扯上关系，对凶手来说应该是这次杀人事件里最大的失算。"

"我——"

"凶手一定觉得必须在你抵达卡利雍馆之前结束一切。他原本就有不得不尽快下手的理由。然而他还是对杀人行为存有迷惘与抵抗。他拖拖拉拉到现在，但检阅官造访海墟一事把他逼上梁山。他没有时间犹豫了。我们的来访，或许反而迫使凶手做出最终决断。"

"江野，你这不就是指——"

"凶手的杀意起因于仓卖所说的十五年前的往事。说得单纯点，动机或许就是复仇。仓卖搞错了一点，十五年前离开海墟的男人应该不是悠悠的父亲。悠悠记得男人创作的八音盒乐曲，虽然表示两人可能曾经有过交集，但也仅此而已。"

疯狂的八音盒制作家原来与悠悠毫无瓜葛。

那么那个人到底为何要……

"动机也可能出自于想惩罚冰封佣人的罪人们的正义之心。动机搞不好其实是想毁灭仓卖的王国，或者说不定还有其他理由。无论理由为何，我这个没有心的人都很难了解别人的动机。"

我这下终于想到一个绝无可能的可能性。

凶手只要先设置好机关，就不需要在行凶时现身。

也就是说他甚至不需要待在卡利雍馆。不仅如此，他根本不需要待在海墟里。

他待在本土也能犯案。

"我打从一开始就怀疑有外人存在。起因是美雨房间的窗户上有幽灵出没的现象。我认为那个幽灵应该是企图利用阳台去往屋内，碰巧遭人目击。实际上只要站在阳台的扶手上，身影就有可能出现在美雨房间的窗户中。"

之前我的确帮助江野进行实验，证明了这点。

"身高必须高于某个高度，才能映入美雨房间的窗户。悠悠似乎常常利用那个阳台出入，但考虑到身高，人影的真实身份应该不是悠悠。那会是谁？宅邸的居民会不会偷偷利用那个阳台出入？"

"一定是有不相干的人住在海墟里！"

"不，没有这种人。然而倒是有人至今无数次频繁造访海墟，那个人就是凶手。凶手为了掌握卡利雍馆的状况，或者是为了推进行凶计划，偷偷摸摸从本土来到卡利雍馆。"

"……但是！如果江野说明的诡计是真的，随便哪个待在本土的人都有可能犯案吧？"

"凶手是知道检阅官造访卡利雍馆的人。因为他设置的诡计是以检阅官在场为前提。靠这个条件，范围就能缩小不少。"

这座城镇的人在前天晚上，应该都注意到检阅官在追捕某个人。说不定还有人听说我们四处逃窜。但及早得知检阅官前往海洋另一端的卡利雍馆的人，并不在多数。

最先将这个情报带到本土的人是悠悠。而有机会听她谈起这件事的人寥寥可数……

"考虑到凶手曾数度前往卡利雍馆侦查，猜测他有船也不奇怪。但根据造船厂的老人表示，这一带没有其他人有船。恐怕是这里没有停船的场地，就算有老人也应该知道。"

"那凶手又该怎么前往海墟？"

"走水底道路。"

"啊……"

"凶手平常就会使用水底道路。行凶那晚，他也是靠水底道路抵达海墟。"

"但前天晚上应该不是满月才对。满月是大前天的晚上……"

"克里斯，你应该比我了解海才对。我想你应该当然也知道每六小时会经历一次涨潮退潮。单看退潮则是每十二小时一次。若前一天是最大的干潮，二十四小时后的干潮则会是最接近的状态。具体来说前天深夜一点，海中道路的潮位下降到二十公分左右。然而在这个潮位下徒步走完整整四公里的距离并不简单。但要是使用交通工具呢？只有二十公分的潮位，一般的汽车勉强还能开过去。"

"凶手该不会……从本土开车走水底道路来到海墟？"

"这是最快通过水底道路的方法。他必须尽可能争取时间，不然就无法在天亮以前结束一切。"

说起汽车——我想起那天早上的事。

"凶手不太可能是偶然发现水底道路而起意利用。也就是说凶手本来就知道水底道路。"

在卡利雍馆只有仓卖知道水底道路。他告诉悠悠这条路，让她用来逃跑。

"凶手虽然知道水底道路，却又因为某个理由整月不能外出，无法精确得知这次干潮的时间。然而他通过悠悠的话得知检阅官来到海墟以及干潮的时间。而克里斯一行人出现在自己面前，则成了他付诸行动的决定性因素。这是因为要是我们检阅官侦办时雨走私书籍的案件，他的杀害目标恐将因违法遭到拘捕，导致他鞭长莫及。凶手必须比我们检阅官更早行动。"

我想象起凶手的行动——

他在深夜溜出房间，接着驾驶停在外面的汽车前往海边。这是为了开上水底道路来到海墟。

距离天亮没多少时间了。

"在当初的计划中，凶手应该没打算利用检阅官的船。因为他不知道检阅官会搭乘什么样的船现身，无法将船加进凶计划中。然而凶手在途中从汽车改为搭船。这是因为在行凶当晚，发生了一件凶手意想不到的事。"

"意想不到的事？"

"那就是雪。凶手原本应该打算在开车来到海墟以后，直接沿着海岸驾驶以缩短时间。返回本土也跟来时一样，开车通过水底道路。因此他必须在汽车可以行驶的极限——干潮前后一小时以内将陷阱设置完毕。凶手原定要开车走海墟里的道路移动，然而天空下起了雪，他担心轮胎会留下痕迹。即使如此，凶手还是赌上不停的落雪会盖掉轮胎痕的可能性决定出发。但在他抵达海墟以后，凶手发现栈桥上停着一艘船。"

那就是刈手他们搭过来的船。

启动船只不需要钥匙。

"凶手决定抛弃汽车，将它沉入海中解决掉。此后他选择利用检阅官的船移动。第一个目的地是横倒的大楼。他拿到诗集，设置了桥的陷阱。"

接着他开船回到栈桥，从那边移动至卡利雍馆的塔。然后他按照预定设置了八音盒的陷阱。他的下一个行动则是……

"手边只剩一张诗集。凶手原本打算将它贴在宅邸的醒目处，让它成为引诱矢神与时雨上钩的第一个导火索。"

"他原本不是打算要杀了牧野先生，把纸片藏在他身上吗？"

"牧野一案不在凶手的计划中。凶手是受形势所逼才杀了他。"

"你怎么知道？"

"从我们找到的行李箱来看，牧野应该是想逃离海墟没错。他突然动念逃跑必有理由。"

"不就是因为刈手他们来了吗？"

"光是这样他用不着逃跑。虽然他们的确心里有鬼，但可想而知逃跑反而会加深自己的嫌疑。这样的话还不如装作无辜混进其他居民里头。"

"既然如此……他为什么要逃？"

"牧野应该是碰上了让他走投无路的状况。"

"呃……"

"第一个发现凶手准备的诗集页面的人既不是时雨也不是矢神，而是牧野。"

原来如此。

纸片原本是用来对矢神与时雨施压。然而或许是选错摆放地点，一开始就被牧野见到。牧野大概认为那是针对自己的威胁。

"凶手通过阳台潜入宅邸，想把纸片送进矢神或时雨的房间，比如说夹在门底下。我不知道这项工作是否顺利，但以结果来说，牧野比任何人都还早见到纸片。我想搞不好凶手差点就要跟牧野撞见了。凶手虽然设法与牧野错开，然而重要的纸片却落入了牧野手中。"

牧野见到纸片应该很震惊。他在矢神等人发现之前，将纸片收进口袋里隐藏。

"然而纸片是对时雨等人设陷阱的必要道具，被牧野拿走就难办了。凶手意识到他必须想尽办法夺回纸片。另一方面牧野惊觉自己即将身败名裂，决定逃跑。他回到房间整理行李。凶手则躲在暗处看着这一幕。"

随后牧野企图搭乘检阅官的船逃亡。

"凶手预测到牧野的行动，早一步来到停在栈桥的船上。接下来就跟我刚才说得一样。他利用船与灯塔杀了牧野。"

"纸片呢？他没想过把纸片拿回来吗？"

"凶手太过虚弱，没办法直接杀死牧野抢回纸片。然而他也不能就此放过牧野，失去那张纸片。再回到大楼撕取书页太花时间了。不仅如此，由于书籍被运用在桥的陷阱上，说不定根本无法重新撕取书页。于是凶手决定杀害牧野将纸片留在口袋里，让这起命案引爆连锁反应。"

我们一路亲眼见证的杀人事件就此揭开序幕。

"回程他怎么办？"

"他搭刘手他们的船回到本土，让船随波逐流以便处理。"

他将一切交付给诡计，从海墟回到本土。

接着他爬上长长的坡道，走在我们如今脚踏的同一块土地上。

不知道那个人在黎明将至的天空中见到了什么？他宛如幽灵般的身影摇摇欲坠地消失在墓地的景象，我仿佛历历在目。

在海墟发生的杀人事件，全都在我们来到海墟的前一晚结束。死亡陷阱早就设置完毕，我们的造访不是开始而是结束。

"如果在案发前一晚潜入海墟的人就是凶手……我也可能有行凶机会。"

"凶手的诡计是以检阅官会焚毁书籍与戈捷特为前提。这你办不到。"

“是没错啦……”

“从凶手打过举报电话这点来看，无法言语的悠悠也不是凶手。就算她其实可以说话，待在没有电话的海墟里也无法告发。”

“那董小姐呢？她不是也符合待在本土，又知道检阅官去了海墟的条件？”

“不——”

江野脱离了校内墓地的道路，朝巨大建筑物前进。我默默追随着他。

他的目标是体育馆。我们绕到体育馆后方。原本应该停在这里的车——果然不见了。

“我们出发的早晨，汽车就不见了。然而董却没发现车子消失。如果她就是凶手并利用汽车前往海墟，她应该不会主动开口要开车送我们到海边，以免我们发现这件事。”

那天早上，汽车消失让我觉得有点古怪。但我以为那是他的好意，也就释怀了。至少我是相信他的。

我们回到校园内，穿越墓地朝校舍前进。

我见到其中一座墓碑前供奉着鲜花。花从那天起不曾枯萎，依然娇嫩。也可能是供了新的鲜花。

出入口的门扉紧闭。

此时身穿白衣的董从玻璃门后现身。她帮我们开完门后便将两手插进白衣的口袋里耸起双肩。脸上挂的表情就跟之前一样，嘴角流露出略带嘲讽的笑意。

"董小姐！"

"欢迎回来。他在等你呢。"

董领着我们前往保健室。我们的影子整齐地投射在木质地板上。

我们站在保健室前。

"江野，"我在门前转过头望着江野，"凶手就是——"

董打开了门。

桐井老师躺在床上。我飞奔到床边。

"桐井老师。"我毫不犹豫地握住他的手，"我回来了。老师，是我，克里斯。"

桐井老师双眼紧闭，不曾睁开。他的手冰冷无比。

"他在你们出发没多久就过世了。"董站在保健室的门口说道。

我当场在床边跪倒在地……

"他的礼物放在隔壁的教室。他请我交给你，这是他的遗言。你待会儿去看吧。"

董说完便丢下我们从走廊消失。

桐井老师仿佛随时都会睁开眼睛，一如往常呼唤我的名字。我握住桐井老师的手，期待他能回握。然而他深爱音乐的美丽手指却一动也不动。

"克里斯。"江野用一如往常的口气呼唤我，"我没有任何证据。"

我背对着他听进这句话，将脸埋在桐井老师长眠的床铺之中。即使我闭上眼睛，床单的苍白仍不曾从我的视线中消失。桐井老师的手传来枯叶的气味。

"我知道……江野，谢谢你。"

我轻轻将桐井老师的手归回原位，站起身来。

"江野，我相信你的话。"

"是吗。但这个真相又有什么意义？"江野仿佛在寻找什么，视线飘向窗外。

"至少这个真相对我来说很重要。我很庆幸我知道了。"

我用袖子擦擦脸。

我在哀悼桐井老师的死，再次尊敬起他的同时，却也觉得桐井老师的所作所为不可饶恕。

同时怀抱这两种感情的我，或许显得过于幼稚。

等我长大成人，是否多少能了解桐井老师的心态呢？

"既然要牺牲自己的性命行凶，为什么还需要毁灭证据？"江野望着窗的方向自言自语，"都到了生命的最后一刻，有必要隐瞒自己是真凶的事实吗？难道他就这么在乎自己是不是在海墟丧命？"

"我想桐井老师非得在这里迎接最后一刻。"我站到江野旁边，指向供着鲜花的坟墓，"一定是因为他深爱的人就在此长眠。"

我再也说不出更多话语。

我们来到隔壁教室。讲台上放置了一个大型的白色盒子，黑板上用粉笔写着"欢迎回来"。我打开盒盖，里头放着没见过的机器。机器上是一排排写着字母的按键，后方安装了卷起某种物体的滚轮。

"这是打字机。"江野开口，"只要按下按键，就能在纸上打出文字。主要是用来写文章的道具。"

这就是桐井老师的礼物——

打字机夹着一张纸，上面用英文打了一段话：

"致我亲爱的朋友，

就像我将她化为音乐那样，

请你亲手将我化为故事。

桐井"

[日] 北山猛邦

少年检阅官

译者:
青青

　　时值全面禁书的时代。一日发现私藏书籍,将会连同藏匿点一起被烧为灰烬。游走各地的英国少年克里斯,在一个小镇上遇到一件怪事。小镇的屋子上被留有十字架的印记,还出现了无头死尸的目击情报。这时,克里斯遇到了少年检阅官江野,改变命运的一场邂逅,与世隔绝的小镇到底隐藏着什么秘密?少年们的侦探故事开始上演。

第 13 届 梅菲斯特奖

[日] 殊能将之

剪刀男

译者：
龚婉如

社会上最近发生了连续杀人事件，死者的咽喉处无一例外都被插上了一把剪刀，媒体报道中皆称之为"剪刀男"。当犯人"剪刀男"正打算第三次犯案时，却意外地成了案件的目击者。而且模仿杀人手段与自己别无二致。那人为何要模仿杀人？"剪刀男"着手展开调查，打算找出背后的真相。缜密大胆的长篇推理杰作再度来袭！

[日] 殊能将之

美浓牛

cover coming soon

译者:
戴枫

岐阜县的莲枝村有个钟乳洞。传言洞里涌出了能治愈疾病的"奇迹之泉"。自由撰稿人天濑访问了当地,但泉水所在地遭到封禁,无法进入。另一方面,侦探石动戏作接受房地产公司的委托,前往村子推进度假地开发计划。可惜,事情进展不顺。就在石动打算回去的时候,泉水入口处的树上悬挂着无头尸体,接着又发生了第二期命案。村民间也流传起了当地童谣……

[日] 三津田信三

如幽女怨怼之物

译者:
邵懿

十三岁的贫穷少女,为了偿还家中的债务,被卖到了花街沦为绯樱。置身于地狱般苦痛的她,只能书写日记聊以解忧。她在日记中记录下了"金瓶梅楼"发生的三起怪死案件,迷雾重重。然而每一起案件都离不开传说中的"幽女"。时间流转,青楼易主改名《梅游记》和《梅园楼》,在这两个时期同样发生了怪异的连续死亡案件。幽女现在依然徘徊在青楼之中……

[日] 三津田信三

如篝灵供祭之物

译者:

胡环

　　大海与断崖环绕的犹幽村流传着四则怪谈。刀城言耶与祖父江偲听后决定前往取材。随后，一如往常地发生了不可思议的连续杀人事件。而且每一起案件都与当地流传的怪谈一样。刀城言耶在探访中还发现，村子里的人似乎还藏着什么秘密。随着调查的深入，对于怪谈的恐惧越来越深。篝灵大神似乎在注视着一切……

ORUGORIENNU
Copyright © Takekuni Kitayama 2014
Chinese translation rights in simplified characters arranged with TOKYO SOGENSHA CO.,LTD.
through Japan UNI Agency,Inc.,Tokyo
著作版权合同登记号：01-2019-7168

图书在版编目（CIP）数据

少女音乐盒 /（日）北山猛邦著；Rappa 译 . —— 北京：新星出版社，2020.4
ISBN 978-7-5133-3894-3

Ⅰ . ①少… Ⅱ . ①北… ② R… Ⅲ . ①推理小说 - 日本 - 现代 Ⅳ . ① I313.45

中国版本图书馆 CIP 数据核字 (2019) 第 289516 号

少女音乐盒

[日] 北山猛邦　著
　　　Rappa　译

策划编辑: 张录宁
责任编辑: 汪　欣
插图绘制: 光风院
责任印制: 李珊珊 荆永华

出版发行: 新星出版社
出 版 人: 马汝军
社　　址: 北京市西城区车公庄大街丙 3 号楼 100044
网　　址: www.newstarpress.com
电　　话: 010—88310888
传　　真: 010—65270449
法律顾问: 北京市岳成律师事务所

读者服务: 010—88310811 service@newstarpress.com
邮购地址: 北京市西城区车公庄大街丙 3 号楼 100044

印　　刷: 北京盛通印刷股份有限公司
开　　本: 880mm×1230mm 1/32
印　　张: 14.75
字　　数: 301 千字
版　　次: 2020 年 4 月第一版 2020 年 4 月第一次印刷
书　　号: ISBN 978-7-5133-3894-3
定　　价: 60.00 元